ZENTA MAURINA / DIE WEITE FAHRT

ZENTA MAURINA

DIE WEITE FAHRT

Eine Passion

MAXIMILIAN DIETRICH VERLAG
MEMMINGEN / ALLGÄU

ISBN 3 87164 075 1
 Printed in Germany. 7. Auflage 1985
Gesamtherstellung: Sellier Druck GmbH, Freising

K.R.
zugeeignet

„Liebe ist, wo man keinen Schmerz zufügt.
Liebe ist, wo Gewalt überwunden wird.
Liebe ist, wo jeder Selbstbetrug stirbt."

KONSTANTIN RAUDIVE

INHALT

WELTABGESCHIEDEN

DURCHBRUCH ZUR WELT

GELEITWORT

Ein Kind, ein Arztenstöchterchen in einer kleinen Stadt Lettlands erkrankt im sechsten Lebensjahr an spinaler Kinderlähmung. Viele Kuren werden durchgeführt, leider erfolglos; die Eltern halten Ausschau nach neuen Heilmethoden und scheuen kein Opfer; aber das unheimliche Virus widersteht jeder Art von Behandlung; die Lähmung der Beine läßt sich nicht rückgängig machen: Zenta Maurina bleibt zeitlebens an den Rollstuhl gefesselt.

In dem zarten Mädchen lebt aber eine starke, leidenschaftliche, dem Leben innig zugewandte Seele; sie überblickt klar ihren Zustand, läßt sich nichts vormachen und fügt sich nicht ohne erbitterten Widerspruch in ihr hartes Los. Rührend, ja erschütternd ist es, in ihrem neuen Buch „Die weite Fahrt“ zu lesen, wie die kleine Hiobverwandte in der Verzweiflung über ihr unbegreiflich grausames Geschick mit Gott hadert.

Wer sich nun von diesem Lebensbericht so etwas wie eine Krankengeschichte erwartet, der irrt. Nicht nur durch ihr Leiden und ihre glühende Seele unterscheidet sich die Kleine von den anderen Kindern; sie ist auch in einem ungewöhnlichen Grade geistig begabt, und dies offenbart sich von Jahr zu Jahr deutlicher. Ihre Gefühle sind sehr bestimmt und ohne Schwächlichkeit; man kann sich vorstellen, daß sie nur selten lächelt, und während sie ihren immer gütigen selbstlosen Eltern in unverbrüchlicher Treue ergeben ist, beobachtet sie neue Erscheinungen, die in ihren Gesichtskreis treten, mit überlegenem, unbestechlichem Blick. Taktlose Naturen, die ihre früh reizbar gewordene, stets auf Gerechtigkeit bedachte Gefühlswelt verletzen, lehnt sie mit Entschiedenheit ab. Später jedoch wird sie duldsamer und nimmt ihre persönlichen Neigungen und Abneigungen nicht mehr so wichtig; ja es kommt eine Zeit, wo sie von Schmerz und Erbitterung nur noch überwältigt wird, wenn sie von den Qualen und Demütigungen erfährt, die ihr angebetetes Vaterland, das machtlose kleine Lettland, erleidet. In der Schilderung der wechselnden und tragischen Schicksale ihres Volkes tritt auch ihr tiefer Sinn für Freundschaft hervor; diese Kapitel gehören zu den schönsten, bewegendsten des Buches.

Schon früh hat sie ihre große Begabung entfaltet. Sie gewinnt die Achtung, die Liebe und schließlich die Bewunderung ihrer Lehrer und Lehrerinnen. Von den lange sich sträubenden Eltern erhält sie die Erlaubnis zum Besuch der Universität Riga, wo sie 1938 in Philologie und Philosophie zum Dr. summa cum laude promoviert. Hierauf widmet sie sich vor allem der Literatur und der Philosophie bei Gundolf in Heidelberg, bei E. R. Curtius und Rickert und studiert weiter in Wien, Florenz und Paris. Im Herbst 1944 flieht sie aus Riga und lebt heute in Schweden. Aber das sind nur die äußeren Stationen ihres Lebensganges. Immer inniger und eifriger schließt sie sich die Welten großer Denker und Dichter auf. Sie zieht wie ein Magnet das Wertvolle aus den Schöpfungen alter und neuer Zeit und stärkt dadurch die eigenen angeborenen Flügel, die sie hoch über den armen bangen Alltag hinaustragen.

So findet sie an den Lichtbringern aller Völker gute Bundesgenossen, mit deren Hilfe ihr Geist über körperliche Schwächen und Leiden siegt. Vielleicht ist es die besondere Kunst dieses neuen Buches, wie sie den Leser nur langsam zu dem Punkte hinführt, wo die Dichterin zu erkennen beginnt, daß aus dem Unglück ihres Lebens viel Segen für sie hervorgewachsen ist. Wer Zenta Maurina wahrhaft kennen- und liebenlernen will, sollte sich in ihr Werk versenken.

Hans Carossa

VORWORT ZUR ERSTEN AUFLAGE

Es gibt vielerlei Kerker, einer davon ist die Gefängniszelle, ein anderer die Krankheit, ein dritter die Armut, ein vierter die Verbannung, ein fünfter die fremde Sprache, und dieser ist für den Dichter, der ohne das Brot des Wortes verhungert, besonders hart. Alles ist Kerker, was uns die Bewegungsfreiheit raubt, die Möglichkeit den eigenen Wünschen nachzugehen, und seien sie noch so töricht, wie auch alles, was uns unserem Selbst entfremdet und den Weg zum eignen Leben versperrt. Bilden die Kerker konzentrische Kreise, verdichten und schließen sie einander ein, so entsteht ein Raum ohne Atmosphäre, in dem auch die stärkste Lebensflamme verlöschen muß.

Phaidon aus Elis wurde nach der Eroberung seiner Vaterstadt als Sklave nach Athen gebracht und auf Betreiben des Sokrates, der ihn zu seinem Lieblingsschüler erkor, losgekauft. Wo und wann werde ich, ein Sklave der Isolation, meinen Sokrates finden?

Wie vor sechshundert Jahren die schwarze Pest wütete, so wütet nun schon dreißig Jahre lang die rote. Ein Drittel der ganzen Menschheit stöhnt unter dieser Krankheit. Irrsinn und Verbrechen hat es immer gegeben, aber heute sind diese alles Wachstum und jede Ordnung zersetzenden Kräfte zum Staatssystem erhoben. Wir leben im Todesrhythmus: Kathedralen werden zu Kasernen, Wahrheit zu Lüge umgebaut. Entwurzelung, Sklavenlager und Atombombe sind Ausdrucksformen des Todes, ein Nein zur Welt. Aber von einem Nein kann man nicht leben, und so lausche ich der Musik Beethovens, die die Ätherwellen aus unendlicher Weite zu mir bringen, vor allem seinem subjektiven Bekenntnis der c-moll-Symphonie: „So klopft das Schicksal an die Tür". Auch an unsere Tür klopft heute das Schicksal. Vom Weltmeerorkan auf nackte Granitfelsen hinausgeschleudert, im Geiste mit Millionen von Vertriebenen und Gehetzten verbunden, harre ich der erlösenden Stunde. Geist muß sich mit Geist messen; nur in der Wechselwirkung bleibt er lebendig. Aber mein Geist mißt sich mit versteinter Leere.

Damit das Gefühl des Umhergetrieben- und Unbehaustseins, die Wurzel- und Kontinuitätslosigkeit, die die innere Einheit unterhöhlende Unsicherheit, die nachtbedeckte Zukunft mich nicht zerbricht, will ich mir selbst mein Leben, das nun schon seit vielen Jahren eine Pilgerschaft der Fremde ist, erzählen, ehe die vielen Steine mich stumm gemacht und in einen Stein verwandelt haben. Ich versuche in Frieden unterwegs zu sein, denn vielleicht liegt darin der Sinn meines Lebens.

Ich schreibe über mein Leben nicht, weil ich meine, es sei erschütternder als das vieler anderer, auch nicht, weil ich glaube, es könnte lehrreich für die einen und aufmunternd für die anderen sein, nein, ich schreibe darüber, weil ich mein Leben am besten kenne, obwohl es in seiner Ganzheit, in seinem letzten Sinn und Kern nur Gott allein erfaßbar ist, mir ist nur das Schattenbild zugänglich.

Ich will in diesem Buch die Wahrheit sagen, sie will ich festhalten und ihr, dieser grausamsten Göttin, der ich mich verschworen habe, will ich treu bleiben. Aber je älter ich werde, desto klarer muß ich einsehen, daß es unmöglich ist, *die* Wahrheit zu erzählen. Im besten Falle ist es *meine* Wahrheit oder richtiger gesagt, mein Weg zur Wahrheit. Würde ein anderer darüber berichten, ginge er fraglos einen anderen Weg.

Schopenhauer sagt, die Kinderjahre sind eine fortwährende Poesie: „Hierauf beruht jene Glückseligkeit des ersten Viertels unseres Lebens, infolge welcher es nachher wie ein verlorenes Paradies vor uns liegt." Meine Kindheit war kein Paradies. Ich habe mich immer gefürchtet, an das erste Viertel meines Lebens zurückzudenken: die Schatten waren dunkler und gewaltiger als die Widerstandskraft meiner Seele, der Körper war von Schmerzen geplagt, und das Herz empfing nie heilende Wunden, doch immer wieder schien in die Finsternis durch einen schmalen Spalt das Licht der Liebe.

Ich ging über einen sehr schmalen Steg, der über einem Abgrund hing, und wäre ins Bodenlose abgestürzt, hätte nicht an entscheidenden Wendungen die Herzensgegenwart eines gütigen Menschen mich gerettet. Erst jetzt, da das Weltleid größer ist als das tiefste persönliche Leid, wage ich es, mich mit meinen Jugenderinnerungen auseinanderzusetzen. Vielleicht mußte ich durch diese Hölle hindurch, um das leise Singen in meinem eigenen Innern zu hören und für die Schönheit der Welt empfänglich zu werden.

„Wenn sich die Traurigkeit festsetzt, wächst das Übel", sagt der heilige Franziskus. Und in der Schule des Lebens habe ich gelernt, daß man die Traurigkeit nur überwinden kann, indem man zu ihr einen Abstand findet und Selbsterlebtem wie der Erzählung eines Fremden lauscht. Es bedürfen ja alle Menschen der Freude, auch die Verbannten; sie sind es, die ganz besonders nach diesem herzerquickenden Wein lechzen. Nichts aber ist der Freude vergleichbar, wenn nach langen, qualvollen, schmerzzerschnittenen Stunden eine heilige, heile Stille eintritt und man wieder zu sich selbst, zu seinem eigenen Innern, zu dem die Trübsal den Weg verbaut hatte, zurückkehrt. Unendlich ist das Reich der Innenwelt.

Indem ich mein Leben niederschreibe, belebt sich die graue Eiswüste um mich, heimweherregende Düfte wehen, ich bin in einem Zaubergarten voll guter und böser Geister. Es gibt keine Uhrzeit. Vergangenes, Gegenwärtiges und Zukünftiges durchdringen sich in der Seele. Vielleicht aber ist die größte Aufgabe der Gegenwart, ohne verhärtende Bitterkeit durch das Martyrium von Leid, Abgeschnürtheit und Entrechtung hindurchzugehen, bis endlich der Sieg Gottes im Menschen errungen sein wird.

Uppsala-Exil, 1951.

VORWORT ZUR VIERTEN AUFLAGE

Langes taten- und bewegungsloses Warten auf das Kommen des erlösenden Frühlings, der Freude und des Freundes macht wehrlos.

Als ich meine Jugend und Kindheit erzählte, dachte ich zunächst nicht an Leser, ich wollte mich vom Druck und Dunkel befreien, Unbewältigtes auflösen und, auf mich selbst verwiesen, von den unsäglichen Ängsten meiner Kindheit und den noch schrecklicheren der Bolschewikenzeit mich heilen.

Seit der Pansatanismus den Osten überzogen hat, lebte ich, auch nachdem ich in Schweden ein Asyl gefunden hatte, in der Hölle der ständigen Angst verloren. Und die Einbildungskraft erhob aus dem Gemütsnebel eine Legion von Schreckgestalten. In diesem Buch gibt es Seiten, die ich schrieb, ohne daß ich es wagte, mich umzusehen. Ich hatte das Gefühl, jemand steht hinter meinem Stuhl und wird nach mir greifen, um mich in den Abgrund zu reißen, in dem viele meiner Freunde und Tausende meiner Zuhörer spurlos verschwunden sind.

Von den Sendboten Gottes, von Musik, Bäumen und Blumen abgetrennt, auf mich selbst verwiesen, in ein muffiges, schäbig-möbliertes, sonnenloses Zimmer sechs Jahre lang eingeschlossen, gepeinigt von dem unbefriedigten Verlangen nach seelisch-geistiger Wechselwirkung, nach menschlichem Umgang, jener Sehnsucht, die in mir ebenso stark ist wie die innere Notwendigkeit, je und je ganz allein zu sein, versuchte ich vergebens in die Wolken und Himmel verdeckende Mauer ein Loch zu bohren. Ich habe „Die weite Fahrt“ vor elf Jahren geschrieben und mir ist, als sei es eine Ewigkeit — so weit ist der zurückgelegte Weg. Auch heute noch ist mein Leben weit davon entfernt, ein unbeschwerter Falterflug zu sein, doch ist es nicht mehr so, daß die Tage schwanger mit Unglück gehen und nur Mühsal gebären. Ich habe eine menschenwürdige Behausung, und das Echo meiner Bücher hat mir gezeigt, daß die Welt Heimat sein kann; aber ich bin noch immer unterwegs, und die Sehnsucht nach Menschen und Dingen, die gemeinsames Erleben durchleuchtet hat, bleibt.

Die Tragik des Alltags, die erhobenen Hauptes hinzunehmen weit schwerer ist als die Prüfungen großen Stils, hat sich gelockert. Die sich aneinanderreihenden Stunden sind nicht mehr ununterbrochene Pein und Plage, hin und wieder geht die Sonne über einem fast schmerzensfreien Tag auf und unter. Das Wagnis meiner Vortragsreisen hat eine Kontinuität mit dem verschollenen Leben hergestellt.

In dieser neuen Phase meines Lebens kann ich den Hunger nach Musik, der mich oft stärker geplagt hat als der nach täglichem Brot — obwohl ich diesen bis zur lebensgefährlichen Unterernährung gekannt habe — durch den Zauberkasten, der den prosaischen Namen Plattenspieler trägt, stillen. Daß die Musik, weil ich nicht mehr zu ihr kommen kann, zu mir gekommen ist, und daß dieses Wunder sich durch die Leser meiner Bücher vollzogen hat, ist eine Tatsache, die mein Herz zu rühmen nicht müde wird. Jetzt habe ich meinen David, der mir jederzeit vorspielt und mich erquickt, wenn der böse Geist der Melancholie mich heimsucht.

Auch habe ich die Sprache des Landes, in dem ich lebe, erlernt, und meine ins Schwedische übersetzten Bücher haben einen Steg über den Graben der Isolationsfestung geschlagen. Ich habe die Möglichkeit gehabt, die schwedischen Menschen von innen kennenzulernen und weiß nun, daß sie redlich und sauber, mit einem unbestechlichen Wirklichkeitssinn begabt, pflanzenhaft lebend, Kinder Linnés sind, so wie die schönsten deutschen Menschen Kinder Beethovens sind. Nur dem flüchtigen Beobachter erscheinen alle Glieder eines Volkes gleich, wie die braunpolierten Früchte der Roßkastanie: in Wirklichkeit hat jede ihre eigene Zeichnung. Und die Seelenzeichnung vollzieht sich durch Leid.

Seit meine Bücher zu vielen Tausenden gewandert sind und meine Vortragsreisen mich im Laufe der letzten Jahre mit Lichtsuchern in verschonten und zerstörten Städten zusammengebracht haben, ist mein Herz nicht mehr schwarz von Schwermut, es ist weißer geworden, weiser und wissender.

Ich glaube wieder an die kleinen Freuden des Alltags und an die großen Wunder der Begegnung und Genesung. Unendlich mühsam ist es, den Garten des Lebens rein von Schädlingen des Neids, der Lüge und Heuchelei zu halten, doch schön ist es, ihn zu bebauen, auch wenn er nicht größer ist, als die Blumenkisten auf meinem Balkon. Mit tausend feinen Wurzeln greife ich ins Erdreich, doch der Bodensatz der Traurigkeit haftet in meinem Mark und wird nicht zu entgiften sein, solange die Gemeinde der Gequälten immer noch anwächst, solange man taub ist gegen die lautlosen Schreie der Märtyrer in allen Kontinenten, über die Sklavenlager in Sibirien wie über Maulwurfshügel lächelnd hinwegschreitet und der Mensch nicht die Freiheit besitzt, sich sein Wirkungsfeld selbst zu wählen, sondern von der Willkür und der Kurzsichtigkeit der Politiker in ein Land und Klima gezwungen wird, das weder seiner Seele noch seinem Körper gemäß ist.

„Die weite Fahrt“ hatte ich, wie gesagt, anfangs nur für mich geschrieben, doch wenn auch nur *ein* Herz im Ertragen des unergründlichen Leids geduldiger geworden, wenn auch nur ein Lehrer, ein Arzt, Erzieher oder Richter milder seines Amtes waltet, dann habe ich dieses Buch nicht vergebens der Öffentlichkeit übergeben.

Uppsala, März 1962

WELTABGESCHIEDEN

„Denn zum Leiden gebar ihn
die Mutter." Homer

„Man gab mir Liebe, und ich
wurde stark." Rainis

Der unsichtbare Riese

Ich bin fünf Jahre alt. Ein heißer Sommertag. Ich liege in unserem Garten unter einem Apfelbaum. Gewitterschwüle, Donner grollt am Horizont. In schwarzen Wolken zuckt hin und wieder ein Blitz. Ein schwerer Stein drückt meinen Kopf. Hat der Riese, der dort oben in den Wolken haust, auf meinen Kopf einen Stein gewälzt? Jemand hält mich fest. Ich entwinde mich der unsichtbaren Macht und laufe. — Ich muß einer drohenden Gefahr entfliehen. Es ist unerträglich heiß. Ich ziehe Schuhe und Strümpfe aus und laufe über die tauige Wiese. Das Gras ist weich und kitzelt angenehm die Fußsohlen. Ich pflücke Blätter von den Bäumen und presse sie an meinen brennenden Kopf, aber im Nu sind auch die Blätter heiß. Sie verwandeln sich in Feuerzungen. Vielleicht ist der Garten verzaubert? Ich fliehe ins Haus und verstecke mich in meinem Bett.

Angstgestalten erfüllen die Nacht, all die darauffolgenden Tage, die sich durch nichts von den Nächten unterscheiden. Ich kann nicht einschlafen. Der unsichtbare Riese zerrt mit Feuerzangen an meinen Gliedern und reißt mich gewaltsam fort von Eltern und Geschwistern in sein Reich der Finsternis. Nach einer langen Reise durch eine Gespensterwelt kehre ich wieder zurück ins Doktorhaus. Ich bin allein im Zimmer. Als ich aufstehen will, spüre ich, daß ich keine Kraft in den Beinen habe. Wie zwei nicht zu mir gehörige Körperteile hängen sie schlaff an meinem Körper. Ich versuche es immer wieder, aber es gelingt mir nicht. Alle Kraft ist aus meinem Rückgrat und aus meinen Füßen gewichen, ein Stein lastet auf meiner

Brust. Ich zerreiße mein Hemd, mein Laken, zerkratze mein Gesicht, schlage mit dem Kopf gegen die Wand. Vergebens versucht die herbeigeeilte Mutter mich in ihre Arme zu nehmen und zu trösten:

„Du bist noch krank, Liebling. Du bist viele Wochen sehr krank gewesen."

„Nein, ich bin nicht mehr krank. Ich bin gesund, aber ich kann nicht aufstehen."

„Du bist nach der langen Krankheit sehr schwach geworden. Tag und Nacht habe ich an deinem Bettchen gewacht. Nun ist das böse Fieber endlich gefallen. Jetzt mußt du tüchtig essen, und dann wird alles wieder gut sein", sagt Mutter, und Tränen laufen ihr über die Wangen.

„Das ist nicht wahr! Warum lügst du? Ich habe gehört, wie Pappi gestern zu dir sagte: sie wird wohl niemals mehr gehen können. Ihr dachtet, daß ich schlafe. Aber ich schlief nicht. Ich habe alles gehört ..."

Die Kinderfrau bringt mir ein Glas Zuckerwasser: „Trink, Kindchen, das wird dich beruhigen."

„Ich will nicht trinken, ich will mich nicht beruhigen. Ich will gehen."

„Das wird schon kommen, liebes Kindchen, warte nur ein bißchen."

„Auch du lügst", schreie ich die Kinderfrau an und schlage ihr das Wasserglas aus der Hand. Erschreckt flüstert die Alte:

„Kommen Sie, gnädige Frau, allein wird das arme Kindchen sich am schnellsten beruhigen."

Als meine Mutter noch zögert, fügt sie hinzu: „Müde wird sie sich weinen und einschlafen."

Einschlafen? Nein, ich werde nicht einschlafen. Nie werde ich einschlafen und nie werde ich mich beruhigen.

Ich weinte und zerbrach alles, was in erreichbarer Nähe

war. In den Pausen zwischen den Anfällen hörte ich die betrübte Stimme meiner Mutter im Nebenzimmer:

„Amata war das beste Kind, als sie gesund war. Immer fröhlich und leicht zu lenken. Aber jetzt ist es kaum mehr zu ertragen."

Darauf erwiderte die Kinderfrau: „Grämen Sie sich nicht, gnädige Frau. Mit der Zeit wird sie sich daran gewöhnen. Nur am Anfang ist es so schwer. Der Mensch gewöhnt sich an alles. Aber das Kind muß wohl gemerkt haben, daß die böse Krankheit ihm auflauerte. Kaum, daß es das Gehen erlernt hatte, wollte es immer laufen und laufen. Keinen Augenblick saß es still."

Als Vater von einer Krankenfahrt nach Hause kam, muß ihm wohl meine Mutter von meinem Nervenanfall erzählt haben. Eilig, ohne den weißen Staubmantel, in dem er die Fahrten zu seinen Patienten zu machen pflegte, auszuziehen, kam er in mein Zimmer und nahm mich in seine Arme. Ein Geruch von sonnendurchglühtem Staub der Landstraße und erhitzter, trockener Sommerluft strömte in den Raum, in dem sich Krankheit und Schlaflosigkeit, Ausdünstungen von Arzneien und Tränen zu schwerem Nebel verdichtet hatten.

„Mein Täubchen, mein Liebling, schau, was ich dir mitgebracht habe. Das ist eine Pechnelke, sie heißt so, weil ihr Stiel mit Pech beschmiert ist."

„Warum ist er mit Pech beschmiert?"

„Damit die schädlichen Insekten diese schöne Blume nicht zerfressen."

„Und wer hat sie beschmiert?"

Vater überlegte eine Weile:

„Die Natur ... der liebe Gott ..."

Ärgerlich legte ich die Blume beiseite: „Ich lieb' nicht den lieben Gott. Ich habe auf dich gewartet. Weißt du, Pappi, ich bin jetzt gesund, ich habe keine Schmerzen, aber ich kann nicht aufstehen.“ Mit beiden Armen umschlang ich seinen Hals und schmiegte mich fest an seine Brust, Rettung vor der schrecklichen Wahrheit suchend.

„Die Blumen können auch nicht gehen, Liebling, und sind trotzdem schön. Alle freuen sich über die Blumen und haben sie lieb. Sieh, Täubchen, diese hier heißt Skabiose, schau nur hin, wie zart ihre Staubfäden sind.“

„Aber ich bin nicht schön, ich habe mich im Spiegel besehen.“ Voll Entsetzen dachte ich an mein gelbes, welkes Gesicht.

„Wenn du so viel weinst, gewiß nicht. Aber wenn du fröhlich bist, gleichst du einer kleinen Blume. Und nun wollen wir Wasser für die Blumen holen, sieh, sie sind schon welk geworden.“

Erst jetzt erwachte ich aus meiner Schmerznarkose und gewahrte die Verwüstung um mich. Hatte mein Vater nichts bemerkt?

„Geh nicht fort, geh nicht fort“, flehte ich voller Angst, daß bei seinem Fortgehen die Verzweiflung wiederkehren könnte. Er rief nach dem Stubenmädchen und hieß sie eine Vase mit Wasser holen. Er zog seinen Mantel aus, hüllte mich in eine Decke und nahm mich auf seinen Schoß. Die Magd fragte: „Wird der Herr Doktor jetzt oder später essen?“

„Bringen Sie mir das Essen hierher. Vor allem ein Glas Tee ...“

„Pappi, ich will so wie die anderen Schwestern ... ich will ...“ Er tat, als hätte er das nicht gehört und sagte:

„Wenn du groß sein wirst, wollen wir beide in eine schöne Stadt reisen. Da geht niemand zu Fuß. Da fahren alle nur mit dem Boot.“

„Warum?“

„Diese Stadt liegt auf kleinen Inseln, die miteinander durch Kanäle verbunden sind. Die Boote heißen dort

Gondeln. Ich zeige dir später ein Buch, wo diese schönen Boote abgebildet sind."

„Wann werden wir dorthin fahren?"

„Du mußt erst etwas größer und stärker werden. In dieser Stadt spricht man weder lettisch noch russisch noch deutsch, sondern nur italienisch. Wir müssen beide italienisch lernen, ehe wir dorthin fahren, sonst wird uns niemand verstehen."

„Verstehst du, Pappi, denn nicht italienisch?" Ich war der Überzeugung, mein Vater verstünde alles.

„Nein, Liebling, wir beide werden gemeinsam diese Sprache erlernen. Italienisch ist aus dem Lateinischen hervorgegangen. Kann man Lateinisch, dann ist das Italienische ganz leicht. Und Lateinisch kann ich gut, das ist eine sehr schöne Sprache. Tochter heißt filia. Du bist meine filia carissima."

So begann meine erste lateinische Stunde, so begann meine mystische Freundschaft mit den Blumen, so erwachte meine Sehnsucht nach Italien.

Die Mutter meiner Mutter war bei uns zu Besuch. Immer sah sie mich mit einem mitleidigen Blick an, und um dieses Blickes willen mochte ich sie nicht. Einmal fragte sie meinen Vater, als sie glaubte, ich hörte sie nicht, aber ich hörte alles ganz deutlich, obwohl die Tür geschlossen war und das Gespräch ganz leise vor sich ging:

„Sag mir, Robert, wird das arme Kind später einmal allein, ohne Hilfe einer Wärterin, ihre Bedürfnisse erledigen können?"

„Doch, das glaube ich", erwiderte mein Vater.

„Ich kann mir das nicht vorstellen, wie sie das machen wird. Ach, vielleicht wäre es besser, der liebe Gott hätte sie zu sich genommen."

„Sag das nicht, Omama! Louis Braille, ein Franzose, ich weiß nicht, ob du von ihm gehört hast, war seit seinem dritten Lebensjahr blind, und trotzdem war er für die ganze Menschheit von größerem Segen als alle seine gesunden Brüder. Und blind war auch der erste lettische Dichter. In der letzten Zeit mußte ich immer wieder daran denken."

Seit jenem Tage haßte ich meine Großmutter, obwohl sie immer freundlich und hilfsbereit war. Steckte sie mir etwas Süßes in den Mund, spuckte ich es aus, kaum, daß sie sich umgekehrt hatte. Sie wollte mir das Stricken beibringen.

„Dann wirst du keine Langeweile haben, wenn die anderen Schwestern herumlaufen."

Eine heiße feindliche Welle erhob sich in mir. Es sollte ein Waschlappen werden.

„Zuerst strickst du einen für Mammi und dann für deine Schwestern, für jede einen, und auch für deinen kleinen Bruder."

„Ich will nicht."

„Es ist gar nicht so schwer, versuch's nur."

Unwillig nahm ich das Zeug entgegen und folgte unlustig ihren Anweisungen. Im Geiste sah ich meine Schwestern einen Schneemann bauen, und ich saß dabei und strickte einen Waschlappen. Ich sah meine Schwestern tanzen, und ich saß dabei und strickte einen Waschlappen. Meine Hände schwitzten vor Widerwillen. Der Lappen gedieh nur langsam und sah schmutzig und vergrämt aus. Aber Großmama ließ nicht nach. Erziehung und Handtuch müssen rauh sein, lautete ihr Wahlspruch. Als sie wieder einmal mit der Handarbeit nahte, fing ich zu weinen an. Vater trat ins Zimmer. Ein fragender Blick traf die Großmama, die sofort zu erzählen begann: sie wolle mir etwas Handarbeit beibringen, dann könne auch ich später im Leben zu etwas nützlich sein, aber leider sei ich nicht besonders gelehrig und eigensinnig sei ich auch.

„Quäl das Kind nicht, Oma“, sagte mein Vater; aber Großmama war nicht so leicht kleinzukriegen; Handarbeit müsse jedes Mädchen verstehen und gerade für mich würde später einmal Handarbeit von großem Nutzen sein. Ich könne mir später einmal damit etwas Geld verdienen. Die anderen Schwestern würden wohl heiraten, und dann könnte ich bei den verheirateten Schwestern leben und für ihre Familien nähen und schneidern. Sie war von ihren für mich erdachten Zukunftsplänen ganz begeistert.

„Amata wird nie ums tägliche Brot arbeiten müssen“, bemerkte Vater ernst. „Für ihre Zukunft werde ich sorgen. Nie wird sie von ihren Schwestern abhängig sein.“ Und zu mir gewandt, sagte er:

„Bei dir, Täubchen, merkt man, daß du zwischen zwei Flüssen geboren bist: kaum, daß man dich anrührt, läuft das Wasser über. Weißt du, wie die beiden Flüsse heißen?“

„Nein.“

„Komm, ich zeige sie dir auf der Karte. Der eine heißt Aa und der andere hier Tirza. Du warst kaum ein Jahr alt, da wurde ich als Kreisarzt von Aahof nach Grobina versetzt. Das war eine weite Fahrt, besonders für ein so kleines Ding, wie du es damals warst. Aber du vertrugst die Reise per Achse und mit der Eisenbahn gut, warst munter und hattest prachtvollen Appetit ...“

Er nahm mich auf seinen Arm und trug mich in sein Schreibzimmer, und da begannen meine Geographiestunden, nein, meine Zauberstunden. Er holte von seinem Bücherregal das schönste Bilderbuch der Welt, den Brockhaus, das große Konversationslexikon. Er zeigte mir zuerst meine Heimat, einen winzig kleinen Punkt, und dann die anderen Länder, die fröhlich bunten Fahnen, jedes Volk hatte seine eigene. Und erst die vielen Völker der Neger sahen so ulkig aus, daß man lachen mußte. Vater sagte:

„Du lachst über die Neger, aber wenn die Schwarzen uns ansehen, kommen wir ihnen abstoßend häßlich vor. Früher waren die Neger die Haustiere der Weißen. Die weißen Menschen schlugen und quälten sie. Wenn ich nächstens nach Libau fahre, werde ich dir ein schönes Buch mitbringen, worin erzählt ist, wie die Neger frei wurden. Das lese ich dir dann abends vor."

Kerker und Tod

Vater war als Arzt sehr beliebt, in schwierigen Fällen berieten sich die Kollegen mit ihm. In unserem Hause verkehrten alte und junge Mediziner und mit jedem wurde mein „trauriger Fall" besprochen. Weil die ernstesten unter ihnen mich oder vielmehr meine Krankheit sehen wollten, ergriff mich bei jedem männlichen Gast ein Grausen.

„Ist das ein Doktor?" fragte ich jedesmal und erst, wenn ich eine verneinende Antwort erhielt atmete ich erleichtert auf. Ich hatte den Eindruck, Ärzte seien nur da, um Kinder zu quälen. Es gab nur einen einzigen, der wirklich zu heilen, zu helfen, zu erleichtern vermochte. Aber warum erlaubte er diesen dummen, neugierigen Fremden, mich zu betasten, als sei ich ein lebloses Ding? Und dann sahen sie einander an, schüttelten den Kopf, seufzten und flüsterten Worte in einer mir unverständlichen Sprache. Ich wußte, das war Latein. Aber ich konnte nur einige Wörter lateinisch und zwei, drei Sprichwörter: zum Beispiel variatio delectat . . .

Am uralten Saum der Erde, in der Ebene am Ostseestrand, wo schon seit Tausenden von Jahren eines der ältesten indoeuropäischen Völker sät und erntet, im baumumstandenen Doktorhaus zu Grobina, einem kleinen, uralten Städtchen in Kurland, mit Wikingergräbern am Flußufer und der Ruine einer deutschen Ordensburg, wuchsen vier Schwestern und ein Bruder auf. Werner war ein Jahr jünger als ich, und als ich noch laufen konnte, spielten wir Pferdchen. Ich war sehr stolz auf sein Lob: „Amata ist das schnellste Pferd." Er hatte blonde Locken und große blaue Augen. Gingen wir zusammen aus, blieben die Leute auf der Straße stehen und sagten: „Welch ein ungewöhnlich schöner Junge!" Und unsere Kinderfrau fügte hinzu: „Ja, so blond der Junge, so schwarz das Mädchen." Ich aber war traurig, daß ich schwarz wie eine Zigeunerin war und gar keine Ähnlichkeit mit dem Engelsgesichtchen meines Brüderchens hatte. In seinem vierten Lebensjahr erkrankte er an Diabetes. Damals kannte die Medizin kein Gegengift. Man mußte mitansehen, wie der Tod die Tür öffnete, um die lebenshungrigen Menschenkinder mit sich zu nehmen. Das Insulin war noch nicht erfunden. Man quälte die Kranken mit Diät, jedes Gramm Brot wurde gewogen. Vater wußte, daß man dadurch das Ende nur hinausschob: ein langsames Verhungern in einer Welt, in der sich alle satt aßen. Noch heute höre ich, wie Werni durch die Zimmer lief und gellend schrie: „Brot, Brot!"

Auf der Briefwaage wog die Mutter für ihren einzigen Sohn papierdünne Brotscheiben; ihre großen, sonst so ruhigen Hände zitterten. Beim gemeinsamen Spiel versuchte ich häufig, Werni heimlich ein Stückchen Brot zuzustecken. Er wurde immer schmaler und blasser. Mitunter war sein kleines Gesichtchen verzerrt. Seine Augen wurden immer größer.

Ich selbst wurde nach Riga zu einem Spezialisten in eine orthopädische Anstalt gebracht, wo mein Körper massiert, gereckt und gestreckt, gebogen und gezogen wurde. Vor jedem neuen Tag, der neue Qualen brachte, fürchtete ich mich. Nur in der Nacht ließ man mich in Ruhe. Aber auch sie schenkte keine Erquickung. Es gelang mir nur schwer, in die erlösende Urtiefe des Schlafs hinabzusinken. Es war niemand da, der ihm behutsam die Tür öffnete. Zu Hause trat Vater, und war er noch so spät von einer Krankenfahrt heimgekehrt, an mein Bett, bekreuzigte mich und immer flüsterten seine Lippen die gleichen Worte: „Der liebe Gott behüte und segne dich." Dieses Gebet verscheuchte die Nachtgespenster und machte den Schlaf ruhig und tief. Hier aber war er wie ein zerrissenes Gewand. „Lieber Gott, mach, daß die Nacht nicht aufhört", betete ich trotzdem jeden Abend. Am Morgen, wenn es hell wurde, schloß ich die Augen, um dem Tag nicht Einlaß zu gewähren. Vergebens! Die Krankenschwester kam und die Tortur begann.

Bis zum physischen Schmerz litt ich darunter, von unserem Garten, den Blumen und Vögeln, von Vater, der mir immer Freude brachte, so gewaltsam getrennt zu sein. Am Morgen galt Vaters erster Blick dem Thermometer hinter dem Fenster und dem Barometer an der Zimmerwand. Und immer sagte er: „Ich habe eine gute Nachricht für dich." — „Nu, Pappi?" — „Heute ist es zwei Grad wärmer als gestern." Oder: „Das Barometer steht auf: Klares Wetter." Und sagte das Barometer Sturm voraus, deklamierte er: „Blast nur, ihr Stürme, blast. Mir soll darob nicht grauen, ich will den Frühling schauen." Und im Januar teilte er mir wie eine ganz besondere Freude die Tatsache mit, daß nun der Tag vier Minuten länger sei.

An Stelle der Blumen, Vögel und Wolken, mit denen

mein Leben so eng verbunden war, sah ich nur blinkende Geräte und mich peinigende Instrumente. Man zwang mich zu atmen und zu essen, auch wenn ich vor trauriger Müdigkeit ganz erstarrt war. Um mich zu zerstreuen, las mir die Krankenschwester aus einem schrecklichen Buch vor, das „Max und Moritz“ hieß, und wollte, ich sollte lachen bei Stellen, die mir die Tränen in die Augen trieben. Über Hühner, die sich durch die Bosheit der Buben erhängten, über einen armen Mann, der ins Wasser fiel, konnte man doch nicht lachen. Aber das Schrecklichste war der Schluß, bis in den Traum hat er mich jahrelang verfolgt: wie konnte man lebendige Kinder — und waren sie noch so unartig — in das Räderwerk einer Getreidemühle werfen, um sie zu zermahlen! Ich war mir bewußt, daß ich durchaus kein artiges Kind war, und wenn der Arzt einen unheimlich aussehenden Apparat einschaltete, packte mich das Grauen: diese Maschine wird mich gleich zerreißen! Ich versteckte mich unter der Bettdecke. „Warum bist du unartig, Kind?“ fragte der Arzt streng. „Das Elektrisieren tut ja nicht weh ...“ Grauen und Schmerz wechselten miteinander ab, aber das Grauen war vielleicht noch größer als der Schmerz. Jedesmal, wenn ich in ferneren Jahren in ein Krankenhaus eingeschlossen wurde, kamen die Kindheitserinnerungen mit, wie eines fremden Malers Bilder hingen sie an den Krankenhauswänden und verscheuchten Schlaf und Ruhe.

Als ich nach mehreren Monaten elend und zerquält von meiner Mutter aus Riga abgeholt wurde, mißfiel es mir sehr, daß sie ein schwarzes Kleid trug.

„Warum bist du so häßlich angezogen?“ fragte ich.

„Weil ich sehr traurig bin.“

„Warum bist du traurig?“

„Darüber erzähle ich dir, wenn wir zu Hause sind.“

In unserem Saal lag Werner im offenen Sarg, in einer

Fülle von Chrysanthemen, Narzissen, Hyazinthen und Rosen. Mit seinen blonden Locken zwischen all den Kerzen und Blumen sah er wie ein Weihnachtsengel aus.

„Wie schön, wie schön", war das erste, was sich mir entrang.

„Das ist nicht schön, das ist traurig", belehrte mich unsere Bonne.

„Warum weinst du nicht? Tut es dir gar nicht leid? Deinen kleinen Bruder wird man gleich begraben."

Ich verlangte nach meinem Vater, war er doch der einzige, der die Wahrheit sprach und mir nie unnütze Schmerzen bereitete. Ich fragte ihn:

„Will Werni jetzt kein Brot mehr haben?"

„Nein, Täubchen, nun braucht er nichts mehr."

Das war doch beneidenswert. Zum ersten Male erlebte ich das Angestecktwerden vom Tode. Ich umschlang Vaters Hals:

„Pappi, ich will auch sterben!"

„Nein, mein Täubchen, du mußt bei mir bleiben, sonst bin ich zu traurig, wir beide gehören zusammen", und er schloß mich noch fester in seine Arme. Die überwältigende Traurigkeit, die im ganzen Hause herrschte, stand in unbegreiflichem Widerstreit zu den vielen schönen Blumen und dem friedlichen Engelsgesichtchen, das nach nichts mehr Verlangen hatte.

Was meine Muter in jenem Jahr gelitten, als zwei ihrer Kinder an einem unheilbaren Leiden erkrankten und ihr einziger Sohn starb, konnte ich damals nicht ahnen. Erst zwanzig Jahre später, als mir ganz zufällig eines ihrer Notizbücher aus dem Jahre 1903 in die Hände geriet, las ich die Worte: „Der Himmel ist stumm. Der Weg ist leer. Schmerzen, über die man nie hinwegkommt."

Eines Abends hörte ich, wie sie zu meinem Vater sagte, der vor einigen Stunden durch einen energischen operativen Eingriff einem Nachbarskinde das Leben gerettet hatte:

„Hunderten und Hunderten rettest du das Leben und deine eigenen Kinder ...“ ein Schluchzen erstickte den Schluß des Satzes.

„Da es unheilbare Krankheiten gibt, sollte man da überhaupt Kinder zur Welt bringen? Nein, Doddy (so nannte sie meinen Vater), ich will keine Kinder mehr haben ...“ Vier Jahre später gebar sie ihr sechstes Kind, das in der Taufe den Namen Renata erhielt.

Der Berg der Befreiung

Einen Sommer lang war mein Vater Badearzt in Baldone und hatte dort eine riesige Praxis. Besonders beliebt war er als Kinder- und Frauenarzt. Mit verblüffender Sicherheit stellte er die schwierigsten Diagnosen.

Wir lebten in einer hübschen Villa, die mitten in einem großen Garten lag. Die Patienten wurden im Sprechzimmer des Krankenhauses, das sich auf der anderen Seite der Straße befand, empfangen. Vater hatte gehofft, daß der Luft- und Ortswechsel auf meine Gesundheit einen wohltuenden Einfluß ausüben würde. Aber das war nicht der Fall. Ich litt darunter, daß ich Vater den ganzen Tag nicht sah. Oft geschah es, daß er spät abends, wenn er sich zu mir ans Bett setzte, um mir eine der geliebten griechischen Sagen zu erzählen, noch zu einem Kranken geholt wurde. Mutter war sehr ungehalten darüber. „Du wirst dich zu Tode arbeiten, schon wochenlang bist du weder zu Mittag noch zum Abendbrot nach Hause gekommen.“ Auch Vater war nicht entzückt, daß er zum Modearzt geworden war, aber da er nun einmal hier war, hielt er es für seine Pflicht, allen Ansprüchen, soweit es in seiner Kraft stand, gerecht zu werden. Damals war es wohl das erste Mal, daß ich von ihm einen jener Sätze hörte, in die er wie in ein Rezept seine Lebensweisheit zu drängen pflegte:

„Der Arzt ist der Diener der Kranken."

Damals berührte mich dieser Satz unangenehm: wie konnte mein Vater, dieser stattliche blonde Mann, der Diener irgendeines fremden Menschen sein? Besonders eifersüchtig war ich auf eine reiche Dame, die in einer Kalesche mit zwei Pferden vorfuhr und täglich meinen Vater abholte. Ihr einziges Kind, ein zweijähriger Junge, litt an einer chronischen Diarrhöe, die keiner der berühmten Spezialisten hatte heilen können. Als jämmerliches Skelett wurde er am Anfang des Sommers zu meinem Vater gebracht, am Ende der Saison war er ein rundlicher rotwangiger Bube. Im Sprechzimmer meines Vaters hing bis an sein Lebensende die Photographie dieses Jungen als Beweis für die erfolgreiche Kur: die Mutter hatte den kleinen Jungen alle zwei Wochen nackt photographieren lassen, um sich den Fortschritt der Genesung anschaulich vor Augen zu führen. Am Ende der Badesaison kam die steinreiche Mutter in unsere Villa, um sich vom Lebensretter ihres Kindes zu verabschieden. Tränen rannen ihr aus den Augen, und sie bückte sich, um die Hand meines Vaters zu küssen: „Dem Tode, dem Tode haben Sie meinen Jungen entrissen. Bis an mein Lebensende will ich Ihnen dankbar sein." Sehr feierlich überreichte sie meinem Vater ein Kuvert, das, wie sich später erwies, nur die sechs Photographien des Kleinen enthielt. Diese elegante Dame hat später nie etwas von sich hören lassen. Auf die eindrucksvolle Bilder-Serie seines kleinen Patienten weisend, pflegte Vater in späteren Jahren oft zu sagen:

„Diese Bilder lehren uns zweierlei: erstens wieviel man mit einer richtigen Diätkur erreichen kann, und zweitens, daß man nie auf die Dankbarkeit seiner Patienten hoffen soll."

Wie gesagt, ich fühlte mich in Baldone sehr einsam. Mein geliebter Brockhaus war in Vaters Schreibzimmer zu Grobina geblieben. Auch tat mir das bunte, müßige, sorglose Sommerleben des Badeorts, das am Fenster unserer Villa vorbeiflutete, weh. Meine Schwestern badeten, spielten Krocket, ruderten, machten Ausflüge, besuchten Tanzgesellschaften.

Aber eines Tages brach in meine dunklen Stunden ein großes Licht und erhellte sie nicht nur für Augenblicke, sondern entzündete einen Funken, der bald schwächer, bald stärker mein ganzes Leben erleuchtet hat. Mutter war eine gute Pianistin. Sie hatte vor ihrer Verheiratung das Konservatorium in Petersburg besucht und wäre wohl dort geblieben, wenn sie das Klima ertragen hätte. Obwohl sie von einer außergewöhnlich kräftigen Körperkonstitution war, erkrankte sie, sobald sie sich in Petersburg aufhielt, an typhusartigen Erscheinungen. Erst als sie über dreißig war, hatte sie geheiratet. Ihr Reich war und blieb die Musik, wie das meines Vaters die Medizin. Das Mikroskop in seinem Kabinett war für mich ein ebenso geheimnisvoller Gegenstand, wie der große, schwarze Flügel im Musikzimmer.

Vater hatte ebensowenig Interesse für Musik wie Mutter für Naturwissenschaften. Vater fand Beethoven langweilig, Mutter die naturwissenschaftlichen Experimente unappetitlich. Aber wie mein Vater in keiner Hinsicht die Interessen und das Eigenleben meiner Mutter einengte, so war sie ihrerseits immer bereit, ihrem Manne jedes Opfer zu bringen. Als mein Großvater — der Vater meiner Mutter, der Flachskaufmann war — eine größere

Summe Geldes schickte, wofür seine Tochter an Stelle des Schröder-Instrumentes, das immer hart und etwas trocken klang, den längst ersehnten Blüthner-Flügel kaufen sollte, verzichtete sie auf ihren Jugendtraum und schenkte ihrem Mann das teuerste und beste Mikroskop. Diese Tatsache erzählte Vater mit leuchtenden Augen jedesmal, wenn jemand das Klavierspiel meiner Mutter bewunderte.

Eines Tages, als Vater bei seinen Patienten war, meine Schwestern bei ihren Freundinnen, spielte meine Mutter eine der Rhapsodien von Liszt. Ich saß auf der Veranda und lauschte. Ein großer Wald brauste und Schmetterlinge, so groß wie Vögel, flogen durch die Luft. Einer setzte sich auf meine Hand und fragte: „Willst du mit mir fliegen? Schließe die Augen und halte den Atem an, dann geht's ganz leicht."

Als der letzte Akkord verhallt war, durchschritt ein stattlicher weißhaariger Mann die Veranda. Ohne nach rechts oder links zu schauen, ohne nach jemandem zu fragen, ging er in den Saal und küßte meiner Mutter beide Hände.

„Verzeihen Sie, gnädige Frau, daß ich so ohne Erlaubnis in Ihr Haus eingebrochen bin, aber Ihr Spiel hat mich verzaubert." Er stellte sich vor: Hermann von Westermann. „Schon mehrere Abende habe ich Ihrem wundervollen Spiel gelauscht. Ganz unglaublich in diesem provinzialen Badeort. Heute habe ich mir endlich die Freiheit genommen, Ihnen für die allabendlichen Konzerte zu danken."

Hermann von Westermann war Dozent für Mathematik am Rigaer Polytechnikum, Wagnerianer und Musikenthusiast. An jenem ersten Abend reichte er mir nur die Hand und sagte:

„Warum hast du so traurige Augen? Bist du nicht stolz, daß du eine Mutter hast, die so wundervoll spielt?" Aber bald darauf wurden wir gute Freunde. Er war ein seltsamer Mensch, zu jeder Extravaganz fähig, einer von jenen, die sich nicht in den Alltag einfügen und bis an ihr Lebensende nicht lernen, daß es sechs Wochentage und nur einen Sonntag gibt. Er kannte keine Kompromisse. Von seiner Frau war er geschieden. Das freischwebend Schöne, ganz gleich wo und in welcher Form er es antraf, begeisterte ihn nicht nur, sondern verpflichtete ihn zum Dienst. Ihm verdanke ich meine Einstellung zu den Menschen. Für ihn war der Mensch ein Wunder und lieben bedeutete für ihn anbeten. In der zweiten Hälfte des Sommers sahen wir uns fast täglich. Er schob meinen Rollstuhl über die sandigen Wege Baldones, um mir jede schöne Birke, jede mächtige Tanne, den Seerosenteich und alles andere zu zeigen. Meine Mutter wehrte bisweilen ab, sie fürchtete, er tue es aus übergroßer Noblesse, doch er schüttelte den Kopf:

„Gönnen Sie mir doch diese Freude, gnädige Frau. Ich bringe Ihnen Ihre Kleine heil und glücklich zurück. Auch sie ist Musik."

Ich verstand den Schluß des Satzes nicht, aber wie so oft in der Kindheit beeindruckte mich das Unverständliche am tiefsten. Hatten wir Besuch und ging es bei uns besonders lustig her, erschien er wie ein Erlöser und sagte mit seiner wohlklingenden Stimme:

„Wir beide fahren in den Wald, nicht wahr, Amata? Auch ich mag diesen Radau nicht."

Ich schwieg, doch er tat, als hätte er eine Bestätigung seiner Frage erhalten. Er wünschte, ich sollte ihn Onkel Hermann nennen. Aber ich konnte das nicht, er war mir zu elegant und zu fein, er hatte gar nichts Onkelhaftes an sich. In meinem Herzen nannte ich ihn den Zauberer, aber er erfuhr nie, welchen Namen ich ihm gegeben hatte.

Der Moritzberg war die Zierde Baldones. Alle bestiegen ihn, um von dort aus die schöne Aussicht zu genießen und an klaren Tagen die Türme Rigas zu sehen. Bei einem Gespräch über den Moritzberg mußte Hermann von Westermann meinen sehnsüchtigen Blick aufgefangen haben, denn er sagte: „Morgen fahren wir beide auf den Berg." Die Anwesenden meinten, das sei nicht möglich, der Weg sei sandig und es gehe die ganze Strecke bergan. Aber Herr von Westermann ließ sich nicht abschrecken, er schnitt alle Debatten mit einem Scherz ab: Probieren geht über studieren. Ich schlief in dieser Nacht nicht, immer wieder sah ich den Moritzberg: einen schneegekrönten Gipfel, der mich aus der Kerker-Villa, über alle Schmerzen und alles Behindertsein emporhob. Als mein Vater am anderen Morgen wie gewöhnlich, ehe er in seine Sprechstunde ging, in mein Schlafzimmer kam, um zu fragen, wie ich geschlafen hätte, bemerkte er: „Du siehst so blaß aus, hast du Kopfschmerzen?" Und meine Mutter sagte energisch: es sei vernünftiger, wenn ich heute zu Hause bliebe, diese weite Fahrt sei doch Unsinn. Auch für den alten Herrn sei es eine viel zu große Anstrengung, sein Vorschlag sei sicher nur ein Scherz gewesen. Die Tränen stürzten mir aus den Augen.

Aber da hörte ich Hermann von Westermanns Schritte. Früh habe ich gelernt, die Schritte der Menschen zu unterscheiden, die sanften, versöhnenden, die wie schwebend über den Fußboden gleiten, und die harten, bösen, die wie mit einem Hammer klopfen, die ängstlichen, die herrischen, ungeduldigen und viele andere. Ich hörte ihn meinen Rollstuhl hinausschieben. Meine Mutter sagte: „Ich gehe und sage Herrn von Westermann, daß ihr nur bis in den Kurpark fahrt, und wenn ihr zurückkommt, erwarte ich euch mit Pfannkuchen und Erdbeersaft. Wir essen dann im Garten unter der alten Linde."

„Ich will keine Pfannkuchen, ich will den Moritzberg

sehen." Da sagte mein Vater seinen Wahlspruch, der in vielen ähnlichen Fällen entscheidend gewesen ist: „Des Menschen Wille ist sein Himmelreich."

Herr von Westermann trug mich freudestrahlend in meinen Wagen: „Wir haben herrliches Wetter. Wird das ein schöner Spaziergang sein!"

Mein Vater winkte uns fröhlich zu, Mutter sah uns besorgt nach und ihr letztes Wort war: „Wenn es zu schwer wird, kehren Sie um, Herr von Westermann. Es ist ja wirklich nicht wichtig, wie weit Sie kommen."

„Hat man je gehört, daß Bergsteiger auf halbem Wege umkehren?" erwiderte er lachend.

Er war den ganzen Tag guter Dinge und hatte mir als Geschenk ein Buch mitgebracht — Fechners „Nanna, oder das Seelenleben der Pflanzen". Es beeindruckte mich tief, daß die Pflanzen auch ein Seelenleben haben. Als wir an einer schattigen Stelle stehenblieben und er mir einige Seiten vorlas, verstand ich kaum etwas davon, aber das Buch hat bis zuletzt in meiner Bibliothek einen Ehrenplatz eingenommen. Auf diesem Spaziergang lauschte ich seinen Worten nur zerstreut; ängstlich beobachtete ich ihn: Ist er nicht müde geworden? Ist es nicht zu schwer für ihn? Und welch ein Blick wird sich mir vom Moritzberg öffnen? Mein Heimatstädtchen lag in einer sandigen Ebene, und ich kannte nur den Schloßberg, eine Anhöhe mit der Ruine einer deutschen Ritterburg.

Als wir endlich die Spitze des Moritzberges erreicht hatten, ergriff mich eine heftige Enttäuschung: das war ja nur ein grüner Maulwurfshügel! Vor mir aber stand glückselig Hermann von Westermann und wischte sich den Schweiß von der Stirn, denn die Sonne stand hoch am Himmel und kein Wölkchen war weit und breit zu sehen. Ich wußte, es war meine Pflicht, jetzt zu strahlen. Aber was war dieses Berglein gegen die schneeigen Gebirge meiner Träume, gegen den Montblanc und Mount Everest, den ich auf der Karte kannte und dessen Abbildungen ich im Brockhaus unzählige Male gesehen hatte. Die Aussicht war ja ganz nett, aber daß man so viel Aufsehens davon gemacht hatte und diese Stelle zum beliebtesten Ausflugsort erkoren hatte, konnte ich nicht verstehen. Nein, der Moritzberg begeisterte mich nicht, ich fand es anmaßend, daß ein so armseliges Hügelchen sich Berg zu nennen wagte.

Aber eine Bergbesteigung anderer Art lernte ich an jenem Tage kennen, und sie ist für mein ganzes Leben entscheidend gewesen: ich hatte an jenem Sommertage zum ersten Male den Berg der Freundschaft bestiegen, jenen Berg, der in meinem späteren Leben mir die tiefste Seligkeit geschenkt hat. Unbewußt ahnte ich bereits damals, daß man auf diesem Berg nie auf halbem Weg stehenbleiben kann, und von diesem Berg aus gesehen, breitet sich das Lebenstal vor uns in unendlicher Schönheit aus.

Hermann von Westermann sprach mit mir im gleichen Stil wie mit meiner Mutter, meinem Vater. Er zeichnete Figuren in den Sand und erklärte mir, wie man ihren Flächeninhalt ausrechnet. Er erzählte mir von Archimed, und ich meinte, das sei sein Lehrer oder Freund. Er legte mir ans Herz, daß ich Mathematik studieren müsse: „Die Domäne des Absoluten ist Mathematik und Musik. Nur im Reich dieser Wissenschaft und Kunst gibt es weder Zweifel noch Enttäuschung."

„Wir haben eine Freundschaft fürs Leben geschlossen", sagte er am Abschiedsabend, mich behutsam auf die Stirne küssend. Und es war auch eine Freundschaft fürs Leben, obwohl wir uns nie wiedergesehen haben. Er reiste für mehrere Jahre ins Ausland, dann kam der Krieg. Seine Briefe waren wie seine Gespräche. Ich hatte sie gemeinsam mit einigen anderen Kostbarkeiten meines Lebens in den sichersten Schrein verschlossen und wußte damals noch nicht, daß wir in einem Land lebten, das immer wieder in einen Feuerwirbel hineingerissen wurde. Die Anreden in seinen Briefen waren vielleicht das Eindrucksvollste. „Liebe, herrliche Amata“, „Meine vortreffliche Freundin, meine herrliche Dulderin“. Bisweilen umfaßte die Anrede zwei, drei Zeilen und der übrige Text — nur eine halbe Seite. Vor dem ersten Weltkrieg wurden die Briefe immer kürzer und seltener, bis sie 1915 ganz verstummten. Einige Jahre später erfuhr ich, was sich zugetragen hatte: Hermann von Westermann war beim Einzug der Deutschen in Riga aus dem Fenster gesprungen. Er war ein leidenschaftlicher Anhänger des deutschen Idealismus. Kultur an sich war für ihn deutsche Kultur. Die Zerstörung Belgiens, die Gewalttaten des Krieges hatten ihn niedergeschmettert. Nationaler Haß schien ihm ein pathologischer Zustand zu sein, und wer will in einem Irrenhaus leben? Auch persönliche, tief intime Motive mögen mitgespielt haben. Niemandem ist es noch gelungen, die Gedanken dessen, der in den Freitod ging, zu ergründen. Schon ein Lebender gibt nicht immer Antwort, weil er die Antwort nicht kennt, und einen Toten kann man nicht befragen.

Erst als ich erwachsen war, erfuhr ich, daß Hermann von Westermann der Mäzen des größten lettischen Romantikers, Janis Poruks, der gleich Hölderlin im Wahnsinn endete, gewesen ist. Janis Poruks besuchte die Vorschule des Polytechnikums, und die Außergewöhnlichkeit des zukünftigen genialischen Dichters nahm den Dozenten so gefangen, daß er ihn auf seine Kosten nach Dresden schickte, wo der Sänger des Weißen Gewandes Musik studierte. Diese Tatsache hat zu schmählichen Vermutungen geführt. Wie war es möglich, daß ein deutscher

Adeliger sich für einen lettischen Bauernjungen interessierte? Erstens war es ja eine bekannte Tatsache, daß die Deutschbalten und Letten sich feindlich zueinander verhielten, zweitens gab es Mäzene irgendwo in der Vergangenheit, zur Zeit der Renaissance, am Hofe der Fürsten, nicht aber bei uns in Riga! Poruks war ein schöner Jüngling, Westermann hatte ein unglückliches Familienleben, also konnte es sich nur um eine sittliche Verirrung handeln, die ja beim degenerierten Adel eine verbreitete Erscheinung war. — Dies war die Schlußfolgerung jener, die sich bei uns damals Literaturforscher nannten. Als ich zum ersten Male davon hörte, war ich über die Grobheit und Frivolität so empört, daß ich Westermanns Briefe publizieren wollte als Beweis seiner ungewöhnlich idealistischen Persönlichkeit. Aber ich tat es nicht. Und es war gut, daß ich es nicht tat, denn diese Briefe hätten niemanden von seiner Gesinnung überzeugt: „Nur Sehende kennen den Sinn."

Ehe ich von Baldone Abschied nehme, muß ich noch eine kleine Episode erzählen, die nur ein paar Augenblicke umfaßte und doch zu meinen tief einschneidenden Erlebnissen gehört.

Am Ende der Saison gab es im Kurhaus einen großen Kinderball. Ich weiß nicht, auf wessen Initiative auch ich hingebracht wurde, damit ich zuschauen konnte, wie lustig es die anderen hatten. Ich hatte mein rosa Sommerkleid an und eine große rote Schleife im Haar. In dem nicht allzu großen Saal war ein ungeheures Gedränge. Als der Ball angefangen hatte und die kleinen und großen Mädchen wie Schmetterlinge herumflatteren, blieb ein Knabe vor mir stehen und forderte mich zum Tanz auf. Ein elektrischer Schlag ging durch meinen Körper. Von den Haarwurzeln bis zu den Fingerspitzen. Ich streckte ihm beide Hände entgegen. Ich hatte mich noch immer nicht „daran" gewöhnt, ich glaubte noch immer nicht, daß ich nicht gehen konnte. Das war ja nur so ... ein böser Traum. Ich war doch verzaubert und jetzt, gleich würde der böse Zauber von mir weichen. Wuchsen nicht zwei Flügel an meinen Schultern? Es war nur eine Sekunde, es war eine Ewigkeit. Ich griff nach seinen Händen, harte, warme, trockene Knabenhände. Ich hörte ihn sagen: „Du hast so hübsches Haar", und er ließ meine Hände los, um in mein Haar zu greifen — meine Knie knickten kraftlos zusammen, ich lag auf dem Fußboden. Ein gellender Schrei. Schrie ich, schrie der fremde Knabe, schrien alle im Saal, schrien die Bretter des Fußbodens unter mir? Nein, sie brannten. Die Bonne, deren Obhut ich anvertraut war, riß mich an sich. Eine böse Stimme schalt: „Was hast du, dummer Junge, dem kranken Mädchen getan?" Eine erschreckte Stimme antwortete: „Krank? Wie konnte ich wissen, daß sie krank ist?"

Ich lag in meinem Bett. Vater beugte sich über mich. Er betastete meine Glieder: „Hast du dir weh getan?" Doch ich schwieg.

„Wo schmerzt es, Liebling? So sprich doch!"

Es schmerzte maßlos. Aber wie sollte ich es sagen? An diesem Abend erlebte ich zum ersten Male, daß es Dinge gab, die ich selbst meinem geliebten Vater nicht sagen konnte; und das schmerzte am allermeisten.

Seltsame Fäden verknüpfen die Tage eines Menschenlebens, zart und leise schwebend wie Marienfäden an sonnenklaren Nachsommertagen.

Als ich 25 Jahre später in Riga einen Vortragszyklus hielt, lag auf meinem Tisch, noch ehe der Vortrag begonnen hatte, eine blaßrote Rose, eine Ophelie, immer nur eine einzige Blume, und nie war ein Brief hinzugefügt, nie der Absender genannt. Zum Schluß des Zyklus erhielt ich wieder eine Rose, und ein goldener Ring war auf den Stiel gezogen, ein ganz feiner goldener Reifen mit einem kleinen Brillanten. Diesmal war auch ein Brief beigefügt:

„Nie vergesse ich den unglücklichen Kinderball in Baldone. Nie werde ich es wagen, mich Ihnen zu nähern." Der Name war unleserlich hingekritzelt.

Berlin und der Feuerschaden

Die Medizin ist eine Wissenschaft, die immer fortschreitet; was heute noch nicht möglich ist, ist vielleicht morgen oder übermorgen möglich. Meine Mutter hatte von einem berühmten Kinderspezialisten in Berlin gehört. Auch ich kannte seinen Namen, denn ein großer dicker Band über Kinderkrankheiten stand auf dem Bücherregal meines Vaters. Zu diesem Professor H. sollte ich gebracht werden. Vielleicht konnte er helfen. Vater zweifelte. Aber für Mutter war kein Opfer zu schwer, auch wenn nur ein Funken Hoffnung, ein ganz kleines Fünkchen aufleuchtete, hielt sie sich ans Licht. Nie kam sie über die Tatsache hinweg, daß von den dreißig Kindern, die in jenem Sommer im Kreise meines Vaters an der Epidemie erkrankt waren, das Schicksal mich am grausamsten heimgesucht hatte.

Die Reise nach Berlin bedeutete für meine Eltern ein riesiges Opfer: Mutter mußte das große Haus und drei Kinder im schulpflichtigen Alter verlassen, Vater seine Praxis für einige Monate aufgeben.

Eines Abends hörte ich ihn zu meiner Mutter sagen: „Vielleicht wäre es besser, daß wir das Geld, das wir für die Reise und den Aufenthalt in Berlin ausgeben werden, auf Amatas Namen anlegen. Später einmal hätte sie vielleicht mehr davon als von diesem ganzen Heilverfahren, an das ich nicht recht glaube.“ Darauf erwiderte Mutter: „Ich werde auch im Grabe keine Ruhe haben, wenn wir nicht alles versucht haben, um das Schicksal unseres Kindes zu erleichtern.“

„Nur ein bis zwei Prozent dieser Operationen gelingen.“

„Und wenn es auch nur ein halbes Prozent wäre, so müssen wir es doch versuchen“, beharrte Mutter.

Ich lag im Kinderkrankenhaus zu Berlin. Ein Professor mit weichen, rücksichtsvollen Händen untersuchte mich und sagte: „Bei der kleinen Russin ist alle Kraft in die Haare gegangen.“ Dieser Satz erregte Mißbehagen. Wie kann alle Kraft in die Haare gehen? Und warum nannte er mich eine Russin? Vater erklärte, das sage der Herr Professor, weil ich so starkes Haar und so schwache Glieder habe, und eine Russin nenne er mich, weil er vom lettischen Volk nichts wisse. Das kam mir fast komisch vor. Ich, ein kleines, dummes Mädchen, verstand außer meiner eigenen Sprache noch Russisch und auch die Sprache des Professors, er aber wußte nicht einmal, daß es eine lettische Sprache gab!

Der Professor weigerte sich, mich gleich zu operieren. Er schlug meinen Eltern vor, mich ein Jahr tüchtig aufzufüttern, eine Mastkur durchzumachen und dann wiederzukehren. Die in Berlin begonnene Mastkur — dieses Wort allein erfüllte mich mit Widerwillen — wurde zu Hause fortgesetzt. Die Hauptsache waren Grützen. Alle drei Stunden eine Mahlzeit. Aber trotz der appetitreizenden Medikamente schlug nichts recht an. Und noch heute wird mir ganz elend zumute, wenn ich weißen Grießbrei erblicke. Und dann der Haferschleim. Mit dem hatte mein Vater eine erfolgreiche Methode erfunden. Er setzte sich an mein Bett und erinnerte mich daran, wie schön ein Haferfeld in der Abendsonne aussehe, und wie stark Pferde seien, die doch nur Hafer essen. Ob ich nicht auch so stark sein wolle.

Und wenn auch diese Vorstellung und das französische Sprichwort: „L'appetit vient en mangeant" nicht half, griff er zum letzten Mittel: er liebkoste mich und sagte: „Wenn du mich liebst, dann trink die Tasse aus", und dieses Ultimatum war der höchste Zwang.

In Grobina wußte alt und jung, daß man den Doktor durch nichts mehr erfreuen konnte, als wenn man ihm etwas Gutes und Seltenes für sein „Zuckerbrötchen" sandte. Hatte jemand einen schönen Obstgarten, kamen die ersten Pflaumen und Birnen auf unseren Tisch, im Frühling die ersten Tulpen, im Sommer die ersten Rosen. Fuhr Vater auf die benachbarten Güter, brachte er einen Fasan, Spargel oder ein paar Pfirsiche für mich mit. Hatte er in der Hafenstadt Libau zu tun, kam er mit Weintrauben, geräuchertem Lachs, Neunaugen, und wenn ich infolge meiner wetterempfindlichen Nerven an grauen Regentagen mich sehr elend fühlte, mit einigen Gramm schwarzen Kaviars zurück.

Er selbst aß wenig, nur leichte Kost, wenn er müde von seinen Fahrten heimkehrte: ein Glas Tee mit Zitrone und geröstetes Brot mit ungesalzener Butter. Aber wenn wir uns beide an den Tisch setzten, war Lukullus unser Patron. Vater erzählte mir, wie dieser genießerische Römer den Olivensalat zubereiten ließ. War das eine Freude, wenn die Kastanien, die er auf glühenden Kohlen für mich briet, mit einem Knall platzten, und wir beide auf der geographischen Karte feststellten, von woher all die Leckerbissen kamen: Die Kastanien aus Italien, die Trauben aus Malaga, die fremdartig duftenden Äpfel mitten im Winter aus Sydney, die großen Nüsse aus Amerika. Und jeder Bericht, ein lebensgeistererweckendes Märchen, schloß mit dem Satz: wenn du größer und stärker sein wirst, dann reisen wir beide in den Süden, das Reisegeld habe ich bereits auf der Bank deponiert. — Und ich nahm mir vor, recht schnell groß und stark und gesund zu werden.

In ganz Libau war Vater wegen der kleinen Portionen, die er einkaufte, bekannt. Die Kommis' bedienten ihn schmunzelnd und fragten scherzweise: „Legt der Herr Doktor seine Einkäufe unters Mikroskop?"

Eine besondere Delikatesse waren Kiebitzeier. Vater hatte nämlich festgestellt, daß diese Eier besonders leicht verdaulich waren, und eine bleichsüchtige Baronesse, die an Appetitlosigkeit litt, hatte er durch eine Kiebitzeierkur hochgebracht. Sprach er von dieser Kur, so wies er darauf hin, daß der Glaube an eine Medizin mitunter mehr helfe als die Einwirkung ihrer chemischen Bestandteile.

Die gefleckten Kiebitzeier sahen so lustig wie Ostereier aus und das Eiweiß im gekochten Zustand wie Sülze. Mir kam es aber grausam vor, die Kiebitzmutter zu berauben. Vater tröstete mich, der Kiebitz könne wie die meisten Vögel nur bis drei zählen. Nehme man von fünf Eiern eines weg, merke das Weibchen nichts, nehme man aber von dreien eines, dann klage die Kiebitzmutter und umkreise ihr Nest in großem Weh. Wenn ich an Frühlingsabenden den Kiebitz so traurig rufen hörte, dachte ich immer, nun hat wieder jemand dem armen Vogel seine Eier geraubt.

Im Doktorhaus nannte man alle Delikatessen „Amatas Speisen". Und einmal fragte eine meiner Schwestern: „Pappi, warum liebst du Amata am meisten?"

„Weil sie am meisten Liebe braucht."

Ich war mit dieser Antwort zufrieden; ob es meine Schwestern waren, weiß ich nicht.

Von meinem ersten Aufenthalt in Berlin habe ich eigentlich nur zwei Erinnerungen: das königliche Schloß und den zoologischen Garten.

Da ich wußte, daß in Berlin der deutsche Kaiser, die Kaiserin und die vielen Prinzen lebten, wollte ich unbedingt das Schloß sehen. An einem schönen Tage mietete mein Vater eine Droschke, und wir fuhren langsam am Schloß vorbei. Aber das war ja nur eine Kaserne! Kein Gold, kein Silber, keine hängenden Gärten, keine geheimnisvollen Düfte. Es ging mir wie mit dem Moritzberg in Baldone: ich spürte weder Erstaunen noch Freude, nur eine ätzende Enttäuschung. War es da nicht besser, im Traumgebirge und in Traumschlössern zu leben? Die wirklichen waren Steine, Asche und Staub. Und nachdem man diese gesehen, kehrten die Traumgebilde so leicht nicht wieder, es war, als seien sie böse, daß man an ihrer Schönheit nicht Genüge gehabt hatte.

Der zoologische Garten dagegen bot mir immer neue Überraschungen. Hermann von Westermann hatte mir Hagenbecks Bücher geschenkt. Das Leben, der Charakter, die Eigenarten der wilden Tiere waren mir vertraut. Ich aß alles, was man mir vorlegte, tat alles, was man von mir verlangte, wenn mein Vater mir versprach, mich zu meinen vierbeinigen und gefiederten Freunden zu bringen, und nirgends hat mir das Essen so prachtvoll geschmeckt wie im Zoo.

Mein Lieblingsplatz war bei den Affen. Ich hatte das Gefühl, als seien das verzauberte Menschen; man müsse nur das richtige Wort finden, um sie zu erlösen. Am Affenkäfig lernte ich das Lachen wieder. Besonders ein Orang-Utan machte mir viel Spaß. Ihm wurde eine Serviette vorgebunden, und er aß wie ein wohlerzogener

Junge bei Tisch. Kaum aber hatte sich der Wärter umgedreht, warf er die Geräte der Zivilisation verächtlich beiseite, gebrauchte seine behaarten Hände an Stelle von Löffel, Messer und Gabel und verschlang die ihm bestimmten Speisen mit unglaublicher Schnelligkeit. Alle meine Süßigkeiten brachte ich ihm, und am liebsten hätte ich ihm auch die Bananen und Nüsse, die mir zugedacht waren, geschenkt. Als ein kleines Mädchen ihm an Stelle von Nüssen Kieselsteine reichte, warf er sie ihr mit frecher Zielsicherheit ins Gesicht, und als sie, ernstlich verletzt, weinend von ihrer Mutter fortgetragen wurde, kletterte er sehr befriedigt auf einen Baum, um seine kleine Feindin mit den Augen verfolgen zu können. Zwei Gorillas waren sehr traurig, nichts von all den Leckerbissen, die man ihnen brachte, nahmen sie an. Vater sagte, sie hätten Heimweh, sie könnten sich an die neue Umgebung nicht gewöhnen, obwohl ihnen hier nichts fehle, und der Wärter fügte erläuternd hinzu: „Ja, einer ist uns neulich an Trübsal krepiert." Erst viele, viele Jahre später habe ich die Ursehnsucht der Kreatur nach der eigenen Erde und das Dahinsiechen an der Unstillbarkeit dieses Wehs verstanden.

Den Vögeln, dem schmetterlingsartigen Kolibri und dem eingekerkerten Adler, fühlte ich mich verwandt, vielleicht weil auch sie, in einem Käfig eingeschlossen, von der Güte oder Bosheit der Menschen abhängig waren. Vor dem Löwenkäfig erzählte mir der Vater die bekannte Geschichte Tolstois:

In einem zoologischen Garten verspeiste ein Löwe täglich ein oder mehrere lebendige Hündchen. Als man ihm aber einmal einen kleinen weißen Pudel hineinwarf, der sich zitternd vor Angst in eine Ecke verkroch, beschnupperte er ihn, leckte ihn, tat ihm aber kein Leid an. Und so lebte der Pudel im Käfig des Löwen. Wurde dem

Löwen das Fressen gebracht, ließ er seinen kleinen Freund herankommen und knurrte wohlwollend. Nach einiger Zeit starb der Pudel eines natürlichen Todes, und da war der Löwe so traurig, daß er tagelang keine Nahrung zu sich nahm.

„Und die anderen Hunde, die man ihm hineinwarf, die fraß er alle auf?"

„Ja, die fraß er auf."

„Das kann ich nicht verstehen."

„Sogar ein Löwe, ein reißendes Tier, ist zu einem Sympathiegefühl fähig", versuchte Vater den Sinn der Geschichte zu erklären.

„Aber warum verschonte er nur dieses eine Hündchen und alle anderen verschlang er?"

„Es ist ja auch bei uns Menschen so, obwohl es nicht so sein sollte."

Ein Jahr später fuhren wir zum zweiten Male nach Berlin. Eine maßlose Angst vor der Operation saß mir im Nacken. Daß etwas Grauenhaftes meiner harrte, wußte ich schon allein darum, weil dieses Unbekannte so lange und heimlich vorbereitet wurde. Meine Eltern sprachen darüber nur im Flüsterton, und sobald sie merkten, daß ich zuhörte, verstummten sie. Als ich auf dem Operationstisch lag und all die blanken, scharfen Messer, Zangen, Scheren und Pinzetten, die Ärzte und Krankenschwestern erblickte, dachte ich, gleich werden sie sich alle auf mich stürzen, die Messer sind geschliffen, um mich zu zerschneiden, zu zerfetzen, zu zerstechen. Meine Hand verkrampfte sich in den Kittel meines Vaters. Solange er bei mir war, konnte mir ja nichts Böses geschehen; aber wenn er nicht mehr da ist, wenn diese fremden Menschen, die nicht einmal unsere Sprache kannten, ihn hinausstießen, was dann? Meine Mutter hatten sie heute nicht zu mir gelassen. Nur einen Schimmer ihres verweinten Gesichts hatte ich am Fenster erhascht. Das waren schlechte Menschen, die ein Kind von seiner Mutter trennten.

Vater und ich, wir standen auf dem Lebensufer, auf der anderen Seite stand ein Ungeheuer, der schwarze Mann, der böse Riese, den ich an jenem fernen, heißen Sommertag in den Wolken gesehen und der heiße Steine auf meinen Kopf geschüttelt hatte, er, dessen Stimme der Donner, dessen Auge der Blitz war, und der einen Mantel aus schwarzen Gewitterwolken trug. Nun war er wieder da. Seine Blitze sind zu Messern und Zangen geworden, sein Atem ist dieser widerlich süße Geruch, der einen Brechreiz erweckt.

„Atme ruhig, mein Täubchen“, sagte Vater. „Atme recht tief, dann wirst du einschlafen. Hier ist kein böser Riese, und dieser Geruch kommt vom Chloroform, das ist eine gute, sehr gute Medizin. Zähle: eins, zwei, drei . . .“

Es lag eine tiefe Beruhigung darin, daß Vater in der Sprache unserer Heimat sprach, und ein Gefühl der Genugtuung, daß keiner der Anwesenden, keiner der feindlichen Fremden unsere Sprache verstand. Ich atmete tief, aber die Hand meines Vaters ließ ich nicht los. Ich sehe nichts mehr, ich fühle nur, wie jemand — es ist wohl der Riese — meine Hand von der des Vaters befreien will, aber ich gebe nicht nach. Ich falle, falle in eine tiefe, schwarze Grube. In meinen Ohren saust es, kleine Hämmer hämmern auf meinen Kopf, hämmern in den Ohren, hämmern auf die Augenlider, ganz fern, am anderen Ende der Welt höre ich im Meeresrauschen —ist es das Meer meiner Heimat? — Vaters leise Stimme: „Ich bleibe bei dir, mein Täubchen.“ Schwarze Dunkelheit. Das Lachen des Riesen dröhnt. Er wälzt auf mich einen schweren Stein. Vater kämpft gegen ihn. Aber der Riese ist viel größer als der Vater. Sein Kopf reicht bis an den Himmel.

Ich erwachte im Bett des Krankenhauses. Der Riese hatte mich also doch gefesselt: ich konnte mich nicht rühren. Mein ganzer Körper war in einem Panzer aus Gips, der bis zu den Achselhöhlen reichte, nur die Arme und Hände waren frei. Vater und eine Krankenschwester beugten sich über mein Bett. Mutter hatten sie also noch immer nicht hereingelassen. Ein Arzt kam und fragte mich etwas, aber ich konnte nicht antworten, meine Stimme hatte der böse Riese verschluckt. Man versuchte mir eine widerliche, schleimige Flüssigkeit einzuflößen. Ich spie sie aus. Vater sagte: „Du mußt etwas essen, sonst kannst du nicht gesund werden.“ Man reichte mir dies und man reichte mir das, aber ich hielt die Lippen fest aufeinandergepreßt.

„Sag, mein Täubchen, was du essen willst, ich bringe es dir. Wonach hast du Appetit?“ fragte Vater immer wieder und endlich sagte ich: „Neunaugen.“ Die Schwester sah meinen Vater fragend an, sie meinte, ich rede irre. Neunaugen? So etwas gibt's ja gar nicht! Vater erklärte, das seien Fische, die man wohl nur in unserer Heimat kenne, in Berlin gäbe es solche kaum; ich aber wollte nichts anderes haben als nur Neunaugen und Grobbrot — so nannte man an der Ostsee das schwarze Roggenbrot. Da kam mein Vater auf den Gedanken, mir einen kleinen geräucherten Aal zu bringen, das sei ja fast dasselbe wie ein Neunauge. Die Schwester widersprach, das dürfe ich auf keinen Fall essen, dergleichen Dinge seien nach einer tiefen Narkose streng verboten. Nun wollte ich aber erst recht den Aal und sonst nichts. Vater sagte sein Sprüchlein: „Des Menschen Wille ist sein Himmelreich", worauf die Krankenschwester erwiderte: „Jawohl, Herr Doktor, des Menschen, aber nicht der Wille eines Kindes, und noch dazu eines schwerkranken." Zum Entsetzen der Krankenschwester gab mir Vater ein Brötchen mit geräuchertem Aal, und wenn mir je eine Speise gemundet hat, so war es dieses Brötchen, das mir auch weiter nicht schadete.

Ich konnte mich nicht rühren. Mutter, die nun endlich hinzugelassen war, tröstete mich, dieser Zustand sei nur vorübergehend; nach einiger Zeit werde man mir meinen Panzer abnehmen und dann ...

„Werde ich dann wieder gehen können?"

Mutters Augen füllten sich mit Tränen: „Wir hoffen das. Wir alle hoffen, daß du das Gehen allmählich lernen wirst." Vater saß an meinem Bett und lernte mit mir Gedichte auswendig. Die lettischen und deutschen konnte ich im Nu, und deswegen wählte er russische. Noch von seiner Schulzeit her kannte er den Erlkönig in Schukovskis Übersetzung. Ich sprach damals das Russische noch nicht fließend; die vielen Zischlaute erschienen mir wie zischende Schlangen, die nur dann ungefährlich waren, wenn ich ihre Namen ganz richtig aussprach. Weinte ich vor Schmerz, so sagte Vater: „Lernen wir ein neues Gedicht, wenn du es ganz ohne Fehler kannst, werden die Schmerzen nachlassen. Vor einem schönen Gedicht fliehen die Schmerzen." So habe ich unzählige Lieder, Gesänge und Balladen in den drei Landessprachen auswendig gelernt. Als Vaters lettischer, deutscher und russischer Vorrat erschöpft war, griff er zu lateinischen Hexametern: „In nova fert animus ..." ich sprach die Worte nach und dachte dabei an das aromatische Apfelmus, das bei uns zu Hause im Herbst gekocht wurde.

Die Schmerzen waren nicht das Schlimmste, am schwersten war die völlige Reglosigkeit zu ertragen, zu der ich verurteilt war. Sobald ich allein war, weinte ich. Die Krankenschwester hate meine Mutter am ersten Tage getröstet:

„Grämen Sie sich nicht, gnädige Frau. Kinder gewöhnen sich schnell. Kinder gewöhnen sich unglaublich schnell an alles."

Wieder hörte ich dieses Wort: gewöhnen ... sich gewöhnen? Was bedeutet das wohl? War das ein Zauberspruch, den man sich vorsagt und vor dem der böse Riese flieht? Wenn ich doch diesen Spruch finden könnte! Warum sagte Vater ihn mir nicht? Besaß er ihn selbst nicht? Kannte er ihn nicht? Gab es denn überhaupt etwas, was auch er nicht kannte und nicht konnte?

Meine Eltern nahmen mich aus dem Krankenhaus und brachten mich in eine Pension, damit sie selber die Möglichkeit hätten, mich zu pflegen, Tag und Nacht bei mir zu wachen. In dieser Pension wohnte auch eine reiche Amerikanerin, die mir eine imposante Puppe schenkte, aber sie machte mir keine Freude. Ich hatte nie mit Puppen gespielt, sie waren mir unheimlich; immer lächelten sie das gleiche leblose, dumme Lächeln, obwohl sie nur getragen von einem Platz zum anderen kommen konnten. Meine Eltern taten mir schrecklich leid, augenscheinlich waren auch sie in der Macht des bösen Riesen, und mein Vater war doch so gut, allen kranken und armen Menschen half er. Ich versuchte nie zu weinen, wenn sie es sahen, aber wenn sie schliefen, weinte ich mich aus. Eines Nachts — es war in der siebenten Woche nach meiner Operation — erwachte mein Vater davon und trat an mein Bett:

„Wo drückt dich dein Panzer? Zeig mir, auf welcher Stelle hast du Schmerzen?" Erst nach einer Weile antwortete ich:

„Ich kann nicht mehr, Pappi, ich kann wirklich nicht

mehr.“ Er befühlte meinen Puls und er versprach, mich von meinem Panzer zu befreien, sobald die Sonne aufgegangen sei, aber jetzt müsse ich einschlafen. Und ich schlief, an sein Versprechen glaubend, wie ich seit Wochen nicht geschlafen hatte. Am Morgen verständigte sich mein Vater telefonisch mit dem Professor. Aus der Unterredung mit meinen Eltern erfuhr ich, daß der Professor es ablehnte, den Gipspanzer vor dem festgesetzten Termin abzunehmen. Da kaufte Vater eine kleine Säge und zersägte selbst den Panzer. Als die eisenharten Hüllen von mir fielen, hatte ich — trotz des wundgelegenen Rückens — ein wonnigseliges Gefühl: ich glaubte, für immer aus den Tatzen des schwarzen Riesen befreit zu sein. Nur noch einmal in meinem Leben habe ich ein gleiches beseligendes Gefühl gehabt: als ich nach monatelanger Flucht vor den Bolschewiken endlich die amerikanische Zone betrat und der Haßgier entronnen war.

Aber das Gefühl der Freiheit hat in meinem Leben immer nur kurze Zeit gewährt; dieses Mal kam an Stelle des großen Panzers ein kleiner, der die Beine bis zur Hüfte einzwängte. Als auch das vorüber war, schnallte man mir einen sehr komplizierten, eigens für mich hergestellten Apparat an, mit dem ich das Gehen lernen sollte. Dies war eine Folter. Jedesmal hatte ich das Gefühl der Möglichkeit zu gehen, aber auch das klare Bewußtsein, daß ich diese steinschwere, herabdrückende, in den Gelenken quietschende und knarrende Materie nie überwinden würde. Vater hatte mir die Sagen von Tantalus, Sisyphus und den Danaiden erzählt, und nun erlitt ich sie am eigenen Körper. War der von Angstschweiß bedeckte, von schrecklicher Mühe gefolterte Sisyphus nicht mein Bruder? Auch er arbeitete mit Händen und Füßen, um den „tückischen Marmor“ auf den Berg zu wälzen, doch dieser entrollte immer wieder mit Donnergepolter. Tot sein schien mir leichter als diese Gehstunden.

Doch der Professor meinte, wenn ich mehrere Monate täglich diese Sisyphusübungen aushielte, würden die Muskeln gestählt und das Gehen wieder möglich sein. Der Lehrer bei diesen Übungen — ich nannte ihn Folterknecht — war ein Sanitäter namens Hering. Sobald er in meine Nähe kam, verspürte ich den Geruch einer salzigen Heringslauge, den Inbegriff der Unsauberkeit, die mich mit Ekel erfüllte. Vater kaufte für mich den teuersten und besten Rollstuhl, und dann fuhren wir sehr niedergedrückt nach Hause. Das war also meine zweite Auslandsreise. Nichts war erreicht. Das Experiment hatte meinen Vater ein Kapital gekostet und mein Nervensystem zerrüttet. Im Doktorhaus zu Grobina wurde ich noch eine Zeitlang täglich mit dem Apparat, der wie quietschende, knarrende Gewichte an meinen Körper geschnallt wurde, gequält. Doch dann erlöste mich davon ein Unglück, und auf diese Weise erfüllte sich ein Lieblingsspruch meines Vaters: „Es ist kein Unglück so groß, es trägt doch ein Glück im Schoß."

Am Johanniabend, als alles im Doktorhaus zum Fest hergerichtet, die Fenster blankgeputzt, die Fußböden gebohnert, Weißbrot und Speckkuchen gebacken, Bier gebraut, das Haus mit Maien geschmückt, und die weißen Sommerkleider frisch gebügelt im Schrank hingen, brach in Grobina eine schreckliche Feuersbrunst aus. Das kleine Städtchen, das aus einer einzigen langen Straße bestand, hatte fast nur Holzhäuser, die an dem trockenen Sommertag sich wie Fackeln entzündeten und lichterloh bis in die Nacht brannten. Die Brunnen waren im Nu ausgeschöpft, und bis zum Fluß reichte der Schlauch unserer an Sonn- und Feiertagen prahlerisch marschierenden, trommelnden und blasenden Feuerwehr nicht. Das Doktorhaus war allerdings ein Steinhaus, aber auch dieses brannte aus, und ein Teil unserer Habe fiel dem Feuer anheim.

Während ich am Ende des Gartens weitab vom Feuer saß, beschäftigten mich hauptsächlich zwei Gedanken: wie wird Mutter, die so streng auf Ordnung hielt und uns dazu erzog, Rücksicht nicht nur auf Menschen, sondern auch auf Dinge zu nehmen — nie durfte man mit Schuhen auf einen Stuhl steigen oder eine heiße Tasse auf einen polierten Tisch setzen —, diese Verwüstungen ertragen? Die Saalmöbel mit dem rosengeblümten Überzug lagen halbverbrannt, zerbrochen und zerschunden auf dem Hof herum, der Flügel war Gott sei Dank gerettet, aber die schwarze, spiegelglatte Platte, auf der Mutter nie eine Vase duldete, war ganz zerschrammt.

Und mein anderer Gedanke war: würde doch mein Apparat verbrennen! Lieber Gott, mach, daß dieses Foltergerät in Flammen aufgeht, befreie mich von dieser unerträglichen Qual! Spät am Abend, als die ganze Familie in einem entlegenen Hause außerhalb des Städtchens Herberge gefunden hatte, küßte Mutter uns alle der Reihe nach, und als ich sie fragte, ob sie denn gar nicht traurig sei, weil unser schönes Service, das nur an hohen Festtagen gebraucht wurde, kaputtgegangen war, erwiderte sie lächelnd: „Gottlob, das Feuer hat keine Menschenopfer gefordert und all die Sachen, Kindchen, das Festtags-Service, das ist ein Strunt! Wir können ebensogut aus Lehmschüsseln essen." — Und sie setzte sich an das jämmerliche kleine Pianino und spielte eine ihrer wundervollen, nie aufgeschriebenen Variationen, die sie je nach Stimmung und Stunde änderte, über das Thema: „Nun danket alle Gott."

Mutter und meine Schwestern schliefen in dieser Nacht auf dem Fußboden, nur ich hatte ein kleines Bett. Es war nach Mitternacht, als Vater von einer weiten Krankenfahrt heimkehrte. Ins Zimmer tretend, fragte er nicht, ob sein Mikroskop und seine Bücher gerettet seien, seine erste Frage war, wie hat Amata den Schreck überstanden? Wer war bei ihr, als das Feuer ausbrach? Wurde sie gleich hinausgetragen? Dann beugte er sich über mein Bett, zählte meinen Puls, machte das Zeichen des Kreuzes und gab mir den abendlichen Segen.

Die reinen Herzens sind ...

Hoch gewachsen, eine Hünengestalt mit üppigem, welligem, aschblondem Haar, stillen blauen Augen, regelmäßigen, sanften Gesichtszügen, einem blonden Vollbart, behutsamen Bewegungen, erschien mir Vater der schönste Mann der Welt. Ich beneidete meine älteste Schwester, die ihm sehr ähnlich sah. Zwar war ich seine Lieblingstochter, hatte aber von der Mutter die energischen Gesichtszüge, das dunkle Haar, die dunklen Augen, und auch ihr feuriges Temperament geerbt.

Milde war dem Vater angeboren. „In dubio mitio“, dieses Römerwort zitierte er häufig. Sein Hauptanliegen war, um des Friedens willen alle Geschehnisse und Urteile zu mildern. Konnte er den Kranken durch seine Heilkunst nicht helfen, so versuchte er sie durch die Teilnahme seines gütigen Herzens zu trösten.

An dem Urteil der Welt lag ihm nichts. „Was der Mensch in den Augen Gottes ist, das ist er, nicht mehr“, pflegte er oft zu sagen, wenn jemand in seiner Gegenwart sich über Mangel an gerechter Anerkennung beklagte. Die höchste Charakterzierde war für ihn — Demut. Er erachtete es als Torheit, sich etwas auf die Gunst der Menschen einzubilden. Nie trachtete er danach, Ehre und Ruhm der Welt zu ernten. Das Laster der üblen Nachrede wirkte auf ihn wie ein Schlangenbiß. Wurde jemand in seiner Gegenwart angeklagt, sagte er stets: Audi alteram partem.

War es ihm gelungen, einen Schwerkranken wiederherzustellen, so erzählte er gern darüber und freute sich aufrichtig über den Erfolg. Junge Ärzte praktizierten bei ihm als seine Gehilfen, lauschten ihm seine Künste ab und lachten später über seine Einfalt, über ihn, der überall, wo es sich um eigenen Vorteil, um irdische Güter handelte, den kürzeren zog. Draufgängertum verabscheute er. Für seine Person war er legendenhaft bedürfnislos. Zu seinen Kleidungsstücken und seinem Schuhwerk verhielt er sich wie zu schonungsbedürftigen Patienten. Ich kann mich nicht erinnern, auf seinem Rock je einen Flecken gesehen zu haben. Als alter Mann trug er noch die silberne, recht primitive Uhr, die er von seinem Vater zur Konfirmation erhalten hatte, und war stolz auf seine fünfundzwanzig Jahre alten Schnürstiefel. Bei kalter Witterung trug er besonders gern einen Mantel, den er mit einer Variation des deutschen Volksliedes besang: „Schier zwanzig Jahre bist du alt, hast manchen Sturm erlebt." Ich glaube, er hat sich nie neues Schuhwerk oder ein neues Kleidungsstück selbst gekauft. Alles besorgte mit viel Umsicht die Mutter. War das Gekaufte oder Bestellte zu groß oder zu klein, so ging er immer mit einem Scherz darüber hinweg. Und wenn Mutter oder eine seiner Töchter ihm streng verboten, dieses oder jenes fadenscheinige Kleidungsstück zu tragen, so antwortete er mit dem russischen Sprichwort: „Nach den Kleidern wird man empfangen, nach dem Verstand hinausbegleitet." Es sei aber doch wichtiger, wie man hinausbegleitet, als wie man empfangen werde. In Geldsachen war er peinlich genau. „Schulden drücken schlimmer als enge Schuhe", lehrte er uns. Er sah es als seine Pflicht an, das Honorar für seine ärztlichen Hilfeleistungen dem Einkommen seiner Patienten anzupassen. „Wenn die Reichen nicht reichlich zahlen, haben die Armen keinen Arzt, und die Armen brauchen ihn besonders notwendig." Kam er von einem Krankenbesuch heim, ohne etwas verdient zu haben, bemerkte er lächelnd, er habe „gratis pro Deo" gearbeitet. Einen Tag, an dem er seiner eigenen Meinung nach nichts zugelernt hatte, nannte er diem perdidi.

Als sein schönes, dichtes Haar bereits von silbernen Fäden durchzogen war, stellte er gern die Scherzfrage: „Wodurch unterscheidet sich ein alter Arzt von einem jungen?" Und die Antwort, die natürlich niemand wußte, lautete: „Ein junger Arzt errötet, wenn er ein Honorar bekommt, ein alter, wenn er keines bekommt."

„Nulli concedo" — keinem will ich angehören. Dieses Erasmus-Wort war sein Wahlspruch. Auch meiner wurde es mit der Zeit, und ich habe bitter dafür büßen müssen.

Die Parteigänger nannten ihn lau. Seine Feinde — aber er hatte ihrer nicht viele — wandten auf ihn den Bibelspruch an von den Lauen, die da ausgespuckt werden. Beschuldigungen dieser Art wies er ohne Grimm zurück: „Die Esser heißer Grütze, was haben sie schon erreicht?"

Er war kein Kirchengänger. Selbst am Tage meiner Konfirmation war ihm ein Krankenbesuch wichtiger als die religiöse Zeremonie. Als ihm der Pfarrer, unser häufiger Gast, halb im Ernst, halb im Scherz seine Kirchenträgheit vorwarf, erwiderte er: „Was ihr einem von den geringsten Brüdern getan, das habt ihr mir getan. Ist Barmherzigkeit Gott nicht wohlgefälliger als Lippendienst?" Christentum war für ihn tätige Nächstenliebe, seine Religion äußerte sich im Dienste des Erbarmens.

Von Kindheit auf kannte er genau den Bibeltext und lebte das Evangelium in seiner heiter-schlichten Art.

Von edler Herzensfrömmigkeit, eher nüchtern als sentimental, stillgütig und bescheiden, war er reinen Herzens und trug das in der lettischen Dichtkunst viel besungene Weiße Gewand auch alltags. Für ihn bestand keine Kluft zwischen Sokrates und Christus, wie auch zwischen der altlettischen und christlichen Lebensweisheit. Er empfand nicht nur für seine Frau, seine Kinder und seine Patienten, von denen meine Mutter sagte, er liebe sie mehr als Frau und Kinder, er empfand für alle Dinge und Menschen ein heiter geduldiges Wohlwollen, das von der rauschenden Herzlichkeit meiner Mutter bisweilen in den Schatten gestellt wurde. Allem Tragischen, Pathetischen abhold, war er ein stiller, zäher Arbeiter im Geiste altlettischer Humanität, die das niedrigste wie auch das höchste Wesen mit der gleichen Sympathie umfängt.

Besonders liebte er das Lied vom Feuer, das auf offener Landstraße angezündet wird, damit alle Waisen und auch die Feinde sich wärmen können. Noch heute höre ich, mit welchem Nachdruck er die uralte Volksweisheit wiederholte:

„Hilf, Bruder, den Menschen so,
wie die Sonne allen hilft,
hilf diesem, hilf jenem,
hilf deinem Feinde."

Klingt dieses Lied nicht wie ein alter Choral? Ist der Mensch Gott und seinem Herzen nah, spricht er überall, in allen Ländern und zu allen Zeiten die gleiche Sprache. Sein Leben war Arbeit, seine Arbeit war Gebet. Die wenigen Briefe, die er mir geschrieben hat — scherzend behauptete er, er verstehe nur Rezepte zu schreiben — schlossen immer mit dem gleichen Gruß: „Vincit omnia labor improbus."

Das Doktorhaus war neu aufgebaut, und das Leben ging seinen gewohnten Gang weiter. Meine älteren Schwestern kamen in eine Pension nach Mitau, wo es nach Meinung meiner Eltern die besten Schulen gab. Meine beiden jüngeren Schwestern und ich blieben zu Hause. Für uns wurden lettische, deutsche und russische Erzieherinnen und Hauslehrer engagiert, die unsere Eltern sehr fürsorglich wählten, die ich aber — mit einer einzigen Ausnahme — sehr langweilig fand.

Mein bester Lehrer war und blieb mein Vater. Selig waren die Stunden, die ich an seinem Mikroskop verbringen durfte. Eine Wunderwelt eröffnete sich mir. Unter dem Mikroskop sah der Fuß eines Flohes wie die Tatze eines Raubtieres aus. Wie blind doch unsere Augen waren! Im durchsichtigen Körper einer Kaulquappe beobachtete ich die geheimnisvolle Blutzirkulation, sah, wie das Blut in den Adern pulsierte und in den Venen träge dahinfloß. Ich war sehr betroffen, als ich erfuhr, daß es auch in meinem Körper genau solche Venen und Arterien gab, nur sei mein Körper nicht durchsichtig wie der der Kaulquappe. Allmählich wurde ich mit den Geheimnissen der unsichtbaren Welt bekannt. Ich erschauerte und wollte immer mehr wissen, immer tiefer eindringen. Vater zeigte mir in seinen anatomischen Werken die farbigen Abbildungen des kleinen und großen Blutkreislaufes und aller menschlichen Organe. Das war eine neue Wunderwelt: alle Menschen hatten die gleichen Organe, ganz genau dieselben. Nein, es gebe keinen normalen Menschen, der mit zwei Herzen oder mit einer Niere geboren werde, auch äußerlich waren die Menschen einander ähnlich, aber etwas war in jedem einmalig, ganz anders als bei allen anderen. Zum Beispiel war alles, was meine

Lehrerin, Fräulein Linde, erzählte, langweilig, und alles, was Vater erzählte, war fesselnd. Woher kam das? Beide hatten doch nur ein Herz, zwei Lungen, eine Leber, einen großen und einen kleinen Blutkreislauf. Wenn meine Mutter Klavier spielte, mußte ich alles beiseite legen, um ihrem Spiel zu lauschen; spielte Fräulein Linde Klavier, störte es mich beim Lesen, beim Lernen, beim Träumen. Warum war das so? Fragte ich meinen Vater, so erwiderte er, daß Mammi ein Talent habe. Darauf fragte ich: „Und ich, habe ich Talent?" Er streichelte mir übers Haar, überlegte einen Augenblick und sagte:

„Das weiß ich nicht, Täubchen, das kann man jetzt noch nicht wissen."

„Aber kannst du, Pappi, es nicht irgendwie so machen, daß ich auch Talent habe?"

„Nein, Liebling, das kann niemand machen. Das ist ein Geschenk des Himmels."

Vater hatte zwei Tabellen: schädliche und nützliche Insekten. Ich schaute sie an und dachte: zu welchen gehöre ich? Beide hat Gott oder die Natur geschaffen. Also haben beide ein Recht zu leben, sonst wären sie doch nicht geschaffen. Vater sagte, die Schädlinge muß man vertilgen. Woher wußte er das? Der Harlekin, auch Stachelbeerspanner genannt, machte mir viel Spaß: er sah so herausgeputzt aus. Sein schwarzes und weißes Kleid hätte man schön nennen können, aber die gelben Flecken sahen allzu herausfordernd aus, es war, als hätte sich jemand über ihn lustig gemacht und diese gelben Tupfen ihm gewaltsam aufgezwungen.

„Man muß ihn vernichten", hatte Vater gesagt, an dessen Urteil ich sonst absolut glaubte. Aber dieses Wort war mir schrecklich. Zertrat Vater mit dem Fuß die Raupe, so träumte ich von seinem Fuß, der im Traum riesige Formen annahm. Oder ich sah, wie seine Stiefel ganz allein durch den Garten gingen und die Harlekine, die sich auf dem gekiesten Gartenweg versammelt hatten, zertraten. Durch dieses Morden wurden die Stiefel immer größer und mächtiger, und schließlich erreichten sie Manneshöhe. Oder es spannten sich des Nachts die Harlekine über mein Bett und lachten mich aus. Ja, im Traume habe ich oft gehört, wie Raupen und Würmer die Menschen verhöhnen. Hatten sie nicht ein Recht dazu, wenn sie das letzte Wort behielten? Still und stumm ist alles Gewürm und doch unheimlich mächtig.

Vater aß besonders gern große, reife, süße Stachelbeeren, er nannte sie die Weintrauben Kurlands und führte aus diesem Grund einen eifrigen Kampf gegen alle Schädlinge. Abends ging er durch den sommerlichen Garten und suchte alle Raupen ab; aber am nächsten Morgen war der Garten wieder voller Raupen. Der Harlekin machte einen schönen Buckel und spannte seinen Weg von einem Ast zum andern. Oh, sie waren nicht auszutilgen! Je mehr man vernichtete, desto mehr schienen ihrer da zu sein und in meinen Träumen waren sie noch lebendiger als im Garten. Saß ich unter einem Baum und fiel eine Raupe auf mich, erschrak ich, als hätte mich ein Raubtier überfallen. Auch wenn das Gewürm längst abgeschüttelt war, zitterte und zuckte noch mein ganzer Körper. Um mich von diesem Ekel zu befreien, erzählte Vater, daß auch die Raupen Gottes Geschöpfe seien. Den Pflanzen und Bäumen seien sie gefährlich, mir aber könne ein so kleines Kriechtier nichts antun.

Er fing die Raupe des „großen Bären" ein, die im Lettischen sehr kennzeichnend „Gotteshündchen" heißt, und sagte mir, daß daraus ein wunderschöner Schmetterling sich entwickeln werde. Die Raupe wurde in einem Glas untergebracht, das mit einem durchlöcherten Papier zugebunden war. Meine Aufgabe war es, das „Gotteshündchen" zu füttern, ihm täglich ein frisches Blättchen hineinzulegen. Alles geschah, wie Vater es vorausgesagt hatte. Zur bestimmten Zeit verpuppte sich der Bär, leblos lag die Hülle da, weder Trank noch Speise brauchte sie, auch war sie nicht mehr unappetitlich. Glatt und sauber, fest in sich geschlossen, wartete sie geheimnisvoll geduldig auf die Stunde ihrer Auferstehung. Berührte man sie mit dem Finger, zuckte sie leicht. Ich war gespannt, wie sich die Sache weiterentwickeln würde. Voller Ungeduld fragte ich Vater, wie lange das noch dauern würde, ob man den ganzen Vorgang nicht beschleunigen könne? Nein, das könne man nicht. Das dauere immer eine gute Weile, bis die Flügel wachsen.

Seltsam, daß einer Raupe Flügel wachsen können. Aber es muß schön sein zu warten, wenn man mit Bestimmtheit weiß, daß man einmal Flügel haben wird. Ob die Raupe, während sie in ihrem Sarge schlief und jeder sie zertreten konnte, wußte, daß sie einmal Flügel haben und hoch über den Köpfen der Menschen, sogar über den Bäumen fliegen würde?

Als der Tag gekommen war, wo nach Vaters Berechnung der Puppe ein Schmetterling entschlüpfen mußte, saß ich in großer Aufregung vor dem Glase und ich sah das Wunder, sah, wie der graubraunen Hülle ein wunderbarer Schmetterling, gelb-orange-braun, entschlüpfte. Seine Flügel waren zerknittert, aber sie glätteten sich zusehends; es war, als sorge ein unsichtbares winziges Bügeleisen dafür, daß in den festtäglich geschmückten Schwingen auch nicht ein einziges Fältchen übrigblieb. Jubelnd rief ich meinen Vater: „Und nun schenken wir ihm die Freiheit!" Kaum war das Papier vom Glas abgenommen, da kroch der Schmetterling, noch etwas müde vom langen Tode, auf meiner Hand hin und her.

Welch ein Wunder! Wie konnte aus der haarigen Raupe dieses graziöse Wesen entstehen? Und konnte er auch wirklich fliegen? Die Puppe, in der er ruhte, war doch so eng und das Glas ein harter Käfig. Wo konnte er das Fliegen gelernt haben? Vater öffnete das Fenster. Es war ein herrlicher Sommermorgen. Die Vögel jubilierten im Garten. Wenn ich so geduldig wie der Schmetterling warten würde, könnten dann nicht auch mir Flügel wachsen? Könnte mir dann nicht dasselbe widerfahren wie dieser Raupe?

Der Schmetterling genoß die Sonnenwärme. Wohlig reckte er seinen Leib und seine Fühlhörner. Nun waren die seidigen Flügel ganz glatt, er breitete sie aus und flog der Sonne entgegen. Wie ich ihn beneidete! Aber im selben Augenblick flog vom nahen Apfelbaum ein Star, und schon war der Schmetterling verschlungen. Ein weher Seufzer entrang sich mir. Meine Augen füllten sich mit Tränen.

„Ja, Täubchen, das ist das Leben", sagte Vater.

„So kurz, so schnell!"

„Für den Schmetterling war es vielleicht sehr lang."

Nie vergesse ich meinen todeshastigen kleinen Freund.

Blumen und Fische

Seit dem Tage, da ich meine Krankheit als etwas Feindliches, nicht zu mir Gehöriges, Niederträchtiges empfunden hatte, verband mich eine zarte Freundschaft mit den Blumen, denen ich die reinsten Freuden meines Daseins verdanke. Durch ihre Bewegungslosigkeit waren sie meine Schicksalsgenossen, durch ihren zähen Drang zum Licht und ihre stillgeduldige Heiterkeit mein Vorbild. Wenn draußen noch Schnee lag und der nasse Wind vom Meer wehte, brachte mir Vater die ersten Leberblümchen; das war ein Zeichen, daß der Winter überwunden, daß jeder Winter einmal überwunden ist. Was Sieg über das Schicksal, was ein Wunder bedeutet, das erlebte ich jeden Frühling, wenn ich durch mein Schlafzimmerfenster oder, in Pelzdecken gehüllt, im Garten sitzend, beobachtete, wie die Schneeglöckchen makellos weiß und zart die harte Wintererde durchbrachen. Wer hatte sie gelehrt, diese feinen, schmalen Lanzen zu bilden? Und woher hatten sie den Mut, gegen die schwarze Wand der Erde anzurennen?

Jedes Jahr im Dezember schenkte Vater mir zu meinem Geburtstag eine weiße Hyazinthe, ganz früh am Morgen brachte er sie mir ans Bett, und die leuchtende Blume erfüllte das winterlich-dämmerige Zimmer mit ihrem leidenschaftlichen Duft. Meist hatte Vater die Blume selbst gezogen. Blumen zu kaufen konnte er sich nur dann entschließen, wenn es in Wald und Feld keine gab, und wenn die von ihm gezogenen sich mit dem Aufblühen verspäteten. Aber das geschah selten: die Blumen waren pünktlich wie er und erfüllten ihre Aufgabe zur vorgesehenen Zeit. Sie wußten augenscheinlich, wann Weihnachten war. Wie hätte sonst an jedem Heiligabend der reichblühende Weihnachtskaktus meinen Gabentisch geschmückt? Zusammen mit den Christbaumkerzen spiegelte er sich in den schwarzen Fensterscheiben und schien trotz seiner roten Farbe sehr demütig neben der prunkend roten, im Herzen kalten, all ihre Schönheit bloßstellenden Amaryllis. Später, als ich Bizets Oper kennengelernt hatte, war es mir, als sänge diese Blume Carmens Arien.

Häufig durfte ich Vater auf seinen Inspektionsfahrten begleiten, oder auch, wenn er zu Leichtkranken geholt wurde. Wir hatten damals keine Pferde, da Mutter alles, was mit Landwirtschaft und einer größeren Dienerschaft zusammenhing, verabscheute. Zu allen Amtsfahrten mußte die Gemeinde das Gefährt stellen. In einem Leiterwagen, vor den zwei Pferde gespannt waren, saßen wir auf weichen Strohsäcken und fuhren über sandige Wege, über weites Heideland, zwanzig bis dreißig Kilometer am Meer entlang, oder durch dunkle Wälder, längs fruchtbaren Feldern und alten Obstgärten.

Früher Sonntagmorgen mitten im Sommer. Wir sind am Strande ein Stück Weges gefahren — der Sand ist so silbrig weiß, das Meer so glänzend blau, der Himmel so wolkenlos, daß man die Augen vor diesem Übermaß an Licht schließen muß. Plötzlich beginnen in einer Strandkirche die Glocken zu läuten. Oder sind es die Möven, die wie Glockenschläge sich über dem Meer wiegen? Wir kommen in einen Wald. Vater läßt haltmachen und setzt mich auf einen warmen, bemoosten Stein. Das Knäuel in meinem Innern, das mich fast immer würgte, und das mich seit gestern, als ich meinen Vater in einem Nervenanfall in die Hand gebissen hatte, fast erstickte, löste sich langsam. Ich drückte mein von nächtlichen Tränen noch schmerzhaft entzündetes Gesicht tief ins weiche Moos. Ach, wie herrlich das duftete! Wonach? Weder damals noch heute weiß ich Worte, die diesen von Heimaterde und Heimatsonne durchdrungenen, sommerlich warmen Duft wiederzugeben vermögen. Aber eines weiß ich, wer ihn nicht kennt, ist nie glücklich gewesen. Und noch leichter wurde mein Herz, als ich den läuternden Duft des blühenden Blaubeerkrautes und den grünen Atem des zwischen den Fingern zerriebenen Farns tief in mich einsog.

Zu meinen Füßen breitet sich eine Wiese aus, weiß von Margeriten; in ihrer Mitte wächst eine kindlich kleine, mit fröhlich frischgrünen Spitzen geschmückte Tanne. Rund um die Wiese stehen große, ernste Tannen, Kiefern, Birken, Haselnußsträucher. Der weiße Steinklee erfüllt die Wiese mit Honigduft. Die rundlichen Wacholder-Burschen lachen mit ihren grünen Zähnen, den noch unreifen Beeren. Ganz kleine blaue Falter fliegen um mich, oder sind das vom Stengel losgelöste Glockenblumen? Vielleicht dürfen sie nach bestandener Geduldsprobe von Sonnenaufgang bis Sonnenuntergang fliegen? Wann werde ich lernen, geduldig zu sein? Vielleicht werde dann auch ich fliegen. Um mich wiegen sich silberne Halme und Gräser und jede Blume fragt: bist du glücklich? Die durch nichts zu erschütternde Nähe und Liebe meines Vaters umhüllt mich, der Himmel gehört mir und auch die Blumen, der herrliche Wald und die Gedanken der Bäume, die Vögel gehören mir. Ein honigsüßes Gefühl der Glückseligkeit durchströmt mich.

Heute, da ich als Fremdling und Ausgestoßene durch die Wüste der Welt ziehe, sehne ich mich am heftigsten nach diesen Sommertagen im heimatlichen Wald. Mir ist, als könnte meine arg zerschundene Seele nur in den Wäldern meiner Heimat Frieden finden und nur dort wird die Unruhe, die Chimäre des Bedrohtseins, die sich, seit ich zur Fremde verurteilt bin, nachts wie ein Alp auf mich wälzt und den vom Schicksal mir zugedachten Schlaf auffrißt, von mir weichen.

Einmal, nur ein einziges Mal müßte ich wieder in den Wäldern meiner Heimat das Gesicht ins sonnenduftende Moos schmiegen. Hier, im Lande der Verschonten, wo ich diese Zeilen schreibe, gibt es unendliche Wälder, aber den Duft meiner Heimat habe ich nirgends gefunden. Vielleicht, weil hier alles, nicht nur die Menschen, sondern auch der Wald, auf Steinen wächst. Vielleicht aber entstieg der Erde meiner Heimat jener erlösende Duft, weil der Klang unzähliger Lieder in sie gesunken war? Oder erscheint mir die Erde hier so duftlos, weil das leergebrannte Herz eines Umhergetriebenen sich fremder Schönheit nicht öffnet?

Der Vater liebte besonders die Waldtaube; er wußte ihren hastigen Ruf in ausdrucksvoll-komische Worte zu übersetzen. Unzählige Male habe ich das Verslein der Waldtaube gehört, aber jedesmal, wenn er es hersagte, mußte ich lachen. Er zeigte mir ihr zerzaustes Nest und erzählte mir die altlettische Sage, warum dieser ungeduldige Vogel mit seinem Nest nie fertig werde. Und vom Pirol, dem scheuen und schönsten Vogel unseres Waldes, erzählte er, wie töricht eitel er gewesen: um seines prächtigen Kleides willen hatte er nicht, wie alle anderen Vögel, Gottes Aufforderung folgend, die Düna gegraben, und zur Strafe hatte der liebe Gott ihm verboten, das Wasser aus Flüssen und Quellen zu trinken; denn alles Wasser der Erde gehöre der Düna. Nun darf der Pirol nur am Himmelswasser, am Tau und an den Regentropfen, seinen Durst stillen. Und darum klingt sein Ruf, wenn es lange keinen Regen gegeben hat, so schmerzlich durstig. Weil er seine Pflicht nicht erfüllte, sein Gewissen unrein ist, flieht er ängstlich die Blicke der Menschen und Tiere, ja selbst in der Gesellschaft seinesgleichen, anderer Pirole, hält er sich selten auf und unternimmt im Herbst die weite Reise in den Süden ganz allein.

Ich lauschte dieser Sage und kein Vogel erschien mir so verlockend schön wie der Pirol, der es gewagt hatte, dem lieben Gott nicht zu gehorchen. Erhaschte ich einen Schimmer seines leuchtend gelben Kleides, war es mir, als sei ich einer Märchenwelt teilhaftig.

Wenn es zweierlei Liebe gibt: eine, mit der man schicksalsverwandte, und eine andere, mit der man höhere

Wesen liebt, die einer Seinssphäre angehören, in die wir unserer uns wohlbewußten Unzulänglichkeit wegen nie gelangen können, dann liebe ich mit einer gleichsetzenden, dankbar verstehenden Liebe die Blumen und mit einer emporschauenden, bewundernden Liebe die Vögel, den Ausdruck des vollkommen Ungebundenen, des vollkommenen Glücklichseins. „Warum hat der liebe Gott die Vögel so ganz besonders geliebt?" fragte ich mich, und mein Herz war betrübt, daß der Schöpfer einige Wesen bevorzugte, andere benachteiligte.

Bäume und Blumen stellte Vater mir meist lateinisch vor, — Caltha palustris, Anemone nemorosa, Pulsatilla, Ranunculus acer — schon die Namen allein erweckten Märchenbilder. Nachher nannte er ihre Namen lettisch, deutsch und russisch, und diese vielen verschiedenen Bezeichnungen zeugten davon, daß jedem Volk eine andere Eigenart der Pflanze charakteristisch erschien. Der Lette, der uralte Ackersmann, nennt die kleine gelbe Frühlingssonne: Milchblume; der kriegerische Deutsche — Löwenzahn; dem wirklichkeitsfremden Russen dagegen fällt nicht ihr milchiger Stengel, nicht ihr löwenzahnartig gezacktes Blatt auf, sondern der phantastische, leicht fortzublasende Saatkorb, und daher nennt er sie Pusteblume.

Die lettischen Bezeichnungen waren oft so drastisch, daß ich lachen mußte; so hat das biedere, sittsame Wasserbenediktinerkraut, Gerum rivale, im Lettischen eine Bezeichnung, die man in guter Gesellschaft gar nicht aussprechen darf, aber wenn wir beide allein waren, gab es ja nichts, was wir einander nicht sagen konnten.

„Warum heißt diese Blume Studentennelke?" fragte ich.

„Sie wächst auch auf magerem Boden, und wenn man Student ist, dann ist Schmalhans der Küchenmeister."

Überall, wohin wir kamen, wurden wir ehrfürchtig begrüßt und reichlich bewirtet. Die Bauern waren tief erschüttert, daß das Kind ihres geliebten Arztes, der so vielen das Leben gerettet und Gesundheit geschenkt hatte, unheilbar krank war. Oft hörte ich den Satz: „Gott wußte wohl, was er tat." Oder: „Gegen Gottes Willen ist die Kunst auch des besten Arztes machtlos." Oder: „Wen Gott lieb hat, den züchtigt er."

Diese Sätze wie auch die neugierig-mitleidigen Blicke schmerzten. Die Blumen aber taten nie weh, sie hatten keine Stimme und dennoch konnte man mit ihnen sprechen. Pappi belehrte mich, daß jede Pflanze ihre Aufgabe erfülle, ganz gleich, ob sie so sanft wie das Löwenmäulchen oder so stachlig wie die Klette sei.

Jede Pflanze? Und auch jeder Mensch? — Ich verstand noch nicht, diese Fragen zu stellen, aber schon damals erwachte in mir das Bewußtsein, daß kein Geschöpf, also auch ich nicht, vom Lebensplan ausgeschlossen sein kann. Die Pflanzen liebte ich, wie ich die Menschen erst in späteren Jahren geliebt habe. Bis zu meinem fünfzehnten Jahr habe ich keine Freundinnen gehabt. Meine Schwestern waren mir fremder als Blumen, Bäume und Vögel. Sie tanzten, und ich konnte nicht tanzen, sie liefen Schlittschuh, ich konnte nur zusehen, und ich haßte dieses Zusehen. Noch zwanzig oder dreißig Jahre später fiel es mir schwer, an einer Schlittschuhbahn gleichgültig vorüberzufahren: nicht, weil auch ich über das Eis hinweggleiten wollte, nein, das Fürchterliche waren die Kindheitserinnerungen, die mich beim Klang billig fröhlicher Musik überfielen.

Meine Schwestern rodelten, ich saß auf dem Hügel, in einem Stuhlschlitten in Pelzdecken gehüllt, und fror, obwohl ich bei solchen Gelegenheiten den „Wolf" mitbekam, eine Pelzdecke aus dem Fell eines Wolfes, den mein Großvater wohl als einen der letzten in unserer Heimat erlegt hatte. Trotzdem fror ich, aber meine

Schwestern froren nicht. Auf der Erde lag körniger, glitzernder Schnee, die Luft war glasklar und hart, das Wolfsfell war bereift. Die Wangen meiner Schwestern glühten, ihre Augen strahlten. Ich wollte dieses Wunder am eigenen Leibe erleben: wie war es möglich, daß man es mitten im Winter heiß hatte? Meine Schwestern waren in dieses Wunder eingeweiht, ich war ausgeschlossen. Aber meine Schwestern waren gar nicht besser als ich, oder waren sie es vielleicht doch? Vielleicht hatten sie nicht so sündige Gedanken wie ich? Warum gehörte denn ihnen und nicht mir Freiheit und Freude? Ich saß am Fenster, das von den harten Stäben des Verzichtenmüssens vergittert war, und durch meine Bitterkeit wurden die Stäbe immer dicker und härter, so daß ich kaum hinausschauen konnte, und meine Schwestern gingen lachend und winkend vorbei. Die Weiden auf den Dünen mit den schlanken, glatten, roten Gerten schenkten mir ihre weißblitzenden Kätzchen, der Ahorn und die Linde ihre beflügelten Samenkörner. Das waren meine Spielzeuge. Ich sprach zu ihnen. Ich fragte sie, wo sie das Fliegen gelernt haben, und sie antworteten:

„Sei geduldig."

„Ich kann nicht geduldig sein. Ich muß dort bleiben, wo man mich hingesetzt hat, auch dann, wenn der Platz mir nicht gefällt."

„Auch ich muß dort bleiben, wohin der Wind mich getragen hat, und sei es auch eine Steinwüste. Trotzdem wachse ich, blühe und trage Früchte."

„Kann auch ich das?"

„Gewiß. Sei stark, sei schön."

„Wie wird man schön?"

„Weine nicht so viel!"

„Weinst du nie?"

„Nur am frühen Morgen, wenn alle Menschen noch

schlafen. Bleibt eine Träne hängen, sagen die Langschläfer in ihrer Blindheit: wie frisch und fröhlich heute der Tau blitzt! — Und noch ehe sie ihren Irrtum erkannt haben, hat meine große Freundin, die Sonne, all meine Tränen getrocknet."

„Ich habe keine Freundin."

„Doch, du kennst sie nur nicht. Du willst sie nicht kennen. Auch du bist ein bißchen blind."

Ein unergründliches Gesetz hatte Bäume und Blumen, hatte alle Pflanzen zur völligen Bewegungslosigkeit verurteilt. Befreite, entzauberte Blumen waren Schmetterlinge, aber die verzauberten waren nicht minder anziehend. Und trotz ihrer Verdammnis, die mir von allen Strafen als die schaurigste erschien, waren alle Blumen schön. Sie erhöhten die Lebensfreude, erst durch ihr Dasein wurde ein Tag zum Fest. Sie luden Schmetterlinge und Bienen zu sich ein und viele von ihnen waren sehr nützlich. Aus der Schafgarbe konnte man einen Tee gegen Magenweh bereiten, und wenn ich abends nicht einschlafen konnte, bekam ich einige Tropfen Baldrian.

Betörend und geheimnisvoll war die Sprache der Düfte. Oft kam Pappi zu mir mit einer Blume oder Frucht, die ich nur dann bekam, wenn ich sie mit geschlossenen Augen erkannte. Er selbst hatte einen sehr entwickelten Geruchssinn. Gern erzählte er, wie er als Student in Dorpat Scharlach von Masern im ersten Stadium am Geruch erkannt und dadurch seinen Professor in Erstaunen gesetzt hätte: Scharlach rieche nämlich nach frisch gerupften Gänsen und Masern nach Schimmel — oder war es umgekehrt? Wir hatten im Garten sechs Pflaumensorten, und ich war stolz, daß ich sie mit geschlossenen Augen beim Namen nennen konnte: gelbe Eierpflaumen, Reineclauden, Blaupflaumen usw.

Ich lernte nicht nur die Namen der Blumen, sondern

all ihre Eigenarten, die Art ihrer Fortpflanzung, ihre Gewohnheiten, ihre Verführungskünste, ihre ästhetischen Gesetze kennen. Die Zielstrebigkeit der Kletterpflanzen schien mir verblüffend. Um unsere Veranda wuchs wilder Wein. Pappi lehnte einen langen Stock an die Wand und bereits nach einigen Tagen hatten die Ranken ihn umwunden. Er löste sie vorsichtig von ihrem Halt und lehnte die Stütze an die entgegengesetzte Seite, und schon nach kurzer Zeit hatte die Ranke ihn gefunden, als hätte sie Augen.

„Wenn man weiß, was man will, dann erreicht man sein Ziel", — noch heute höre ich die milde Stimme meines Vaters. Die Eigenarten und Gewohnheiten der Pflanzen, ihre Fortpflanzung waren die Fragen, die mich in meiner frühen Jugend am meisten beschäftigten. Am breitblättrigen Knabenkraut demonstrierte mir Vater sachlich und anschaulich den Vorgang der kreuzweisen Befruchtung. Er erklärte mit die Funktionen des Stempels, Fruchtknotens und der Staubfäden. Ich sah, wie die Hummel aus der Tiefe des Knabenkrautkelches sich den Honig sog und dann von Pollen gehörnt fortflog. Pappi sprach wie ein Naturwissenschaftler, aber meine leicht reizbare Phantasie gestaltete die biologischen Vorgänge der Pflanzen zu leidenschaftlichen Sehnsuchtsträumen, zur Liebespein, zum Hochzeitsfest. Und einmal wagte ich die Frage: „Und wie ist es bei den Menschen?"

Vater überhörte die Frage und forderte mich auf, den Blütenstaub zu betrachten, aber ich ließ nicht nach:

„Ist es bei den Menschen ebenso wie bei den Blumen? Ich meine die Befruchtung . . ."

Ich wurde ungeduldig, denn ich war gewohnt, daß Vater auf meine Fragen klar und eindeutig antwortete. Dieses Mal aber hüstelte er und sagte erst nach einer Weile:

„Hm. Ja, bei den Menschen ist es eigentlich genau ebenso. Wenn du größer sein wirst, wirst du das verstehen."

Ich war dem Vater gram, weil er meine Frage, die zu stellen mir so schwer fiel, wie etwas Unwichtiges beiseite schob. Zum ersten Male spürte ich, daß es Dinge gab, die er auch mir nicht sagen wollte, oder nicht sagen konnte. Eines meiner Lieblingsbücher war Häckels „Kunstformen der Natur". Besonders im Winter, wenn alle Blumen in der Erde eingesargt lagen, konnte ich mich von diesem herrlichen Bilderbuch nicht trennen. Die Welt erschien mir wie diese Bilder, wunderbar geordnet, schön, geheimnisvoll.

„Was ist alles Schaffen der Künstler gegenüber den Bildwerken Gottes, den allerkleinsten und allergrößten", sagte Vater. Mutter kannte nicht die Namen der Schmetterlinge und Seetiere, Pappi kannte sie alle und sagte trotzdem: „Lernend ohne Unterlaß geh ich dem Alter entgegen. Es gibt Menschen, die viel mehr wissen als ich, aber alles weiß niemand."

„Auch der liebe Gott nicht?"

„Das kann ich dir nicht sagen."

Und dann erzählte er mir, daß desto strengere Gesetze sich enthüllen, je tiefer man in die Ordnung der Natur eindringe. Ich verstand damals nicht alles, was er mir sagte, erst in späteren Jahren erfaßte ich, daß Gott für ihn die Weltintelligenz war und die Welt — ein Kunstwerk Gottes. Als ich zum ersten Male auf das Wort Kosmos stieß, erklärte er mir, dieses sei gleichbedeutend mit Welt und Schönheit. Und ich meinte, die Welt kennenlernen, heiße hellhörig werden für alle Schönheit.

Um meinen Hunger nach Bewegung ein wenig zu stillen, kaufte Vater mir ein weißes, schlankes Kielboot. Ich taufte es „Kaija", so heißt im Lettischen die Möve. Kein Vogel erschien mir nämlich so schön wie die Möven, die oft in großen Scharen bis nach Grobina flogen, das zehn Kilometer vom Meer entfernt lag.

Die silbernen Mövenflügel waren so schön geschwungen, daß diese Linien allein schon das Gefühl der Freiheit erweckten. Wenn aber die Möve ihren Schnabel öffnete, dann war es, als lache sie über die Menschen, als verhöhne sie diese armen, erdgebundenen, klobigen, schwerfälligen Wesen.

Mutter war mit dem Kauf des Bootes sehr unzufrieden. Sie nannte es einen unverzeihlichen Leichtsinn. Vater aber sagte: „Amata muß wenigstens hin und wieder genau so wie ihre gesunden Schwestern handeln können, sonst wird ihr Charakter Schaden nehmen." Er lehrte mich das Rudern, und ich durfte an windstillen Tagen allein auf den Fluß hinausfahren. Selige Illusion der Freiheit. Stundenlang konnte ich den Fischen im Wasser zuschauen. Wie für die Vögel Bewunderung, so empfand ich für die Fische Mitleid. Stumm zu sein, welch schreckliches Los! Beobachtete man aber die Karpfen im Teich genauer, so sah es aus, als unterhielten sie sich untereinander. Sie steckten die Köpfe zusammen, öffneten ihren breitgeschnittenen Mund, funkelten mit den Augen, wedelten mit den Schwänzen. Vielleicht waren meine Ohren nur zu plump, um ihre Sprache zu verstehen. Ich konnte ja auch das, was man in Riga sprach, nur durch das Telefon hören. Vielleicht würde man später einmal ein Telefon bis zum lieben Gott erfinden, und dann würde er die Gebete der Menschen deutlicher vernehmen.

Nun lernte ich auch die Wasserpflanzen kennen. Der

Wasserschierling war eine böse Pflanze, sie gemahnte an den Schierlingsbecher des Sokrates, von dem mein Vater mir erzählt hatte. Und die zwei Kiefern am steilen Ufer waren nicht einfach Kiefern, das waren wohl die Bäume, an die Sinis seine Opfer band: ungern fuhr ich an jener Stelle vorbei. Beim aufmerksamen Hinhören schien dort jemand zu wimmern, und im Sande bemerkte ich Fußspuren, obwohl in dieser einsamen Gegend nie ein Mensch zu sehen war. Auf der kleinen Halbinsel schlugen an Maiabenden die Nachtigallen. Hausten dort auch die Sirenen? Warum sangen sie nicht? Ertönte ihre Stimme nur, wenn ein Odysseus sich näherte?

Vom Rudern wurden meine Arme kräftig, und mein Vater hatte Freude an meinen sonnengebräunten Wangen. „Jetzt siehst du wie eine Zigeunerin aus“, sagte er, und band mir eine feuerrote Schleife ins Haar.

Das Gebet an die Schönheit

Meine Schwestern badeten. Oh, wenn an heißen Tagen das kühle Wasser um die erhitzten Glieder spülte, das mußte unaussprechlich wonnevoll sein, noch süßer als das Lied der Sirenen. An einem besonders heißen Tag konnte ich der Versuchung nicht widerstehen. Ich war zusammen mit Mutter und den Schwestern am Aland. Ich kleidete mich aus und Mutter trug mich, meiner Bitte nachgebend, auf ihren starken weichen Armen ins Wasser. Ich erschrak. So fremd, so hart, so besitzergreifend war dieses Element.

Großer blauer Himmel. Gewaltige Sonne. Dahinströmende Fluten. Ist das der Geschmack des Lebens, das Glück der Gefahr? Wie um die Schönheit zu steigern, war alles zweimal da: oben am Himmel, unten im Wasser. Mein Erstaunen dauerte nur einen Wimperschlag. Dann sah ich nicht nur die Sonne, die Wolken, die blühenden Uferwiesen, sondern auch mich selbst — in der Widerspiegelung des Wassers: wie Spinnen waren meine verkrümmten Beine. Die Gestalten meiner Schwestern waren schlank und gerade. Nackt, mit Wasserperlen bedeckt, standen sie am Flußufer wie langstielige Blumen. Ich schrie auf, gellend laut. Mutter eilte mit mir ans Ufer. „Mein Kindchen, hab' ich dir weh getan? Hast du dich erschreckt?" Ich schluchzte. Sie hüllte mich in ein weiches Frottélaken und ihre großen, ruhigen Hände streichelten mich: „Das war zu stark für dich. Das tun wir nie wieder. Aber die Sonne ist gut und warm. Laß sie deine Beinchen bescheinen."

„Nein, nein! Ich will nicht!"

Krampfhaft verkroch ich mich ins Laken. Daß ich krank war und nicht gehen konnte, das wußte ich schon seit einigen Jahren; nun aber war wie ein Peitschenhieb eine neue Einsicht hinzugekommen: ich war anders als die Schwestern, ich war häßlich.

„Was fehlt dir, mein Kindchen, mein Liebling? Sag doch deiner Mammi ein Wörtchen!"

Ich wollte sprechen, aber ich konnte kein Wort hervorbringen. Meine Stimme war erstorben, ein lebloser Klumpen drückte mir das Herz. Ich wollte mich an die Mutter schmiegen, konnte aber kein Glied rühren. Indem mich die Mutter ängstlich und liebevoll ansah, kleidete sie mich behutsam an. Als sie fertig war, hob sie mich in meinen Rollstuhl und schob mich nach Hause. Ein heftiges Zucken ging durch alle meine Glieder. Mutter brachte mich zu Bett: „Weine nicht, Kindchen! Was wird Pappi sagen, wenn er nach Hause kommt und dein verweintes Gesichtchen sehen wird?"

Ein heftiges Schluchzen schüttelte meinen Körper. Die Zähne schlugen aufeinander. Mutter sank an meinem Bett in die Knie und begann selbst zu weinen. Sie bedeckte mein Gesicht und meine Hände mit Küssen: „Amatuli, ich habe dich doch so lieb, wir alle haben dich so lieb ... ach, ich verstehe dich, dein Herzchen schmerzt, schmerzt zum Zerbrechen. Du willst so wie die Schwestern laufen und schwimmen! Ach Gott, ach Gott! Könnte ich dir doch helfen ...“ Ich hörte auf zu weinen. In Mutters Stimme war ein Klang, den ich früher nie vernommen hatte; daß man diesen Klang „Verzweiflung“ nennt, wußte ich damals noch nicht. Aber plötzlich fühlte ich mich wie erlöst. Die Starre wich von mir. In jäh ausbrechender Liebe klammerte ich mich an Mutters Hals und ein selig-schmerzliches Glücksgefühl durchströmte mich.

Bisher hatte ich immer gedacht, Mutter weiß nicht, was ich leide, auch sie weiß es nicht und will es nicht wissen. Es ist so schrecklich traurig, daß ich nicht gehen kann, jeden Tag ist das traurig, immer, auch in der Nacht, bisweilen sogar im Traum ... Aber Mutter schien nicht traurig zu sein. Sie wollte einfach nicht traurig sein. Wenn sie in ihrer schneeweißen Bluse und feiertags in ihrem schneeweißen Kleide mit dem herrlich leuchtenden weißen Haar und den dunklen strahlenden Augen sieghaft durch die blumengeschmückte Zimmerflucht ging und in überströmender Herzlichkeit ihre vielen Gäste empfing und jedem ein freundliches Wort sagte, hatte ich immer das Gefühl, daß sie mich vergessen habe, sonst könnte sie nicht strahlen. Wenn sie auch nur den kleinsten Winkel meines Herzens sähe, könnte sie nie lachen. Und sie lachte so gern und die Gäste nannten ihr Lachen herzerfrischend und ansteckend. Sie lachte, obwohl eines ihrer Kinder an den Stuhl gefesselt, so festgenagelt war, daß es die Freude der Gesunden nicht stören konnte. Als sie aber schluchzend an meinem Bett auf den Knien lag, erlebte ich zum ersten Male ihren herzzerreißenden Kummer, ich sah ihn in ihrem verweinten, traurig fremden Gesicht, ich fühlte ihn in ihren liebkosenden Händen. Immer war sie darauf bedacht, daß kein Fleckchen, kein Stäubchen ihr Kleid beschmutzte, und nun war ihr schönes Sommerkleid von den Rädern meines Wagens voller schwarzer Streifen. Sie achtete auch nicht darauf, als Pauline, die Köchin, sie rief, und diesem Ruf pflegte sie sonst immer ohne Zögern zu folgen, auch wenn sie mitten in einer Beethoven-Sonate unterbrochen wurde. Jetzt aber tat sie, als sei Pauline nicht da, obwohl die Köchin, als man ihr keine Beachtung schenkte, wütend die Tür zuschlug. Die ganze Welt versank. Nur Mutter und ich waren da. Ein schmerzhaftes Erstaunen vor dem unfaßbaren Weh, das viel größer, viel schwerer als das meine war, erfaßte mich. Nun hatten wir die Rollen getauscht: ich liebkoste sie, ich versuchte sie zu trösten und zu überzeugen, daß es gar nicht so schlimm sei, daß ich mich schon „daran gewöhnen" würde.

Im Musikzimmer lag auf dem Tisch eine Mappe mit Klingers Radierungen: „Das Gebet an die Schönheit" . . .

„Lieber Gott, Herrscher über Himmel und Erde, wenn du schon so grausam gewesen bist und mir Krankheit bestimmt hast, so nimm doch wenigstens das Häßliche von meiner Krankheit! Mach mich schön! Mach, daß ich mich meines Körpers nicht zu schämen brauche. Wenn es in deinen unergründlichen Gesetzen vorgesehen ist, daß ich nicht gehen kann, warum muß ich dann noch spinnenähnlich aussehen? So häßlich, daß ich vor mir selbst Abscheu empfinde . . ."

Ich betete jeden Abend. Ich wachte mitten in der Nacht auf und betete: „Lieber Gott, auch du kannst keine Freude an mir haben, wenn du dich zu mir neigst. Ich bin abstoßend. Eine verzauberte Spinne. Ist das dein

Wille?" Gott erhört nur die Gebete der guten Menschen. Ich versuchte gut zu sein, vor allem geduldig, und nicht gleich zu weinen, wenn ich das, was ich wollte, nicht bekam. Ich führte ein fast ununterbrochenes Zwiegespräch mit Gott und schaute lächelnd zu, wie meine Schwestern über die Gartenwege liefen.

„Gewiß, lieber Gott, ich verstehe, daß du mich nicht plötzlich gesundmachen kannst, das wäre ein Wunder, und Wunder geschehen in unserer Zeit nicht mehr. Aber allmählich, in einem Jahr. Habe Barmherzigkeit mit mir. Es ist schwer, nicht gehen zu können, aber unschön zu sein — das ist nicht zu ertragen. Wenn ich mein ganzes Leben so häßlich sein muß, dann will ich lieber sterben."

Klingers Mappe wagte ich nie mehr zu berühren. Es war mir, als könnte mir aus den Seiten der Kunstreproduktionen ein heftiges Nein entgegenzischen. Wenn Mutter die Appasionata von Beethoven spielte, dann *sah* ich Klingers Gebet an die Schönheit, auch ohne die Mappe zu öffnen. Dann war es, als beteten wir alle drei: die nackte Gestalt auf dem Bilde betete mit mir, und Beethoven betete für uns beide. Ich kannte damals Beethovens Biographie kaum, aber seine Musik war für mich Gebet, und er selbst ein Mittler zwischen der leidverhafteten Menschheit und Gott.

Noch ein anderes Mal — viele Jahre später — erlebte ich das Ertrinken meines Schmerzes in dem meiner Mutter. Ich hatte aus Versehen an Stelle meiner Handtasche die ihre genommen, und so kam ihr Taschenkalender in meine Hände. Ihre Ausgaben schrieb sie nicht auf. Sie verbrauchte so viel Geld, wie es ihr eben nötig erschien, und Vater gab ihr immer, ohne Rechenschaft zu fordern, so viel, wie sie für den wohlüberlegten, sorgsam geführten, aber sehr großzügigen Haushalt brauchte. Ich habe nie eine Rechnung, von der Hand meiner Mutter geschrieben, gesehen. Aber in ihrem Notizkalender pflegte sie täglich einige Gedanken, Erkenntnisse oder ein Zitat, das der Tag gebracht hatte, einzutragen. Immer nur ein paar Worte, kurze abgerissene Sätze. Das Leben wälzte sich damals auf mich wie ein vom Felsgestein abgespaltener Granitblock. Mit niemandem sprach ich über den an mir nagenden Kummer, überzeugt, daß niemand ihn auch nur annähernd sich vorstellen, geschweige denn verstehen könne.

Ich öffnete die Tasche, fand das Notizbuch und las die Eintragungen der letzten Woche: „Nirgends Trost für Amatas Schicksal." Und einen Tag später: „Nicht daran denken." — „O Gott, sie wird sich nie *daran* gewöhnen." „Noch im Grabe werde ich ihr wehklagendes Stimmchen hören." Nun fiel mir auch ein, daß Mutter, als zu Hause über Parzival gesprochen wurde, mit einem schmerzlichen Aufseufzen, das in das Gespräch gar nicht hineinpaßte, bemerkt hatte: „Ach, nicht nur Parzivals Mutter, der Name einer jeden Mutter ist wohl Herzeleide."

Auf ihrem Schreibtisch stand eine kleine, eingerahmte Karte mit ihrem Lieblingszitat aus Rosmersholm:

Rosmers: „Denn es ist die Freude, die die Menschheit adelt."

Rebekka: „Glaubst du nicht, auch der Schmerz?"

Rosmers: „Ja, wenn man über ihn hinwegkommen kann, weit hinweg."

Weil sie den Schmerz so stark empfand, daß er die Einheit ihres Wesens zu zerstören drohte, versuchte sie ihn mit aller Macht von sich zu weisen, und wenn das nicht möglich war, durch die Kraft ihrer Liebe zu überwinden. Sehr viele Jahre mußten vergehen, im harten Lebenskampf mußte ich mir selbst weiße Haare verdienen und über meinen persönlichen Schmerz hinweggekommen sein, ehe ich die ganze Tiefe — und wer wagt es zu sagen, daß es wirklich die ganze war? — ihres Herzeleids erfaßte. Aber sie ruhte dann schon in fremder Erde. Und ist ein Begrabensein in fremder Erde — ruhen? Abgetrennt von all ihren lebenden und dahingeschiedenen Lieben, weit vom heißgeliebten Meer, das zu ihrem Wesen wie die Sonaten Beethovens gehörte. Ich kann sie nicht mehr um Verzeihung bitten, daß ich ihr mit meinen harten, egoistischen Gedanken oft unrecht getan habe. Nicht einmal an ihrem Grabe kann ich knien, wie sie damals an meinem Bett.

Es muß ein Leben jenseits der Todesschwelle geben, damit man die Möglichkeit hat, die begangenen und zu spät eingesehenen Fehler und Sünden, vor allem die Unterlassungssünden, wiedergutzumachen. Sonst hat unser ganzes Leben keinen Sinn.

Zigeuner

Vater war als Hausarzt auf den umliegenden Gütern sehr beliebt, vor allem bei den verwöhnten, anspruchsvollen Baroninnen und Baronessen, die in ausländischen Badeorten weltberühmte Kapazitäten konsultierten, aber schließlich doch zu seinen Rezepten zurückkehrten. Nicht minder beliebt war er bei den Zigeunern. Dieses wilde und frohe Volk, das in der Umgebung von Grobina hauste, erfüllte mich mit Neugierde und Neid: sie waren so herrlich faul, sie taten nur das, was ihnen behagte, sie waren so sorglos, farbenfroh und übermütig. Auf der „großen Wiese“ feierten sie lautklingende Feste mit Gesang, Tanz und Kunststücken aller Art. Zuschauer von nah und fern strömten herbei.

Einmal wurde mein Vater, von einer schweren Entbindung heimgekehrt, mitten in der Nacht zu einer Zigeunerin geholt. Obwohl er sich eben erst ausgekleidet, gewaschen und hingelegt hatte, stand er ohne zu murren auf. Mutter sagte ärgerlich:

„Du bist ein Tropf! Für jeden Bettler opferst du deinen Schlaf. Du wirst dich zu Tode arbeiten. Nicht einmal nachts gönnst du dir Ruhe!“

Vater antwortete mit seinem alten Spruch: „Der Arzt ist der Diener der Kranken. Wer das nicht zu sein vermag, darf nicht Medizin studieren.“

Durch einen Kaiserschnitt half er einem kleinen Zigeunerknaben zur Welt. Ich hörte, wie er einem seiner jungen Kollegen von diesem schweren Fall erzählte und hinzufügte, daß man schon im Altertum den Einschnitt in den Leib der Mutter gekannt habe. Plinius beschreibe das in seinem Geschichtswerk. Im alten Rom durfte eine Mutter, die vor der Geburt ihres Kindes starb, nicht beerdigt werden, bevor das Kind herausgeschnitten war. Heute sei die Medizin so weit fortgeschritten, daß man diesen Eingriff bei lebenden Frauen machen könne, um Mutter und Kind am Leben zu erhalten.

Die alte Wahrsagerin, die Stammutter, wußte natürlich nichts, weder von Plinius noch von den Fortschritten der modernen Medizin; aber der chirurgische Eingriff hatte ihr so imponiert, daß sie einige Wochen später mit drei ihrer Großsöhne und einem fettigen Packen unangemeldet ins Speisezimmer vordrang, wo Vater gerade seinen Tee trank. Sie hätte etwas für den goldenen Doktor, verkündigte sie gewichtig, für den Großherrn und das kleine, zuckersüße Fräuleinchen. Vater wehrte ab: „Das habt ihr sicher irgendwo gestohlen.“ Ein würziger Geruch verbreitete sich im Raum.

„Gestohlen? Gestohlen! Warum glaubt der goldene

Großherr, daß wir gestohlen haben? Wenn wir stehlen, stehlen wir für uns, das ist dann unsere Sache und geht niemanden etwas an.“ Obwohl sie nur eine arme Zigeunerin sei, wisse sie ganz gut, daß dem Doktor gestohlene Sachen nicht munden, sie wisse, daß auf einen Doktortisch Gestohlenes nicht passe. Oh, sie wisse sehr gut, was sich schicke und was sich nicht schicke. Das hier — und sie hob ein in fettiges Papier gehülltes Bündel hoch in die Luft, damit alle es sahen — sei nicht gestohlen, ihre selige Mutter im Himmel könne das bezeugen. Die kleinen Zigeunerbuben standen mit glänzenden Augen um die Großmutter und wiederholten gläubig den letzten Satz der Sprechenden.

„Wo habt ihr denn das da gekauft?“

„Wie soll ein armer Zigeuner, der nichts besitzt als seine unschuldige Seele und seine schönen Kinder, etwas kaufen? Kaufen können nur reiche Leute, ihre Diebstähle werden nie bestraft. Aber Gott im Himmel ist gerecht: er liebt die Zigeuner, er freut sich über jedes Zigeunerkind, das geboren wird, und das letzte ist ja durch ein Wunder zur Welt gekommen. Die Zigeuner sind die Vögel Gottes unter den Menschen, sie singen und springen und arbeiten nie.“ Wieder plapperten ihre Enkel den letzten Satz nach und schickten sich an, ihn durch rhythmische Bewegungen zu illustrieren.

„Schon gut“, sagte mein Vater, dem die Geduld ausging. „Ich habe keine Zeit, hier länger mit euch zu schwatzen.“

Zwei schöne, knusprige, braune Braten wurden vor ihm ausgepackt und erfüllten den Raum mit appetitreizendem Wacholderduft.

„Die Igel sind die Schweine der Zigeuner, und diese waren besonders fett. Im Walde weiden die Igel und der liebe Gott hütet sie, er nimmt den armen Zigeunern die Arbeit ab." Sehr anschaulich erzählte sie, wie der Igel, in Lehm gehüllt, gebraten wird und wie sich dann die Stachelhaut leicht löst.

„Wenn das kranke Fräulein, unser Goldstückchen, den Igel gegessen haben wird, wird niemand ihr etwas zuleide tun können. Klug wie ein Igel wird sie sein und schön wie ein Zigeunerkind."

So kam der Igel auf unseren Mittagstisch und Mutter stellte fest: „Wenn man nicht wüßte, was das ist, würde es herrlich schmecken." Und Vater: „Variatio delectat."

Einige Jahre später, von einer Krankenfahrt zu einer Lungenleidenden heimkehrend, wurde er auf halbem Wege von einer Schar Zigeuner abgefangen. Sie flehten ihn an, den kleinen Buben, den er auf so wunderbare Weise zur Welt gebracht hatte, zu retten. Käme der Doktor nicht gleich mit, müsse das Kind ersticken. Vater stellte eine böse Angina fest. Er hatte nicht die notwendigen Instrumente bei sich. Kurzentschlossen öffnete er den Abszeß mit seinem Federmesser, das er auf einer Flamme desinfizierte. Der kleine Zigeunerknabe genas, konnte aber jahrelang nicht auf normale Weise Speise zu sich nehmen. Flüssige Nahrung mußte ihm durch eine Öffnung im Halse, in dem noch immer die Kanüle steckte, eingeführt werden. Dieses geschah zweimal täglich in der Küche des Doktorhauses, und so hatte ich die Möglichkeit, mich mit den Zigeunern näher zu befreunden. Nachdem der kleine Junge so auf künstliche Weise von meiner ältesten Schwester, die in medizinischen Handreichungen gewandt war, Tum, Bouillon oder Gemüsepüree erhalten hatte, war er, vom zehrenden Gefühl des Hungers befreit, so vergnügt, daß er uns jedesmal mit der ihm angeborenen Grazie vortanzte. Ich hätte ihm stundenlang zuschauen können. Auch die alten Zigeuner, die sonnabends in der Küche des Doktorhauses zusammen mit den anderen Bettlern ihre Scheibe Weißbrot und eine Tasse heißen Kaffees bekamen, fand ich nicht weniger unterhaltend. Ich war selig, wenn ich bei der Bewirtung zugegen sein durfte. Der alte Zigeuner erzählte immer dieselbe Geschichte, aber sein Mienenspiel war so lebendig, und wenn er den Kopf schüttelte, klirrten die großen Ohrringe so lustig, daß ich ihm gern den ganzen Tag gelauscht hätte.

„Wie geht es Ihnen?“ (Wir sagten „Sie“ zu allen Erwachsenen, zu den Dienstboten wie zu den Zigeunern.)

„Wie es mir geht, Fräuleinchen? Ach, schlecht, sehr schlecht.“

„Warum denn?“ fragte ich, obwohl ich die Antwort schon im voraus wußte.

„Es geht mir so schlecht, wie es nur einem alten, dummen Zigeuner gehen kann.“

„Was ist denn passiert?“

„Ich sah im Traum einen Topf voll heißer Grütze, dick und weiß war der Brei, in Milch gekocht. Die Grütze dampft, und ich bin hungrig, so hungrig, mein Magen ist so leer wie ein ausgeblasenes Ei. Das Wasser läuft mir im Munde zusammen. Aber ich kann nicht essen ...“

„Warum konnten Sie die Grütze nicht essen?“

„Ich hatte keinen Löffel!“

„Ach, Ärmster!“

„Ja, ich bin ein bedauernswerter Mann. Am andern Abend will ich schlau sein: ich leg mich auf meinen Strohsack, in jeder Hand einen Löffel.“

„Warum denn zwei Löffel?“

„Einen kann man ja unterwegs ins Traumland verlieren. Gut, ich habe also zwei Löffel. Nun aber geht es mir noch schlimmer.“

Seine schwarzen Augen füllten sich mit Tränen und schwer aufseufzend schloß er seine Erzählung:

„Was half mir meine Schlauheit? Was halfen mir meine zwei Löffel? Die Grütze kam nicht mehr zu mir im Traum . . ."

Meine Schwestern verlachten meine Zigeunerliebe und neckten mich: „Vielleicht bist du selbst ein Zigeunerkind. Nur du hast schwarze Haare und schwarze Augen. Wir anderen alle haben helles Haar und blaue Augen und ganz helle Haut. Sicher hat dich Mammi als kleines Zigeunerbaby zu uns geholt. Mammis weiches Herz tat weh, als dem Zigeunerkindchen die Mutter weggestorben war und niemand es pflegte . . ." Ich wußte, das war ein Scherz, trotzdem verstärkten solche und ähnliche Bemerkungen in mir das Gefühl des Abgetrennt- und Andersseins.

Wie viele Ärzte alten Schlages war auch mein Vater Pädagoge. Wenn er alle seine Kranken zur Geduld und zu einem Gottvertrauen zu erziehen versuchte, dann die Zigeuner — zur Arbeit. Für das Zersägen und Zerspalten des Holzes versprach er ihnen ein Mittagessen und eine Silbermünze. Aber seine Bemühungen waren vergebens. Stets bekam er die gleiche Antwort: „Lieber goldener Großherr, ich bete jeden Abend für dich zum Herrgott und alle meine Kinder beten für dich, und die Großmutter im Himmel betet für dich, aber Holzsägen . . ."

„Ja, das ist bisweilen besser als beten."

„Sicher, lieber Großherr, aber ich kann das Holz nicht zersägen, nie habe ich diese Arbeit getan, meine Mutter im Himmel kann das bezeugen und meine Großmutter würde noch im Grabe sich schief und krumm lachen, wenn sie mich bei einer Arbeit wüßte. Ich habe nie Holz gehackt, ich verstehe es einfach nicht."

„Nun, dann mußt du es eben lernen."

„Lernen? Lernen? Lieber goldner Großherr, dazu bin ich zu alt."

Diesen Satz wiederholten mit tiefgläubiger Inbrunst auch ganz junge Zigeuner. Nein, diese Rasse war zu alt, als daß die Umerziehungsmethoden meines Vaters angeschlagen hätten.

Die erzieherischen Versuche meiner Mutter hatten ebensowenig Erfolg. Im allgemeinen hielt sie sich an das Prinzip des Vaters: durch Güte und Nachsicht erreicht man mehr als durch Härte und Strenge. Wer Liebe sät, wird Liebe ernten. Sie schlug einer jungen Zigeunermutter vor, ein Gartenbeet auszujäten, und versprach ihr dafür unsere abgelegten Kleider. Um die Zigeunerin zur Arbeit zu ermuntern, zeigte sie ihr die versprochenen Kleidungsstücke, erinnerte sie daran, daß bald der Winter käme und ihre Kinder halbnackt herumliefen. Die Zigeunerin betastete mit kennerischer Miene die Kleider, lobte die nicht ausgeblichene rote Farbe und sagte, ihre Kinder liefen nicht halbnackt, sondern ganz nackt herum, und daß die kalte Jahreszeit bald käme, das spüre sie am Gliederreißen. Dann hob sie den Kopf, als sei sie eine Königin, sah meiner Mutter voll ins Gesicht und sagte mit unvergeßlichem Nachdruck: „Alles ist, wie Sie sagen, Großherrin, aber auch nackt muß man seinen Stolz bewahren."

Der Schlußsatz war mit solchem Nachdruck gesagt, daß er im Doktorhaus zum geflügelten Wort wurde, wie überhaupt einige Aussprüche der Zigeuner neben denen Vergils oder Goethes und Gogols bei uns zu Hause zitiert wurden. Als einmal ein Zigeuner mit vielen bilderreichen Vergleichen meinem Vater von der Krankheit seiner Frau erzählte, versuchte Vater ihn zum Schweigen zu bringen, indem er sagte: „Wenn jeder Patient mich so lange aufhält wie du, dann bleibt mir keine Zeit für meine Arbeit übrig." Darauf antwortete der Zigeuner prompt: „Ja, ja, der Großherr liebt seine Arbeit, aber wir Zigeuner lieben unsere Frauen."

Daß die Zigeuner alles stahlen, was sie ohne Gefahr, ertappt zu werden, entwenden konnten, nahm man wie eine Naturerscheinung hin. Auch Regenwetter ist allen unangenehm, wer aber wird sich darüber besonders aufhalten? War der Hühnerstall nicht geschlossen, stahlen sie die frischgelegten Eier, in die sie mit blitzartiger Geschwindigkeit ein kleines Loch bohrten und sie im Nu austranken. Aus unserem Garten holten sie sich Äpfel und Gemüse, immer nur die feinsten Sorten. Einmal sah Mutter durchs Fenster, wie ein Zigeunerbub am Gartenzaun entlangschlich. Besorgt um ihr Frühgemüse, lief sie hinaus und ergriff den Jungen, ehe er durchs Hoftor entwischt war.

„Was hast du wieder gestohlen?" fragte sie streng.

„Nichts. Dieses Mal, liebe Großherrin, wirklich nichts. Meine Großmutter im Himmel kann das beschwören, ich wärmte mich nur am Zaun, es war so kalt."

„Nichts? Kaum zu glauben. Zeig deine Taschen!" Mit einem Ausdruck beleidigter Unschuld leerte er gehorsam seine Taschen, in denen sich ein Angelhaken, ein paar Knöpfe, eine vertrocknete Brotkruste befanden. Treuherzig sah er die Mutter mit seinen melancholischen Augen an und Mutter tat ihr scharfes Verhör leid. Sie wollte ihre diesmal unnötige Strenge gutmachen und forderte das gekränkte Kind zu einer Tasse heißen Kaffees in die Küche auf. Mütterlich legte sie ihm die Hand auf den Kopf und sagte:

„Du bist ein braver Junge!" Weiter kam sie aber nicht; die unter der Mütze versteckten Zuckererbsen kollerten dem Jungen über die Wangen.

Die alte Zigeunerin war eine Wahrsagerin. Unsere Mägde, Lehrerinnen, der Sanitäter, meine Schwestern, alle ließen sich von ihr aus der Hand die Zukunft prophezeien. Meine Mutter hielt das für Unsinn und hatte es uns Kindern streng verboten, und so blieb uns nichts anderes übrig, als es heimlich zu tun. Einmal hatte ich Glück, ich war allein in der Küche, als die alte Zigeunerin sich hereinschlich. Der scharfe Instinkt des Naturmenschen ließ sie meinen heimlichen Wunsch erraten. Sie ergriff meine Hand, küßte die Fingerspitzen und flüsterte hastig: „Kleines Fräuleinchen, Goldstückchen mit Blumenfingern. Deine Augen haben viel geweint, und sie werden noch mehr weinen, aber all deine Tränen werden wie Perlen leuchten ..."

Ich beugte mich ganz zu der Alten und stellte leise, kaum hörbar, jene Frage, die sich in mich hineingesaugt hatte, die mich beim Spiel unfroh, beim Lernen zerstreut und in der Nacht schlaflos machte ...

„Gedulde dich, Blümchen, ich sag dir deine ganze Zukunft. Ich kann auch zaubern, doch das ein andermal; merk dir, was ich sage, und vergiß kein Wörtchen: du wirst groß und reich werden. Viel reicher als deine Schwestern und viel größer als dieses Haus, größer als dieser Baum, bis in die Sonne wirst du hineinwachsen. Allen Hungernden wirst du Honig und Brot austeilen und dann ..."

„Dann? Was wird dann geschehen?"

„Wenn du warten kannst, wie ein Stern am Himmel, wie eine Blume im Walde, dann ..."

Die Köchin Pauline, böse und alt, trat in die Küche. Mitten im Satz brach die Zigeunerin ihren Wortschwall ab. Sie bekam ihre Schnitte Roggenbrot mit Fett, knickste, dankte und warf mir einen Blick zu, den nur ich verstand: ich komme wieder, ich komme wieder, sagten ihre schwarzen Augen, die einen so unheimlich feuchten, nie gesehenen Glanz hatten.

„Hat sie dir geweissagt?" fragte Pauline streng.

„Nein."

„Die Alte ist aufdringlich und schwatzt nur Blödsinn."

„Warum lassen Sie sich denn von ihr weissagen?"

„Aus Langeweile. Ein bißchen Spaß muß auch eine Köchin haben. Neulich legte sie für mich Karten aus. Einen Brief von deinem Liebsten wirst du bekommen, und am anderen Tage ... ach, das kann ich dir nicht erzählen."

„Warum taugt das Wahrsagen für Sie und auch für meine Schwestern, für unsere Lehrerinnen, und nicht für mich?"

Pauline schaute durchs Küchenfenster in den Garten hinaus und erwiderte streng: „Ebenso könntest du fragen, warum hat die Rose Dornen und die Birke keine? Deine Schwestern, ha — ha, das ist etwas anderes ..."

„Warum?"

„Das ist nun einmal so", sagte sie und schäumte eifrig das Ei zum Kakao, von dem ich nicht einen Schluck hinunterwürgen konnte. Ich mochte Pauline nicht.

Ich sehnte mich nach der Zigeunerin. Sie besaß den Zauberstab zur Kerkertür. Ich sehnte mich nach ihren Augen, die wie schwarze Spiegel die Geschehnisse der Zukunft auffingen, nach ihrem Geruch — Tabak, Kampfer, Waldduft, Baldrian — ein seltsam aufregender heißer Atem entströmte ihr. Baldrian war ihr Lieblingsgetränk, ganz wie für unsere Katze. Hatte sie nicht Ähnlichkeit mit diesem schmiegsam-wilden Tier? Heimlich nahm ich das Baldrianfläschchen von meinem Nachttisch und versteckte es in meinem Mieder. Tagelang trug ich es mit mir herum. Das ganze Fläschchen sollte die alte Zigeunerin bekommen, sie, die Wahrsagerin. Ihre Wahrheit würde mich entweder töten oder erlösen. Wenn ich spazierenfuhr und die alte Zauberin auf der Landstraße traf, erkannte ich sie schon von ferne an ihrem feuerroten Rock. Wir sahen uns und verstanden einander ohne

Worte. Ich rief sie, ohne den Mund zu öffnen, sie nickte mir zu, und ihre weißen Zähne blitzten wie ein Wetterleuchten; ihre großen blanken Messingringe, die aus dem dichten, noch immer schwarzen Haar hervorlugten, waren die Mondsichel am nächtlichen Himmel.

Ich saß allein im Garten. Sie ging über einen schmalen Pfad zum Flusse. Ich sah sie durch die Lücken im Zaun und hob beide Hände empor. Kein Wort kam über meine Lippen. Gewandt löste sie eine Latte im Zaun und schlüpfte wie eine Katze hindurch. Wenn sie durch die Gartenpforte gekommen wäre, hätte sie jemand sehen und fortschicken können. Wie war ich ihr dankbar für ihre Umsichtigkeit! Nun waren wir beide endlich allein. Mit zitternden Händen reichte ich ihr das Baldrianfläschchen. Sie nahm es wie einen selbstverständlichen Tribut hin und träufelte einige Tropfen auf ein Stückchen Zukker, das in ihrer Tasche, die auch den Tabak barg, unkenntlich grau geworden war. Sie nahm die Pfeife aus dem Mund, lutschte genießerisch am Zucker, schloß die Augen und flüsterte:

„Goldenes Fräuleinchen, kleine Blume auf trockener Wiese, du hast viel geweint und wirst noch mehr weinen, aber deine Tränen werden wie Perlen leuchten. Du wirst durch Gottes Welt wandern, ohne mit den Füßen die Erde zu berühren, die Engel im Himmel wirst du singen hören, und dann wird er kommen."

„Wer?" fragte ich atemlos.

Sie lutschte am Zucker, genoß die Spannung und sprach erst nach einer Weile weiter:

„Wer — fragst du? Nun, der Prinz. Er wird seine Hände unter deine Füße breiten, nie wirst du mehr Schmerzen haben, du wirst . . ."

Die Gartenpforte knarrte, sie hörte es, noch ehe ich den Laut vernommen, und verschwand im Nu durch die

Lücke im Zaun. Ich behielt jedes ihrer Worte in meinem Herzen. Ich träumte diese Worte. Ich erwartete ihre Wiederkehr, aber es dauerte lange, eh' sie kam. Ihr Mann war eines Pferdediebstahls bezichtigt und die ganze Sippe in eine andere Gegend gezogen.

Eines Nachts brachte sie mir mein bester Freund, mein stärkster Feind — der Traum. Sie stand an meinem Bettende. Sie war die Nacht. Die Sterne waren ihre Augen. Sie wiederholte ihre Prophezeiungen tiefer, schöner, verheißungsvoller. Jedes ihrer Worte hatte einen eigenen Klang, aneinandergereiht ergaben sie eine geheimnisvolle, süße Melodie. Der Schluß ihrer Rede war wie der Anfang — Perlen sind Tränen und Tränen sind Sterne.

„Werde ich mich je mit Perlen schmücken dürfen?"

„Die Sterne schmücken nicht sich selbst, sie schmücken den Himmel und der Himmel schmückt die Erde, und die Erde ist das Schmuckstück Gottes ... Im unbegrenzten Kosmos bist du nur ein Staubkorn."

Die Zigeuner gehörten zu Grobina wie die Heide, der Fluß, der Regenbogen über dem Wald ...

Als im zweiten Weltkrieg die Okkupanten alle Zigeuner erschießen ließen, erschütterte mich das so tief, daß ich nie wieder gewagt habe, das Heimatstädtchen zu besuchen. Selbst in den Flüchtlingstagen flehte ich meinen Begleiter an, einen Umweg zu machen, um eine Begegnung mit der gewaltsam entseelten, entstellten Stadt meiner Kindheit zu meiden.

Ein schwermütig gewordener Augenzeuge erzählte mir, eines Tages habe man alle Zigeuner auf die große Wiese getrieben, sie hätten einen riesigen Graben ausheben müssen und dann seien sie hingemordet worden. Die aneinandergebundenen Zigeunerkinder hätten bis zum letzten Augenblick um Erbarmen gefleht. Mit den noch freien Armen hätten sie in der Luft gefuchtelt und gerufen, sie würden für die Herren tanzen, die schönsten Tänze würden sie vorführen, man solle nur ein wenig diese schrecklichen Stricke lockern. Ein kleiner Zigeunerjunge war noch nicht gefesselt, oder hatte sich aus den Fesseln teilweise befreit; er tanzte schluchzend vor den Henkern, während seine Mutter und Großmutter, die ganze Sippe hingemordet wurde.

Fräulein Linde, die Brunnenverpesterin

Mein Vater hatte auch die Obliegenheiten eines Sanitätsarztes zu erfüllen. Obwohl ihm Milde angeboren war, war er in Fragen der sanitären Ordnung peinlich streng. Hatte ein Brunnen nicht den vorschriftsmäßigen Deckel, oder befand er sich in der Nähe einer Abfallgrube, oder wagte es jemand im Städtchen, Abfall vor die Tür zu schütten, wurde sofort ein Protokoll aufgenommen und eine Geldstrafe war unbedingt fällig. Die Schuldigen erschienen dann im Sprechzimmer und beteuerten weinend ihre Unschuld. In solchen Fällen wunderte ich mich über die unbeugsame Härte meines Vaters; er erklärte mir, es sei besser, *einen* zu bestrafen, als daß durch seine Unachtsamkeit vielen Menschen ein Unglück zustoße.

Obwohl sanitäre Vorschriften mit Hauslehrerinnen nichts zu tun haben, mußten diese Bemerkungen vorausgeschickt werden, um meine Ablehnung gegen meine Hauslehrerin verständlich zu machen.

Sie war eine Baltendeutsche, unser Fräulein Linde. Sie war nicht mehr jung, sehr groß und hager. Und wie fast alle mageren Menschen hatte sie einen Wolfshunger und aß von allen guten Dingen, die meine Mutter zu Ehren der neuen Hausgenossin gebacken und gekocht hatte, eine Unmenge.

Noch mehr als ihr gieriger Appetit mißfiel mir ihre übereilte Kritik an meinem Betragen. Sie wies darauf hin, daß ein wohlerzogenes junges Mädchen, und ein solches wolle ich wohl werden, die Ellbogen nicht auf den Tisch stützen dürfe. Das wußte ich auch ohne ihre schulmeisterhafte Zurechtweisung, sie aber schien nicht zu wissen, daß ich trotz meiner Müdigkeit so ungewöhnlich lang aufgeblieben war, nur um sie zu begrüßen. Ich wußte, daß ich die Ellbogen vom Tisch nehmen mußte, aber ich rührte mich nicht, meine Arme waren wie angewachsen; ich sah meine neue Lehrerin an und sagte herausfordernd: „Auf dem Bild der Sixtinischen Madonna stützen die kleinen Engel sich auch auf ihre Ellbogen."

„Oho", rief sie mit vollem Munde, „woher weißt du denn etwas von der Sixtinischen Madonna, hier in diesem Judennest?" Mein Vater versuchte einzulenken: „Amatas Lieblingsbuch ist der große Brockhaus, und da gibt es schöne farbige Reproduktionen."

„Glauben Sie, Herr Doktor, daß ein Konversationslexikon für ein junges Mädchen die passende Lektüre ist? Ich habe einige alte Jahrgänge des ‚Kränzchens' mitgebracht."

Nun, bei dieser Kränzchen-Tante habe ich nichts zu lernen, dachte ich, und daß ich es nicht sagte, geschah nicht aus Rücksicht auf sie, sondern nur aus Rücksicht auf meine Eltern.

Man saß noch lange bei Tisch. Mutter freute sich aufrichtig, daß unserer neuen Hausgenossin alles so vorzüglich mundete. Ja, sie sei nach der langen Reise sehr ausgehungert, und für einfache Hausmannskost hätte sie immer eine besondere Vorliebe gehabt. Daß sie die erlesenen Speisen meiner Mutter — heiße Speckkuchen,

Leberpastete, Schweinefüßchen, Rossol — als einfache Hausmannskost bezeichnete, empfand ich als eine neue Taktlosigkeit. Schließlich ging man schlafen.

Am anderen Morgen, ganz früh, kam die Nachbarsfrau mit hochroten Wangen triumphierend ins Sprechzimmer:

„Der Herr Doktor ist immer hinter uns her: Sauberkeit! Sauberkeit! In meinem Kreise dulde ich keine Schweinereien! Ach, lieber Herr Doktor, es ist immer leicht, andere zu belehren, und was geschieht in Ihrem eigenen Hause?"

Vater unterbrach ihren Wortschwall nicht. Er wußte, daß man den Wutausbrüchen freien Lauf lassen müsse, wenn man die Menschen nicht krank machen wollte. Die Nachbarsfrau polterte weiter:

„Ja, was geschieht bei Ihnen, im Hause des Kreisarztes? Aus dem Giebelzimmer da oben ist heute morgen in der Dämmerung ein Nachttopf in meinen Brunnen gegossen worden. Gut, er hatte noch immer keinen Deckel, ich meine, der Brunnen hatte keinen Deckel und darauf steht Strafe; aber daß eine feine Dame ihren Nachttopf in meinen Brunnen leert, wie wird man das bestrafen? Der Herr Doktor glaubt es mir vielleicht nicht; ich hätte es auch nicht geglaubt, daß gebildete Menschen so etwas tun. Diese Schweinerei! Ich war gerade aufgestanden, um die Kuh zu füttern. Da sehe ich, wie oben das Fenster aufgerissen wird und mit großem Schwung fliegt die ganze Schweinerei mir über den Kopf in den Brunnen. Wer wird den Brunnen ausschöpfen? Daß Sie ein gerechter Mann sind, Herr Doktor, weiß die ganze Stadt, und weil Sie ein gerechter Mann sind, muß das Fräulein, die neue Lehrerin, diese Arbeit eigenhändig tun, denn sie ist es, die den Brunnen verpestet hat. Geld bezahlen? Für reiche Menschen ist eine Geldstrafe gar keine Strafe. Und reich ist diese Bohnenstange. Ich habe gestern durchs

Fenster geguckt, als die Person vom Bahnhof kam. Ach, unsereins darf von solch einem Pelzkragen nicht einmal träumen."

Ich schämte mich für Fräulein Linde und wußte nicht, wie ich ihr am Kaffeetisch begegnen sollte. Ich meinte, sie würde ihre Sachen packen und sofort abreisen, und so würde auch dieses Unglück ein Glück im Schoß haben. Aber siehe da, Fräulein Linde erschien am Kaffeetisch frisch und munter, keine Spur von Verlegenheit! Sie beklagte sich, daß sie schlecht geschlafen hätte, die fette ländliche Kost bekomme ihr wohl nicht. In Riga bereite man die Speisen ganz anders zu.

Aus dem Unterricht bei ihr wurde nicht viel. Sobald ich ihr ins Gesicht schaute, sah ich die Szene in der grauen Dämmerung und antwortete auf ihre Fragen nur widerwillig. Als sie nach einem Schuljahr abreiste, hörte ich sie beim Abschied zu meinem Vater sagen: „Amata ist ein begabtes Mädchen, nur hat sie keinen Lerneifer und keinen richtigen Respekt vor ihrer Lehrerin, und das, Herr Doktor, liegt an einem Erziehungsfehler, Sie haben das Kind zu sehr verwöhnt."

Verwöhnt? Ich lachte in mich hinein. Auch ein Kind, das nicht verwöhnt ist, kann vor einer Brunnenverpesterin keinen Respekt haben. Fräulein Lindes Sündentat stimmte mich gegen alle ihre Nachfolgerinnen skeptisch. Immer dachte ich: du tust nur so manierlich, aber wer weiß, was du im geheimen für Schandtaten verübst, in grauer Dämmerung, wenn die anderen noch schlafen.

Marta Jura, die Märtyrerin

Nur *eine* Hauslehrerin gewann mein Herz und hatte auf meine Entwicklung tiefen Einfluß. Marta Jura war ihr Name. Sie war geist- und temperamentvoll, jung und schön. Wenn sie ins Zimmer trat, war es, als hätte jemand einen großen Strauß taufrischer, dunkelroter würziger Nelken auf den Tisch gestellt: üppiges, kurzgeschnittenes, glänzend braunes, lockiges Haar, kohlschwarze Augen und sehr frische Farben. Im Jahre des blutigen Grauens, als eine Sturzflut unterdrückten Freiheitsdranges hervorbrach, Hagelkörner des Hasses niederprasselten, war sie als junges Mädchen vor der Exekutions-Kommission in die Schweiz geflohen und hatte dort einige Jahre Mathematik studiert. Ihre Leidenschaft war aber Geschichte und vor allem die Geschichte des lettischen Volkes.

Vater achtete in allen Dingen allgemein anerkannte Ordnungsgesetze und machte es meinen Hauslehrerinnen zur Pflicht, die Forderungen des russischen Gymnasiums zu erfüllen, damit ich eine abgeschlossene Bildung erhalte, obwohl ich es — wie er damals glaubte — nie nötig haben würde, für mein tägliches Brot zu arbeiten. Er hatte nämlich ein kleines Kapital für mich angelegt, einen Teil in einer russischen, und, damit es ganz sicher sei, einen anderen Teil in einer Pariser Bank. Dabei berief er sich auf das französische Sprichwort: es ist nicht ratsam, alles in einen Korb zu tun. Jedes Jahr an meinem Geburtstag vergrößerte er die zäh ersparte Summe durch eine neue Einzahlung und war an diesem Tag gehobener Stimmung: „Nun kann ich ruhig sterben, da ich dich, mein Täubchen, versorgt weiß."

Trotzdem wollte er, aus Abneigung gegen Willkür und Dilettantismus, daß ich eine Gymnasialbildung erhalte. Dadurch hoffte er mein Selbstvertrauen zu stärken und mich vor dem Gefühl des Ausgeschlossen- und Andersseins zu bewahren. Das Programm des russischen Gymnasiums setzte als Selbstverständlichkeit einwandfreie Kenntnis der russischen Sprache voraus. Lettische Sprache, lettische Geschichte waren nicht vorgesehen.

Von neun bis ein Uhr hatte ich richtigen Schulunterricht: Geometrie, Algebra, Physik, Geographie, Geschichte und vor allem russische Sprache. Wir lasen Puschkin, Lermontow, Turgenjew, Gogol. Von der musikalischen Prosa Gogols war ich so begeistert, daß ich ihn seitenlang auswendig lernte: die Schilderung der Mainacht, des Dnjeprs, der weiten, ebenen Wege durch die unendliche Steppe. Und wenn ich abends nicht einschlafen konnte, sagte ich mir Lermontows „Dämon“ auf.

Den Religionsunterricht schob Marta Jura ironisch lächelnd beiseite: „Diese Märchen kannst du allein lesen — heute ist man längst darüber hinweggekommen. Es gibt nur einen Gott, dem man dienen muß ...“

Ich sah sie fragend an.

„Das ist die Freiheit. Beten wir: Unser täglich Brot gib uns heute, so bedeutet das: unsere Freiheit gib uns wieder, denn alles Brot, das man in der Unterdrückung ißt, ist vergiftet.“

Die Schulstunden wurden durch eine gemeinsame Spazierfahrt abgeschlossen. Sie schob meinen Rollstuhl über die holprige Straße bis zum Aland-Fluß oder auch bis zum Mühlenteich. Nach dem Mittagessen mußte ich, gemäß der Vorschrift meines Vaters, eine Stunde ruhig liegen, dann machte ich meine Schulaufgaben und freute mich auf die Abendstunden, die ich in Marta Juras Zimmer verbrachte. Ihr Wesen übte auf mich einen geheimen Zauber aus. Sie trug Winter und Sommer das gleiche fadenscheinige dunkelblaue Kostüm, aber die Bluse unter der Jacke war immer blütenweiß. Hatten wir Besuch —

und wir hatten sehr häufig Besuch — nahm sie am geselligen Zusammensein nie teil. Wurde musiziert, setzte sie sich, ohne die Gäste zu begrüßen, still in eine dunkle Ecke des Musikzimmers und lauschte den Klängen in abwesender Versunkenheit. Bisweilen war sie so ergriffen, daß sich ihre Augen mit Tränen füllten; dann stand sie jäh auf und verließ den Raum.

Von ihrem Lehrerinnengehalt behielt sie nur einige Rubel Taschengeld für sich, das übrige schickte sie fort. Niemand wagte zu fragen, an wen. Ihre Anspruchslosigkeit in äußeren Dingen, ihre schweigsame Art, ihre edelstolze Haltung und vor allem der Ausdruck ihrer Augen erweckten in mir die Vorstellung tragischer Schönheit. Ich war selig, wenn ich ihre unausgesprochenen Wünsche erraten und erfüllen konnte. Ich weigerte mich nicht, ihr zu folgen, als sie die Mathematikstunden in eine Gymnastik des Geistes verwandelte, um nicht zu sagen in eine Akrobatik. Am Vormittag in der Schulzeit sprachen wir miteinander russisch, in den Abendstunden lettisch. Marta Jura erzählte, daß damals, als sie in die Volksschule ging, für jedes lettische Wort eine Strafe verhängt wurde. Es gab einen Lehrer, der jedem Schulkind, das er bei einem lettischen Wort ertappte, einen Zettel mit der Aufschrift „durak" — „Idiot" — an die Schulter als Epaulette ansteckte. Ein anderer ließ den Sünder zum Katheder treten und vor der ganzen Klasse mit lauter Stimme verkünden: „Ich Idiot habe heute lettisch gesprochen." Ein dritter Lehrer hatte wieder eine andere Methode: für jedes lettisch gesprochene Wort mußte der Schüler ein russisches Gedicht auswendig lernen.

Den Nachmittagskaffee mit frischgebackenen, noch warmen, goldgelben Kümmelkuchen brachte uns das Stubenmädchen oder die Mutter selbst nach oben. So waren wir beide ganz ungestört viele Stunden allein.

Und immer waren diese Stunden voller Spannung und Erregung. Vormittags beim Unterricht war Marta Jura die nüchterne, strenge, anspruchsvolle Lehrerin, nachmittags in ihrem Giebelzimmer wurde sie zur romantischen Dichterin, zur phantastischen Schicksalskünderin unseres Volkes. Sie erzählte von dem 700jährigen Antagonismus zwischen den lettischen Urbewohnern und den deutschen Kreuzrittern und ihren Nachkommen, von den alten kurischen Königen, den altlettischen Holzburgen, dem prunkvollen Bernstein-Schmuck, den schon die alten Römer gekannt hatten. Geschichte wurde zur Sage, Vergangenheit zur Gegenwart, dunkelste Nacht zum helllichten Tage. Alles, was sie erzählte, wurde lebendig und ist es durch Jahrzehnte geblieben.

„Am heftigsten war der Kampf und am längsten dauerte er in Semgallen; fast ein Jahrhundert leistete dieser stolze, reiche und furchtlose lettische Stamm den fremden Räubern Widerstand. Wie die Eichen unseres Hains sich auch beim größten Sturm nicht bis zur Erde neigen, so beugten sich auch unsere Ahnen nicht unter dem Sturm der Eindringlinge. Wenn Christus wirklich die Menschen geliebt hat, dann waren die Kreuzritter die schlimmsten Feinde Christi. Einmal forderten sie die lettischen Häuptlinge zu Friedensverhandlungen auf, schlossen sie in eine Scheune ein und brannten die Scheune nieder. Kein Historiker berichtet uns, daß diese babarischen Kolonisatoren auch nur eine Tat christlicher Barmherzigkeit verübt hätten. Einige von den alten Semgallen waren so kühn und waghalsig, daß sie ihr birkenverträumtes Land verließen und einen unheimlich weiten Weg zurücklegten: sie zogen bis nach Rom, um beim Papst gegen die Schändlichkeiten und Grausamkeiten, gegen die Bosheit und Tyrannei des Ordens Schutz zu suchen. Aber die kleinen Völker füttert man mit hochtrabenden Phrasen, vorausgesetzt, daß man sie überhaupt anhört. In Wahrheit schützt sie niemand. Weder der Papst in Rom, noch Gott im Himmel. Und doch haben sie, wie alles Erschaffene, ein Recht zu leben. Die meisten von ihnen werden in einem hoffnungslosen Kampf gegen die Großmächte aufgerieben. Was ist heute von unseren Stammesbrüdern, den Alt-Preußen, übriggeblieben? Oder von den eigenartig begabten Basken auf der Pyrenäen-Halbinsel? Unausrottbar wie ein Lette — ja, das könnte in der Geschichte der vergleichenden Völkerpsychologie zum Sprichwort werden. Wie hartnäckig und zäh trotz ihrer sanften Natur unsere Ahnen waren, davon berichten Sagen und Chroniken. 1289 begann der Orden mit einer systematischen Verwüstung des Landes. Man hörte nicht mehr das Säuseln der reifen Getreideähren, den Gesang der Vögel, das Rauschen der Wälder, das Brausen des Meeres, nur das Seufzen, Schluchzen, Stöhnen und Weinen der gepeinigten Menschen. Und das Wasser der Daugava wurde schwarz von den Tränen der Waisenkinder. Als die Semgallen ihre Roggen- und Weizenfelder zertreten und verbrannt, ihre Schlösser in Asche verwandelt, ihre Frauen und heiligen Haine geschändet sahen, verließen sie alle — waren es tausend oder zehntausend oder hunderttausend, wer vermag das heute genau festzustellen? — jedenfalls alle, die noch gehen, wandern oder eine Bürde tragen konnten, ihre Heimat und begaben sich freiwillig ins Exil — nach Litauen und Preußen. Besser in der Fremde als ein freier Mensch darben, als in der Heimat Sklavendienste tun.

Nicht nur die Deutschen, auch die Russen, Polen und Schweden wollten unsere Erde an sich reißen, um das Baltische Meer zu beherrschen. Mehrfach ist in unserem Stecknadelland europäisches Schicksal entschieden worden. Als 1577 Iwan der Schreckliche mit einem gewaltigen

Heer, in dem die Tataren und Russen einander an Gewalttaten übertrafen, Livland verwüstete und bis nach Riga vordrang, meinte man, der Antichrist sei gekommen. Jungfrauen wurden vergewaltigt, skalpiert und zerstückelt, neugeborene Kinder von Hunden zerrissen. Die Herrscher wechselten im Osten und Westen, die ruchlose Machtpolitik blieb die gleiche. Das Ungetüm Krieg gebiert immer dieselben Zwillinge: Elend und Gewalttat."

Abend für Abend erzählte sie mir die melancholische Geschichte unseres Volkes. Zum erstenmal kam es mir zum Bewußtsein, daß ich nicht nur mein Ich erlebte, sondern ein unlösbarer Teil eines kleinen, machtlosen, leidgeprüften Volkes war, das wie Laokoon gegen die schrecklichen Hydren, gegen die Würger im Osten und Westen kämpfte.

„Seit vielen tausend Jahren sind wir ein ackerbauendes Volk. Die süßeste Musik ist für uns das Säuseln reifer Roggenähren, und der herzerquickendste Duft der des frisch gebackenen Schwarzbrotes", erzählte Marta Jura, während das winterliche Abendrot wie der Widerschein einer kosmischen Feuersbrunst das Giebelzimmer erhellte.

„Die gewaltgierigen Nachbarn haben uns zu ihrem Kettenhund gemacht, den sie bald auf den einen, bald auf den anderen Rivalen ihrer Macht hetzen. Das Zähnefletschen haben sie uns gelehrt. Sie düngen unsere Erde mit Menschenleibern, sie verpesten die Luft mit dem Geruch vergossenen Blutes, sie verstümmeln unsere Seele, und das ist vielleicht das schlimmste. Es hat Zeiten gegeben, da unser Land wie von einer Diagonale durchschnitten war: rechts der Daugava herrschten die Polen, links die Deutschen; sie bekämpften einander und zwangen das unterdrückte Volk, das gleiche zu tun. Sie kamen im Namen Christi, aber die Saat, die sie säten, hieß Zwietracht und Haß. Und doch sind wir nicht untergegangen.

Du fragst warum? Weil unser Volk die Sonne im Herzen trägt. Man kann tausend, man kann zehntausend hinmorden, aber die Sonne kann niemand auslöschen. Bisweilen ist sie von den Wolken der Trägheit verdunkelt, vom Dunst des Neides verdeckt, bisweilen geht sie unter, nie aber ganz verloren. Die Sonne ist für uns nicht nur Himmelslicht, sie ist uns Waisenkindern Mutter und Freiheit, Lied und Schönheit."

Sie schwieg. Der Raum, in dem wir saßen, war nun grau und dämmrig. Sie schien ihren eigenen Gedanken nachzuhängen. Nach einer Weile sprach sie weiter:

„Die Bauern flohen vor der Fron, aber die Entflohenen wurden in Ketten geschmiedet und an ihre Arbeitsplätze zurückgebracht. Ihr Mund schwieg, die Lippen waren fest aufeinandergepreßt, die gefesselten Hände taten, was man ihnen befahl, nicht aber das Herz, in dem der Durst nach Freiheit brannte. Das Herz kann niemand versklaven."

Mutter wies darauf hin, daß es nicht Fräulein Juras Pflicht sei, sich so viel mit mir zu beschäftigen; sie aber meinte, es mache ihr Freude, denn ich sei ihre einzige Freundin. Ich war sehr stolz darauf und gab mir Mühe, dieser Freundschaft würdig zu sein.

„Weißt du, warum das lettische Volkslied verstummte?" fragte sie mich eines Abends. Nein, das wußte ich nicht. Darüber hatte ich im Brockhaus nichts gelesen, und dieses Buch wußte doch alles.

„Das Volkslied verstummte am Ende des sechzehnten Jahrhunderts, als die Leibeigenschaft gesetzmäßig eingeführt wurde. Ist eine Pein maßlos, wird die Seele stumm. Aus Tränen und ertragbaren Schmerzen macht man Lieder, in einem Ozean von Schmerzen ertrinkt auch der größte Sänger."

An den langen Herbst- und Winterabenden zündeten wir nur selten eine Lampe an. Meist aßen wir am brennenden Ofen, in der Röhre wurden Äpfel gebraten, der Sturm brauste ums Doktorhaus, die Äste der Apfelbäume klopften ans Fenster, schneeige Wolken jagten am Mond vorbei. Marta Jura sang halblaut mit ihrer etwas herben, aber wohlklingenden Stimme die uralten Dainas: vom silbrigen Birkenhain, den man in heiliger Scheu singend bewundert, vom Faulbaum, der auf den Vollmond wartet, um im silbrigen Licht die weißen Blüten auszuhängen, von den Waisenkindern, die zur Sonne, ihrer einzigen Beschützerin, beten, vom Weißen Gewand, nach dem sich alt und jung sehnt. Von der schwarzen Schlange, die mitten im Meer auf einem Stein Mehl mahlt für die Bedrücker freier Menschen, für die Blutsauger, die nach Sonnenuntergang den Bauern zur Fron treiben.

„Es war ein deutscher Humanist, der die Leibeigenschaft zum Gesetz erhob . . ."

„Ein Humanist?" Ich meinte das Wort nicht richtig verstanden zu haben.

„Ja, im Auslande und auch in den deutschen Kreisen unseres Landes war er ein hochgebildeter, geachteter Humanist, für uns aber war er ein Satan. Sein Name ist Hilchen, merk dir das. Er hat 1599 die Leibeigenschaft auf dem Wege der Gesetzgebung gesichert und den Satz geprägt: Die Menschen sind entweder frei oder der Gewalt eines anderen unterworfen. — Und die Letten sollten ausnahmslos dem deutschen Adel unterworfen sein. Die Unterdrückung der Bauern in unserer Heimat im Jahrhundert der Vernunft und Gerechtigkeit ist nur mit dem Sklaventum im alten Rom zu vergleichen. Homines proprii! Welch grausiger Ausdruck! Ein Volk seiner Freiheit berauben, heißt ihm seine Augen ausstechen, sein Herz aus der Brust reißen und es als Gespenst seiner selbst über die Erde hetzen.

Sklaven hat es in allen Ländern gegeben, aber als

Kriegsgefangene, nicht als leibeigene Bauern der Adligen, und noch dazu im achtzehnten, ja bis ins neunzehnte Jahrhundert hinein. Die Söhne der deutschen Barone und Pastoren fuhren nach Königsberg und Jena, um dort die idealistische Philosophie zu studieren. Aber in ihre Heimat zurückgekehrt, was taten sie da?"

Ich sah im Geist die weißen Schlösser, zu denen kilometerlange Ahorn- und Lindenalleen führten. In verwunschenen Parks spazierten über große Rasenflächen goldne Fasane. Vor meinem inneren Auge standen Rosenbeete, Spalierobst, alte, getäfelte Bibliotheksräume.

„Ihre Köpfe waren gebildet, aber ihr Herz war verwahrlost. In unser Land zurückgekehrt, waren und blieben sie die machtberauschten Tyrannen, sie verkauften ihre Bauern wie Haustiere, trennten Mann und Weib, trennten Eltern von ihren Kindern. Und das zu einer Zeit, da Kant die Kritik der reinen Vernunft und die Metaphysik der Sitten längst veröffentlicht hatte. Alles Unglück in der Welt entsteht, weil man zwei Maßstäbe hat: einen für sich selbst und die eigene Sippe, und einen anderen für die Andersstämmigen. Unter der russischen Oberherrschaft war es den deutschen Baronen erlaubt, die Letten nach Belieben auszubeuten. Die Deutschen bildeten einen Staat im Staate und hatten das Recht, mit lebenden Menschen zu zahlen. Dies war für sie, die immer in Geldnot waren, eine große Ersparnis. Unsere Vorfahren waren für sie nichts anderes als lebendige Arbeitsmaschinen. Nicht einmal die Neger in Amerika waren so billig! Aber die lettische ‚Onkel Toms Hütte' hat noch niemand geschrieben. Ein Deutscher, — ja es gibt wohl überall wunderbare Ausnahmen — versuchte es. Er hieß Merkel. Ferkel nannten ihn seine Volksgenossen, weil die Wahrheitsliebe sein Ideal war und er von den Letten wie von fühlenden Menschen, nicht wie vom lieben Vieh sprach."

Meine Lehrerin schilderte die deutsche, russische, polnische, schwedische Oberherrschaft, die jede auf ihre Art die Geißel in der Hand gehalten habe; aber das lettische Volk hat sich unter keiner Knute gebeugt. Sie erzählte, als hätte sie alle, auch die weit in der Vergangenheit zurückliegenden Fremdherrschaften, persönlich erduldet:

„Der Bauernkönig Karl XI. von Schweden hat im Jahre 1682 die livländische Ritterschaft aufgefordert, ihre ‚unlimitierte Freiheit' einzuschränken und die Sitten heidnischer Zeiten, die elende Sklaverei aufzuheben, unter deren Joch so viele Christen schmachteten und die die Schweden vor der Ansiedlung in diesem fruchtbaren Lande, der Kornkammer Schwedens, abschreckte. Hartnäckig widersetzte sich der Adel den Aufforderungen des Königs und behauptete, die Hörigkeit und das Hausgericht sei zur Zügelung der Bauern notwendig, dieses wilde Volk sei wie die Phrygier nur durch die Peitsche zu belehren.

Einem von vielen, Janis aus Piebalga, gelang es zu entkommen. Es war im letzten Jahrzehnt des 17. Jahrhunderts. Er war weder ein Fischer noch ein Seefahrer, er kannte nur die Erde, die er gepflügt hatte. Das Meer kannte er nicht. Und wo hätte er die schwedische Sprache erlernen können? Trotzdem nahm er ein Boot und fuhr zum schwedischen König. Er fuhr übers Meer, als sei's der See seiner Heimat."

„Wie wußte er den Weg?"

„Es schien ihm leichter im stürmischen Meer als im stinkenden Sumpf der Sklaverei zu ertrinken. Aber er ertrank nicht. Die Sonne wies ihm den Weg. Das erste Mal verfehlte er sein Ziel. Aber zusammen mit einigen waghalsigen Gesinnungsgenossen fuhr er zum zweiten Male. Schließlich empfing ihn der König und hörte seine Anklage. Es klingt wie ein Märchen und doch ist es historische Tatsache: schwere, eigengewebte Röcke, klobige Stiefel, an denen noch lettische Erde klebte, stampften zum königlichen Schloß in Stockholm."

„Der russische Zar Peter hieß wohl darum der Große, weil seine rohe Faust so groß und stark war, daß sie alles, was sie ergriff, zerdrückte. Unser Vidzeme, das die Fremden Livland nennen, riß er 1721 an sich. Am Ende des achtzehnten Jahrhunderts knallte die russische Nagaika über das gesamte Bernsteinland. Und so zwingen uns noch heute diese kriegerischen Eindringlinge, mit denen uns weder Bluts- noch Geistesbande verbinden, zu fremden, einem ackerbauenden Volke widerwärtigen Gebräuchen, und zu einer Sprache, die mit der unsrigen nichts gemeinsam hat. Ein Lette, dem keine Erde gehört, verkümmert wie ein entwurzelter Baum. Eine Schande ist es, geliehene Kleider zu tragen, eine noch viel größere, in geliehenen Sprachen sein Herz auszuschütten. Wer das tut, entfremdet sich seinem eigenen Herzen und wird zu einem Halbmenschen. Jahrhundertelang hat man uns gezwungen, als Halbmenschen, entwurzelte Bäume und Kettenhunde unser eigenes Leben zu schmähen und zu verunstalten."

Sie hockte vor dem Ofen, das rote Licht der glühenden Kohlen beschien ihr Gesicht. Ein dunkles Feuer glühte in ihren schwarzen Augen und mir war, als blitze dort der gleißende Leib der schwarzen Schlange, die mitten im Meer auf einem großen Stein Mehl mahlt.

„Die tragische Geschichte unseres Volkes wurde noch nie von einem Letten geschildert. Nur wenige historische Dokumente haben sich erhalten, und diese sind von den Eroberern und Sklavenhaltern, die sich mit Recht in unserer Mitte gefährdet fühlten, zu ihren eigenen Gunsten gedeutet worden. Ihre Schuld ist es, daß man im Auslande die uralte Kultur unseres Volkes, die vielleicht noch älter als die griechische ist, gar nicht kennt. Spricht man ausnahmsweise von uns, dann wie von Knechten, die nur durch die Knute und den Schnaps zu bändigen sind."

Sie stand auf, strich mir mit ungewohnter Zärtlichkeit übers Haar und sagte leise und eindringlich: „Später einmal mußt du von unserem Volk und unserer Erde den anderen Völkern erzählen. Dann hast du nicht umsonst gelebt. Wer nur sein eigenes Ich lebt, täte besser, nicht geboren zu sein. Ich kam eigentlich zu euch, um ein Dach über dem Kopf zu haben, aber nach der ersten gemeinsam mit dir verbrachten Stunde sagte ich mir: vielleicht bist du die Saat, die in die Welt gesät werden muß. Funkensaat. So blieb ich bei euch, länger als ich beabsichtigt hatte, weil ich glaubte, du mußt geweckt werden. Ich habe dir einiges gesagt, was du sonst in diesem behüteten, schön gepflegten Doktorhaus, auf dieser Insel des Friedens, in früher Jugend wohl kaum erfahren hättest. Nun aber muß ich gehen. Ich bin zu anderem berufen ... Ich habe mich hier bei euch erholt und bin deinem Vater sehr dankbar. Dein Vater ist der beste Mensch, obwohl er der lettischen Freiheitsidee nur indirekt dient."

Marta Jura lehrte mich revolutionäre Lieder singen und erzählte mir von ihrem Kameraden, der von den russischen Gendarmen im Walde angeschossen worden war. „Wir leben in einem Lande, in dem die reißenden Tiere, Wölfe und wilde Eber ausgerottet worden sind, aber reißende Menschen gibt es noch immer. Kennst du die Sage vom Wolfsmenschen? Nun, darüber ein anderes Mal. Die Polizeihunde fanden ihn nicht, ich aber fand ihn, denn ich liebte ihn. Ich eilte zu deinem Vater, mitten in der Nacht. Er kam sofort. Er machte eine kunstvolle Operation bei einer kleinen Petroleumlampe. Ich assistierte ihm und brachte ihn zurück. Wir fuhren durch den Wald, in dem die Gendarmen meinen Freund suchten.

Sie hielten uns an. Sie fragten deinen Vater, woher er komme.

‚Ich war bei einem Kranken.‘

‚Bei welchem Kranken? Wo? Was fehlte ihm?‘

‚Es war ein Schwerkranker, und ich muß wieder zu einem Schwerkranken eilen.‘

Der ältere Polizist kannte deinen Vater, er hatte ihn von einer eiternden Geschwulst befreit, und so ließen sie uns vorbei. Dies vergesse ich deinem Vater nie.“

„Aber das ist ja nichts Besonderes“, meinte ich. „Er hilft doch allen Kranken.“

„Du verstehst das nicht. Er steht im Dienste des Zaren. Sein Uniformrock hat die goldenen Knöpfe mit der russischen Kaiserkrone, die die Dornenkrone unseres Volkes ist. Wenn er Knecht wäre, hätte er das nie getan, er aber ist ein freier Mann: er rettete einem Feinde des Zaren das Leben. Wäre diese Sache ans Tageslicht gekommen, hätte er seine Stelle als Kreisarzt verloren. Auch kommt es darauf an, wie man etwas tut. In jener gefahrvollen Nacht war ich in ihn verliebt, im idealsten Sinne des Wortes. Ich brachte ihn zu meinem Kameraden, der im Sterben lag, und dachte in meinem Herzen: nach einem so ruhigen, sanften und dennoch furchtlosen Mann, an dessen Schultern man sich anlehnen und ausweinen kann, habe ich mich, unbehaust, gehetzt und gejagt, mein Leben lang gesehnt. Später erlebte ich eine Enttäuschung: ich fand ihn lau, zu großer Begeisterung, zum endgültigen Wagnis nicht fähig. Und jetzt, nachdem ich zwei Jahre unter seinem Dach gelebt habe, ist er mir ein unbegreifliches Wunder: es ist für mich einfach unfaßlich, wie ein Mensch so gleichmäßig gütig, so restlos gütig und trotzdem so nüchtern und echt sein kann. Die Menschen sind bald bittende, bald befehlende Wesen, bald schmeichelnde, bald würgende. Wenn sie zu einem Reichen und Mächtigen ins Zimmer treten, verhalten sie sich ganz anders, als im Gespräch mit einem Bedürftigen. Aber dein Vater ist immer er selbst, sieh, das ist das Unbegreifliche an ihm. Gar keine Schale. Nur Kern.“

Erst jetzt, da sie mich nach ein paar Tagen verlassen sollte, erzählte sie mir die Geschichte ihres Lebens. Von der Vergangenheit unseres Volkes sprach sie in Dithyramben, von ihrem eignen Leben in scheuen, abgerissenen, kargen Worten.

Ihr Vater war Kutscher auf einem großen Gut in Kurland. Ein junger, wilder Hengst, das Lieblingspferd des Barons, war über die Deichsel gesprungen und hatte sich den Leib aufgespießt. Als der Baron, von einem nächtlichen Gelage heimkehrend, das sah, schlug er im Jähzorn mit der Reitpeitsche dem Kutscher ins Gesicht. Dieser nahm es schweigend hin, wie er sein ganzes elendes Leben schweigend hingenommen hatte. Er hatte zwei Kinder allein großgezogen. Bei der Geburt der Tochter Marta war die Mutter gestorben. Beide Kinder lebten in Dorpat. Der Sohn Josef studierte Rechtswissenschaften. Sein Traum war es, vor einem allgemeingültigen Gericht die Rechte des lettischen Menschen zu verteidigen. Marta besuchte das Gymnasium und kochte für sich und den Bruder das spärliche Mittagsmahl. Am Morgen und am Abend aßen sie ein Stück trockenes Schwarzbrot, das der Kutscher ihnen regelmäßig schickte, und tranken ein Glas Tee dazu. Die Geschwister liebten einander innig, hüteten sich aber, dies durch äußere Zärtlichkeiten zu zeigen. Marta war glücklich, daß sie vom Quell der Weisheit trinken durfte. Die ätzende Schärfe der Entbehrungen nahm sie ohne Bitterkeit und Klage hin. Aus Sparsamkeitsgründen trug sie weder Sommer noch Winter, weder bei Tag noch bei Nacht ein Hemd und dachte dabei lachend an das Märchen vom schwerkranken König, der nur gerettet werden konnte, wenn man ihm das Hemd eines glücklichen Menschen brächte, aber im ganzen Reich war ein solcher nicht zu finden. Oh, wenn sie nur ein Hemd gehabt hätte, *ihr* Hemd hätte den sterbenskranken König geheilt. Sie war rosig und kerngesund. Weder Kälte noch Armut konnten ihr etwas anhaben.

Josef aber mußte bereits im zweiten Jahr das Universitätsstudium unterbrechen, weil die Tbc-Bazillen sich stärker erwiesen als sein in Entbehrungen ausgemergelter Körper. Er kehrte zum Vater heim und siechte langsam im dunklen Loch, dem Kutscherzimmer, dahin. Der Kutscher brachte ihm heimlich die Speisen aus der Gutsküche, die ihm selbst als Mahlzeiten bestimmt waren. Vor der Tür des langen, düsteren, aus runden Feldsteinen erbauten Knechtshauses hatte er eine Bank errichtet, auf der der Kranke an warmen Tagen saß. Und immer, wenn die Sonne schien, sagte er: „Weißt du, Vater, ich fühle mich heute so frisch wie noch nie. Bald werde ich wohl nach Dorpat an die Universität und zu Marta zurückkehren." Täglich wartete er voller Ungeduld auf den Postboten. Er hatte sich an einem Preisausschreiben „Individuum und Staat" beteiligt. „Die Kinder armer Leute erhalten keine Preise", sagte der Vater bitter, aber Josef war anderer Meinung: in wissenschaftlichen Fragen käme es auf die Leistung an. Auch sei der alte Professor ein sehr gerechter Mann: als Josef einmal eines verstauchten Fußes wegen nicht zum Examen gehen konnte, kam der alte, ehrwürdige Herr, eine Kapazität aus Berlin, zu ihm in seine armselige Studentenbude. Josefs Dank hatte er abgewehrt: „So einen gescheiten Burschen wie Sie zu examinieren, ist eine Freude, die mir altem Mann nur selten zuteil wird."

Je mehr der alte Kutscher zweifelte, desto fester hoffte Josef auf den Preis, dessen Größe er in seiner Vorstellung übertrieb. Bald wollte er mit diesem Gelde in ein Sanatorium fahren, dann wieder „sorglos" studieren, oder auch seine Schwester von der würgenden Armut befreien, oder den Vater vom Dienst beim Baron, indem er ihm ein Stück Land kaufte. Von den vielen Gästen, die der Kutscher von der Bahnstation abholen oder auch dahin bringen mußte, bekam er Trinkgelder. Dafür kaufte er für Josef in der Stadt Äpfel und Kirschen, denn die Früchte, die im Gutsgarten reiften, waren den Knechten nur durch Diebstahl zugänglich. Der alte Kutscher, der auf seinem Bock in der prächtigen Livree aufrecht und bewegungslos wie eine Statue seiner selbst saß, hatte den zufälligen Gesprächsbrocken der Fahrgäste entnommen, daß es Heilanstalten gäbe, in denen die Schwindsüchtigen wunderbar geheilt werden. Er überwand seine Stummheit und fragte den Pastor danach. Dieser lachte ein erstaunt höhnisches Lachen: erstens seien diese Sanatorien im Auslande, zweitens seien sie fürchterlich teuer und drittens hätte er nie gehört, daß man Knechtssöhne dort aufnehme. Der alte Kutscher solle sich auf Gott verlassen, der wisse es am besten, wer sterben und wer leben müsse. Und außerdem sei die Krankheit Josefs wohl eine Strafe für seinen Hochmut: Bauernkinder sollen nicht fremde Sprachen und Weisheiten an hohen Schulen lernen ... Der Kutscher saß aufrecht auf seinem Bock und schwieg; stumm nahm er das Trinkgeld hin und erwiderte kein Wort, als der Seelsorger salbungsvoll verkündete, nächstens käme er zum kranken Josef, um ihn zu trösten. Er sei ein aufgeweckter Bursche, und wenn es ihm besser gehe, wolle er, der Pastor, dafür sorgen, daß er eine Anstellung als Schreiber im Gemeindehaus erhalte ...

Die Revolution von 1905 ging wie ein krampfartiges

Zittern durchs ganze Volk. Es war ein Kampf nicht nur um soziale Gerechtigkeit, sondern auch um Menschenwürde: lettische Sprache in Schulen, Behörden und im Gericht! Lettische Erde — lettische Menschen! Lettische Selbstverwaltung! Der durch Jahrhunderte schwelende Haß loderte hell zum Himmel empor: über hundert Schlösser, diese kleinen Zitadellen bornierter Grausamkeit und starrer Tyrannei, gingen in Flammen auf.

Auch das Schloß des jähzornigen Barons wurde niedergebrannt. Der alte Kutscher, als Brandstifter angeklagt, wurde auf Geheiß des Gutsherrn von russischen Kosaken in einen Keller gesperrt und ausgepeitscht. Er starb einige Tage später an den Folgen der Exekution. Josef saß still auf seiner Bank, als sie den Vater unter Hohngelächter abführten und im Vorübergehen dem Kranken einen Fußtritt gaben: „Dieses Ungeziefer, das kaum kriechen kann, holen wir morgen." Das schwarze Wasser stieg Josef bis in den Mund, mühselig schleppte er sich in sein dunkles Loch und erhängte sich. Seinen zurückgelassenen Zettel faßte man als eine sehr gefährliche, staatsumstürzlerische Proklamation auf. Und da er die Unverschämtheit gehabt hatte, sich der Strafe zu entziehen, wandte sich der ganze Haß gegen seine Schwester. Kurz vor ihrem Abitur hatte Marta sich auf den Weg nach Hause gemacht, um Bruder und Vater persönlich die freudige Botschaft von der Preisverteilung zu bringen. Aber sie fand nicht einmal die Leiche des Bruders. Die wilderregten Nachbarn erzählten ihr, man hätte die Leiche des Selbstmörders den Hunden zum Fraß hingeworfen, und auch von der ihr drohenden Strafe berichteten sie. Der Abschiedsbrief des Bruders, die „staatsumstürzlerische Proklamation", war, mit ungelenken Buchstaben abgeschrieben, von Hand zu Hand, von Mund zu Mund gegangen:

„Besser der Tod, als ein Leben ohne die Sonne der Freiheit."

Diese Worte brannten in Martas Hand, brannten in ihrem Herzen. Am späten Abend war sie aus der Stadt eingetroffen, noch in derselben Nacht floh sie zu Fuß durch den Wald, wo es ihr weniger bang war als auf dem verwüsteten Gut: die Flammen des Hasses brannten unter ihren Fußsohlen. Sie floh durch den Wald zurück in die Stadt, und immer weiter heimlich über die Grenze ins Ausland, in die Schweiz. Sie wußte, daß das Dichterpaar Rainis und Aspasia vor dem ruchlosen Zorn der zaristischen Gendarmerie, die durch den deutsch-baltischen Adel ihre Richtlinien erhielt, dorthin geflohen war. Sie hatte Rainis' stolze Gedichte gelesen und wußte, daß er, im zaristischen Gefängnis für seine Freiheitssehnsucht eingekerkert, Goethes Faust ins Lettische übersetzt hatte. Um sein Haupt wob sich ein Heiligenschein. „Wo Rainis lebt, werde auch ich leben können", sagte sie sich. Und ihre Hoffnung täuschte sie nicht. Der im Gefängnis früh ergraute Dichter lebte mit seiner Frau in Castagnola in legendärer Armut. Ihre Freiheitsfackeln, in symbolische Form gekleidet, entzündeten und nährten im lettischen Volk das Freiheitsfeuer, dessen Widerschein das Dichterpaar vor dem versteinernden Exil-Nichts rettete. Mit Rat und Tat halfen sie Marta, die sich gar bald an der Züricher Universität immatrikulierte und dort mit gutem Erfolg studierte, bis sie an der schrecklichen, unheilbaren Krankheit, die trotz allen Fortschritts heute wie zu Empedokles Zeiten gerade die stärksten und edelsten Menschen dahinrafft, am Heimweh erkrankte. Trotz der Warnungen des leiderfahrenen Dichters fuhr sie nach Kurland zurück.

Man sperrte sie nicht ein, aber sie war gezeichnet. Man stellte ihr ein Papier aus mit dem Vermerk: politisch unzuverlässig. Die Folge davon war, daß sie nirgends, weder an einer Volksschule noch sonstwo eine Anstellung bekam. Sie hatte ihren Schulkameraden getroffen, der als bescheidener Bahnbeamter „die staatsumstürzlerische Tätigkeit“ in der Heimat fortsetzte. Er besaß eine geheime Typographie, also war er ein Staatsverbrecher. Als seine Stunde schlug, veranstaltete man eine Treibjagd auf ihn.

„Und das übrige weißt du ja.“

Ich war bis in den Tod betrübt, als Marta Jura das Doktorhaus verließ. In meinem jugendlichen Egoismus meinte ich, sie, meine einzige Freundin, müsse bei mir bleiben. Ich fand es grausam von ihr, mich allein zu lassen. Noch grausamer erschien es mir, daß sie mir nicht schrieb. Daß sie es aus Liebe zu mir, aus Rücksicht auf mich und meine Eltern nicht tat, ahnte ich nicht.

Längere Zeit hörte ich nichts von ihr. Eines Tages kam der Vater von einer Amtsfahrt müde und schweigsamer als gewöhnlich zurück. Es war spät am Abend. Ich war schon zu Bett gegangen. Die Tür von meinem Zimmer ins Eßzimmer war nur angelehnt. Ich hörte das flüsternde Gespräch meiner Eltern. Die Mutter reichte dem Vater den Tee, zog ihm seine schweren Schnürstiefel aus und fragte:

„Konnte man feststellen, wer die Leiche der im Meer ertrunkenen Frau war?“

„Ja.“

„War sie jung und schön?“

„Ungefähr dreißig und schön, ungewöhnlich schön“, erwiderte mein Vater. „Die Wellen hatten sie schon am andern Morgen ans Land gespült.“

„Wohl Selbstmord aus Liebeskummer?“

„Nein.“

„Wie weißt du das? So erzähle doch etwas genauer, wenn du nicht zu müde bist.“

Vater trank seinen Tee und schwieg. Mutter wartete und auch ich wartete mit verhaltenem Atem. Böse Ahnungen erfüllten mein Herz. Ich hörte das Zischen der schwarzen Schlange mitten im Meer.

„Ich möchte nicht, daß Amata etwas darüber erfährt."

„Amata? Sie schläft schon längst."

Die alte Speisezimmeruhr schlug langsam die zwölfte Stunde der Nacht. Vater flüsterte einige Sätze. Ich erriet sie mehr, als daß ich sie hörte. Ergänzende Genauigkeiten erfuhr ich später. Marta Jura war wegen staatsfeindlicher Spionage von der russischen Geheimpolizei verhaftet und verhört worden. Die Folgen dieses Verhörs hatten sie ins Gefängnisspital gebracht. Von dort war sie in einer dunklen Herbstnacht nur im Hemd und Gefängniskittel auf unbegreifliche Weise durch das Fenster des W.C. entflohen, bis zum Meer geschlichen und von den Molen ins Wasser gesprungen. Ein Stück ihres Hemdes hatte sie abgerissen und mit Tintenstift daraufgeschrieben: Besser der Tod als ein Leben ohne die Sonne der Freiheit. Diese „Proklamation", wie auch den Gefängniskittel, hatte sie am Ende der Mole niedergelegt und mit einem Stein beschwert. Nie habe ich meinen Eltern gegenüber erwähnt, daß ich Zeuge ihres nächtlichen Gespräches war. Marta Juras Bild habe ich wie ein Vermächtnis in meinem Herzen bewahrt. Immer wenn ich an sie denke, ist es mir, als hätte sie die Mitte des Meeres gesucht, den Weg zur Schlange, die vergiftetes Mehl für die Peiniger freier, friedlicher Menschen mahlt.

Heute, da unser entwurzeltes Volk zerrissen und zertreten durch alle Welt gehetzt wird, nur weil es die Freiheit mehr als die Sklaverei, die Wahrheit mehr als die Lüge liebt und sich weigert, das eigene Seelenkleid gegen ein fremdes einzutauschen, ist Marta Juras Gestalt wieder zu mir getreten, und ich höre sie sagen: aus Tränen macht man Lieder, in einem Ozean von Schmerz ertrinkt man. Und das dunkle Funkeln ihrer Augen sehe ich im Blick aller Heimgesuchten, denen eine unsichtbare Hand eine Last auferlegt, die ihre Kräfte übersteigt. Ich höre ihre Stimme in jedem Klageruf, in jedem Gebet, dem weder ein Herrscher auf Erden noch im Himmel Gehör leiht.

Das oberste Gesetz

Von Marta Jura hatte ich zum ersten Male erfahren, daß es Haß gibt, daß Menschen nicht nur in den Geschichtsbüchern, sondern auch im wirklichen Leben einander befehden und danach trachten, einander zu vernichten.

Bisher war mir Wohlwollen allen Menschen gegenüber ebenso selbstverständlich wie atmen, schlafen, essen und trinken. Ich hatte nie gehört, daß meine Eltern sich stritten. Kehrte der Vater nachts erschöpft von einer Krankenfahrt heim, so pflegte er zum mürrisch verschlafenen Stubenmädchen zu sagen: „Wenn Sie nicht zu müde sind, kochen Sie mir bitte ein Glas Tee." Im Doktorhaus verkehrten Letten, Deutsche, Russen, Juden, und nie hatte man das Gefühl, eine Nation sei der anderen überlegen. Man sprach alle drei Sprachen und teilte die Menschen in zwei Gruppen ein: in sympathische und unsympathische. Oder auch: in tüchtige und untüchtige. Die erste Einteilung war die meiner Mutter, die zweite die meines Vaters. Die ganze Familie ließ ihre Zähne von einem jüdischen Zahnarzt behandeln. Nur mein Vater ging nicht zu ihm, wie er überhaupt bis an sein Lebensende sich nie an einen Zahnarzt gewandt hat. Bis zu seinem fünfzigsten Lebensjahr hatte er keinen schadhaften Zahn und führte das darauf zurück, daß er in der Kindheit mit Vorliebe reife Weizenkörner zwischen seinen Zähnen wie zwischen Mühlsteinen zermahlen hätte; als mit dem Alter die Zähne abbröckelten und ausfielen, faßte er dies als einen unabwendbaren Gang der Natur auf. Er war sehr empfindsam gegen Schmerzen und mied sie so viel wie möglich. Die Vorstellung allein, man könnte ihm einen Zahn bohren, erfüllte ihn mit Entsetzen. Das hinderte ihn aber nicht, seinen stämmigen bäuerlichen Patienten Zähne ohne betäubende Einspritzungen zu ziehen. Und er war stolz darauf, daß er die Zange nie zweimal anzusetzen brauchte. Unter seinen Kollegen schätzte er ganz besonders die baltendeutschen Ärzte, mit einem Internisten beriet er sich in allen schwierigen Fällen und in Mußestunden klassifizierte und beschrieb er mit ihm gemeinsam die vielen Weidenarten unserer Heimat. Nationale Fragen wurden bei uns kaum berührt, obwohl Vater der ältesten lettischen Studentenkorporation angehörte, die, als es noch keine Eigenstaatlichkeit gab, manche Mensur zum Schutz der von deutscher Seite verletzten nationalen Ehre ausfocht.

Meine Mutter entstammte einem alten Bauerngeschlecht, das schon dreihundert Jahre auf demselben Hof in Livland saß. Ihr Vater war Flachskaufmann, ein wohlhabender Mann von sanguinischem Temperament, der eine deutsche Lehrerstochter, die die lettische Sprache nie erlernte, zur Frau genommen hatte. Mutter hatte, wie das damals in wohlhabenden Familien üblich war, eine deutsche Erziehung genossen: sie war in einem pietistischen Stift der Brüdergemeinde erzogen und hatte nachher das Konservatorium in Petersburg besucht. Daß aus ihrer pianistischen Laufbahn nichts wurde, daran war mein Vater schuld: sie liebte ihn und später ihre Kinder mehr als die öffentlichen Konzerte, konnte sich aber bis an ihr Lebensende in einen bürgerlich beschränkten Lebensstil nicht einfügen. Mit ihr sprachen wir Kinder immer deutsch und mit Vater lettisch.

Der Großvater, beleibt und stämmig, brüstete sich mit seiner Tochter wie mit der goldenen Uhr, die an einer schweren Goldkette hing, und nach der er öfter sah, als nötig war. Wie der Glanz des Dukatengoldes bezauberte ihn das Klavierspiel, und es war eine Genugtuung für ihn, daß seine einzige Tochter aus Petersburg Haltung und Auftreten der russischen Aristokratie mitgebracht hatte. Jeden Sommer reiste er durch ganz Lettland, vom Nordosten Livlands bis in den äußersten Westen Kurlands nach Grobina, um seine Tochter und die Enkelkinder zu besuchen. Ihm zu Ehren wurden immer Krebse gekocht, ein ganzer Kessel voll, denn er setzte sich nur an den Tisch, wenn er Aussicht hatte, hundert Stück zu verzehren. Kleinere Portionen empfand er als persönliche Beleidigung, als eine Herabsetzung seiner Würde. Zu den Krebsen trank er Kümmelschnaps, und noch heute, wenn ich den Geruch von Kümmel und gekochten Krebsen spüre, sehe ich den mächtigen, robusten Großpapa, dessen Schmerbauch die massive, schwere Goldkette schmückte, genießerisch essen. Die Krebsorgien flößten mir Grauen ein. Unheimlich war nicht nur die plötzliche Farbenveränderung der Krebse, alles an diesen Tieren hatte etwas Beängstigendes. Man bewahrte sie in einem Kübel oder in einem großen Korb auf, der mit Brennesseln angefüllt war, denn diese brennenden, grünen Pflanzen ließen sie seltsamerweise nicht sterben. Sie krabbelten in ihrem Gefängnis herum und gaben einen eigentümlich zischenden Laut, ein haßerfülltes, drohendes Gemurmel von sich. War einer von ihnen verendet, wurde er fortgeworfen, sie mußten unbedingt lebend ins kochende Wasser kommen. Dies schien mir schrecklich. Gab es im

Doktorhaus ein Krebsessen, hatte ich regelmäßig Kopfschmerzen und fuhr nachts laut aufschreiend aus dem Schlaf: ich war ein Krebs, man warf mich ins siedende Wasser, und ich konnte mich nicht wehren. Reichte mir aber Pappi ein kleines appetitliches, geröstetes Brötchen mit einem zartrosa Krebsschwänzchen, schmeckte es vorzüglich, vorausgesetzt, daß meine Ohren das feindliche Zischen der zu einem so schrecklichen Tod Verurteilten für eine Zeitlang vergaßen.

Großpapa verlor durch Einführung eines neuen Zollgesetzes, das den Preis des zur Ausfuhr ins Ausland bestimmten Flachses um ein beträchtliches herabsetzte, einen Teil seines Wohlstandes. Das grämte und wurmte ihn sehr. Er erkrankte an Diabetes und starb im Zuge, auf der Reise nach Grobina.

Wie unser Magen die altlettischen Speisen ebensogut wie die russischen, polnischen und deutschen verdaute, so ergänzten und steigerten sich in unserem Geist drei Kulturen: die altlettische, die slavische und die westeuropäische. Mutter betete jeden Abend mit ihren Kindern: „Müde bin ich, geh' zur Ruh, schließe beide Augen zu." Und wenn wir ruhig und ohne zu schwatzen und ohne zu toben in unseren Betten lagen, spielte sie „Guter Mond, du gehst so stille durch die Abendwolken hin . . ."

War Vater abends zu Hause, betete er mit mir das alte lettische Gebet, das seine Mutter mit ihm schon gebetet hatte, diese stille, madonnenhafte Frau, die der Großvater von weit her aus Litauen sich geholt hatte, denn er wollte nicht nur die schönsten Pferde, sondern auch die schönste Frau im ganzen Umkreis sein eigen nennen.

Die Großeltern väterlicherseits habe ich nicht gekannt. Die Mutter meines Vaters starb, während er noch Student war. Er war der jüngste Sohn und hing mit zärtlicher Liebe an seiner Mutter. Eines Nachts erwachte er in seiner Studentenbude in Dorpat vom Gefühl, jemand hätte ihn laut gerufen. Er stand auf, öffnete die Tür, sah durchs Fenster, erblickte aber niemand. Es war fünf Uhr morgens und die Straßen noch still und leer. Er fühlte sich so hellwach, daß er sich nicht mehr ins Bett legte, sondern sein Kollegheft vornahm, in der Absicht zu studieren; aber die Sätze verwirrten sich: nichts blieb in seinem Kopfe haften. Es war, als sei in seinem Gehirn kein Platz für die aufzunehmende Gelehrsamkeit, ein banges, in Worte unfaßbares Wissen, wichtiger als alle Wissenschaft, erfüllte sein Inneres. Ihm war, als müsse er aufbrechen, als hätte er etwas Entscheidendes vergessen. Er saß abwesenden Geistes mit dem Kollegheft am Fenster und las die Lektion, ohne zu verstehen, worum es sich handelte. Er ärgerte sich über seinen „Mangel an Konzentration" und wußte nicht, worauf er seine Benommenheit zurückzuführen hatte. Einige Stunden später erhielt er ein Telegramm mit der Nachricht, seine Mutter sei um fünf Uhr morgens gestorben. Kurz vor dem Tode hätte sie nach ihrem Lieblingssohn gerufen, an dessen Heilkünste sie bedingungslos glaubte. Von seiner madonnenähnlichen Mutter sprach Vater selten, wie er überhaupt Gefühlsaufwallungen soviel wie möglich vermied. Dagegen vom Tode des Vaters, der bald nach dem Hinscheiden seiner Frau „jenseits der Sonne" sich niederließ, wie man im Lettischen zu sagen pflegt, erzählte er oft und ohne einen Ton der Betrübnis. Der alte Landmann hatte in der Riege das Dörren des Korns überwacht und war nach getaner Arbeit müde und zufrieden mit Anbruch der Nacht ins Haus zurückgekehrt. Zur Magd, die ihm die Abendsuppe brachte, sagte er, in diesem Winter würden alle genug Brot haben. Er legte sich in sein Bett, flüsterte ein Abendgebet, in das er alle, die Lebenden und Dahingeschiedenen, die Familienmitglieder wie auch seine

Knechte einschloß, dankte dem Schöpfer für den an Arbeit reichen Tag und schlief ein, um jenseits der Sonne zu erwachen.

„Kann man sich einen schöneren Tod vorstellen?“ sagte Vater. Sein Abendgebet schloß mit der Bitte, Gott möge ihn gleich seinem Vater nach getaner Arbeit zu sich abberufen.

Von den fünf Brüdern, so erzählte der Vater, studierten zwei. Als es dem alten Landwirt Egle nach einer bösen Mißernte nicht möglich war, das Schulgeld für seine Söhne nach Dorpat zu schicken, ging er zum Baron, von dem er ein großes Gut gepachtet hatte, und bat ihn, die Pacht zu verringern. Nach zwei Jahren seien die Söhne fertig, der eine sei dann Arzt, der andere Jurist, dann könne er die schuldig gebliebene Summe nachzahlen. Darauf erwiderte der Baron:

„Warum läßt du deine Söhne studieren? Hol sie aus der hohen Schule zurück und laß sie das Land bebauen, dann wirst du keine Schulden haben.“

„Was würden Ihre Söhne dazu sagen, Herr Baron, wenn Sie so handeln würden?“

„Gott selbst hat es so gewollt, daß unsere Söhne studieren und eure die Erde bebauen.“

Darauf der Großvater: „Das war wohl nicht Gott, der es so wollte, sondern die Herren Barone. Vor Gott sind alle Menschen gleich.“

Vater hielt in seiner Erzählung inne. War sie zu Ende?

„Und was geschah dann?“ fragte ich.

„Im laufenden Jahr verminderte der Baron die Pacht nicht, aber im nächsten erhöhte er sie. Bruder Rudolf, der in Moskau Jura studierte, und ich in Dorpat, wir beide mußten unser Studium unterbrechen . . .“

„Und Onkel Rudolf nahm sich das Leben . . . Ich weiß, Mammi erzählte das einmal Fräulein Marta . . .“

„Wohl kaum nur deswegen, weil er das Studium unterbrechen mußte. Er hatte ein Liebesabenteuer mit einer russischen Aristokratin . . .“ sagte Vater leise und sein Blick richtete sich auf die Photographie Onkel Rudolfs, die über seinem Schreibtisch hing. Dieses Bild übte eine besondere Anziehungskraft auf mich aus, seit ich einmal Vaters Äußerung darüber gehört hatte, daß ich ihn an seinen Bruder Rudolf erinnere, dem es auch von Kindheit auf schwergefallen sei, sich zu bescheiden, maßzuhalten, zu verzichten und zu entsagen. Ich hätte gern noch etwas mehr über Onkel Rudolf gehört, aber Vater sprach über traurige Dinge ungern und über tragische fast nie. Und so kehrte ich zum Thema der Barone zurück.

„Die deutschen Barone haben dir und deinem Bruder die Jugend verdorben und trotzdem haßt du sie nicht. Nein, du bist mit ihnen befreundet, du fährst auf ihre Güter, kurierst ihre Kinder und Frauen, ich verstehe das nicht . . .“

„Die gegenwärtige Generation kann man für die Taten der vorhergehenden nicht verantwortlich machen“, erwiderte Vater, dann stand er auf, nahm aus seinem Bücherregal ein altes, vergilbtes Buch und legte es auf den Tisch; ich las den Titel „Johann Georg Eisen: Eines lievländischen Patrioten Beschreibung der Leibeigenschaft, wie solche in Lievland über die Bauern eingeführt ist.“

„Dieser Baltendeutsche machte seinem Namen Ehre: er war wie aus Eisen. Als wahrer Diener Gottes wußte er, daß man Gott am besten dient, indem man den Mühseligen und Beladenen hilft und sie schützt. Obwohl er nicht Arzt, sondern Pastor war, führte er sehr energisch die Pockenimpfung durch, um unser Volk vor dieser schrecklichen Krankheit zu bewahren, die Tausende und aber Tausende dahinraffte und die am Leben gebliebenen entstellte. Auch gegen die andere Krankheit kämpfte er hartnäckig und mutig, gegen die Krankheit, von der unser Volk jahrhundertelang heimgesucht wird und die die Menschen noch mehr entstellt als die Pocken ..."

Seine Stimme stockte. Er sah zum Fenster in die Winterlandschaft hinaus und schien eine Meise zu beobachten, die am Speck pickte, den er vor seinem Fenster aufgehängt hatte. Ein Würger kam, nicht viel größer als die Meise, spreizte haßerfüllt die Flügel und krächzte böse. Erschreckt floh die Meise auf den nächsten Baum und sang ihr Lied, als hätte niemand ihr etwas zuleide getan. Als der gierige Räuber seine Mahlzeit beendet hatte und fortgeflogen war, kehrte sie zum Speck zurück und ließ es sich köstlich schmecken.

„Du wolltest von der Krankheit erzählen, die die Menschen noch mehr verunstaltet als die schwarzen Pocken", sagte ich, als mir das Schweigen meines Vaters zu lange wurde.

„Die schrecklichste Krankheit, das ist die Unfreiheit. Wen sie mehr verkrüppelt, den Sklavenhalter oder den Sklaven, das ist noch nicht nachgewiesen. Ja, dieser Eisen, siehst du, er war ein Deutscher und was für ein Mann! Zur Zeit der düstersten Leibeigenschaft, in der Mitte des 18. Jahrhunderts, erweckte er Mitleid für unser geknechtetes Volk und kämpfte für das Freiheitsrecht der Letten. ‚Gebt dem Letten ein Leben, in dem er Mensch sein darf!' so ungefähr lautete seine Forderung. Er glaubte an die moralische Kraft unseres Volkes und daß wir es sind, die das Urrecht auf die Erde am Baltischen Meer besitzen."

Dann erzählte er mir, wie grausam die Spanier zu den Ureinwohnern Mexikos gewesen sind. Cortez wütete in diesem Land alter Kultur; dem gefangenen König, dem er hoch und heilig Gnade und Gastfreundschaft versprochen hatte, ließ er die Fußsohlen zu Kohle verbrennen, nur um die Rachegelüste seiner Krieger zu befriedigen. Die Azteken ihrerseits hatten geschworen, sich den Konquistadoren nicht zu ergeben, und zur Bekräftigung ihres Schwures hatte jeder eine Handvoll Erde hinuntergewürgt: sie glaubten, daß die Erde in ihrem Eingeweide ihnen helfen würde, die heilige Heimaterde von den Feinden zu säubern. Als Cortez endlich gesiegt hatte, herrschte er über Goldfelder und Felder von Leichen ... Alle Kolonisatoren sind grausam. Bei der Unterjochung Irlands durch die Engländer ging es nicht minder blutig zu als bei uns. Die Iren waren in den Augen der Engländer abscheuliche Katholiken, ein aufsässiges Pack, schlimmer als die Hunde, ein Ausdruck menschlicher Unnatur.

Daß die Irländer mit den Engländern nicht minder grausam verfuhren als diese mit ihnen, ist nicht zu verwundern, Haß ist noch nie durch Haß überwunden worden; so zündeten die Iren 1598 das Schloß an, in dem Herbert Spencer, ein großer Irenhasser, sich niedergelassen hatte. Ihm und seiner Frau gelang es zu entfliehen, aber sein einige Monate altes Kindchen verbrannte. Und dieses Wesen wußte ja nicht einmal, daß es eine englisch-irische Antinomie gab.

Du hast Gullivers Reisen gelesen. Der Verfasser dieses Buches, Jonathan Swift, vaterlos, arm, unterdrückt, schrieb seine Bücher aus Haß gegen die Engländer und ging an diesem Haß zugrunde, obwohl er als Theologe aus dem Evangelium etwas anderes gelernt haben sollte. Von ihm stammt der betrübliche Satz: „Von ganzem Herzen hasse ich und verabscheue ich das Tier, das man Mensch nennt." In einer seiner Satiren macht er der brutal vorgehenden englischen Regierung einen Vorschlag, wie diese sich von den vielen tausend hungernden irischen Kindern befreien könnte. Diese Schilderungen sind so grausam, daß ich sie dir nicht erzählen will. Ich erwähnte Jonathan Swift nur, um dir zu sagen, daß deine geliebte Lehrerin Marta Jura in ihrem Geschichtsunterricht vielleicht etwas einseitig gewesen ist. Audi alteram partem. Die Fähigkeit, grausam zu sein, ist leider nicht das Kennzeichen eines einzigen Volkes, man stößt im Leben und in der Geschichte überall auf sie, wo der Schwache dem Starken ausgeliefert wird. Sobald ein Volk oder ein Mensch unumschränkte Macht gewinnt, erlischt das heilige Licht der Humanitas."

„Also müßte jeder in seinen eigenen Grenzen bleiben."

„Ja, dann hätten wir das Paradies auf Erden. Leider aber ist ein Serum gegen das Böse im Menschen, gegen die Gier, seine Brüder zu unterdrücken und zu peinigen, noch nicht erfunden worden. Um aber auf den Haß zurückzukommen, muß ich dir sagen, daß ein Arzt weder Feinde noch Freunde hat. Für ihn gibt es weder Barone noch Knechte, sondern nur Gesunde und Kranke, und wer am meisten leidet, ist ihm der nächste. Der Haß, mein Kind, ist ein Zeichen von Neid und Schwäche. Haß macht häßlich. Sahst du, wie der Würger aussah, der die kleine Meise vertrieb?"

Und nach einer Weile fügte er leise und nachdenklich hinzu: „Unzählige Bücher und verwickelte Traktate sind über das Problem von Gut und Böse geschrieben worden, aber es gibt ein Gesetz, das, obwohl das höchste von allen, so einfach und überzeugend ist, daß jedes Kind es versteht, und nur dort, wo es erfüllt wird, weicht das Grauen aus der Welt. ‚Alles, was ihr wollt, das euch die Menschen tun sollen, das tuet auch ihr ihnen!'"

Selbstfahrer

Selbstfahrer — dieses Wort weckt in mir eine Reihe von Martererinnerungen. Anfangs hatte ich nur einen Rollstuhl für die Straße, im Zimmer war mir das Schicksal einer Topfpflanze zugedacht: man trug mich dorthin, wohin es die Sichfreibewegenden für nötig hielten. Um das nie erlöschende Feuer meiner Empörung gegen die mir auferlegten Fesseln zu zähmen, erzählte Vater mir von den indischen Fakiren, doch sie waren und blieben mir wesensfremd. Bewegung erschien mir das Schönste, und wer dem Schönsten freiwillig entsagt, war der noch ein Mensch zu nennen? Nein, nicht die unbegreiflichen fernen Fakire liebte ich, sondern meine Mitgeschöpfe, die Schmetterlinge und Vögel, und am meisten die frei dahinziehenden Wolken. Daß man nach dem Tode zu einer Wolke verwandelt wird, war mein Lieblingsgedanke. Damals schrieb ich in mein Tagebuch ein längeres Gedicht, von dem ich nur die letzten zwei Zeilen behalten habe:

Dann werd' ich eine Wolke am blauen Himmelszelt
Und liebe alle Menschen auf dieser schönen Welt.

Auf die Epoche der Topfblume folgte die des „Fliegenden Holländers". Auf einer seiner Auslandsreisen hatte Vater die Weltausstellung in Dresden besucht und mir in einem kurzen Brief — seine Briefe hatten die Form von Rezepten —mitgeteilt, daß er mir einen ganz ausgezeichneten Wagen mitbringe. Schon der Name „Fliegender Holländer" besage, wie leicht man mit ihm vorwärts komme. Voll freudiger Ungeduld erwartete ich Vaters Heimkehr. Der „Fliegende Holländer" würde vielleicht ein schöner Lehnstuhl sein, in den eine kleine elektrische Maschine eingebaut war. Zu Weihnachten bekamen Kinder laufende Mäuse, kleine Eisenbahnen, die so einfach aufzuziehen waren. Warum sollte es nicht möglich sein, einen sich selbst bewegenden Stuhl zu erfinden? Man drückt auf einen Knopf und der Stuhl bewegt sich vorwärts, man drückt auf einen anderen, er bewegt sich rückwärts, und ein dritter Knopf ist das Steuer. Vielleicht eine ganze Klaviatur von Knöpfen, aber ich würde schon mit ihnen fertig werden, hatte ich doch zwei starke, gesunde Hände und zehn gelenkige Finger. Ich zählte die Stunden bis zu Vaters Rückkehr. Dankbar erinnerte ich mich an alles, was ich über die rapiden Fortschritte der Technik gehört hatte. Warum hatte Vater mir kein Bild vom Selbstfahrer gesandt? Ich versuchte, ihn mir vorzustellen: bald sah ich ihn wie einen kleinen Klubsessel oder auch wie einen Stuhl im zahnärztlichen Kabinett, vielleicht aber war es ein winziges Luxus-Auto. Oh, das Leben konnte noch unsagbar schön werden!

Endlich erschien im Doktorhaus zu Grobina der „Fliegende Holländer" von der Weltausstellung. Vater hatte es sehr gut gemeint, aber bisweilen fügt man den liebsten Menschen, ohne es zu ahnen, entsetzliche Qualen zu: so undurchsichtig ist die Schicksalskugel, in die der einzelne eingeschlossen ist. Der Sportwagen für gesunde Kinder mit dem pompösen Namen war für mich, infolge meines körperlichen Behindertseins, ganz untauglich. Vater war Mediziner, Empiriker, Naturwissenschaftler und trotzdem — wirklichkeitsfremd. Mutter nannte diese Seite seines Charakters einfältig. Ohne mich ganz widernatürlich zusammenzukauern, konnte ich auf diesem Wagen überhaupt nicht sitzen. Das Vorwärtskommen war so mühsam, daß die Pein der Bewegungslosigkeit leichter zu ertragen war. Auf der Ausstellung hatte man diesen Wagen ein Wunder der Technik, die Freude der temperamentvollen Kinder genannt, und Vater hatte den Anpreisungen geglaubt. Obwohl er jeden Knochen, jede Sehne, jeden Nerv im menschlichen Organismus und ganz besonders im meinem kannte, hatte er sich nicht vorstellen können, daß das, was für jedes gesunde Kind ein Spiel, für mich, trotz Intelligenz und sehr entwickelter Hände, Folterqualen bedeuten würde. Durch ungeheure Anstrengungen und Verzerrungen der Gliedmaßen gewann ich schließlich nach unendlichen Geduldsproben einige Geschicklichkeit: ich konnte rund um den Speisezimmertisch fahren, ich konnte ohne fremde Hilfe von einem Raum in den anderen kommen. Vater strahlte. Seine blauen Augen, sein blonder Vollbart leuchteten. In meinem kindlichen Stolz verbarg ich meine Qualen vor ihm. Ich sagte ihm nicht, daß infolge des hockenden Sitzens meine Füße stark anschwollen und mein Rücken ununterbrochen schmerzte.

Meine Pein wurde noch vergrößert, weil ich jedesmal, wenn Gäste, besonders Ärzte, in unser Haus kamen, die Vorzüge des Wagens, die er gar nicht besaß, demonstrieren mußte. Und jedesmal sagte mein Vater: „Diesen Wagen habe ich von der Dresdener Weltausstellung mitgebracht. Meine filia carissima sollte das Beste haben, was es auf der Welt gibt.“ Und dann erzählte er, wieviel der Wagen kostete, wie hoch der Zoll gewesen, und wie lange er gesucht habe, um das Rechte zu finden. Auch gestand er, daß er um des „Fliegenden Holländers“ willen einem Ausflug in die Sächsische Schweiz, auf die er sich besonders gefreut hatte, entsagt habe. Oft nahm ich mir vor, ihm die Wahrheit zu sagen und ihn zu bitten, den „Fliegenden Holländer“ einem gesunden Kinde zu schenken, aber ich hatte nicht den Mut dazu, ihn, der immer ohne zu überlegen alle Schwierigkeiten auf sich nahm, wenn es darum ging, mir eine kleine Freude zu bereiten, so zu kränken; denn es gibt wohl keine größere Betrübnis als die Feststellung, daß die verabreichte Gabe nicht Freude, sondern Unbehagen, ja Schmerz hervorgerufen hat.

Vielleicht war es nicht nur Liebe zu meinem Vater, daß ich schwieg, es war auch Trotz, Widerwillen gegen Selbstmitleid: „Ertrag es schweigend. Es zehrt ja nur an deinem Körper. Und der Körper ist nicht wichtig.“ Den „Fliegenden Holländer“ reihte ich in die geheime Galerie meiner nur mir bekannten Peiniger ein, über die ich zu schweigen gezwungen war. Mit geschlossenen Augen sah ich ihn am deutlichsten: ein Netz aus Stacheldraht voll glühender Kohlen. Ich bin in dieses Netz geworfen. Von wem? Vom Schicksal? Vom lieben Gott? Nein, dieses Mal von meinem Vater, der still und glückselig blind zusieht, wie ich mich kasteie.

Als er mir einmal ein Eselchen kaufen wollte, auf dem ich durch die Straßen Grobinas reiten sollte, um etwas von der ersehnten Unabhängigkeit zu haben, gab es einen großen Krach. Mutter schalt: „Du kannst das Kind doch nicht lächerlich machen! Sie wird durch die Straßen Grobinas auf einem Esel reiten, von allen Judenkindern umringt.“

„Nun, dann kaufe ich ein Pony.“

„In diesem Falle wäre ein Pony dasselbe. Deine Don-Quichotterien kennen kein Maß.“

Ich gab damals meiner Mutter recht. Aber der eigensinnigste Esel wäre im Vergleich zum „Fliegenden Holländer“ ein fügsames Tier gewesen. Schon der Name des Wagens erschien mir Hohn. Über den „Fliegenden Holländer“ sagte Mutter nichts, aber ich fühlte, was sie dachte, das heißt, ich sah auf ihrem Gesicht, was sie dachte, und ich sah auch, was die Schwestern und Gäste dachten. O Gott, warum waren Gedanken sichtbar! Ich fürchtete mich jetzt vor Gästen noch mehr als früher. Damit ich ihren Schönheitssinn nicht verletze, wurde ich an den Tisch gesetzt, noch ehe der Besuch Platz genommen hatte. Man schämt sich meiner, — wie ein Schwert bohrte sich dieser

Gedanke in mich. Man schämt sich meiner, und ich habe doch nichts Schlechtes getan. Als ich mich auf dem „Fliegenden Holländer" kauernd im Spiegel erblickte, schrie ich vor Entsetzen auf: „Das bin ich nicht, das ist meine Karikatur!" Wie konnte Vater das zulassen! Daß er nicht mich, sondern seine Vorstellung sah, begriff ich damals noch nicht.

Einmal kam ein Gast zu uns, er hieß Nikolai S. Er hatte das Polytechnikum in Riga mit höchster Auszeichnung absolviert, und ich hatte ihn, als er noch Gymnasiast war, flüchtig gekannt. Er war der Freund Veras, eines jungen Mädchens, das bei uns verkehrte und das mir von ihm wie von einem zynischen Don Juan erzählte. Er hatte einen „postösen Habitus", wie mein Vater das zu nennen pflegte, und alles an ihm war grau: seine Gesichtsfarbe, seine kleinen Augen, sein farbloses, struppiges Haar. Seine Haut war voller Pickel. Er litt sehr darunter, versuchte aber sein Gefühl der Minderwertigkeit durch äußere Bravour, übertrieben moderne Anzüge und grellfarbige Krawatten zu verbergen. Vera erzählte mir, er sei der beste Tänzer von ganz Libau und überhaupt ein famoser Kerl, wenn er nur nicht diese entsetzlichen Pickel hätte!

Nikolai war nicht nur in Vera verliebt, er machte auch meinen beiden älteren Schwestern, und wenn diese nicht zu Hause waren, meiner jüngeren Schwester den Hof. Als er einmal einige Augenblicke mit mir allein geblieben war, sagte er: „Es ist ein Skandal, daß Sie keinen anständigen Selbstfahrer haben. Mit diesem kriechen Sie ja auf der Erde herum! Es ist eine Schande, daß keiner dafür gesorgt hat!"

Ich wollte ihn scharf anfahren: „Was geht Sie das an! Mein Vater hat diesen Wagen auf der Weltausstellung in Dresden gekauft", aber ich brachte kein Wort hervor. Als Nikolai sah, wie meine Augen sich mit Tränen füllten, stand er jäh auf und ging ohne sich umzusehen in den Saal, um mit einer meiner Schwestern zu flirten. Nach einigen Tagen kam er wieder und sagte, er wolle mit mir allein sprechen und mir etwas zeigen. Es war mir eiskalt ums Herz: sicher wird er mich kränken. Vielleicht hat er mich auf dem „Fliegenden Holländer" photographiert. Er war nämlich ein leidenschaftlicher Amateurphotograph, der seine Mitmenschen in grotesken Momentaufnahmen, in Augenblicken, da sie sich unbeobachtet glaubten, überraschte. Er hatte ein ganzes Album von solchen Photographien: da waren verzerrte Gesichter von gähnenden, weinenden, lachenden, im Eisenbahnzug schlafenden, affen- und schafähnlichen Menschen, sich küssende Pärchen, badende oder ihre Notdurft verrichtende Männer und Frauen. Er hatte mir seine Sammlung gezeigt und hämisch grinsend gefragt: „Was sagen Sie zu meiner Menagerie? Vollendete Exemplare, nicht wahr?" Damals hatte er mir erzählt, wie er bisweilen stundenlang im Gebüsch versteckt in den Dünen auf der Lauer liege, um „so ein hübsches Bildchen" zu erhaschen. „Warum tun Sie das?" hatte ich gefragt.

„Um das erbärmliche Gesicht all dieser Leute, die so wichtig tun und so selbstzufrieden sind, zu enthüllen."

„Das ist ekelhaft, abstoßend ..."

„Das ist die Wahrheit! Ich habe nichts hinzugefügt. Ich bin weder ein Maler noch ein Dichter oder Schneider, der sich gezwungen fühlt, den Menschen zu schmeicheln und über ihre Ungestalt rosige Schleier zu breiten. Ich halte mich an die Wahrheit ..."

„Und zeigen Sie den Leuten, die Sie heimlich photographiert haben, diese Bilder?"

„Gott bewahre! Ich habe schon so Ärger genug. Nur einem Mädchen, das unverschämt zu mir war, habe ich ihr Spiegelbildchen zugesandt."

„Warum photographieren Sie so häßliche Sachen?" fragte ich noch einmal.

„Das Leben ist so niederträchtig. Man muß hin und wieder seinen Spaß haben und sich ins Fäustchen lachen, sonst erträgt man's nicht."

Vielleicht will er auch mit mir seinen Spaß treiben, dachte ich, als wir beide allein am Eichentisch im Speisezimmer saßen. Ich zitterte an allen Gliedern. Er zog aus der Tasche ein großes, zusammengefaltetes Papier und breitete es sorgfältig vor mir aus. Ich war so erregt, daß ich im ersten Augenblick nichts sah.

„Schauen Sie nicht in die blaue Ferne, besehen Sie doch ordentlich, was ich für Sie aufgezeichnet habe. Drei Nächte habe ich daran gearbeitet, bis ich das Rechte herausknobelte. Tagsüber habe ich keine Zeit."

Nun verstand ich, was die minutiös ausgeführte Zeichnung bedeutete — es war das Projekt eines Selbstfahrers. Er erklärte mir eifrig, wie er sich das Ganze vorstelle. Ich hörte nur mit halbem Ohr zu. Daraus kann ja nichts werden, sagte mein gemartertes Herz. Vielleicht ein neuer „Fliegender Holländer"? Und dann werde ich auch noch Nikolai Dankbarkeit und Freude vorheucheln müssen! Ich bat ihn dringend, er möge es sein lassen. Es würde ihn viel Mühe kosten, und was daraus werden würde, könne man ja nicht wissen. Nun, er sei ja kein Tropf, erwiderte er, er hätte ja Ingenieur-Wissenschaft studiert, und wenn er eine Brücke konstruieren könne, so müsse es ihm wohl auch gelingen, so ein einfaches Ding herzustellen. Die Unkosten würden nicht groß sein, die könne mein Vater leicht bezahlen. Für die Arbeit beanspruche er selbstverständlich nichts, das sei ja nur ein Versuch, und es mache ihm Spaß — dieses war sein Lieblingswort — mir eine Freude zu bereiten. Wie kam er auf den Gedanken, mich zu erfreuen? Da mußte irgend etwas nicht stimmen. Über das Gesicht meines Vaters breitete sich ein Schatten, als ihm Nikolai seinen Plan vorlegte, aber er zog sofort seinen Beutel und legte die Summe, die die Materialbeschaffung beanspruchte, auf den Tisch. Zu mir sagte er später:

„Glaubst du wirklich, daß das, was so ein Grünschnabel zusammenbastelt, besser sein wird als ein Fabrikat der Weltausstellung?"

„Ich weiß nicht, Pappi", erwiderte ich matt. „Ich habe Nikolai abgeredet, so viel ich konnte."

„Bist du denn mit deinem „Fliegenden Holländer" unzufrieden?" fragte er, und der traurige Unterton nahm mir den Mut, die Wahrheit zu sagen.

Nach zwei Monaten war der neue Selbstfahrer fertig. Er hatte vier Räder, und ich konnte normal und bequem wie auf einem Stuhl sitzen. Das allein war eine große Erleichterung. In gerader Richtung ging der Wagen recht schnell vorwärts, aber Umkehren und Ausweichen in einem engeren Raum war sehr schwierig, immer hatte ich Angst, Schränke und Stühle anzufahren und die Politur zu beschädigen. Nikolai merkte es sofort, seine Mundwinkel zogen sich mißmutig nach unten, und er sagte, das sei nur der erste Versuch, er würde den Wagen noch vervollkommnen. Jedenfalls sei dies ein Selbstfahrer, von dem aus ich ruhig in den Spiegel schauen könne, und dies müsse ein junges Mädchen, und noch dazu ein so hübsches, dann und wann tun. Vater nahm den neuen Selbstfahrer stillschweigend hin. Bei Nikolai bedankte er sich und bedauerte aufrichtig, daß er nicht die Möglichkeit habe, sich großzügiger erkenntlich zu zeigen. (Die Entstehung des Selbstfahrers fiel in die Zeit nach dem ersten Weltkrieg, das heißt in die Epoche unserer ersten Verarmung.) Nikolai wies jeden Dank ab; es ärgere ihn, daß ihm das „Ding" nicht gelungen sei, es schien ihm so kinderleicht, aber jetzt sehe er seine Fehler und sobald er etwas mehr Zeit haben werde, wolle er einen neuen Wagen bauen, und mit dem neuen würde ich so schnell fahren können, wie die anderen Schwestern laufen. Es sei seltsam, daß es in der Technik mitunter am schwersten sei, den einfachsten Mängeln und Fehlern vorzubeugen. Darauf erwiderte der Vater, der Nikolais Unzufriedenheit mit der edel gemeinten, aber nicht ganz gelungenen Tat mildern wollte:

„Auch in der Medizin ist es so ähnlich: gegen Schnupfen und Seekrankheit hat noch niemand ein radikales Mittel gefunden."

Ich aber war glücklich, daß ich dem Fußboden-Dasein enthoben war; nun brauchte ich nicht mehr, wenn Gäste kamen, versteckt zu werden. Am liebsten hätte ich meine Arme um Nikolais Hals geschlungen und hätte mich an das Andrejew-Wort gehalten: „Küsse und schweige", aber Nikolai war so sachlich nüchtern, daß ich nur einen Dank zu stottern wagte: „Sie sind so... so... gut, so ritterlich."

„Hör' ich zum ersten Male aus dem Munde eines Mädchens!" erwiderte er in gespielt spöttischem Ton.

Jeder, der mich in meinem neuen Selbstfahrer sah, sagte nun seine Meinung. Warum? Das konnte ich damals nicht verstehen und kann es heute noch nicht ergründen. Jeder „fand" etwas und meinte, er sei ein Kolumbus, der Amerika entdeckt habe. Ein sehr tüchtiger lettischer Ingenieur, der nie ein Wort mit mir gewechselt und mich keines Blickes gewürdigt, ja mich kaum gegrüßt hatte, beobachtete einmal, wie ich mühsam einen großen Bogen machen mußte, um an den Kaffeetisch heranzufahren; dann sagte er zu meinem Vater:

„Ich hätte es anders gemacht. Sie sagen, der Konstrukteur dieses Wagens sei ein Diplom-Ingenieur? Kaum zu glauben! Die reine Stümperei. Erstens ist der Wagen zu kurz und daher schwer lenkbar. Zweitens hätte man ein Kugellager einbauen müssen! Drittens finde ich ..."

Oh, dachte ich in meinem Herzen, in deine Brust hätte man ein Taktgefühl einbauen müssen! Der liebe Gott, der dich geschaffen hat, ist sicher in seinem Fach mehr als nur ein Diplom-Ingenieur, aber er hatte wohl seine guten Gründe, dich ohne das leichtgleitende Kugellager des Taktes in die Welt zu setzen.

Diejenigen, welche nicht Ingenieure waren, sprachen ungefähr so:

„Ah, das ist der neue Wagen! Wieviel hat Ihnen, lieber Herr Doktor, denn dieses Gestell gekostet? Dieser Nikolai steht im Ruf, ein sehr geldgieriger Mann zu sein. Er hat mir einen Motor zum Wasserpumpen gebaut. Eine ganz einfache Sache und dafür nahm er ... Ach Gott, es war eine schauerliche Rechnung! Und diesen Wagen für Ihre kranke Tochter" — warum sagten sie nur alle immer ‚krank', ich war doch gar nicht krank, ich konnte nur nicht gehen — „hat er Ihnen sicher nur aufgezwungen, um Sie tüchtig zu prellen ..."

Eine alte adlige Dame aus dem Stift, die immer ein paar Schmeicheleien vorrätig hatte und sich durch diese bei meiner Mutter für das schmackhafte Essen „auf vornehme Art" zu bedanken glaubte, sagte verzückt: „Ach, welch schöner Wagen, Kind! Wirklich, du kannst glücklich sein, daß du so gute Eltern hast! Ich hatte eine Cousine, sie war auch krank und bildschön. Lebenslänglich lag sie zu Bett, ach Gott, ach Gott! War das eine Plage. Wir atmeten alle auf, als der Herrgott sie endlich zu sich rief!"

Und dann betastete die adlige Dame meinen Wagen, als sei er eben vom Mond herabgefallen: „Aber hart ist der Sitz! Ja, ich zum Beispiel könnte auf einem so harten Stuhl nicht sitzen, dann gehe ich lieber auf und ab. Aber du hast dich wohl daran gewöhnt, man gewöhnt sich ja an alles, nicht wahr, liebes Frau Doktorchen?“ Und dann erzählte sie haarklein, wie auf dem Gut, auf dem sie aufgewachsen war, alle Sitze, alle ohne Ausnahme — auch die unaussprechlichen — speziell für sie gepolstert gewesen seien. Sie sei nämlich sehr „zart organisiert“, deswegen hätte sie auch nicht geheiratet.

Eine andere Dame, die nicht so zart organisiert und infolgedessen verheiratet war, fragte mich, ob ich mit meinem neuen Wagen die Treppe hinunterfahren könne. — „Wie? die Treppe!?“ — „Ja, die Treppe.“ Nein, das sei nicht möglich; das sei mit einem Wagen ja undenkbar. Nun, dann sei der neue Wagen nicht besser als der alte. Hätte man sich mit ihrem Mann beraten, der zwar kein Diplom-Ingenieur, aber ein Tausendkünstler sei, dann hätte man für denselben Preis „was Anständiges“ gehabt.

Mich peinigten, reizten und verletzten alle diese Gespräche. Kam Besuch, lenkte Mutter krampfhaft die Aufmerksamkeit von meinem neuen Selbstfahrer auf ihren „mißlungenen“ Pudding oder Kuchen. Vater versuchte mich zu trösten, indem er mir eine lehrreiche Geschichte erzählte:

„Vater, Sohn und Esel zogen in die Stadt. Der Vater ritt auf dem Esel und der Sohn ging zu Fuß. Die Menschen, die das sahen, sagten: welch selbstsüchtiger Vater! — Der Vater stieg ab und ließ den Sohn reiten. Da sagten die Vorübergehenden: welch egoistisches Kind! Das ärgerte den Vater, und er setzte sich zu seinem Sohn auf den Rücken des Esels. Die Vorübergehenden schrien empört: welch eine Tierquälerei! Da stiegen beide ab und gingen Hand in Hand neben dem Esel her. Nun lachten die Leute: Oh, wie dumm diese Wanderer sind! Verdutzt sahen Vater und Sohn einander an. Was blieb ihnen zu tun übrig? Sie koppelten den Esel, hängten ihn auf einen Stock und trugen ihn auf ihren Schultern.“ — „Und was sagten nun die Menschen?" fragte ich. „Sie sahen die Wanderer an und schwiegen. Für so ein ungewöhnliches Verhalten fehlte ihnen selbst der Spott. Aber der Esel war schwer. Und noch ehe die Wanderer die Stadt erreicht hatten, brachen Vater und Sohn unter der Last zusammen. So geht es denen, die auf das Urteil der Menge lauschen", schloß der Vater seine lehrreiche Erzählung und fügte, damit die Moral noch klarer hervortrete, ein Sprüchlein hinzu: „Allen Menschen recht getan, ist eine Kunst, die niemand kann."

Nikolai hatte fest versprochen, den Selbstfahrer umzubauen; er behauptete, das würde jetzt, da er seine eigenen Fehler sehe und Erfahrung habe, eine Kleinigkeit sein. Es „ärgere ihn grün", daß ich jeden Tag, nein, jede Stunde, jede Minute unter seiner Ungeschicklichkeit, unter seinem Mangel an Phantasie zu leiden habe. Ja, auch ein Ingenieur benötige Phantasie, nicht minder als ein Dichter und Schneider, auch er müsse sich vorstellen, wonach der Verbraucher Verlangen trage.

Ich klammerte mich an Nikolais Versprechen und war ihm für die Hinwendung zu einem der am schwersten lösbaren Probleme meines Lebens unsagbar dankbar. Er war wohl gar nicht der Zyniker, als den ihn unsere Bekannten hinstellten. Daß er überhaupt bei meinem Wagen stehen geblieben war, daß er sich von der Unzweckmäßigkeit des „Fliegenden Holländers" nicht abgewandt, sondern die Mühe auf sich genommen hatte, einen Selbstfahrer für mich zu konstruieren, daß er sich nicht scheute, seine Fehler einzusehen, und mir das feste Versprechen gab, etwas Besseres herzustellen, war doch ungeheuer edel von ihm, ein Beweis, daß er aus seinem eigenen Ich zu steigen vermochte. Wenn ich jetzt lange rangieren, den klappernden Wagen hin und her schieben, ziehen, abstoßen, kehren und wenden mußte, um mir aus der Kommode ein frisches Taschentuch zu holen oder vom Bücherregal ein Buch, so brannte das schwelende Feuer der Ungeduld gelinder in mir. Nur noch eine kleine Weile muß ich diese Pein ertragen, sagte ich mir, dann werde ich endlich einen leicht lenkbaren, flinken Zimmerwagen haben; dann werde ich früh aufstehen und allein auf die Veranda hinausfahren, die Tür aufschließen und den Tau des Morgens in mich einatmen.

An die Erfüllung des mir gegebenen Versprechens glaubte ich ohne zu zweifeln. Das Allerschwerste war ja, diesen ersten Wagen herzustellen, und Nikolai hatte doch gesehen, wie ich mich auf die zweite vervollkommnete Ausgabe freute und wie notwendig ich sie brauchte. Kam er zu uns, wagte ich nicht, ihn an sein Vorhaben zu erinnern. Er ist ein Mann der Tat und nicht der vielen Worte, sagte ich mir. Sicher wird er in seinen Ferien die neue Konstruktion entwerfen. Mein ganzes Leben werde ich ihm dankbar sein. Ich malte mir aus, durch welche Geschenke ich ihn erfreuen könnte, später einmal, wenn ich selbst Geld verdienen würde.

Ich wartete ein ganzes Jahr. Dann heirateten Nikolai und Vera, siedelten nach Deutschland über und ich verlor jede Beziehung zu ihnen. Hat Nietzsche mit seiner Sentenz, daß Ehe ein Egoismus zu zweien ist, recht? Meinen Selbstfahrer hatte Nikolai jedenfalls vergessen. Gott hat die tatkräftige Güte nicht allzu verschwenderisch in die Herzen der Menschen gesät. Und es bedeutet schon etwas, wenn ein Mensch einmal, und sei es auch vorübergehend, zu einer selbstlosen Tat fähig ist.

Beim Gedanken an diesen jungen Ingenieur erfüllt mein Herz heute ein warmer Strom der Dankbarkeit. Im Laufe der Jahre bin ich zu der Erkenntnis gekommen, daß es wohl leichter ist, ein luxuriöses Flugzeug zu konstruieren als einen zweckmäßigen Selbstfahrer.

Gäste

Wie Vögel zum Garten, so gehörten Gäste zum Doktorhaus. Daß Gastfreundschaft, einer der schönsten Edelsteine im Schmuck der menschlichen Seele, die im Osten immer heller geleuchtet hat als im Westen, nach dem zweiten Weltkrieg so gut wie verlorenging, ist mir erst jetzt zum Bewußtsein gekommen, da ich als Heimatvertriebene, mit dem Wissen um meine Verlorenheit, bereits fünf Jahre zu einem Nomadenleben verurteilt bin und unter mehr als hundert Dächern vor dem Sturm des Hasses und der Kälte der Fremde Obdach gesucht habe.

Ich bin zivilisierten Plünderern in die Hände gefallen, habe schmählichen Fremdenhaß, chronische Hartherzigkeit, kaltes Geduldetwerden, beleidigend peinliche Pflichterfüllung, gewissenhaften Tauschhandel, komisches Pharisäertum, geheuchelte Freundlichkeit kennengelernt — und das alles nannte man Gastfreundschaft. Ich habe an festlichen Tafeln gesessen, bin mancher Armenbescherung teilhaftig geworden, und auch das nannte man Gastfreundschaft. Mir war aber zumute wie einem alten Juwelier, dem die Hand eines Protzes eine grobe Glasscherbe hinhält und nicht nur einen hohen Preis, sondern auch noch Bewunderung heischt. Im Wirbelwind des Krieges, in der Vertierung der Nachkriegszeit habe ich nur ganz wenige brillantene Staubkörner der Gastlichkeit erhascht, die ich im Schrein meines Herzens bewahre und von denen ich später einmal erzählen werde.

Wie die Lebewesen, die heute die Erde bevölkern, nicht jenen vom ersten Schöpfungstag gleichen, so gleichen auch die Menschen nach dem zweiten Weltkrieg nicht jenen, die damals lebten, als man Menschen noch nicht in Gasöfen verbrannte oder in Eisschränken der Gleichgültigkeit umkommen ließ.

Einer, der die unterschiedlichen Charaktereigenschaften der Russen, Deutschen, Letten und Esten wohl beobachtet hatte, war zweifellos der feurige Menschenfreund und Geschichtsschreiber Garlieb *Merkel*, der Sohn eines baltendeutschen Pfarrers, ein Original, kennzeichnend für die Atmosphäre Osteuropas. In seinen leider wenig bekannten, aber äußerst lebendig geschriebenen „Beiträgen zur Völker- und Menschenkunde am Ende des philosophischen Jahrhunderts“, ebenso wie in der „Vorzeit Lievlands“, diesem „Denkmal des Pfaffen- und Rittergeistes“, nennt er die Gastfreundschaft der alten Letten ihr wichtigstes Gesetz.

Er rühmt ihre Redlichkeit und sagt, nur in einem Fall sei es möglich gewesen, sich fremden Eigentums zu bedienen: wenn man dessen zur Aufnahme eines Gastes bedurfte. „Dann ging man ungescheut in die nächste Hütte und holte, was man nötig hatte, selbst wenn der Besitzer nicht gegenwärtig war.“

Wenn es möglich ist, aussterbende Tierarten, zum Beispiel den Auerochsen, zurückzuzüchten, dann müßte es doch auch möglich sein, den aussterbenden Typus des gastfreien Menschen, den Anbeter des Xenius-Zeus zu kultivieren.

Im Doktorhaus wurde jeder Besuch ein Fest. Durch tausenderlei liebevolle Aufmerksamkeiten wußte man beim Gast dieses Hochgefühl zu wecken und ihn immer wieder ins Lichtzentrum allen Tuns und Handelns zu rücken. In seiner Gegenwart sprach man nie über unangenehme Wahrheiten, etwa daß ein Besuch Unkosten und Anstrengung, und bei den Dienstboten, wenn sie kein Trinkgeld erhalten, schlechte Laune hervorruft. Für alles, was der Gast erzählte, zeigte man lebhaftes Interesse, ganz gleich, ob er von einer technischen Konstruktion, einem künstlichen Düngemittel, einem neu komponierten Lied, einem

Krankheitsfall in der Familie, einer verpfuschten, selbstgenähten Bluse, einem Küchenrezept oder einer metaphysischen Frage sprach. In seiner Gegenwart war man nie mürrisch, müde oder matt und durfte weder Schmerzen noch Sorgen haben. Der Gast mußte fühlen, daß er die Macht besaß, den gewohnten Arbeitsrhythmus zu unterbrechen, den grau-nebligen Alltag in einen Sonntag zu verwandeln. Wenn dieser Kult der Gastfreundschaft mehr oder weniger in meiner ganzen Heimat, wie in lettischen, so auch in deutschen und russischen Kreisen herrschte, so hatte er im Doktorhaus durch die gütige Toleranz meines Vaters und das weltoffene Herz meiner Mutter — für sie war Verschenken und Freudeerwecken Lebensnotwendigkeit — eine ganz besonders hohe Stufe erreicht.

Nie durfte ein Gast mit leeren Händen das Doktorhaus verlassen: er mußte die schönsten Blumen oder Früchte aus dem Obst- und Gemüsegarten mitnehmen. Und wenn es solche nicht gab, dann wenigstens ein bewährtes Rezept gegen Husten und Erkältung. Wehrte er sich, die Gaben anzunehmen, zitierte Vater jene Stellen aus der Odyssee, in denen es heißt, es zieme sich nicht, einen Gast ohne Geschenke zu entlassen; Nestors Sohn, Peysistratos, ließ seine Gäste auf dickwolligen Fellen sitzen und reichte ihnen Wein in goldenen Bechern mit herzlicher Hand.

Je öfter ich dieses Zitat hörte, desto klarer wurde es mir, daß nicht der Wein die Hauptsache war, sondern das Gold des Bechers und die Herzlichkeit der Hand. Daß Gäste spät am Abend nicht heimwärts fuhren, sondern im Doktorhaus übernachteten, war eine Selbstverständlichkeit.

Und wieder zitierte Vater die Stelle von den schöngebildeten Betten unter der tönenden Halle:

„Ich habe genug der Mäntel und prächtige Decken."

Während des ersten Weltkrieges, der in allen Dingen nur die Vorschule zum zweiten war, konnten die spärlichen Butter- und Brotrationen die uralte Sitte unseres Landes nur wenig beeinträchtigen. Was lag daran, wenn man eine Woche trockenes Brot aß und Rübenkaffee mit Sacharin trank, wenn man nur die unbezahlbare Freude gehabt hatte, den Gast mit süßen Pfannkuchen und echtem Bohnenkaffee bewirtet zu haben?

„Das Beste, was du hast, das setze vor dem Gast, das Beste, was du weißt, erzähle, wenn er speist“, lautete ein Sprüchlein meines Vaters. Ganz gleich, zu welcher Tages- oder Nachtzeit ein Gast kam, er wurde sofort bewirtet. Eine Tasse Kaffee und trockenes Gebäck, das sich in einer Blechdose zu Staub gelangweilt hat? Gott bewahre, das wäre eine unüberwindbare Schande für das ganze Haus gewesen. Waren nicht gerade frische Kümmel- oder Speckkuchen, leckeres Wirsingbrot zur Hand? Hatte gerade nicht ein Patient, um die Heilkünste des Vaters wirksamer zu machen, Krebse gebracht, die in einer starken Dillbrühe gekocht wurden, dann holte Mutter, betrübt, daß sie nichts Exquisites hatte, aus der „leeren Handkammer“ Schinken und Eier. Natürlich bereitete sie das Gericht eigenhändig zu. Und natürlich mußte zu diesem Bauernfrühstück etwas Feines hinzugefügt werden: in Butter geschmorte Apfelscheiben und Zwiebeln oder eine Pilzsauce aus saurer Sahne. Und wenn man einen selbstfabrizierten Likör aus Apfelsinen- oder Zitronenschalen oder auch aus Vogelbeeren dazu reichte, konnte man dieses Gericht auch einem verwöhnten Gast ohne zu erröten vorsetzen.

Schneite ein Gast herein, während die Familie am Mittag- oder Abendbrottisch saß, wurde sofort noch ein Teller auf den Tisch gesetzt und der Gast mußte nolens volens, auch wenn er eben zu Hause gespeist hatte, mit uns das Mahl teilen. Und immer wurden alle strahlend satt. War man eingeladen und bekam unerwarteten Besuch, war es selbstverständlich, daß man seinen Gast mitnahm, ohne den Gastgeber vorher um Erlaubnis gefragt zu haben.

Mutter kannte die Lieblingsspeisen ihrer Freunde ebenso unfehlbar wie die Walzer und Polonaisen Chopins: sie hatte einen besonderen Sinn für Finessen und Nuancen und hielt sich an das französische Sprichwort: Chacun à son goût. Kam ein angemeldeter Gast, dann bestand das ganze Menu aus seinen Lieblingsspeisen. Mutter wußte genau, wer einen Hühnerbraten einem Schweinebraten vorzog, wer vom Huhn das Beinchen, wer das Bruststück und wer die Leber besonders gern mochte. Die Niere vom Kalbsbraten wurde bisweilen mehrere Tage aufbewahrt in der Hoffnung, der Kenner dieser pikanten Delikatesse würde erscheinen.

Fügte es sich, daß ein seltener Fisch auf den Tisch kam und kein Gast zugegen war, beschattete sich Mutters Gesicht: „Ach, wie würde Herr X das goutieren und der kleinen Y würde das Wasser im Munde zusammenfließen."

„Aber Mammi, sie haben doch oft genug bei uns gegessen!" bemerkte eine meiner Schwestern im gesunden Egoismus der Jugend.

„Oft? Du sagst, sie sind oft unser Gast gewesen? Ich habe die Male nicht gezählt. Und heute sind die Fischfrikadellen ganz besonders gut gelungen: locker und weich und dennoch fallen sie nicht auseinander. Weißt du, Kindchen", wandte sie sich an die älteste Schwester, „ich habe eine feine Idee."

„Nun, Mutterchen?" Etwas ängstlich klang die Frage.

„Bring Fräulein v. K. etwas von unserer Fischsuppe. Sie hat eine Influenza und muß das Bett hüten. Wenn du schnell läufst, wird die Suppe noch warm sein. Gewärmte Fischsuppe schmeckt nicht, das weißt du ja."

„Aber Mutterchen, Fräulein v. K. ist viel reicher als wir", meinte die Tochter und sah betrübt auf ihre erst halb verzehrte Portion. „Neulich zeigte sie mir herrliche Seidenstoffe in einer alten Truhe. Aber zu meinem Geburtstag hat sie mir nur ein Nadelkissen geschenkt."

„Schäm dich, Kindchen, so zu sprechen! Hast du nicht von allem genug? Es klingt fast, als wolltest du die Stoffe dieser alten, alleinstehenden Dame haben!"

„Nein, ich wollte nur sagen, daß sie alle Fische aus dem Aland kaufen könnte, wenn sie nicht so stinkend geizig wäre."

„Was geht uns ihr Geiz an? Übrigens habe ich nie bemerkt, daß sie geizig wäre. Wenn du aber nicht hinlaufen willst, dann gehe ich selbst. Es ist wirklich ein ideales Krankensüppchen, und es wäre eine Unterlassungssünde, ihr nichts davon zu bringen. Ich mache gern einen Gang, und du, du kannst in aller Ruhe dein Essen beenden und die einsame, kranke Dame um ihre schönen Stoffe beneiden."

Ein Gast, über den ich mich besonders freute, ein Gast, der mich besonders erregte, war der junge Herr Stein, der Sohn des Polizeimeisters. Steins waren kleine Leute, Baltendeutsche, knickerig und spießbürgerlich, aber Gott hatte ihnen einen wunderschönen Sohn geschenkt, den sie Hagen getauft hatten, wohl ohne zu wissen, welches Gesicht dieser altgermanische Held gehabt hatte. Das Gehalt eines Polizeimeisters war gering, und die Alten sparten sich jeden Bissen vom Munde ab, um ihren vergötterten Sohn in Berlin studieren zu lassen. Kam er nach Hause, tat die Mutter, als sei er ein Fürst, und bediente ihn wie eine Magd. Hagen war brünett und schlank, hatte kohlschwarze Augen, einen abweisenden Gesichtsausdruck und aristokratisch-gelassene Bewegungen. Ich kannte keinen schöneren Mann und konnte nie verstehen, wie diese kleinen, kümmerlichen Leutchen mit ihrem sommersprossigen Gesicht diesen herrlichen Jungen zur Welt gebracht hatten. Er studierte Philosophie und Vortragskunst und war Mitarbeiter an einer auf Büttenpapier gedruckten Zeitschrift, die alle Hauptwörter klein schrieb und schwer lesbare Buchstabentypen gebrauchte.

Mit Hagens Eltern kamen wir nur selten zusammen: der Verkehr beschränkte sich auf die amtlichen Beziehungen zwischen dem Kreisarzt und dem Polizeimeister. Hagen aber machte regelmäßig seine Antritts- und Abschiedsvisite und war während der Ferien ein häufiger Gast im Doktorhaus. Jedesmal, wenn er aus dem Auslande kam, brachte er uns einige Nummern der feierlich stilisierten Zeitschrift mit. Dann wurde der Kamin angezündet, Mutter spielte Chopin oder Liszt, und Hagen rezitierte, vor dem Feuer sitzend, mit seiner stillen, wohlklingenden Stimme, ganz ohne Pathos: Goethe, Hölderlin, Rilke, Stefan George. Ich durfte dabeisein und zuhören. Beim „Fischer“ hatte ich das Gefühl, ich sitze am Fluß und werde in die geheimnisvollen Fluten hinabgelockt. Ganz besonders hell und ausdrucksvoll sprach er das i aus: es war wie ein lebendiges, selbständiges Wesen. Dieses i war wie ein Fisch, der frei und vergnügt im Wasser hin und her schlüpfte: „Oh, wüßtest du, wie's Fischlein ist so wohlig auf dem Grund ...“ Das ganze Zimmer wurde frisch und kühl, es roch nach Flußwasser, Kalmus, irgendwo im Dunkeln leuchteten Seerosen. Ich war nun um eine geheime Liebe reicher geworden: ich liebte den i-Laut. Allein geblieben, stellte ich i-enthaltende Wörter zusammen und sprach sie langsam und halblaut vor mich hin: Ibisse, Irisse, sinnen, rinnen, innen...

Nein, es wurde weder frisch noch kühl im Zimmer, nichts veränderte sich. Im Gegenteil, es war, als sei meine Zunge angeschwollen. Das mußte eine seltsame Schule sein, wo man es lernte, nicht nur jedes Wort, sondern jeden Laut zauberhaft zu beleben. Wie gern hätte ich Hagen ausgefragt, aber das schickte sich nicht. Ich war viel zu klein und dumm. Mit meinen älteren Schwestern machte er Spaziergänge in den Wald. Sie kehrten mit hochroten Wangen und leuchtenden Augen heim, schoben mich beiseite und tuschelten abends noch in den Betten, lange und geheimnisvoll. Wäre an einem solchen Abend eine Fee erschienen und hätte mich gefragt: Bist du bereit zu sterben für den Preis eines Spazierganges mit Hagen?, ich hätte gleich ja gesagt.

Es ist Frühherbst. Im Garten blühen die letzten Astern. Von den Kastanienbäumen fallen die Früchte wie kleine grüne Igel. Hagen macht seinen Abschiedsbesuch. Ich bin etwas erkältet und liege zu Bett. Vater ist bei einem Kranken weit fort auf dem Lande und meine ältesten Schwestern sind schon in Mitau in der Schule. Kaum hat Hagen sich gesetzt, sagt Mutter:

„Ich habe etwas Extrafeines für Sie. Eine Delikatesse! Nur einen Augenblick müssen Sie mich entschuldigen. Ich komme gleich wieder."

Und schon bringt sie ihm auf einer kleinen, weißmetallenen Pfanne gebratene Steinpilze: „Das sind die ersten Barawiken, ganz besonders zarte, junge Pilze, wie aus Elfenbein. Ein Likör aus Pielbeeren paßt gut dazu."

Hagen preist die Kochkunst meiner Mutter in erlesenen Worten, er spricht von ihrer kulinarischen Virtuosität. Mutter lacht:

„Ach, lieber Hagen, es gibt Aussprüche, die trotz ihrer Banalität nichts von ihrer Wahrheit einbüßen, und ein solcher Spruch lautet: Die Liebe der Männer geht durch den Magen.“ Hagen läßt sich so leicht nicht verwirren und sagt, daß es um die Weiblichkeit der Frau, die die Finessen der Küche nicht kenne, schlimm bestellt sei: Ist das Essen nur die Befriedigung einer Notdurft, sind wir den Tieren gleich; man muß die Mahlzeit zum Kult erheben, sie durch hochwertiges Können adeln. „Alle Ihre Speisen, gnädige Frau, haben einen persönlichen Akzent; man möchte fast sagen: jedes Gericht im Doktorhaus hat Charme. Sie, gnädige Frau, sind durch und durch Künstlerin und trotzdem eine so großartige Hausfrau!“

„Absolut nicht!“ widerspricht Mutter, die ihre eigenen wie auch die Leistungen ihrer Kinder immer herabsetzte. „Ich bin unpraktisch. Ach, und ein Kochbuch besitze ich nicht einmal. Aber mein Mann hat wohl recht, wenn er sagt: die Not ist die Erfinderin der Künste. Ich hatte eben nichts Besseres.“

„Ihre kulinarische Kunst ist ein Beweis, daß das Kochen, wie jede Kunst, vor allem Phantasie beansprucht. Die notwendige Voraussetzung zu schmackhaften und abwechslungsreichen Gerichten ist eine phantasiebegabte Natur.“

„Lieber Hagen, es hat keinen Sinn, über diese paar armseligen Pilze so viele Worte zu machen. Aber in einer Hinsicht haben Sie recht: Packt man eine Sache, auch eine solche, die einem eigentlich nicht liegt, mit Liebe an, dann gelingt sie. Bitte machen Sie mir die Freude und essen Sie alles auf. Es war ja eine so kleine Portion. Und erzählen Sie mir, ob Ihr Aufsatz über Stefan George gedruckt ist.“

Mutter spricht mit Hagen wie mit einem verwöhnten Kinde, wohlwollend und herablassend. Das gefällt mir nicht. Hagen ist doch ein großer Künstler, der in unser armseliges Grobina gar nicht hineinpaßt. Nun erzählt er vom Dichter, den er wie einen Gott verehrt, und läßt sich zum Essen, Appetitmangel vortäuschend, sehr nötigen. Ich höre das Gespräch deutlich, denn Mutter hat die Tür vom Eßzimmer in mein Zimmer ein wenig geöffnet, damit ich an der Freude des Besuches teilnehmen kann. Das ist gewiß sehr lieb von ihr, aber daß sie Hagen so zum Essen nötigt, kränkt mich. Diese Pilze sind eigentlich für mich bestimmt gewesen: heute in der Frühe hatte ein altes Mütterchen, eine Patientin meines Vaters, sie für das „Zuckerstückchen unseres lieben Doktors“ gebracht. Und nun sollte dieser Fremde sie alle aufessen, ohne auch nur einen Bissen für mich übrigzulassen. Ich hatte mich heute morgen so über die Pilze gefreut, als das Stubenmädchen sie mir an mein Bett brachte: sie sahen so vergnügt, so lustig und blank aus. Gewiß war Hagen ein großer Künstler, aber die Hälfte der Pilze hätte doch auch genügt. Heimweh erregend nach Sommer und Wald, drang der Duft meiner Lieblingsspeise zu mir. Mutter wurde ans Telefon gerufen, das sich im Sprechzimmer meines Vaters befand. Der Gast blieb mit den Wald- und Sommerlust hervorzaubernden Pilzen allein; wenn ich mich im Bett aufrichtete und etwas nach vorn beugte, konnte ich ihn im Spiegel, der der Tür gegenüberhing, sehen. Wie schön er war! Wie wohlgepflegt seine schmalen Hände. Die Pilze waren fast alle weg, etwas Sauce war noch in der kleinen Pfanne übriggeblieben. Seufzend gönnte ich ihm schließlich den Genuß. Er war so vornehm, wie aus einer anderen, höheren Welt, in der die Laute wie Blumen ihren Duft, wie Schmetterlinge ihr eigenes Leben in sich trugen. Er wußte ja nicht, daß das meine Pilze waren, aber ich wußte, daß ich sie ihm opferte, und das war die Hauptsache.

„Und wenn ich dich liebe, was geht's dich an?“ Hatte ich diesen Satz in einem Buch oder in meinem Herzen gelesen? Nett wäre es natürlich von Mutter gewesen, wenn sie zu Hagen gesagt hätte: „Diese Pilze waren eigentlich für Amata bestimmt, aber sie freut sich, wenn sie Ihnen schmecken, und wenn Sie Ihrerseits ihr eine Freude bereiten wollen, dann sagen Sie das Gedicht vom Fischlein auf.“

Das Fieber stieg und in meinem Bett war es so heiß. Die Augen brannten, als seien feurige Funken hineingefallen. Immer heftiger sehnte ich mich nach der frischen Flut, nach der Musik des i-Lautes. Gleich wird Mutter zurückkommen, dann wird er sich verabschieden und ein halbes Jahr werde ich ihn nicht mehr sehen. Könnte ich ihn nicht hypnotisieren, daß er jetzt, da er mit dem Essen fertig ist, das Gedicht deklamiert? Ach, deklamieren durfte man ja nicht sagen. Das war ein abgegriffenes, banales Wort. Er hatte mehrfach betont, er deklamiere nicht, er spreche die Gedichte. Könnte ich nicht von meinem Bett aus deutlich und laut sagen: Bitte sprechen Sie den „Fischer“! Wäre das sehr ungezogen? Durfte ich das? Ich zählte an den Blumen der Tapete: ja-nein, ja-nein, ja ... Ich richtete mich auf und warf einen Blick in den Spiegel und schrie fast vor Schreck auf:

Was tat Hagen? Der feine Herr Stein, der in Berlin Philosophie und Vortragskunst studierte? Mit beiden wohlgepflegten Händen hatte er die kleine Pfanne ergriffen und leckte sie aus. Er leckte wie ein Hund, genau wie unser kleiner Tommi, wenn ihm ein Fraß besonders gut schmeckte. Ich reckte meinen Hals, um besser sehen zu können, ich traute meinen Augen nicht. War das ein Fiebertraum? Narrte mich vielleicht der Spiegel? Mutter kehrte nach beendetem Telefongespräch ins Eßzimmer zurück. Herr Stein stand gelassen auf und küßte meiner Mutter in formvollendeter Höflichkeit die Hand.

„Sie fahren schon heute nach Berlin?"

„Ja, ich habe allerdings noch einige freie Tage, aber ich kann es in diesem öden Nest nicht länger aushalten."

„Das verstehe ich", sagte Mutter, „aber Sie sollten auch an Ihre Eltern denken, wie froh sie sind, ihr einziges Kind einige Tage länger bei sich zu haben."

„Sie haben recht, gnädige Frau, aber ich werde krank, wenn ich längere Zeit ohne Schönheit, ohne geistige Anregung leben muß. Der Alltag wirkt auf mich zersetzend. Meine Eltern sind herzensgute Menschen, aber Sie wissen es ja, gnädige Frau, wie schal, eng und klein alles bei uns zu Hause ist."

Er seufzte, stellte sich an das Fenster, schaute in den herbstlichen Garten hinaus, räusperte sich und sprach mit halblauter Stimme: „Komm in den totgesagten Park und schau..." Aber dieses Mal ließ mich seine Wortmusik völlig kalt. Mir war, als stellte er die Worte nacheinander auf wie Bildwerke in der Siegesallee in Berlin. Gewiß, ein gut Teil war das wohl die Schuld des Dichters, den ich nicht mochte, aber eine noch größere traf mein eigenes, enttäuschtes Herz. Er wird krank, wenn er etwas Häßliches sieht, er spricht ein Gedicht Stefan Georges und leckt, wenn er sich allein glaubt, die Pfanne wie ein Hund aus.

Dieser Vorfall, den ich niemandem erzählte, erheiterte mich mehr als er mich betrübte: nun wußte ich, daß auch unvollkommene Menschen Zulaß zu einem philosophischen Studium und zur Vortragskunst haben.

Onkel Hans

Der Gast der Gäste war Onkel Hans. Reichsdeutscher Musikdirektor in Dresden, dirigierte er zehn Jahre lang die Symphoniekonzerte in Libau. Er erteilte auch Klavier- und Geigenunterricht und leitete den musikalischen Teil an der Libauer deutschen Zeitung.

Er war fünfzig Jahre alt, von mittlerem Wuchs, nicht allzu kräftig gebaut, mit starkem, aber bereits ergrautem, welligem, silbrig-glänzendem Haar. Er hatte eine gesunde Gesichtsfarbe, einen blonden Kaiser-Wilhelm-Schnurrbart, eine hohe, klare Stirn. Das Ebenmaß seines durchgeistigten Gesichts wurde durch die massive Nase nicht gestört. Die buschigen, blonden Augenbrauen verliehen seinem Aussehen etwas Jungenhaftes. Hinter den Brillengläsern funkelten blaue Augen, die bei jeder Erregung schwarz erschienen. Das schönste aber waren seine Hände: in ihnen schien sich sein ganzes Wesen gesammelt zu haben. Sie konnten lächeln, diese Hände, böse sein, erregt zittern, träumen, die Vorstellung unendlicher Überlegenheit wie unendlicher Einsamkeit erwecken. War ich mit ihm zusammen, lauschte ich bisweilen nicht seinen Worten, sondern beobachtete seine Hände, die mir wie zwei selbständige, hohere Wesen erschienen. Er kleidete sich sehr sorgfältig. Alltags trug er eine goldlackbraune Samtjacke, auf der nie ein Stäubchen zu sehen war, im Sommer mit Vorliebe weiße Hosen; sein sehr steifer Kragen war immer schneeweiß.

Sein etwas schlottriger Gang paßte nicht zu seiner vornehmen Erscheinung. Kam darauf die Rede, so war er nicht gekränkt; lachend, fast stolz meinte er, das hätte er seinem Meister, Richard Strauß, abgeguckt: das Genie sei unnachahmbar, dagegen stände es jedem frei, die Schwächen nachzuahmen, und dies sei verführerisch.

Er hieß Hans Holzapfel, wir alle aber nannten ihn Onkel Hans; in Briefen unterschrieb er mit O. H., und schließlich nannten wir alle ihn mit dieser Formel. An mich stellte er die Scherzfrage: welcher Unterschied besteht zwischen einem Vater, der Zwillinge bekommen hat, einem Chemiker, der Wasser, und Amata, die ihren alten Musiklehrer erblickt. Natürlich konnte ich nicht antworten. Die Erklärung lautete: ein Vater, der Zwillinge bekommen hat, sagt: OH_2, ein Chemiker, der Wasser erblickt, H_2O, und Amata sagt zu ihrem Musiklehrer einfach O.H.

Wie Platon, der von allen Dingen eine vollkommene Idee aus dem Himmel mitgebracht hatte, an allen irdischen Dingen kein Genügen finden konnte, so konnte ich in meinem späteren Leben nur schwer an einer Freundschaft Genügen finden, denn meine Idee von Musik und Freundschaft entstammte dem Himmel, an dessen Pforte O.H. geschrieben stand.

Daß ich heute die Öde meines Lebens, die Kargheit und Dürftigkeit alles Menschseins, dieses Sonder-Dasein und Nomadentum, dieses Dahinflackern ohne eine Gewißheit über den kommenden Tag, ohne Heimstätte, ohne jeden Beziehungsreichtum zu Menschen und Dingen, der erst das Leben lebenswert macht, daß ich verstoßen und verbannt, in Not und Krankheit gebunden und geschunden, von hingedorrten Hoffnungen eingeschlossen, die Last des Leben noch ertrage, ist der Segen dieses wundersamen Menschen, der längst nicht mehr unter den Lebenden weilt, dessen Licht aber über Jahrzehnte hinaus in die Finsternis meines Exils dringt. Immer seltener werden die schönen Menschen. Je seltener sie aber werden, desto stärker ist das Verlangen, ihr Bild aufzubewahren. Der Gedanke an sie verscheucht den Verwesungsgeruch, der die Welt erfüllt und bis in dieses verschonte und versteinte Land, bis in die Abgeschnürtheit meines sonnenlosen Zimmers dringt.

Ich entsteige meiner Verlorenheit, eine längst ungekannte Beschwingtheit erfüllt mein Inneres, ein heiliger Tröstergeist mein Herz. Die Zeit, die ich mit ihm verbrachte, war so schön, daß sie noch heute dauert. Meine Mutter hat mich mit zwei Ohren und zwei Augen zur Welt gebracht. O.H. schenkte mir unzählige Ohren, unzählige Augen. Er weckte in mir den schöpferischen Keim, durch ihn erkannte ich die Welt, in der der Geist unumschränkter Herrscher ist. In einem alten Psalm heißt es: das Brot der Engel ißt der Mensch. Was dieser Satz bedeutet, verstehe ich beim Anhören symphonischer Musik, und sei es auch nur ihr zivilisierter Ersatz im Radio. Daß ich in der Abgeschiedenheit des Exils das Brot der Engel esse und dadurch Tröstung empfange, ist O.H.s nie endender Segen. Und wenn die Aufgeschlossenheit für Musik das erste von ihm empfangene, unvergängliche Geschenk ist, dann ist das zweite, das mir in späteren Jahren ebensoviel Freude wie Weh bereitet hat, die hohe Idee der Freundschaft. Sein Verdienst und seine Schuld ist es, daß ich an den durchschnittlichen Beziehungen der Menschen kein Genügen finde, daß mir all ihre „Freundschaften" im Kramladen erhandelt erscheinen, und daß ich mich immer wieder danach sehne, daß alle, die mich Freund nennen, Onkel Hans ähnlich seien.

Die Welt des Konversationslexikons, die Gespräche und Ausfahrten mit meinem Vater, die Stunden bei meinen Hauslehrerinnen füllten mein Inneres nicht mehr aus. Ein unbekanntes Etwas war in mir erwacht, rief und drängte, zehrte und nagte in mir. Durch die Begegnung mit Onkel Hans verwandelte ich mich in eine Puppe, die sich allmählich zum Schmetterling entwickelte. Hätte mich jemand gefragt, was ich denn eigentlich wolle, hätte ich geantwortet: ich will fliegen.

„Wohin?“

„Ganz gleich, nur fort von mir selbst, fort aus diesem Käfig. Fort aus diesem Wurmdasein.“

O.H. schenkte mir Flügel: sie wuchsen in mir, weil er an mich glaubte. Allerdings waren das Ikarusflügel, aber die jauchzende Möglichkeit des Fliegens habe ich trotzdem kennengelernt. Es gibt Erlebnisse, die so intensiv sind, daß man nicht weiß, ob ihr Unterton Freude oder Weh ist. Und selbst in der Hölle vergißt man sie nicht.

Du hast so traurige Augen, kleines Mädchen“, sagte Onkel Hans. Ich schwieg.

„Warum lächelst du nie?“

Ich schwieg und fühlte, wie die Tränen mir den Hals zuschnürten.

„Du hast so gute Eltern. Also der Pappi, der ist ja eine legendäre Gestalt und deine Mammi ist eine große Künstlerin. Ich kann es immer noch nicht begreifen, wie sie in diesem Krähwinkel hier steckengeblieben ist.“

Wir saßen auf der durchsonnten Veranda. Im Garten erwachte der Frühling. Schneeglöckchen und Krokus hatten sich schon zurückgezogen. Nun waren es Narzissen, die den Garten beherrschten: ihre Blütenform war keusch, ihr Duft von aufregender Sinnlichkeit. Sie riefen und lockten. Die Kohlmeise pickte ans Fenster, aber sie bat mich nicht wie im Winter um ein paar Krümchen Brot oder Speck, übermütig froh sagte sie mir Lebewohl. Sie flog in den Wald, sie hatte schon Flügel und rief mich mit sich. Jeder Sonnenstrahl rief mich. Ich aber wandte mein Gesicht von ihm ab, ich war weder ein Schneeglöckchen noch eine Narzisse, ich hatte nicht die Kraft, durch das Eis des Schmerzes hindurchzubrechen und zu lächeln. Mit dem Aufatmen der Erde verkrampfte sich das Weh in meinem Innern zu einem Eisklumpen. Jedes Jahr war es dasselbe, nein, es wurde mit jedem Jahr schlimmer: ich hatte Angst vor dem Frühling. Der Käfig wurde mir nie und nimmer zur Gewöhnung. Im Gegenteil: durch meinen inneren Aufruhr begannen die Stäbe zu glühen.

Onkel Hans streichelte mich liebevoll: „Du hast so schönes Haar. Wie ein Wald. Ich mag es gern, wenn du's offen trägst. Nächstens bringe ich meinen Apparat mit und mache ein paar Bilder von dir, aber dann mußt du freundlicher dreinschauen. Denk einmal, wie traurig es wäre, wenn du blind wärst. Wenn du all die Blumen und Farben nicht sehen könntest, und auch lesen könntest du dann nur mit großen Schwierigkeiten. Endlos ist die Wunderwelt des Buches. Und da gibt es für dich keine Hindernisse. Du hast teil an dem, was die Menschen seit Jahrtausenden gedacht und gefühlt haben. Das ist ein so großes Glück, daß man um dieses Glückes willen allein das Leben liebhaben muß. Weißt du, am Abend vor dem Schlafengehen sage ich meinen Büchern immer gute Nacht. Ich setze mich auf den Lehnstuhl vor das Bücherregal und umfange mit einem Blick meine Lieblinge oder nehme einen Band heraus und lese nur eine Zeile, ein Zitat, einen Vers. Das ist mein Abendgebet. Gestern zum Beispiel las ich: ‚Wir sind nicht klein, wenn uns die Umstände zu schaffen machen, nur wenn sie uns überwältigen.' — Das war mir ein großer Trost. Weißt du, wer das sagt?"

„Nein." Ich beobachtete einen Zitronenfalter, der durch die offene Verandatür hereingeflogen war.

„Das sagt Goethe. Das müßtest du eigentlich wissen. Aber der Pappi scheint mehr von russischen und lettischen als von deutschen Hauslehrern zu halten. Nun, er weiß wohl, was er tut."

Und dann erzählte er mir, wie reich die Welt für den ist, der hören kann, und wie grausam Beethovens Schicksal gewesen. Aber wie schrecklich auch Blindheit und Taubheit seien, noch weit grausiger sei es, wenn einem Menschenkinde durch Krankheit oder durch die Schuld der Eltern der Geist sich umnachte: „Sieh, Liebling, das Schrecklichste ist, wenn man nicht denken, wenn man das Gedachte nicht verstehen, nicht aufschreiben kann, wenn die geheimnisvolle Ordnung des Geistes gestört ist. Auch solche Krankheiten, die das Menschsein an der Wurzel zerstören, gibt es, und diese haben etwas Grauenerregendes an sich. Aber bei dir liegt diese Gefahr nicht vor. Du hast wahr und wahrhaftig keinen Grund, dich zu beklagen. Dein kleiner Kopf, oh, der arbeitet gut, vielleicht etwas zu schnell und zu gut." Er versuchte zu lachen, aber es klang gezwungen.

„Wenn man ein Buch liest, und das ist die edelste Beschäftigung des Menschen, zu der kein anderes Lebewesen fähig ist, dann läuft man nicht herum, man sitzt ganz still in seinem Lehnstuhl. Und im Konzert, hast du je gesehen, daß einer im Konzertsaal auf und ab geht? Täte es einer, würde man die Polizei rufen."

Ich lauschte seinen Worten nur zerstreut und mein Herz schrie, ohne daß meine Lippen sich öffneten. Ich will nicht stillsitzen und Bücher lesen, ich will früh am Morgen bei Sonnenaufgang auf den Hügel hinter unserer Stadt steigen, und wenn es regnet, will ich ohne Mütze und Mantel, sehr schnell und ganz allein gegen den Wind laufen, bis es mir heiß wird. Ich will am Abend den Fluß entlanggehen und die großen Glockenblumen pflücken. Ich will sie selbst pflücken.

So sprach mein Herz, aber ich schwieg. Ich schämte

mich meiner Zügellosigkeit. Onkel Hans' Worte wären spurlos an mir vorübergerauscht, die Sprache des Schmetterlings, der Vögel, des Frühlingswindes hätte eine größere Macht über mich gehabt, alle seine Worte wären verweht, wenn nicht seine hochgemuten Taten, sein unvergleichlicher Hochsinn sie tief in das Erdreich meiner Seele versenkt hätten. Er besaß eine ungeheure Liebeskraft, er überschüttete mich mit seiner immer neue Geschenke ersinnenden Freundschaft. Er rückte das ganze Leben in die Sphäre des Geistes. Durch ihn lernte ich das Hohe in ehrfürchtiger Verehrung bewundern. Er nahm mich auf seine Arme und trug mich in die allumfassendste, allmenschlichste Kirche, die einzige, die nie durch Blut und Folter befleckt worden ist — in die Kirche der Musik.

Als Kapellmeister des Symphonie-Orchesters in Libau war er eine der hervorragendsten Persönlichkeiten im künstlerischen Leben unseres Landes: seine Schüler und die Konzertbesucher schwärmten für ihn, seine Kollegen befeindeten und beneideten ihn, und das allein ist ein Beweis, daß er Außergewöhnliches leistete.

Grobina, die alte Kreisstadt mit den Wikingergräbern am Alandufer und der malerischen Ruine aus der düsteren Ritterzeit, war zehn Kilometer von der Hafenstadt Libau entfernt, und Libau lag im Schnittpunkt westlicher und östlicher Kultur. Das künstlerische Leben war in dieser Stadt sehr rege. Auf dem Wege nach Petersburg und Moskau machten hier Weltberühmtheiten kurze Rast. Nicht nur der Wind vom offenen Meer durchwehte die Stadt, auch der Atem der weiten Welt, der unendlichen, herrlichen Welt, aus der Onkel Hans kam.

Joachim war sein Geigenlehrer gewesen. Er kannte Richard Dehmel persönlich und hatte im Hause des Dichters musiziert. Als junger Mann hatte er unter Richard Strauß im Orchester gespielt, und dieser Name bedeutete für ihn den Anfang einer neuen Ära. Stundenlang konnte er über seinen Meister erzählen. Nicht nur vom genialen Wetterleuchten, den Wundern der Instrumentation in seiner Musik, von der bangen Eis- und Feuer-Nachbarschaft, er erzählte auch Anekdoten von seinem Meister:

„Bei einem Musikfest in Berlin begegneten einander zwei Herrscher: Wilhelm II., der sich über alle Dinge, besonders über solche, von denen er nichts verstand, ein Urteil anmaßte und den Ehrgeiz hatte, der Protektor der modernen Musik zu sein, und Richard der Große, der, von seiner eignen Welt besessen, über die Dinge der Außenwelt wenig nachdachte. Wilhelm II. sagt laut über den ganzen Saal hinweg, indem er auf Richard weist: ‚Dieser da ist eine Schlange, die ich an meinem Busen genährt habe.' Die Schlange, sich ihrer Überlegenheit bewußt, dankte mit einer höflichen Verneigung. Richard der Große besaß nämlich die Gabe, Vorwürfe wie einen Orden hinzunehmen."

O.H. erzählte auch von des Meisters Frau, die er in der „Domestica" verewigt habe, von seinem Draufgängertum, seiner Vorliebe für Eulenspiegel und Don Quichotte, für literarische Possen und Berliner Witze. Und all diese Erzählungen mündeten im Refrain: „Und dieser Mann hat ‚Tod und Verklärung' geschrieben! — Auf dem Rücken eines Adlers durchschweift er das All, aber das hindert ihn nicht, nach beendetem Flug den Vogel zu einem schmackhaften Mahl zu verspeisen. Ja, Genie und Bürger, fast hätte ich gesagt, Spießbürger und Genie in einer Person, das ist Richard Strauß. Bei Bach stoßen wir auf etwas Ähnliches: Der Alltagsmensch und der Künstler leben so unverbunden nebeneinander, daß man meinen kann, sie haben gar nicht teil aneinander. Auch Bachs gigantisches Schaffen spielt sich in einer trivialbürgerlichen Existenz ab. Ganz anders ist das bei Beethoven: hier sprüht und glüht das Genie in jeder Zelle, bei einer Beethoven-Natur gibt es keine Kluft zwischen Innen und Außen.“

Lauschte ich O.H.s Erzählungen, so war mir, als ginge ich in Libau über die große Hafenbrücke: kein Stäubchen in der Luft, scharf weht der salzige, nach Unendlichkeit schmeckende Wind, machtergreifend und aufregend. Die hohen Maste der Ozeanschiffe sind die Türme einer geheimnisvollen Seekathedrale, in der der Sturm die Orgel spielt. Die Möven, diese geisterhaften Vögel mit ihrem unirdisch weißen Gefieder und ihren kühn geschwungenen Linien, schweben über dem Wasser als Sinnbild der Ungebundenheit und unumschränkten Freiheit. Nie könnte ich mir vorstellen, daß eine Möve wie ein anderer Vogel brütet, hatte sie ja auch keine Singstimme wie die anderen Vögel, sondern rief und lachte höhnisch wie ein verzweifelter Mensch. In meiner Vorstellung entspang sie dem weißen Meeresschaum; ihres Fluges müde, ließ sie sich im Wasser nieder und zerfloß zu einer hoch emporspritzenden Welle.

Wenn Onkel Hans vom Leben der großen Welt erzählte, hörte ich immer das Rauschen der silberweißen Mövenflügel.

Das Brot der Engel

Mutter besaß das Talent, Menschen zu fesseln, alte und junge, Männer und Frauen, Durchschnittsmenschen und Ausnahmeerscheinungen. Jeder, der zu ihr kam, fühlte sich im Mittelpunkt ihrer Aufmerksamkeit und daher beglückt.

Für Onkel Hans war Kunst Lebenserfüllung, und er kannte nur ein Evangelium — das der Begeisterung. Er brachte viel Musik und viele Musiker in unser Haus. Im Laufe von zehn Jahren bestimmten die Kammermusikabende den Stil des Doktorhauses und verdrängten all den kleinlich bürgerlichen Verkehr, der in einer Provinzstadt unausweichlich ist. Onkel Hans spielte die erste Geige, Mutter die Klavierpartie zu den Trioabenden, an den Quartettabenden war sie das Publikum.

Die Musikabende der Doktorin riefen im Städtchen Klatsch und Spott hervor, aber Mutter machte sich wenig daraus: „Nun habe ich endlich einen Schimmer jener Welt, nach der ich mich von Jugend auf gesehnt habe." Und Vater war alles recht, was Mutter Freude bereitete. Er selbst nahm an den Musikabenden nicht teil. Er begrüßte die Musiker, wechselte mit ihnen einige freundliche Worte, zitierte eine Stelle aus Homer, erkundigte sich über ihr Wohlergehen und sorgte dafür, daß die Gastzimmer geheizt waren.

Obwohl sich die Kammermusikabende jahrelang wiederholten, war jeder Abend ein Fest. Mutter trug immer eine schneeweiße Bluse oder ein schneeweißes Kleid. Strahlend empfing sie ihre Gäste, und ein jeder von ihnen hatte das Gefühl, sein Erscheinen bedeute nicht nur für Mutter, sondern für das ganze Haus eine besondere Ehre, deren er sich dann auch würdig zu erweisen versuchte. Mutter nahm ja nicht nur auf den musikalischen, sondern auch auf den kulinarischen Geschmack ihrer Gäste soviel wie möglich Rücksicht. Kartoffelklöße aß man bei uns zu Hause nicht. Als aber ein junger Cellist erzählt hatte, daß seine verstorbene Mutter jedesmal, wenn er nach Hause kam, ihn mit Kartoffelklößen empfing, da bereitete sie diese nach einem geliehenen Kochbuch, dessen Rezept sie durch ihre Phantasie, auf die sie sich mehr verließ als auf das gedruckte Wort, ergänzte. Sie war aufrichtig betrübt, als der Cellist gestand, die Klöße seien sehr lecker, aber zu Hause hätten sie doch ganz anders geschmeckt. Er würde versuchen, das Rezept von einer Tante zu erhalten. Wohl um Mutter zu trösten, sagte Vater:

„Das liegt nicht am Rezept, lieber Freund. Mit Ihren Kartoffelklößen ist es wohl so wie mit meiner Ballandensuppe: meine Frau, die in kulinarischen Fragen Spezialistin ist, kocht sie jeden Frühling für mich, sobald die ersten Stauden am Zaunrand hervorlugen. Sie tut ihr möglichstes, aber nie hat die Suppe den Geschmack wie jene, die ich aß, als ich als Gymnasiast und Student am Tisch meiner Mutter saß."

Wir Kinder durften die Gäste begrüßen, auf ihre Fragen (die mir immer sehr dumm erschienen) antworten, wir durften am Kaffeetisch sitzen und zuhören, was die Großen sprachen. Nie wäre es uns eingefallen, etwas zu fragen oder unaufgefordert nach einem Kuchen die Hand auszustrecken. Schon als kleine Kinder hatten wir gelernt, daß Gäste da sind, um geehrt zu werden, daß es keine größere Freude gibt, als dem Gast einen Dienst zu erweisen, ein Lächeln auf seinem Gesicht hervorzurufen.

Eine Schmalspurbahn, die Onkel Hans die Teemaschine nannte, verband Grobina mit Libau. Als Bahnarzt hatte mein Vater und seine Familie auf der ganzen Linie freie Fahrt. Vater ging immer sehr zeitig zum Zuge. Hasten war ihm ebenso zuwider wie Verspäten. Mutter kannte nur ein Tempo: presto. Hörte man den Zug pfeifen, war sie meistens noch zu Hause. Fuhr auch Vater mit demselben Zug, bat er den Stationsvorsteher, noch einige Minuten den Zug aufzuhalten, bis Mutter, die man ganz außer Atem über den Brettersteg laufen sah, eingestiegen sei. Daß der Stationsvorsteher, ehrerbietig grüßend, die Bitte erfüllte, war selbstverständlich. Auch die Reisenden wunderten sich nicht darüber.

„Warum geht der Zug noch nicht ab?“

„Die Doktorin ist noch nicht eingestiegen.“

„Ach so.“

Zuvorkommend öffnete man die Tür, grüßte freundlich und rückte enger zusammen, damit die Doktorin den besten Platz bekäme, und bemitleidete sie aufrichtig, daß sie sich so beeilen mußte. Wir alle hatten das Recht, erster Klasse zu fahren. Die mit rotem Plüsch bezogenen, gepolsterten Bänke kamen mir höchst vornehm vor. Vater fuhr erster, zweiter oder dritter Klasse, je nachdem, wo er einen seiner Patienten erblickte, den er während der Fahrt nach seinem Gesundheitszustand ausfragte und sich entweder über die Genesung freute oder dem er, wenn eine solche noch nicht eingetreten war, ein neues Rezept verschrieb. Er sah es nicht gern, wenn seine Töchter erster Klasse reisten; wollten wir das unbedingt, mußten wir von ihm eine Extra-Erlaubnis einholen. Fuhr ich in der Begleitung von O.H., saßen wir zweiter Klasse und Onkel Hans erklärte:

„Wo wir beide zusammen sind, ist immer erster Klasse.“

Mein überladenes Herz befreite sich von der Verzerrung. Zwischen O.H. und mir waltete zärtliche Vertrautheit. Er schob selbst meinen Rollstuhl bis zum Bahnhof, trug mich ins Coupé und aus dem Coupé in den „Fuhrmann“ — so nannte man in meiner Heimat die Mietsdroschken. Alles tat er mit behutsamer Sorgfalt, mit sanfter Rücksicht, als wäre ich eine kostbare, zerbrechliche Vase, die zu tragen ihm Stolz und Freude bereitete. Unterwegs lehrte er mich Kreuzworträtsel raten. „Ein intelligenter Mensch verdöst nicht seine Zeit.“ Uns gegenüber saß ein feiner Herr. Der glitzernde Stein in seiner Schlipsnadel fesselte meine Aufmerksamkeit. O.H. hatte das bemerkt, und als der Mitreisende für einen Augenblick hinausgegangen war, sagte er:

„Dieser Herr scheint kein guter Mensch zu sein.“

„Warum? Kennst du ihn denn?“

„Um das festzustellen, braucht man einen Menschen gar nicht zu kennen. Sahst du, wie er sein Buch las?“

Ich hatte bemerkt, daß er las, aber etwas Besonderes war mir dabei nicht aufgefallen.

„Hörtest du nicht, wie er dem Buch den Rücken brach, knick-knack. Es ging mir durch Mark und Bein. Wer ein Buch so bricht, den möchte ich nicht zum Freunde haben, der bricht auch sein Wort. Und sahst du nicht, wie er mit einem Zündholz die Buchseiten aufriß? O dieser Barbar! Solche Menschen können einem die Seele aus dem Leibe reißen.“

Jede dieser Ausfahrten bedeutete für mich einen Flug ins Freie. Oft war ich so erregt, daß mein ganzer Körper zitterte; dann drückte O.H. mich fester in seine Arme: „Lieblingchen, ist's nicht schön, so gemeinsam zu reisen, und ist's nicht einerlei, ob du selbst in den Zug steigst oder ich dich hineinhebe?“

Er brachte mich zu manchen Gastvorstellungen nach Libau. Auch in den Zirkus, der mit einem großen Schiff aus Hamburg gekommen war. Der Ahorn blühte, und die großen Alleen überfluteten die Stadt mit dem erfrischenden Geruch nach einem säuerlichen Wein.

„Wie wunderbar das duftet“, sagte ich zu Onkel Hans.

„Ja, die Linden blühen“, erwiderte er, der an Naturerscheinungen wie blind vorüberging, zerstreut. Ich war sprachlos über diese Bemerkung: ich konnte nicht begreifen, daß er einen blühenden Ahorn von einer blühenden Linde nicht unterschied, wie er es nicht hätte begreifen können, daß man ein Lied von Brahms mit einem von Schubert verwechselte.

Im stickigen, dunklen Zirkus-Zelt überkam mich ein unüberwindliches Gefühl der Übelkeit: ich hatte im Hagenbeck, den mir Hermann von Westermann geschenkt hatte, gelesen, wie die Tiere, die ich immer als meine Brüder empfand, durch raffinierte Folterqualen, wie sie eben nur der Mensch ersinnen kann, zu den von Menschen bewunderten Kunststücken gezwungen werden. Ich sah nicht nur den tanzenden Eisbären und den zahmen Löwen, ich sah, wie ihnen das heiße Eisen in die Ohren und Nüstern gebohrt wurde. Kalte und heiße Schauer überliefen meinen Körper. Onkel Hans mußte die erste Pause benutzen, mich hinauszutragen.

„Du bist ja ganz grün im Gesicht, Liebling", sagte er und küßte mich, obwohl das schaulustige Publikum uns neugieriger anstarrte als die Tiere aus den exotischen und arktischen Ländern. Im „Fuhrmann" wurde mir besser. Onkel Hans lachte mir ermunternd zu:

„Tut nichts. Man muß alles kennenlernen. Jetzt weißt du wenigstens, wie es im Zirkus zugeht."

Beethovens Kammermusik, Richard Wagner und vor allem Richard Strauß beherrschten das Doktorhaus. Onkel Hans schenkte meiner Mutter Wagners Briefwechsel mit Mathilde von Wesendonck und nannte sie bisweilen mit dem Namen dieser ungewöhnlichen Frau, was Mutter gar nicht mochte. Mutter hatte in ihrem Schlafzimmer ein Regal, auf dem nur die von Onkel Hans geschenkten, mit langen Widmungen versehenen Bücher standen. Ich erinnere mich, daß sie, wenn sie ein neues Buch erhielt, mitunter beim Lesen der Widmung — meist waren es Goethe-Zitate — wie ein junges Mädchen errötete: „Ein ausgesprochenes Wort ist fürchterlich, wenn es auf einmal ausspricht, was das Herz sich längst erlaubt hat."

Auch sie schenkte Onkel Hans Bücher, aber viel seltener. Über die Widmung, die fast wichtiger als das Buch war, dachte sie lange, mitunter tagelang nach. Den ersten Entwurf ließ sie tagelang reifen. Nur wenn ihr dieser nach einigen Tagen noch annehmbar erschien, kam die Widmung ins Buch.

Onkel Hans war von seiner Frau geschieden. Sie lebte in Deutschland, und er versorgte sie ritterlich, sprach aber kaum je ein Wort von ihr. Einmal hatte ich ihn sagen hören: „Sie ist blond, schön und kalt. Sie liebt niemanden. Wie Musik ein angeborenes Talent ist, so noch viel mehr die Fähigkeit zu lieben, und ohne diese ist jedes musikalische Tun nur dazu da, Vibrierungen der Luft hervorzurufen. Wenn meine geschiedene Frau sich ans Klavier setzt, werde ich wild." Er hatte eine leidenschaftliche Liebe zu Kindern und einen sehr ausgeprägten Familiensinn.

Ich war damals noch zu sehr im Gefängnis meines eigenen Schicksals, gegen das ich mich ununterbrochen auflehnte, eingeschlossen, um seine Seelentragik auch nur zu ahnen. Er war für mich der große, vielbewunderte Künstler, den keine unerfüllbaren Wünsche quälten: so hoch erhob sich seine ehrfurchtgebietende Gestalt über Grobina und Libau und überragte alle mir bekannten Menschen. Was er, liebeshungrig und zärtlichkeitsbedürftig, litt, wenn er nach den ungeheuren Anspannungen eines Konzertes allein in seine Junggesellenwohnung zurückkehrte, was er tief innerlich durchmachte, immer nur Gast zu sein, wenn auch der liebste und geehrteste, diese seine unerfüllte Sehnsucht habe ich erst viel später erahnt, als er schon längst unter der Erde ruhte und ich selbst die sieben Höllenringe der Einsamkeit durchwandern mußte. Das

Traurigste im Leben eines Menschen ist das Unvermögen, die Fehler und Unterlassungssünden in einem reiferen Lebensabschnitt gutzumachen. Die wertvollen Erkenntnisse kommen spät, die wertvollsten — zu spät.

Mutter besuchte in Libau alle Konzerte großen Stils und versuchte sich diese durch eine selbstgewählte Fron, wie sie sich auszudrücken pflegte, moralisch zu verdienen. Ehe sie fortfuhr, verrichtete sie irgendeine Arbeit, die sie nicht mochte und die doch gemacht werden mußte. Kunstvoll stopfte sie die größten Löcher in den Strümpfen oder räumte zusammen mit der mürrischen Köchin die Vorratskammer auf, in der sich Mäuse eingenistet hatten. Nach beendeter Arbeit wusch sie sich von Kopf bis Fuß, wechselte die Wäsche und zog ihr schwarzseidenes Festkleid an. Blieb bis zum Abgang des Zuges noch einige Zeit, so hielt sie mit dem Komponisten Zwiesprache: studierte den Klavierauszug des im Programm genannten symphonischen Werkes oder spielte die Lieder, die gesungen werden sollten. Nach einem Konzert ging sie nie gleich schlafen: sie ließ das Gehörte noch in ihrer Seele ausklingen. Gemeinsam mit Onkel Hans machte sie einen nächtlichen Spaziergang am Meer oder trank in dem kleinen poetischen Strandpavillon einen Kaffee; und wenn Onkel Hans sie bis nach Grobina begleitete, saß man noch eine Weile am brennenden Kamin.

„Man zerschwatzt nicht einen musikalischen Eindruck, und man schläft ihn auch nicht tot", pflegte Onkel Hans zu sagen, und Mutter:

„Es ist zu schade, um schlafen zu gehen."

Wie es eine Vorfreude gibt, so gibt es auch eine Nachfreude, und bisweilen ist diese am tiefsten. Nur der Barbar findet in der Hingabe an den Augenblick Genügen.

Onkel Hans brachte mich in die Symphoniekonzerte, die er selbst dirigierte. Mit den flatternden schwarzen

Rockschößen und den flügelähnlich sich bewegenden Armen, dem silbrig schimmernden Kopf hoch über der in Aufmerksamkeit verstummten Menschenmenge, glich er einem Riesenvogel aus der Sagenwelt, der mehr wußte, mehr konnte und mehr war als alle Wesen um ihn: Mensch, Vogel und Gott. Er barg in seinem Inneren dem ewigen Licht entlehnte feurige Strahlen, die er durch rhythmische Zauberbewegungen in jeden einzelnen der Orchesterspieler hineinleitete. Auf Mutters Bemerkung, daß ich für symphonische Musik noch viel zu jung sei, erwiderte er: „Für gute Dinge ist man nie zu jung. Hat sich der geistige Organismus in der Jugend an auserlesene Nahrung gewöhnt, wird im späteren Leben das Gute zur Notwendigkeit."

Vater war einer Meinung mit ihm: „Ein Magen, der sich an gute Speisen gewöhnt hat, vermag minderwertiges Essen nicht zu verdauen."

Als O.H. in Frack und weißer Binde mich in den hell erleuchteten Konzertsaal trug, mich auf den ersten Platz setzte und einige Minuten später auf dem Podium erschien, ging ein Gemurmel durch den Saal. Wie Nadelstiche spürte ich zudringliche neugierige Blicke. Ich wünschte taub zu sein. Und wieder waren meine Ohren meine Feinde: sie trugen mir das zu, was ich nicht hören wollte: „Eigentlich unmöglich, eine Herausforderung an das Publikum." — „So etwas ist nie dagewesen!" — „Sagen Sie was Sie wollen, er hat etwas Albernes an sich, dieser Holzapfel." — „Mein Gott, alle Künstler haben Schrullen, und schließlich ist ja nichts Schlimmes dabei!" — „Er tut es ja nicht um des Kindes willen. Er ist in die Mutter bis über die Ohren verliebt." — „Quatsch, ich kenne ihn, er ist ein Gourmand! Und die Doktorin? Fünf Kinder und schneeweißes Haar!"

Tränen der Scham und der Empörung stiegen mir in

die Augen. Das Symphoniekonzert rauschte an mir vorbei, ohne mein Inneres zu berühren.

„Lieber Onkel Hans, ich bin dir sehr dankbar, aber ich will nicht mehr mit dir ausfahren.“

„Was ist denn passiert, Liebling? Was hast du nur?“

Wie hätte ich ihm das sagen können? Das, worüber die Menschen spotteten? Mir war es, als müßte ich es ihm sagen. Eine Wand begann zwischen mir und der Freude, die er mir schenken wollte, emporzuwachsen. Wenn er alles wüßte, wenn auch er hören würde, was die Menschen sprachen, vielleicht besäße er die Macht, die feindliche, sonnenverdunkelnde, von gemeinen Menschen errichtete Wand mit einem Zauberwort zu zerstören. Aber wie sagt man Unsagbares, tief Beschämendes, ohne zu verletzen? Ich stotterte: „Es war zu schwer für dich“, und errötete ob meiner Lüge.

„I wo, so ein Federchen! Wenn ich das nicht könnte, wäre ich kein Mann.“

„Neulich habe ich deinen Frack zerdrückt.“

„Schwatz keinen Unsinn. Mein Frack ist aus einem Stoff genäht, der alles verträgt, auch die schlechteste Behandlung. Leider bin ich selbst ihm nicht ähnlich.“

Ich wollte ihm einen Brief schreiben, aber alle Worte waren so klobig. Lauter Holzklötze. Nein, ich konnte es ihm nicht sagen.

Seit jenem Symphoniekonzert war in mein heiligstes Erleben ein Gifttropfen geträufelt; die alles bespeiende, alles besudelnde Schnauze der Herde, die schweigengebietende Dinge nicht kennt, hatte am Sakrament der Freundschaft herumgeschnüffelt.

Die ganze Familie saß um den Kaffeetisch und aß knusprige Waffeln. Fünf Herzen buk man zu gleicher Zeit auf einer Pfanne — das war ein Festessen! Niemand hatte Geburtstag, aber Mutter verstand es, den Alltag durch den Zauber der Überraschung zu beleben und sättigende Speisen mit anregenden abzuwechseln. Sie hatte ihre schneeweiße Bluse an und war heute besonders lieb zu uns allen, aber ich hatte das Gefühl, als sei sie nicht bei uns. Sie hatte einen fremden, gespannten Gesichtsausdruck, ihr Lächeln schien gezwungen, ihre Augen waren traurig und ihre Stimme klang gar nicht froh, als sie sagte: „Freut euch, Kinder, und eßt heute, soviel ihr wollt. Heute habe ich nur für Pappi und euch die Waffeln gebacken."

Aus dem Saal erklang Musik. Wir hoben lauschend den Kopf. Onkel Hans? Nur er konnte es sein, aber heute hatte ihn niemand erwartet. Eigentlich war dabei nichts Ungewöhnliches, er kam oft unerwartet, und der private Eingang ins Doktorhaus wurde nur selten zugeschlossen. Kam Onkel Hans unangemeldet, so schlug er immer ein paar Töne auf dem Klavier an, dann unterbrach Mammi gleich ihre Arbeit, lief ihm entgegen und rief jubelnd: „Oh, lieber Onkel Hans, wie schön, daß Sie gekommen sind! So wie heute habe ich Sie nie erwartet!"

Immer schien es, als freue sie sich dieses Mal ganz besonders. Immer flutete bei seinem Erscheinen eine Welle der Festlichkeit durch das ganze Haus. Was aber war dieses Mal geschehen? Sie goß Vater eine zweite Tasse Kaffee ein und tat, als hörte sie nichts. Ihr Verhalten war so ungewöhnlich, daß niemand sich zu rühren wagte. Nach den ersten Akkorden, die O.H. angeschlagen hatte, trat eine seltsam beklemmende Pause ein. Dann wieder ein paar Akkorde, einige Takte, es klang wie ein Flehen, ein Ruf. „Was ist das, was Onkel Hans spielt?“ fragte schließlich Vater. „Es klingt so traurig.“

Erst nach einer Weile, die mir unendlich lang erschien, antwortete Mutter: „Das ist ein Lied von Schumann . . .“

„Wie lautet der Text?“ fragte Vater ziemlich zerstreut, denn der Patient, der auf ihn wartete, lag ihm wohl mehr am Herzen als Schumanns Musik. Erst als er seine Frage wiederholt hatte, sagte Mutter:

„‚Nun hast du mir den ersten Schmerz getan‘.“

„Geht, Kinder, ruft Onkel Hans zum Kaffee. Das ist doch schön, daß er gerade zum Waffelessen gekommen ist“, sagte Vater. Eine der Schwestern stand auf, ging in den Saal und kam mit der Nachricht zurück, Onkel Hans wolle lieber noch etwas musizieren. Das war eine ungewöhnliche Antwort, aber noch ungewöhnlicher war es, daß Mutter sich nicht rührte. Da stand Vater auf, und ehe er zu seinem Patienten ging, trat er in den Saal zu Onkel Hans. Ich hörte ihn sagen:

„Die Waffeln werden kalt, lieber Onkel Hans, und kalte Waffeln schmecken nicht.“

Onkel Hans’ Stimme klang sehr erregt, aber was er sagte, konnte ich nicht verstehen. Am Abend, als Vater von seiner Krankenfahrt heimgekehrt war, und ich schlaflos im Bett lag, hörte ich ihn zu Mutter sagen:

„Der arme Onkel Hans ist ganz untröstlich, daß du dich weigerst, mit ihm nach Bayreuth zu den Festspielen zu fahren.“

„Eine verrückte Idee!“

„Du bist aber doch eine so große Wagner-Verehrerin.“

„Ich habe einen Mann und fünf Kinder, und das vergißt Onkel Hans bisweilen.“

„Nun, für zehn bis vierzehn Tage könnten wir auch ohne dich auskommen. Pauline wird für uns sorgen.“

Als Mutter nichts erwiderte, fügte er noch hinzu und

seine Stimme klang sehr müde: „Onkel Hans meint, für einen musikalischen Menschen sei eine Festvorstellung in Bayreuth innere Notwendigkeit: ich verstehe von diesen Dingen nicht viel, aber wenn es dir Freude macht ...“

„Ach Gott, Wagner, Bayreuth und die Festspiele! Es handelt sich ja nicht nur darum, aber Onkel Hans will das nicht verstehen, lassen wir dieses Thema. Du bist viel zu gütig, viel zu einfältig, um auch nur zu ahnen, was alles damit zusammenhängt ...“

Mir war, als verstehe Vater tatsächlich nicht, was mich mit Bangigkeit erfüllte, wenn ich an Mutter und Onkel Hans dachte. Aber dieses beklemmende Gefühl verschwand, als Mutter am nächsten Tage unvermittelt sagte:

„Nichts zwingt uns so zur Pflichterfüllung, zur inneren Treue, wie die Güte eines Menschen, der uns einer selbstsüchtigen Tat nicht für fähig hält.“

„Denkst du dabei an Pappi?“ fragte ich.

„Ja, seine Güte ist grenzenlos: er redet mir zu, mit O.H. nach Bayreuth zu fahren! Unter meiner Kaffeetasse fand ich heute morgen ein Couvert mit dem Reisegeld.“

„Und wirst du fahren?“

„Nein — obwohl mir noch nie ein Verzicht so schwer gefallen ist. Aber ist einem viel Freiheit geschenkt, muß man ehrfürchtig die Grenzen dieser Freiheit wahren.“

Abschied als Wiederkehr

Onkel Hans lebte nicht immer in Libau. Mitunter hatte er in Deutschland ein Engagement als Dirigent und seine Abreise erklärte er uns folgendermaßen: „Das Publikum muß immer etwas Neues haben. Euch will ich die Wahrheit sagen: meine Anstellung in Stuttgart ist nichts

Besonderes, aber ich muß fort, um nach Libau zurückkehren und bleiben zu können. Selbst Schlagsahne wird man überdrüssig, wenn man gezwungen ist, sie tagtäglich zu essen. Wenn ich fort sein werde, dann werden diese Idioten erst begreifen, was sie an mir gehabt haben. Bin ich mit meinen sogenannten Kollegen zusammen, denke ich immer an das Goethe-Wort: ‚Sie schlagen den Quark und meinen, es wird daraus Creme werden'."

„Variatio delectat", bemerkte mein Vater, der rein physisch darunter litt, wenn negative Urteile gefällt wurden.

„Ach lieber Pappi", seufzte O.H., „Ihr anderes lateinisches Sprichwort würde hier besser passen."

„Welches denn?"

„Gegen Dummheit kämpfen selbst Götter vergebens. Wenn ich auch mehr kann als alle diese Erzidioten zusammen, so bin ich doch wahrhaftig kein Gott."

Das Abschiedsfest dauerte einen Tag und eine Nacht. Wir Kinder mußten selbstverständlich schon um zehn Uhr ins Bett.

Es war Herbst, bunte Zweige, Astern und Phlox schmückten alle Räume. Mutter hatte zum letztenmal ihr weißes Sommerkleid angezogen. Sie schnitt im Garten Dahlien und Astern, betrübt, daß einige bereits vom Frost getötet waren. Sie drückte ihr Gesicht in einen großen Asternstrauß — dunkel-violette, zart lila und weiße — und ich höre noch ihre Stimme:

„Wie unaussprechlich schön. Astern duften nicht und dennoch spürt man ihren Atem. Es ist der Herbst, der in ihnen atmet. Abschied, Abschied, alles ist eigentlich nur ein Abschied. Und nun muß man ein ganzes Jahr warten, bis man diese Blumen wiedersieht. Ein ganzes, langes Jahr ..."

Sie versank im Anblick der Blumen, als sehe sie sie

zum ersten Male. Sie schnitt rote Weinranken und sammelte große, makellose, purpurrote, kupferbraune und sonnengelbe Ahornblätter zur Dekoration für den Abendbrottisch. Damals gab es in Grobina noch kein elektrisches Licht, aber in allen Zimmern brannten Lampen und Kerzen in alten, silbernen Leuchtern. Mutter hatte es gern, wenn an Festtagen alle Räume, selbst die Dachkammern, hell erleuchtet waren. Das Kürzerwerden der Tage erlebte sie jedes Jahr wie einen persönlichen Kummer.

Stand man in dem kleinen Entree, so nannte man bei uns die Vorhalle, dann sah man durch die geöffneten Flügeltüren in den spiegelblank gebohnerten Saal, in das Kaminzimmer und weiter in die Veranda und noch weiter durch die offene Verandatür in den herbstlich dunklen Garten, in dem die Bäume jetzt wie ein Meer brausten.

„In jedem Ihrer Blumenarrangements ist eine Melodie", sagte Onkel Hans.

„Ja", erwiderte Mutter, „bei jeder Vase denke ich mir auch etwas Besonderes, hier bei den Astern natürlich an das Lied von Strauß und diese letzten Feldblumen sind eine Melodie von Mozart."

Das ganze Haus duftete nach frischem Brot, Speckkuchen, Gänsebraten und Sauerkohl. Alle Lieblingsspeisen O.H.s kamen heute auf den Tisch und alle Lieblingsstücke wurden noch einmal durchgespielt. Ich lag schon in meinem Bett, als die nervöse, erregende Musik von „Tod und Verklärung" zu mir drang. Die heftig intensiven Fieberphantasien ließen mich meine eigene Krankheit noch einmal erleben. Das hastige Klopfen des fieberkranken Pulses zauberte quälende Bilder hervor: ich liege auf dem Operationstisch in Berlin, ein kleiner, sehr fein gezimmerter Hammer schlägt mir das Gehirn aus dem

Kopf. Warum konnte ich nicht vergessen? Jede dunkle Erfahrung wuchs in der Erinnerung zu einem Berg, der der Freude den Eingang in mein Herz erschwerte. Der Tod, das Erlöschen erfüllte mich nicht mit Angst, wohl aber die dunklen Folterkammern, die in das unbekannte und unergründliche Reich des Todes führten. An den Tod hatte ich mehr als einmal voller Sehnsucht gedacht. Die Toten deckt man mit Blumen zu und verlangt nichts mehr von ihnen. Von mir aber verlangte man immer das Schwerste: ich mußte nicht nur entsagen, nein, man erwartete, daß ich freudig entsagte und strahlend verzichtete, auf glühenden Kohlen saß, und lächelnd zuschaute, wie alle andern über taufrische Wiesen wanderten und erquickende Früchte vom Lebensbaum pflückten. Die dauernde Unerfüllbarkeit eines Wunsches tötet ihn meist, bei mir aber war es nicht der Fall: immer noch zerrte ich an meinen Ketten und schlug mich an den Stäben meines Käfigs wund.

O.H. war im Klavierauszug der Straußschen Symphonie bis zur Verklärung gekommen. Mich enttäuschte diese jedesmal, sie erschien mir viel blasser als der Kampf gegen den Tod, sie löschte die röchelnden Verzweiflungsschreie nicht aus. Verstummte die Musik, so blieb die Agonie und nicht die Seligkeit im Gedächtnis. Ich hatte einmal mit O.H. darüber gesprochen und er hatte mir erklärt, das komme daher, daß Todesqualen jeder aus eigener Erfahrung kenne. Wer aber kennt die Verklärung? Darum sei auch Dantes Paradies langweilig, von unvergeßlicher Grandiosität dagegen seine Hölle.

Onkel Hans pflegte zu sagen: vollenden wir den Tag mit Musik; oder auch: begrüßen wir den neuen Tag mit Musik. Und am Abschiedsmorgen spielte er das Lied, mit dem er sich „den Kaffee verdiente“: „Und morgen wird die Sonne wieder scheinen.“ Die letzten Takte klangen, als fiele lichter, reiner Tau an einem Sonntagmorgen auf Rasen, den noch nie ein Menschenfuß betreten.

Wir alle hatten unsere Sonntagskleider an, die ganze Familie begleitete O.H. zum Bahnhof, nur Vater blieb bei seinen Patienten. Er geleitete ihn bis auf die Straße hinaus und zitierte das alte, lettische Volkslied vom Weh des Scheidens. Mutter sagte: „Partir, c'est un peu mourir."

Onkel Hans blieb Goethe treu: „In jeder großen Trennung liegt ein Keim von Wahnsinn."

Täglich kamen Briefe von ihm oder wenigstens Kartengrüße. Mutter steckte sie in die Tasche der großen Wirtschaftsschürze und las sie meist erst abends, wenn das bunte Getriebe des Doktorhauses zur Ruhe gekommen und die letzte Mahlzeit verabreicht war, das Kommen und Gehen der Patienten aufgehört hatte, die Kinder und Dienstboten schliefen und jede Tasse, jeder Teller, jeder Stuhl an seinem Platz stand. Die späten Abende und einen Teil der Nacht benutzte sie im Herbst, um riesige Mengen von Früchten und Beeren einzukochen. Im Geiste sehe ich noch heute, wie sie vom Weihrauch des Sommers, dem süßen Dampf der Beeren eingehüllt, mit einem Brief in der Hand in der Küche steht.

Geschah es — aber dies geschah sehr selten —, daß sie am Tage einen Brief von Onkel Hans las oder einen an ihn schrieb, durfte niemand sie stören. „Mammi schreibt einen Brief", das bedeutete ungefähr dasselbe wie: Mammi betet. Vater bekam nur kurze Kartengrüße. Sah er ein Kuvert mit der wohlbekannten Handschrift, fragte er: „Wie geht es O.H.?" und er war zufrieden, wenn es dem Hausfreund gut ging. Hatte O.H. sich erkältet oder war er unpäßlich, stellte er ein Rezept zusammen — die fertigen Patentmittel mochte er nicht recht —, das Mammi dann sofort absenden mußte. Er selbst hat nie einen Brief an Onkel Hans geschrieben.

Mutter verschloß seine Briefe zwiefach: in ihrem Herzen und in ihrem Schreibtisch. Ich habe keinen dieser Briefe gelesen, aber ich erinnere mich, wie strahlend sie bisweilen nach dem Empfang eines solchen war, und wiederum manchmal — wie niedergedrückt und gereizt. Auch fiel mir auf, daß sie an Tagen, da von Onkel Hans Post kam, ganz besonders aufmerksam zu Pappi war und seinen Wünschen zuvorkam.

Das Doktorhaus ohne O.H. war wie der Himmel ohne Sonne: man wußte, daß der Freudenspender zurückkehren werde, aber es fiel schwer, im Dunkeln zu warten. Weihnachten ohne ihn, das war wie ein Tannenbaum ohne Lichter, darüber waren sich alle einig.

Einmal hatte ich zufällig gehört, wie O.H. eine seiner Schülerinnen rühmte, die ihm zu seinem Geburtstag eine Handarbeit überreicht hatte: „Sie hat viel weiblichen Charme", erzählte er, „jedes ihrer kleinen Geschenke ist sinnreich."

In jenem Augenblick beschloß ich, ihm zu Weihnachten eine Handarbeit zu schenken. Seit den unglückseligen Anweisungen meiner Großmutter hatte ich nie eine solche gemacht. Für O.H. aber wollte ich mich „opfern". Und wenn ich etwas wollte, dann schreckten mich weder Widerstände noch Schwierigkeiten zurück. Als Mutter von meinem Ansinnen hörte, schlug sie mir vor, wir würden gemeinsam eine Handarbeit ausdenken und unsere Hausschneiderin würde sie fertig sticken. Wenn nun aber O.H., der meine Ungeschicklichkeit in praktischen Dingen kannte, fragen würde, ob ich das gemacht habe, was würde ich dann antworten? Nein, jeden Stich mußte ich selbst machen. Ich wollte ein Opfer bringen, denn ich liebte ihn sehr.

Es wurde ein kleiner pseudo-persischer Teppich, eine sogenannte Daisy-Stickerei, eine damals sehr beliebte

Handarbeit. Die Farben hatte ich selbst gewählt: das dunkle Grün sah wie das Moos im Walde aus; das Gelb wie ein Zitronenfalter; das Braun wie die Buchenblätter im Herbst. Bei der Arbeit spürte ich förmlich den Duft des Waldes. Ich arbeitete gern und war ganz entsetzt, als ich eines Nachmittags Mutter bei der Arbeit an „meinem Teppich“ ertappte.

„Denkst du“, fragte ich heftig, „daß ich wirklich so dumm bin, daß ich nicht einmal einen so kleinen Teppich fertig bekomme?“

„Nein, das denke ich nicht. Nur ist diese Arbeit für dich viel zu anstrengend. Pappi macht mir Vorwürfe, daß ich's dir erlaubt habe, für deinen Rücken sei diese Art der Arbeit sehr schädlich.“

„Mammi, wenn du noch einen Stich machst, dann sage ich O.H., daß der Teppich von dir und nicht von mir ist.“

Schließlich war der Teppich fertig, und ich war ungeheuer stolz. Meine Freude wurde freilich etwas getrübt, als der Familienrat sich dazu entschied, mein Geschenk O.H. nicht nach Deutschland zu schicken, weil Wollsachen damals mit einem hohen Zoll belegt waren. Onkel Hans sollte seinen Teppich erst bei seiner Rückkehr nach Libau erhalten.

Der Weihnachtsabend rückte immer näher. Wie alljährlich erfüllte freudige Ungeduld das ganze Haus, obwohl ein Schatten nicht fortzuwischen war: O.H. fehlte. Meine Schwestern besuchten mit einem Körbchen voll guter Dinge alle armen, kranken und einsamen Menschen in Grobina, so wollte es Mutter. Weihnachten war ein Fest der Liebe. Wir Kinder allerdings fanden, daß wir durch diese Bescherungen etwas zu kurz kamen.

„Mammi, du hast ja von den besten Pfefferkuchen fast alle verschenkt und von dem Speckkuchen ist nur die Hälfte übriggeblieben!“

„Meinst du, das ist zu wenig für uns?" Mammis Stimme klang mild, aber sehr vorwurfsvoll.

„Ja, wenn zum Beispiel morgen Besuch ins Haus kommt, dann kriegen wir wieder nichts."

„Aber Kinderchen, schämt euch, ihr habt doch die Freude des Verschenkens gehabt."

Diese Freude war für Mutter die höchste. Unerschöpflich war ihre Phantasie, für jeden einzelnen, besonders für alleinstehende Frauen, außer dem üblichen Weihnachtsgebäck und Naschwerk eine Kleinigkeit als Überraschung zu ersinnen. Sie war eine leidenschaftliche Mutter, hatte sechs Kinder zur Welt gebracht, besaß aber eine ausgesprochene Sympathie für Virginität, für weibliche Wesen, die den Mut haben, einsam zu bleiben. Sie selbst hatte geheiratet, als sie bereits dreißig Jahre alt war. Ihre Jugendträume hatten zweierlei Gestalt gehabt: Musikerin oder Leiterin eines Kinderasyls zu werden. Sie dachte es sich herrlich, all die kleinen Kinder, die durch Zufall in die Welt gekommen und um die sich niemand kümmerte, liebzuhaben.

„Aber Sie haben doch Ihre eigenen, prächtigen Kinder", bemerkte O.H., dem sie einmal voller Wehmut von ihren unerfüllten Jugendträumen erzählte.

„Gewiß, aber das ist etwas anderes. Auch bei den Tieren finden wir diese Liebe, jedes Mütterchen sorgt für sein Kleines. Und dann denke ich, man sollte erst alle die, die schon geboren sind, mit Liebe versorgen, ehe man neue Lebewesen in die Welt setzt."

Endlich waren alle, die sich nicht selbst einen Weihnachtsabend schaffen konnten, beschenkt. Auch die Geschenke für die Eltern und Dienstboten lagen in Seidenpapier verpackt und knisterten voller Ungeduld. Ich war müde, löschte das Licht und legte mich einen Augenblick in mein Bett. Fahles Schneelicht erfüllte den Raum.

Irgendwo hinter den Wolken leuchtete der Mond. In der Kirche wurde der Feierabend eingeläutet.

Den Weihnachtsbaum, den größten und schönsten aus dem Walde, brachte uns jedes Jahr der Förster selbst, und jedes Jahr erzählte er die gleiche, uns allen wohlbekannte Geschichte, wie er seine Braut aus dem Wagen heben wollte, auf dem schlüpfrigen Pflaster vor der Kirchentür ausglitt und sich den Arm verstauchte. Nein, diese Schande! Man meinte, die Hochzeit müßte verschoben werden. Aber seine Mutter hätte schnell den Doktor geholt und der hätte ihm mit einem Ruck, als sei er der Allmächtige selbst, den Arm eingerenkt.

Mammi schmückte den Baum immer ganz allein. Vater war weit über Land gefahren, und ich hörte, wie Mutter aufseufzend sagte:

„Nun bin ich über zwanzig Jahre verheiratet, und ich kann mich nicht entsinnen, daß Pappi einen Heiligen Abend mit seiner Familie zusammen verbracht hat. Seine Patienten haben mehr Anrecht auf ihn als seine Frau und Kinder. Vielleicht sollte ein Arzt überhaupt nicht heiraten, wie ein katholischer Geistlicher."

Gleich wird Mutter „Stille Nacht, heilige Nacht" spielen und Pauline, die alte Köchin, wird die Flügeltür zum Saal öffnen, und wir alle werden zu gleicher Zeit unter den Christbaum treten. Da jubelt Mutters Stimme laut: „Nein, das ist doch nicht möglich! Oh, diese Überraschung!"

Und schon im nächsten Augenblick wird die Tür zu meinem Zimmer aufgerissen und Onkel Hans umarmt mich. Wie sein Schnurrbart kitzelt! Er war sechsunddreißig Stunden mit dem Schnellzug gefahren, um den Heiligen Abend mit uns zu verbringen. Schon am ersten Feiertag mußte er wieder zurück, um zur Zeit auf seinem Posten zu sein. Nun kam auch mein Teppich zur vollen

Geltung: war ich doch die einzige, die ein Geschenk für O.H. hatte. Alle anderen hatten ihre Gaben nach Deutschland gesandt. Vater legte mir die Hand auf die Schulter und sagte rücksichtsvoll belehrend:

„Du warst so traurig, als wir deine Handarbeit nicht fortschickten, aber merk dir, mein Kind: es ist kein Unglück so groß, es hat doch ein Glück im Schoß."

„Nun, dann müssen Sie, lieber Pappi, eine ganz besondere Sorte von Unglück kennen; was das meinige betrifft, so kommt es nie ohne seine Brüder, es kommt immer mit einer ganzen Sippe."

„Ja, auch das ist mitunter der Fall, aber es ist ratsamer, man hält sich an optimistische Lebensweisheiten."

Mit Tränen der Rührung lobte Onkel Hans meine Handarbeit und versicherte, nie könnte er diese prächtige Stickerei als Fußteppich gebrauchen. Wie sollte er das, was meine Hände gestickt haben, mit Füßen treten. Er würde den Teppich als Augenweide an die Wand seiner Kaffee-Ecke hängen. Und dort hing er denn auch, und wenn Onkel Hans seinen Nachmittagskaffee trank — dieses war seine stillste Mußestunde —, versäumte er nie, liebkosend mit der Hand darüberzustreichen.

„Weichet nun, betrübte Schatten"

Pappi umgab O.H. mit dienender Sorgfalt, aufmerksamer Fürsorge und stummer Dankbarkeit. Dieser wiederum pflegte zu sagen: „Pappi ist der beste Mann auf der Welt."

Pappi sagte von Onkel Hans nichts, aber die Temperatur im Gastzimmer, in dem der Freund des Hauses übernachtete, kontrollierte er selbst mit peinlicher Genauigkeit. Er wußte, daß O.H., wie die meisten Deutschen, ein kühles Schlafzimmer gern hatte. Überstieg das Thermometer die gewünschten Grade, so lüftete er den Raum, bis das Quecksilber genau jenen Wärmegrad anzeigte, den O.H. von zu Hause aus gewöhnt war. Vater nahm alkoholische Getränke zu sich wie Medizin — in homöopathischen Dosen, aber er wußte, daß der Musiklehrer seiner Lieblingstochter gern ein Gläschen oder auch mehrere zu jeder Mahlzeit trank, und richtete sich nach dem Spruch:

Ein Solosänger ist was Feines,
ein Solotrinker was Gemeines.

Obwohl Mutter nur zu hohen Festtagen ein Glas Champagner trank, war sie eine große Künstlerin im Zubereiten aromatischer, öliger Liköre. Es befremdete mich, wenn Onkel Hans, diese ehrfurchtgebietende Gestalt, ein Glas nach dem anderen hinuntergluckste, immer ein ganzes mit einemmal. Seine Augen wurden dann gläsern, blank und starr, das Gesicht feuerrot. Merkte er meinen erstaunten Blick, stellte er schnell eine Scherzfrage, immer eine neue, als sei sie ihm eben wie von ungefähr eingefallen:

„Nun, Amata, du lernst ja auch Französisch, sage mir, welcher Artikel gehört zum Wort coeur?"

„Aber, Onkel Hans, das weiß doch jedes Kind, selbstverständlich le coeur."

„Falsch, Liebling, die einzige Form, auf die man sich immer verlassen kann, und die einen immer erfreut, ist weder le coeur noch la coeur, sondern Likör."

Als Vater einmal meine geographischen Kenntnisse rühmte, wandte O.H. sich mit todernstem Gesicht an mich:

„Kannst du einen Satz mit Amerika bilden?"

Diese Frage schien mir eine Kränkung meiner Kenntnisse; weil ich aber wußte, daß Onkel Hans es nicht mochte, wenn man nicht gleich antwortete, sagte ich schüchtern:

„Kolumbus hat Amerika entdeckt."

„Oh, Liebling, wie banal! Das ist ja zum Seekrankwerden!" Und er faßte sich mit beiden Händen an die Mitte, als hätte er Leibweh: „Die einzige richtige Antwort lautet: sie riecht am Erika-Sträußchen."

Und dann kamen Asien, Ägypten und viele andere Länder und Städte an die Reihe. Sein Vorrat an Scherzfragen, sein Sinn für Witze war unerschöpflich, auch darin glich er seinem Meister.

Bei manchen Anekdoten mußten wir Kinder aufstehen und hinausgehen, mitunter gab es solche, die auch Mutter nicht hören durfte. Onkel Hans nahm Vater unter den Arm und erzählte ihm die pikantesten im Nebenzimmer, aus dem dann schallendes Gelächter zu uns drang. Nach geistiger Anstrengung und großer Konzentration schien beiden Männern ein derber Witz, eine tüchtige Lachsalve die beste Erholung zu sein. Sie arbeiteten auf ganz verschiedenen Gebieten, aber mit dem gleichen Anspruch auf Vollendung, und dies war der Boden, in dem ihre gegenseitige Hochachtung wurzelte.

Um nicht immer die Dupierte zu sein, gab ich O.H. lettische Volksrätsel auf, die nur Kenner lettischer Folklore lösen können.

„Das eine Ende ist lebendig, das andere Ende ist lebendig, die Mitte ist tot. Was ist das, Onkel Hans?"

„Das ist das Konzert von Schumann, das ich neulich wider meinen Willen dirigieren mußte, der Anfang ist lebendig, na, schließlich, wenn man dem Schumann nicht gram ist, kann man auch den Schluß lebendig nennen, aber die Mitte ist tot."

„Falsch, Onkel Hans, ganz falsch! Das ist ein pflügender Bauer: an einem Ende der Pflüger, am anderen das Pferd, in der Mitte der Pflug."

„O Gott, wann habe ich zum letztenmal einen Pflug gesehen? Kenne ich dieses Instrument überhaupt?"

Er hob das ganze Leben in die Sphäre des Geistes und hatte zur Natur und zum Landleben kaum eine Beziehung. Obwohl er viele Jahre in der Stadt am Meer lebte, weiß ich nicht, ob er je im Meer gebadet hat. Die von Stürmen gepeitschte See kannte er aus dem „Fliegenden Holländer", den Frühling mit seiner sieghaften Kraft aus der Arie „Winterstürme wichen dem Wonnemond", die Lieblichkeit und das Lächeln der Natur aus dem Beethovenschen Mailied. Seine Naturferne kam uns komisch oder auch gewollt originell vor.

Aber Onkel Hans nahm es uns nicht übel, wenn wir über seine auf das Landleben sich beziehenden Fragen, zum Beispiel, welche Kühe Milch und welche Sahne geben, herzlich lachten.

„Aber jetzt, Onkel Hans, ein ganz leichtes Rätsel, eines, das in dein Fach schlägt: im Walde bin ich geboren, im Walde aufgewachsen, du nimmst mich in die Arme, ich schluchze herzzerreißend."

„Das bist du, mein Liebling", lachte Onkel Hans, der nie eine Antwort schuldig blieb.

„Nein, Onkel Hans, das ist eine Geige. Der Baum, aus dem sie geschnitzt wird, wächst im Walde, und wenn sie ein guter Spieler in die Hand nimmt, so schluchzt sie", erklärte ich schulmeisterhaft, stolz, etwas zu wissen, was er nicht wußte.

„Das ist ein hübsches Rätsel, das will ich mir merken. Da du aber von der schluchzenden Geige sprichst, fällt mir der neue Stehgeiger im Café Bonitz ein, Peter Preußler. Ich kenne ihn von Berlin her, ein ganz famoser Kerl, den mußt du hören. Wenn er „Gold und Silber“ spielt, bekommt alles ringsum einen goldigen Schimmer. Und erst die blaue Donau! Mit welch farbiger Sinnlichkeit und Sicherheit er ein Stück nach dem andern nur so hinschmeißt. Fabelhaft! Ich mach's ihm nicht nach. Aber Beethoven darf er nicht spielen! Er meint nämlich, wie übrigens die meisten, klassische Musik sei gleichbedeutend mit Langeweile.“

Ich war nie in einem Café gewesen und hatte auch kein rechtes Verlangen, ein solches zu besuchen. Kaffeehaus-Musik! Das war für leichtfertige Menschen. Aber O.H. war anderer Meinung. Auch leichte Musik könne gut und schlecht sein, und diesen Unterschied müsse man kennen. Damit ich erfahre, wie beglückend ein schöner Walzer sei, nähme er mich morgen nach Libau zu einem Garten-Konzert mit. Die Rosen ständen in voller Blüte, das sei die rechte Zeit, um Johann Strauß auf sich einwirken zu lassen. Am nächsten Tag saßen wir beide im Café Bonitz, wie in einen Schleier von sommerlichem Linden- und Rosenduft eingehüllt, den nur hin und wieder eine scharfe salzige Brise vom Meer zerriß. Die Tauben gurrten um den Springbrunnen und pickten die Kuchenkrumen aus meiner Hand.

„Der Stehgeiger Preußler ist eigentlich viel zu schade für diese Philister. Was verstehen diese verstaubten Motten, diese Schmerbäuche von Musik? ‚Musik wird störend oft empfunden, dieweil sie mit Geräusch verbunden ...‘ Weißt du, wer das sagt? Nun, den Verfasser von Max und Moritz kennst du doch? Wilhelm Busch verlachte und verhöhnte groß und klein, weil die fade Geschichte, die man Leben nennt, und all die feisten Philister ihm auf die Nerven gingen. Nun paß aber hübsch auf, was der Preußler geigt. Weißt du, was das ist? Das hast du doch schon einmal gehört. Man muß so zuhören, daß man sich an jeden Takt erinnert, wenn man das Stück zum zweitenmal hört."

In Fragen, die die Musik betrafen, war Onkel Hans streng und anspruchsvoll, da kannte er keine Nachsicht.

In der Pause kam Preußler an unseren Tisch. Onkel Hans nahm meinen Hut ab und ordnete liebevoll mein Haar. Er lächelte zufrieden, als Preußler bemerkte: „Das kleine blasse Ding hat eine mächtige Perücke." Dann fragte er mich, ob ich nicht einen speziellen Wunsch hätte. Ich wußte nicht, was ich sagen sollte und fühlte, wie unzufrieden Onkel Hans mit mir war. Später sagte er: „Das ist doch nett von dem Preußler, daß er dich, ein kleines Mädchen, nach einem Wunsch fragt, und wenn du nicht antwortest, macht es einen dummen Eindruck. Wunschlos sind nur Sterne und Idioten."

Die Tränen traten mir in die Augen.

„Na, nimm's nicht allzu tragisch. Nächstens ..."

Einmal geschah es, daß die kleine Eisenbahn, die Teemaschine, unpäßlich war und ihre Tätigkeit für kurze Zeit einstellte, und gerade in diese Zeit fiel das Gastspiel einer ausländischen Oper.

„Lohengrin, Liebling, mußt du hören", schrieb Onkel Hans in einem Brief. Er schlug vor, mich mit einem Rollstuhl nach Libau zu bringen — es war eine Nachmittagsvorstellung — und am Abend gehe wieder, wie man ihn informiert hätte, die Teemaschine. Zusammen mit seinem Brief sandte er mir ein Textbuch, das auch die Leitmotive enthielt.

Er kam am Sonnabend die zehn Kilometer zu Fuß heraus, musizierte mit meiner Mutter auf zwei Klavieren und freute sich über die Glanznummern des Abendbrotes. Am Sonntagmorgen schlief er lange und ließ es sich gefallen, daß ihm das Stubenmädchen das Tablett mit Kaffee, warmem Kümmel- und Speckkuchen ans Bett brachte. Ich dachte bei mir, die Lohengrin-Aufführung hat er wohl vergessen, hatte er doch seit seiner Ankunft kein Wort darüber gesprochen. Auch schien es mir unmöglich, ohne die Eisenbahn nach Libau zu kommen. Jubelnd war mein Erstaunen, als er in Hemdärmeln, noch mit der Schnurrbartbinde versehen, den Kopf in mein Zimmer steckte:

„Nun mach dich aber fix fertig, um eins müssen wir fahren." Mutters Widerreden halfen nichts.

„Sie werden sich überanstrengen, Onkel Hans. Sie werden Muskelschmerzen in den Armen bekommen, und das wird den Erfolg Ihres nächsten Konzertes beeinträchtigen", sagte auch Vater beim Gabel-Frühstück.

„Nun, dann muß ich mich noch durch einen Schnaps stärken."

„Den können Sie ohnehin bekommen."

Er schob meinen Wagen die zehn Kilometer, über die durch Wiesen und Felder sich windende Chaussee von Grobina bis Libau. Zwei gute Stunden dauerte der Weg. An einem schattigen Plätzchen machten wir Rast. Onkel Hans setzte sich auf einen Stein und rauchte eine Zigarette, und ich aß die Schokolade, die in seiner Rocktasche fast geschmolzen war und einen Beigeschmack von Tabak hatte. Er erzählte mir, daß er als Student des Konservatoriums eine kleine Freundin gehabt hätte. Er war mit ihr verlobt, und die Hochzeit sollte nach einigen Monaten stattfinden. Aber einmal, als sie zusammen im Café saßen, sah er, wie das junge Mädchen mit dem Teelöffel den in der Kaffeetasse übriggebliebenen Zucker auskratzte: „Weißt du, seitdem konnte ich sie nicht mehr liebhaben. Unmöglich. Sobald ich mich ihr näherte, hörte ich dieses durch Mark und Bein gehende, knirschende, nervenzerkratzende Geräusch."

„Aber, Onkel Hans, das ist doch nur eine Kleinigkeit!

Und sagst du nicht immer, das Herz des Menschen, seine Seele sei das Entscheidende?"

„Gewiß, Liebling, das ist es auch, wo aber wird die Seele sichtbar, wenn nicht in Kleinigkeiten? Hast du bemerkt, wie die Mammi strahlt, wenn sie einen gut gelungenen Kuchen anschneidet? Ihre Kuchen schmecken besser als alle aus der Konditorei, weil ihr Herz darin ist. Und hast du beobachtet, wie sanft Pappis Stimme wird, wenn er einem Schwerkranken aus dem Wagen hilft? Dann ist sein Herz in der Stimme. Und der Kranke fühlt sich erleichtert, noch ehe er die heilende Medizin zu sich genommen."

Das verstand ich nur zu gut, denn wie oft waren die Schmerzen von mir gewichen, sobald Pappi sich an mein Bett setzte.

„Menschen, die alles mit der gleichen Stimme, den gleichen Worten, dem gleichen Lächeln tun, haben kein Herz", sagte Onkel Hans abschließend.

Es war ein stiller, warmer Spätsommertag. Sonne hinter Wolkenschleiern. Kein Lüftchen wehte, der Roggen stand in Hocken, nur noch hie und da blühte am Grabenrand eine einsame rote Kleeblüte. Die Heuschrecken geigten ihr monotones Lied. Dann und wann flog eine Möve über unsere Köpfe hinweg, und ich wunderte mich, daß der Meeresvogel so weit landeinwärts gekommen war.

„Oh, Tauben sieht man ja oft auf dem Lande", meinte O.H. Ich versuchte ihn auf seinen Irrtum aufmerksam zu machen: Tauben hätten stumpfe Flügel, einen gedrungenen Körperbau. Aber er war wenig davon angetan: ein Vogel sei wie der andere, ja, einen Schwan, den kenne er und einen richtigen Schwan, den Schwan aller Schwäne, würden wir heute im Lohengrin sehen. Er sang mir die Leitmotive vor: „Nie sollst du mich befragen ..." Und die zwei Stunden Weges vergingen im Nu.

Wir hatten einander noch lange nicht alles gesagt, als der frische Geruch nach Seetang und Muscheln, der Meereswind, der jeden Wanderer in Libau als erster begrüßt, uns entgegenschlug. Dieser Tag war reich an innerer Fülle, an Onkel Hansens unerschöpflich liebevollem Bemühtsein um mich. Vielleicht erscheint mir gerade deshalb noch heute Lohengrin als die Oper aller Opern. Und wenn ich mich nach ihr sehne und darunter leide, daß ich sie so viele Jahre nicht gehört habe, so ist es mehr als nur das Verlangen nach Wagners Musik.

Bis zum Anfang der Vorstellung saßen wir in Onkels Musikzimmer, in diesem von Melodien erfüllten Raum, in dem alles sinnreich war und jede Kleinigkeit von seinen Sympathien erzählte. Bilder geliebter Komponisten und Dirigenten hingen an den Wänden, vor allem Richard Strauß in Photographie, Schattenriß und Zeichnung. Pathetisch-feierliche Dirigentenstellungen wechselten mit komischen Karikaturen. Richard Wagner und Cosima. Mathilde von Wesendonck, und immer wieder Goethe.

Über seinem Schreibtisch hing ein wunderbares Bild meiner Mutter, das er selbst von einer kleinen Amateuraufnahme vergrößert hatte, und das wie eine Radierung wirkte. Unter ihrem Bilde befand sich die Aufnahme einer Bank in den Strandanlagen. Daß O.H. diese schlichte Bank, die sich eigentlich durch nichts von unzähligen anderen Bänken unterschied, zu photographieren für würdig gehalten hatte, hatte mich immer verwundert, und dieses Mal wagte ich zu fragen, was er an dieser Bank gefunden habe.

„Auf dieser Bank lese ich immer Mammis Briefe."

„Hast du denn immer Zeit, gleich zu dieser Bank hinzugehen?"

„Kleines Mädchen, warum meinst du denn, daß es immer gleich sein müßte?“

Er bereitete selbst den Kaffee, während ich in einem bequemen Lehnstuhl mich ausruhte. Ängstlich beobachtete ich ihn, aber er war nach der großen Anstrengung weder schlaff noch gereizt. Nachdem er sich gewaschen und umgekleidet hatte, machte er sich's im Klubsessel bequem, trank unzählige Tassen Kaffee, rauchte eine Zigarette nach der anderen und schon fragte er, ob ich die großen Buchstaben von den kleinen unterscheiden könne. Da wußte ich, daß alles in Ordnung und der weite Weg für ihn nicht zuviel gewesen war.

„Lieber Onkel Hans, du willst mich wieder ins Bockshorn jagen!“

„Hier ist weder von einem Bock noch von einem Horn die Rede“, sagte er in gespieltem Ernst, „aber jeder, der kein Analphabet ist, weiß, daß es drei große B und nur ein kleines gibt.“

Ich sah ihn fragend an.

„Die großen Bs sind Bach, Beethoven und Brahms, das kleine b ist Bülow.“ Auf diese Weise lernte ich Musikgeschichte.

Ich blätterte in einem Musikerporträt-Album und äußerte mich darüber, daß Bach sehr irdisch, behäbig und feist, so ganz und gar nicht musikalisch oder gar wie ein Genie aussehe.

„Und doch war dieses deutscheste aller Genies das universalste. Man weiß den Friedhof, auf dem er beerdigt ist, aber nicht das Grab, und dies ist wie ein Symbol. Er war nicht an ein bestimmtes Stück Erde gebunden, und man kann einen Mann wie Bach, eine Flut von Musik, nicht in ein Grab zwängen.“

Er schwieg eine Weile, dann nahm er aus seinem Bücherregal einen kleinen Band, Goethes Briefwechsel mit Zelter, schlug ohne zu suchen eine Seite auf und las Zelters Brief vom 24. Januar 1829 vor.

Kirnberger, der große Bewunderer Bachs, hatte in seiner Wohnung in Berlin ein Bildnis des Meisters über dem Klavier hängen. Ein reicher Leipziger Kaufmann, ein Protz, besucht Kirnberger. Kaum hat man sich niedergelassen, so schreit der Leipziger: „Ei, mein Herr Jesus, da haben Sie ja unseren Kantor Bach hängen! . . . Das soll ein grober Mann gewesen sein, hat sich der eitle Narr nicht gar in einem prächtigen Sammetrock malen lassen." Kirnberger steht gelassen auf, tritt hinter seinen Stuhl, und indem er ihn mit beiden Händen gegen den Gast aufhebt, ruft er, erst sacht, dann crescendo: „Will der Hund raus! Raus mit dem Hunde!" Mein Leipziger in Todesschreck rennt nach Hut und Stock, sucht mit allen Händen die Türe und stürzt auf die Straße hinaus. Kirnberger läßt nun das Bild herunternehmen, abreiben, den Stuhl des Philisters abwaschen und das Bild mit einem Tuche bedeckt wieder an seine alte Stelle bringen. Wenn nun jemand fragte, was das Tuch bedeute, so war die Antwort: „Lassen Sie! Es ist etwas dahinter!"

Schweigend stellte Onkel Hans das Buch zurück an seinen Platz. Erst nach einer geraumen Weile fragte er: „Hast du mich verstanden, Liebling?"

„Ja, gewiß."

Seither erscheint mir Bachs Antlitz als eines der anziehendsten: sobald ich es erblicke, rauschen die Variationen für Orgel „Vom Himmel hoch, da komm ich her" oder ich höre ein synkopisch gehaltenes Thema für Geige, wo das durch keine Begleitung eingeschränkte Instrument in himmlischer Freiheit sich auslebt.

Die schwermütige Wonne des Lohengrin-Vorspiels tat so süß und tief im Herzen weh. Das Nervensystem verzweigte und verfeinerte sich bis ins Unendliche, ich hatte auf einmal hundert Sinne und alle schwangen im Rhythmus der Musik. In seliger Erschütterung griff ich nach Onkels Hand, um sie an meine Lippen zu drücken, und gelobte von dieser Stunde an, nur gute Gedanken zu haben. Ich war froh, daß es dunkel war und niemand meine Tränen sah. Der Eisklumpen in meinem Innern war geschmolzen: geheime Stimmen rieselten, raunten und flüsterten. Ich danke Gott, daß ich hören und sehen, mit Onkel Hans zusammen diese Oper erleben durfte. Die Geigenstimmen enthoben die Seele dem Körper, trugen sie in klingende Sphären, in schwindelnde Höhen.

Wie reich, wie unaussprechlich schön war doch das Leben! An jenem Abend wurde mir Kunst zur Religion.

Rote Rosen

Sag, Liebling", fragte mich eines Tages Onkel Hans, „schreibst du Gedichte?"

Ich schaute ihn voller Überraschung an:

„Nein."

„Aber du siehst ganz danach aus."

„Das, was ich schreibe, ist nur für mich. Das darf niemand lesen."

„Ich bin Niemand."

Er schenkte mir ein in rotes Leder gebundenes Büchlein mit lauter weißen, unbeschriebenen Blättern und schrieb mit seiner vergeistigten Handschrift — die Buchstaben glichen gestochenen Noten — meinen Namen und das Datum.

Nun fühlte ich mich gezwungen, die Gedichte, die mir am besten erschienen, in dies kleine Buch, das mir für meine ungelenken Worte viel zu vornehm vorkam, einzutragen. Wir beide hatten ein Geheimnis, und nichts verbindet wohl zwei Freunde so stark miteinander wie ein gemeinsames Geheimnis.

Eines Tages sagte O.H.: „Liebling, ich habe eine Überraschung für dich.“ Er brachte mich in den Saal und spielte mir etwas vor. Ich lauschte.

„Kennst du das?“

„Nein.“

„Doch, du kennst es, du weißt nur nicht, daß du es kennst.“ Ich dachte nach und schüttelte den Kopf.

„Es sind deine Worte, die ich vertont habe: ‚Einsam der Tag erwacht‘. Für Singstimme, Klavier und Geige.“

Ich war sprachlos. Onkel Hans sagte:

„Ich lade dich für morgen zur Erstaufführung ein.“

Am Tage darauf saß ich in Onkel Hansens Musikzimmer. Die Sängerin wie auch der Geiger waren einige Male im Doktorhaus zu Besuch gewesen. Als ich meine Worte von einer weichen, tiefen Altstimme singen hörte, das mir allzu Bekannte, meinem Inneren schmerzlich Verbundene, aus einem fremden Munde, aus dem ich bisher nur Schubert, Wolff und viele Richard-Strauß-Lieder gehört hatte, verging mir der Atem. Mir war so schwerelos, so selig zumute, wie es mir nur ein einziges Mal in meinem Leben gewesen ist: als ich, ein Kind des Meeres und der Ebene, vom höchsten Gipfel der österreichischen Alpen auf die Welt herabsah.

Gleich werde ich aufstehen und gehen können. Gefangensein ist nur ein Alptraum. Stechenden Dornen entwachsen duftende Rosen. Schmerz wandelt sich zu süßer Schwermut.

Onkel Hans frohlockte: „Nun, Liebling, was sagst du dazu? Ist es nicht gut, daß Niemand deine Gedichte gelesen hat?“

Kein Wort kam über meine Lippen.

An einem festlich gedeckten, runden kleinen Tisch tranken wir Kaffee und aßen Kuchen. Daß niemand von meiner Familie mit eingeladen war, verlieh dem Augenblick ein feierliches Abgetrenntsein vom Alltag.

„Wir singen das Lied noch einmal", sagte Preußler, „damit die Kleine es richtig erfaßt und die Melodie behält."

Ich hatte das Gedicht an einem Abend geschrieben, als die Verzweiflung mich zu erwürgen drohte. Im Doktorhaus war Tanzabend. Eine meiner Schwestern hatte Geburtstag. Ausnahmsweise spielte Mutter selbst zum Tanz, sie tat es sehr ungern, aber die alte, deutsche Stiftsdame, der diese Pflicht oblag, war erkrankt, und Grammophonmusik war damals bei uns nicht üblich.

Ich war allein in meinem Zimmer. Ich haßte Tanzmusik. Ich haßte meine Mutter, weil sie zum Tanz spielte. Sie wußte doch, daß ich nicht tanzen konnte. Nein, ich haßte sie, weil sie mich geboren hatte. Es ist Sünde, Kinder zur Welt zu bringen, weil es unheilbare Krankheiten gibt. Wer neues Leben gebiert, vermehrt den Schmerz, der die Welt überschwemmt. In Sparta wurden die zum Leben Untauglichen gleich nach ihrer Geburt in einen tiefen Abgrund geworfen. Wie barmherzig erschien mir diese Tat im Vergleich zum Marterpfahl, an den man jetzt die kranken Kinder ihr Leben lang band. Ich legte meinen Kopf unter ein Kissen, damit die Tanzenden mein Schluchzen nicht hörten. Ich biß in meinen Arm, ich zerkratzte mein Gesicht, um das irrsinnige Weh meines aufrührerischen Herzens zu betäuben. Aber die süße Tanzmusik drang zu mir, die rhythmischen Schritte, das Rauschen der jungen Freude, von der ich, wie die entsetzlich entstellten Lepra-Kranken, die ich in Vaters medizinischen Büchern gesehen hatte, für immer ausgestoßen zu sein glaubte.

Vater kam an diesem Tag besonders spät von seiner Krankenfahrt heim.

„Filia carissima, bist du krank? Wo tut es weh?" Sanft streichelte mich seine Hand. Da ich nicht antwortete, bedrängte er mich nicht weiter mit Fragen. Er trug mich in sein Schreibzimmer, in dem es immer nach Jodoform und Lysol roch, und erzählte, er käme soeben von einer schweren Entbindung. Entweder die Mutter oder das Kind, eines von beiden mußte sterben.

„Ich will ein Kind haben, einen Sohn, einen Erben", begehrte der Bauer, ein wuchtiger Mann, dessen Frau nach zehnjähriger Ehe unter schrecklichen Schmerzen nun das erste Kind gebären sollte. Als die Mutter für einige Augenblicke zum Bewußtsein kam, hatte sie todtraurig ihren Arzt angeschaut und geflüstert: „Retten Sie das Kind! Was liegt an mir, er hat sich all die Jahre so nach einem Kind gesehnt. Er war immer so böse, weil ich ihm keine Kinder schenken konnte ..."

„Aber warum fragt niemand das Kind, ob es leben wollte?" unterbrach ich Vaters Erzählung. „Man müßte dem Kinde sein zukünftiges Leben zeigen und fragen, ob es dieses Leben begehrt."

Das sei unmöglich, ein ungeborenes Kind könne nichts entscheiden.

Ja aber ...

Die Mutter sei gestorben und das Kind lebe.

„War es ein Junge?" fragte ich voller Ingrimm gegen das Kind, das mit einer Mordtat sein Leben erkauft, und gegen den Bauern, der um des Erben willen seine Frau getötet hatte.

„Nein, es war ein Mädchen", sagte Vater müde.

„Ach, nur ein Mädchen."

„Das wäre noch nicht das Schlimmste, aber es hatte einen Wolfsrachen. Weißt du, was ein Wolfsrachen ist?"

„Ja“, erwiderte ich tonlos, „ich habe eine Abbildung in deinem Buch gesehen ...“

Eine Weile schwiegen wir beide. Die lustige Walzermusik klang wie ein Hexentanz zu uns. Vater erzählte weiter in seiner nüchternen Art.

Als er schon mehr als die Hälfte des Weges zurückgelegt hatte, holte ihn ein schweißbedeckter Reiter ein, ein Knecht aus dem Bauernhof. Er müßte noch einmal zurück, und zwar so schnell wie möglich. Ein Unglück sei geschehen: als die Hebamme dem Bauern, der bei seiner toten Frau kniete, das neugeborene Kind gezeigt habe, hätte er sprachlos in das entstellte Gesicht der kleinen Erbin geschaut. Schweigend sei er dann aufgestanden und in den Pferdestall hinausgegangen: dort habe er sich mit einem Riemen erhängt.

Meine Schwestern tanzten noch immer, aber der Walzer hatte seine aufreizende Süße verloren. Die Musik erschien mir jetzt dünn und langweilig. Vor mir klaffte ein schauerlicher Abgrund. Oder war es ein riesiges Buch, das sich vor mir geöffnet hatte? Größer als das Konversationslexikon, größer als die alte Bibel: das Buch erfüllte das ganze Zimmer, das Doktorhaus, die ganze Welt. Mit feurigen Lettern stand auf der ersten Seite: Die Unbarmherzigkeit des Lebens kennt keine Grenzen. In der Nacht zündete ich leise ein Licht an und schrieb:

Einsam der Tag erwacht,
Einsam geht er zur Neige,
Einsam, einsam ist die Nacht,
Einsam erklingt meine Geige.

Der Regen klopft an die Fenster schwer,
Die Schicksalsuhren ticken.
Die grauen Mauern drücken sehr.
Mir ist, als müßt' ich ersticken.

An die beiden letzten Verse erinnere ich mich heute nicht mehr, wohl aber erinnere ich mich, daß ich sie niederschrieb, um nicht zu ersticken. Und jetzt sang die Sängerin diese verzweifelten Worte, und sie klangen so schön, weich, erlösend. Die Geigenstimme klang sehr traurig, aber diese Traurigkeit hatte etwas Befreiendes. Meine Angst vor dem Leben, vor den sinnlosen Grausamkeiten hatte ich nicht vergessen. Aber seltsam, sie taten nicht mehr weh. Alles war geblieben, wie es war, nur schmerzte es nicht mehr. In der Musik flimmerte etwas Neues, etwas, was glücklich machte. Glücklich? Ach nein. An das Verlies, das den Gehalt dieses Wortes in sich barg, durfte ich wohl nie rühren. Glück — das war etwas für die anderen. Aber ich wollte glücklich sein. Trotz allem. Trotz der Inschrift im Lebensbuch. Vielleicht gab es zweierlei Glück? Für die Gesunden eines und für mich ein anderes, und dies andere ... Mein Glück war dunkler, abgründig, aber es war dennoch Glück, und vielleicht ein noch größeres. Das Glück der Gesunden war leicht in Worte zu fassen, davon konnte man ohne Hemmungen erzählen, aber auch für das andere mußte es Worte geben. Wenn ich suchen, mein ganzes Leben lang suchen würde, vielleicht würde ich sie dann finden. Und finden mußte ich sie, um allen, die von dieser Seligkeit nichts wissen, davon mitzuteilen.

Onkel Hans erzählte von den Dichtern der Gegenwart und Vergangenheit wie von seinen persönlichen Freunden. Ich hatte das Gefühl, er kannte alle Dichter der Welt, nur die lettischen nicht. Wie war denn das möglich? Gab es denn jemand, der so leise wie Poruks, so schlicht wie Skalbe, so stolz wie Akuraters sprach? Onkel Hans tat mir leid. Um ihn mit den Schönheiten der lettischen Literatur bekanntzumachen, übersetzte ich für ihn Akuraters Erzählung — eigentlich ein Gedicht in Prosa — „Meine Geliebte". Er las meine Übersetzung aufmerksam, lehrte mich die Sorgsamkeit des Wortes und machte mich auf stilistische Unebenheiten wie auch auf den Unterschied der baltischdeutschen und reichsdeutschen Sprache aufmerksam.

„Schmant? Das kennt man nur bei euch. In der Literatursprache heißt es Sahne oder Rahm. Und Strickbeeren? Zu lustig, daß es bei euch gestrickte Beeren gibt. Wie sehen sie denn aus? Ah, das sind Preißelbeeren."

Von meinem heißgeliebten Akuraters war er nicht sonderlich entzückt, meinte aber, daß Übersetzungen für mich eine nützliche und unterhaltsame Arbeit sein könnten. Einige Tage später hatten wir wieder ein Geheimnis. Die Libausche Zeitung hatte versprochen, meine Übersetzung zu drucken, und wieder wußte die Familie nichts davon. Über Kinder, die noch nicht geboren sind, soll man nicht sprechen, belehrte mich Onkel Hans.

„Wenn dein erstes Werk gedruckt sein wird, bringe ich es dir persönlich, und dann feiern wir alle gemeinsam den großen Tag. Oh, wie erstaunt wird die Mammi und wie stolz wird der Pappi sein."

Nach zwei Wochen, die mir wie eine Ewigkeit erschienen, kam er mit der Zeitung, roten Rosen und einer großen Kuchenschachtel. Er küßte mich auf die Stirn:

„Merk dir das heutige Datum. Nach zehn Jahren wirst du schon manches erreicht haben, und nach zwanzig Jahren wirst du als bekannte Schriftstellerin an deinen alten O.H. zurückdenken."

Mammi kochte Bohnenkaffee und deckte den Tisch in der Glasveranda, aber ihr Mund war verkniffen.

„Wozu dieses Tatarata?" sagte sie zu Onkel Hans. „Sie setzen Amata einen Floh ins Ohr. Wären Sie nicht einer der Redakteure der Libauschen Zeitung, hätte man diese kleine Sache nie gedruckt. Von einer schriftstellerischen Begabung kann doch nicht die Rede sein."

Onkel Hans widersprach:

„Verlassen Sie sich auf mich, Mammi, in diesen Dingen habe ich ein Fingerspitzengefühl. Diese Erzählung von Akuraters ... Mein Gott! Wenn man die Weltliteratur kennt, zum Beispiel Hamsun ... aber eines ist klar, Amata hat einen ausgeprägten Sinn für den Klang der Worte, einen Instinkt für Wortverbindungen. Warten Sie nur, ein paar Jahre später wird der Glanz ihrer Bücher unsere Abende erhellen."

Für Pappi war die Feier, die Übersetzung, Onkel Hansens Mühe alles in allem sehr lobenswert, weil es mir Freude bereitete. Und daß es mir eine solche war, sah er mir an.

„Carpe diem", sagte er, küßte mich aufs Haar und ging zu seinen Patienten.

Mammi und Onkel Hans setzten sich ans Klavier und spielten vierhändig die „Domestica". Da gab es eine Stelle, auf die ich mich immer besonders freute. Das neugeborene Kind ruft: Papa! Mama! Man hört das ganz deutlich in der Musik, und das fand ich immer so lustig. Dies Domestica-Kind schien so froh über seine Geburt zu sein, und der Schluß der Symphonie beglückte durch seine Lebensbejahung.

Die Verandatür zum sommersonnendurchwärmten Garten stand offen. Vor mir lag die Zeitung. Wie gebannt schaute ich auf meinen Namen, der gedruckt so feierlich und fremd aussah: Verheißung und Forderung. Es war, als hätte er sich von mir getrennt, sei weit hinaus in die Welt gewandert, um mir Freude, neue, ungekannte Freude zu bringen. Dieser gedruckte Name, der mir gehörte und dennoch mehr war als ich, die ich hier voll unklarer Sehnsucht gebunden im Doktorhaus der kleinen Provinzstadt saß, hatte wie ein Blitz die mich einschließende und absondernde Mauer durchspalten: ein bisher ungekanntes Licht drang zu mir aus einer nie gesehenen Welt.

Die roten Rosen in der Vase senkten ihre Köpfe. In ihrem Duft ruhte das, wonach ich mich sehnte, immer sehnte, obwohl der böse Riese um mich eine erstickende Ringmauer baute. Er setzte Stein auf Stein. Die Mauer wuchs. Doch dann und wann brachte eine Brise den Duft roter Rosen. Werde ich je vom Lied, das in mir klingt, so hoch emporgehoben werden, daß ich die Mauer des Schmerzes überwinden und die roten Rosen pflücken werde?

Nordlicht

Onkel Hans war auch unser Musiklehrer. Mutter war eigentlich dagegen. Ein ausgesprochenes musikalisches Talent hatte keine ihrer Töchter, und um den Mädchen ein paar Musikstücke beizubringen, dafür sei ein so großer Künstler wie O.H. doch wahrhaftig zu schade. Auch konnte Mutter unser Üben nicht ertragen. Von der Küche aus, beim Brotbacken, rief sie bisweilen durchs ganze Haus: „Fis, Kindchen, das ist doch fis und nicht f!" Und so schmerzlich klang ihr Ruf, als hätte ihr jemand das Schlimmste angetan. Diese Stimme meiner Mutter fürchtete ich so sehr, daß ich kaum zu üben wagte.

Ich war in meinem Musikunterricht bis zu den Fugen von Bach und den Impromptus und Préludes von Chopin gekommen. Eines Tages stellte ich plötzlich fest, warum ein Stück, wenn Onkel Hans es spielte, ganz anders klang. Bei mir klang alles so nackt und hungrig: ich konnte das

Pedal nicht gebrauchen. Das Pedal — das war ja ein ganz untergeordnetes Ding, man trat es mit dem Fuß, aber es verband die Töne, verwob die einzelnen Fäden zu einem Gewebe. Plötzlich wurde es mir bewußt, daß man zum Klavierspiel auch die Füße braucht. Vielleicht hatte ich es schon früher gewußt, aber ich hatte so lange als möglich diese Erkenntnis an den äußersten Rand meines Bewußtseins hinausgeschoben: man weigert sich mitunter, etwas zu wissen, wenn man instinktiv fühlt, daß man zu schwach ist, um dieses Wissen zu ertragen.

„Ich will nicht mehr Klavier spielen", erklärte ich kategorisch.

„Warum, Liebling?"

„Weil ich das Pedal nicht gebrauchen kann. Weil ohne Pedal alles häßlich und unvollkommen klingt, weil ich nicht so wie die anderen spielen kann. Ich will nicht."

O.H. streichelte mir übers Haar und sagte sanft: „Du kannst vierhändig spielen und Fugen von Bach kann man auch ohne Pedal spielen."

„Ich will nicht vierhändig spielen und Bach mag ich nicht."

„Bach ist einer der größten Meister, weil er einer der ehrfürchtigsten, einer der kosmischsten ist."

„Das ist er vielleicht, wenn man auch andere Komponisten spielen kann; wenn man aber nur ihn spielen muß, dann ist er unerträglich. Nein, ich kann nicht. Bitte zwinge mich nicht."

Er schloß mich in seine Arme. Er hatte so viel überströmende, rücksichtsvolle, schmerzenheilende Zärtlichkeit. Er wußte, daß es Augenblicke gibt, wo Worte machtlos sind und nur eine leise Liebkosung den Starrkrampf des Schmerzes zu lösen vermag.

Ich konnte nicht mehr spielen. Sobald ich eine Taste anrührte, überkam mich ein hysterischer Weinkrampf.

Niemand aus meiner Familie erfuhr etwas davon. Auf Onkel Hans konnte man sich verlassen. Er teilte meinen Eltern mit, ich hätte etwas zuviel geübt und ein kleiner Krampf in meinen Fingern hindere mich vorläufig, meine Klavierstunden fortzusetzen. Mutter hatte nichts dagegen einzuwenden, und Vater war ohnehin immer besorgt, daß ich mich zuviel anstrenge.

So schloß ich meine Rechnung mit mir selbst ab. Ich hatte mir innerlich geschworen, nur das zu tun, was ich bis zu einer gewissen Vollkommenheit bringen konnte. Ich hatte eine unüberwindbare Abneigung vor allen halb getanen Dingen, allen Ersatzleistungen. Alles oder nichts. Entweder — oder. Womit diese tragischen Auseinandersetzungen geendet hätten, weiß ich nicht, wenn nicht der erste Weltkrieg dazwischengekommen wäre.

Der Kriegshafen in Libau wurde gesprengt. Wir beobachteten nachts den roten Widerschein am Himmel. Es war das erste Mal, daß ich die Zunge des Ungetüms sah, das mich mein Leben lang verfolgt hat. In der warmen Sommernacht saßen wir in weißen Kleidern auf dem Hof und sahen gebannt auf das ungewohnte Schauspiel. Pauline, die alte Köchin, sagte:

„Ich wußte schon im Winter, daß der Krieg kommen wird, das Nordlicht verkündete ihn. Aber die Menschen achteten nicht auf Gottes Mahnzeichen, und nun wird er alle vernichten, die Gerechten wie die Ungerechten."

In Libau, wie in jeder Hafenstadt, lebten viele Ausländer, vor allem Deutsche. Man war damals in Fragen des Krieges so ungebildet, daß man allgemein meinte, die friedliche Bevölkerung sei nicht gefährdet. Die Zahl derer, die rechtzeitig über die Grenze flohen, war nicht groß, und man war sehr erstaunt, als eines Tages alle deutschen Untertanen von der russischen Polizei arretiert wurden, um ins Innere Rußlands, zum größten Teil nach

Wjatka, verschickt zu werden. In einem Sonderzug sollten die „Feinde" abtransportiert werden.

Daß O.H. Hals über Kopf fort mußte, ohne Abschied, daß man in das Privatleben der friedlichen Bevölkerung so tief eingreifen durfte, erschien allen ungeheuerlich. Mutter war sofort entschlossen, den Zug mit den Zivilgefangenen auszubegleiten. Für sie gab es keine Feinde. Sie fand es kindisch und lächerlich, daß Menschen, mit denen man noch eben ein Beethovensches Trio gespielt hatte, nun plötzlich geschmäht werden sollten, weil Kaiser Wilhelm und Zar Nikolai ihre Zwistigkeiten, die keinen vernünftigen Menschen etwas angingen, nicht friedlich austragen konnten. Sie kochte und backte die ganze Nacht und veranlaßte auch ihre Nachbarn, das gleiche zu tun: „Wir sind doch Menschen und keine tollen Hunde."

Sie hatte erfahren, um wieviel Uhr der Zug mit den Gefangenen abfahren sollte, und hatte es zu organisieren verstanden, daß jede Familie einen Korb mit schönem Proviant bekam, und so wurden die „Feinde" mit Tränen, Blumen, Hausgebäck, gebratenen Enten und Hühnern und anderen Delikatessen verabschiedet. Die russische Polizei verbot der Zivilbevölkerung den Zutritt zum Bahnhof, aber sie war damals in der Schule des Hasses, die im zweiten Weltkrieg eine so hohe Virtuosität erreicht hat, nur eine Stümperin. Ich konnte natürlich nicht mit und weinte bitterlich zu Hause; aber als Mutter zurückgekehrt war, verstand sie alles so anschaulich zu schildern, daß ich das Gefühl hatte und noch heute habe, selbst dabei gewesen zu sein; und nicht nur Mutter, alle Nachbarinnen erzählten jede auf ihre Art von diesem Ereignis.

Von der herbstlichen Sonne beschienen, ging Mutter wie eine Königin in ihrem weißen Kleid und dem im

Winde wehenden weißen Haar von Abteil zu Abteil und verteilte die Körbe, die ihr die russischen Polizisten tragen halfen. Natürlich bekam O.H. den größten und schönsten, mit weißen Astern zugedeckten Korb. Sie umarmte ihn mit beiden Armen, mit der ganzen Leidenschaft ihrer starken Natur.

„Was Sie für Amata getan, dessen werde ich noch im Jenseits gedenken, und wenn es einen Gott im Himmel gibt, wird er Sie für Ihre Liebe zu meinem Kind schützen und belohnen. Und wenn Sie zurückkehren, dann ..." Die letzten Worte erstickte ein Schluchzen.

Trotz der Begeisterung, die die Verschonten empfanden, den Heimgesuchten helfen zu können, fehlte es nicht an giftigen Bemerkungen:

„Wie der Doktor seiner Frau so etwas erlaubt!"

„Ach, unser Doktor, der verbietet weder seiner Frau noch seinen Kindern je etwas."

„Nun wird das alberne Musizieren im Doktorhaus, diese nächtlichen Gelage, endlich ein Ende haben, und die Doktorin wird endlich einmal wieder Zeit für ihren Mann, ihre Kinder und ihre Nachbarn haben."

Eine sehr tugendhafte Bürgersfrau, die sich von meinem Vater behandeln ließ, erzählte ihm voll moralisch-pharisäerhafter Entrüstung alles, was sie auf der Station beim Abschied von den „Feinden" gesehen hätte; sie sei nämlich dabei gewesen und die Doktorin hätte sie wie eine Magd zum Körbetragen angestellt. Mein Vater hörte sich die Geschichte ruhig an und sagte dann in kindlicher Unschuld, als hätte er keine der Spitzen verstanden:

„Ja, es muß ein ergreifender Anblick gewesen sein, es tut mir leid, daß ich nicht dabei sein und meiner Frau helfen konnte. Sie hat sich viel zugemutet. Aber sie gehört zu jenen Naturen, die sich nicht zu schonen verstehen und aus Menschenliebe zu jedem Opfer fähig sind."

DURCHBRUCH ZUR WELT

Gott gab's mir, Gott gab's mir,
Gott gab's mir nicht in die Hand.
Gott gab's mir nicht in die Hand,
Eh ich's nicht selber verdiente.

Lettisches Volkslied

Die Welt wird nur dort vollauf verwirklicht und darum sichtbar, wo eine Menschenseele an ihr leidet und in ihr verzweifelt."

Dostojewskij

Das Brandmal

Es war mein tiefster Wunsch, so wie meine Schwestern eine öffentliche Schule zu besuchen. Alles, was sie von der Schule erzählten, war so interessant: Die Kameradinnen, ihr Frohsinn, ihre Spiele und Streiche, sogar die Lehrer. Für manche schwärmte man, über andere machte man Witze und Spottgedichte. Man brachte Zeugnisse nach Hause, bekam neue Schulkleider und zum Schluß legte man die Reifeprüfung ab, die einem das Recht gab, zu studieren.

„Ich will auch eine Schule besuchen . . ."

Mutter fand, das sei ein Unsinn, aber Vater hielt an seinem Wahlspruch fest: „Des Menschen Wille ist sein Himmelreich" und fuhr nach Libau, um mit der Direktorin des Mädchengymnasiums zu sprechen. Nach Mitau, wo meine Schwestern die Schule besuchten, konnte er sich nicht entschließen, mich fortzugeben. Aber Libau war ja nur zehn Kilometer von Grobina entfernt, und da er als Kreisarzt immer wieder in der Hafenstadt zu tun hatte, konnte er mich mehrmals in der Woche besuchen. Auch bestand die Möglichkeit, daß ich jeden Sonnabend nach Hause fuhr.

Dieses Mal kehrte er sehr niedergedrückt aus Libau zurück.

„Hast du mich angemeldet, Pappi? Vor den Examina habe ich ein wenig Angst, aber du kannst ohne Sorge sein, ich werde sie schon bestehen."

Seine schmale, blaugeäderte Hand zitterte, als er mir übers Haar strich: „Dieses Mal kannst du noch nicht unterkommen, vielleicht nächstes Jahr."

Der traurige Unterton in seiner Stimme beunruhigte mich:

„Warum denn, warum?“ Meine Augen füllten sich mit Tränen.

„Du weinst so leicht, weil du dort geboren bist, wo zwei Flüsse zusammenfließen“, versuchte er zu einem alten Scherz zurückzukehren. Aber ich drang immer wieder mit derselben Frage in ihn: „Warum kann ich nicht zum Examen gehen?“

Er verstand nicht zu lügen, auch nicht aus Liebe zu seinem liebsten Kinde. Er litt darunter, aber er konnte nur die Wahrheit sagen oder schweigen.

„Sieh, welch schöne Walnüsse ich dir mitgebracht habe. Wenn ich nächstens nach Wirgen fahre, nehme ich dich mit. Im Schloßpark wachsen Walnußbäume, und dieses Jahr haben sie Früchte angesetzt, leider aber werden sie in unserem Klima nie reif.“

„Ja, ich weiß, danke für die schönen Nüsse, aber sage mir doch, wie ist es mit dem Gymnasium?“

„Ein Jahr wirst du noch zu Hause lernen müssen.“

Ich erfuhr den Grund nicht, das heißt, gleich nach der Rückkehr meines Vaters erfuhr ich ihn nicht. Erst in später Nachtstunde teilten mir meine Spione, die ihren Dienst taten, auch ohne einen Aufrag erhalten zu haben, die Wahrheit mit. Zwei kleine Nagetierchen, meine Ohren, hatten sich an meinen Kopf gedrückt, von da aus liefen sie nach allen Richtungen, sie drangen in alle Ecken und Schlupfwinkel und brachten mir bisweilen eine süße Nuß, doch viel öfter ein Pfefferkorn. Für diese flinken Tierchen war keine Tür verschlossen, überallhin nagten sie sich ihren Weg, schlüpften durch die kleinste Spalte unbemerkt hindurch. In jener Nacht versenkten sie einen Giftkern in mein Herz, der die Wurzel meines Lebens zerstört hätte, wenn sich ihm nicht die alle tödlichen Säfte aufsaugende Sonnenkraft der überwindenden Liebe entgegengestellt hätte.

Als die Eltern sich allein glaubten, erzählte Vater in seiner nüchtern-sachlichen Art von seinem Besuch bei Anna Iwanowna Ljubimova, der Direktorin des Mädchengymnasiums. Sie hätte während ihrer fünfundzwanzigjährigen Praxis in ihrer Anstalt dumme und kluge, böse und gute Mädchen gehabt, begabte und stockdumme, erblich belastete und genialisch veranlagte, aber ein Kind, das nicht gehen könne, gehöre entweder ins Sanatorium oder ins Elternhaus, eine öffentliche Schule könne es nicht besuchen. Vater wisse vielleicht nicht, wie grausam junge Menschen seien. Die Gymnasiastinnen würden das Gebrechen ihrer kranken Mitschülerin verspotten und es läge nicht in der Macht der Direktorin, das kranke Kind vor schmerzlichen Szenen zu schützen. Auch die übrige Lehrerschaft würde mit einem solchen außergewöhnlichen Fall nicht einverstanden sein; die ihr untergebenen Lehrer könne sie vielleicht noch dazu bringen, das kranke Kind zu schonen, aber die vierzig Mädchen einer Klasse zu beeinflussen, stehe nicht in ihrer Macht.

Wie unter einem Peitschenhieb zuckte ich zusammen und preßte das Kissen auf mein Gesicht, damit man mein Schluchzen nicht höre. „Das kranke Kind!" — nun hatte ich das Kainszeichen.

Mutter konnte einen kleinen Triumph des Rechthabens nicht unterdrücken: „Sagte ich dir nicht gleich, daß das unmöglich ist, aber du mit deiner Einfalt! Du kennst die Menschen nicht! Onkel Hans hat wohl recht, wenn er sagt, auf dich passe nur ein Name: Der reine Tor. Du hast durch deinen Beruf so viel mit Menschen zu tun, aber du urteilst über sie wie ein Einfaltspinsel!"

So also waren die Menschen! Dann war es doch besser, nicht zu leben. Dann waren die Menschen ja noch grausamer als der liebe Gott. Aber hatte nicht Onkel Hans zu mir gesagt: „Im Reiche des Geistes gibt es nur eine Klassifizierung: Solche, die etwas können und solche, die nichts können."

Pappi kannte die Menschen nicht, da hatte Mammi vielleicht recht. Er kannte ihre Krankheiten, aber Bäume, Vögel und Insekten waren ihm vertrauter als die Menschen. Onkel Hans dagegen kannte die große Welt: Er war mit dem deutschen Kronprinzen in die gleiche Schule gegangen, er hatte unter Richard Strauß im symphonischen Orchester gespielt. Und Onkel Hans hatte gesagt: „Tanzen und springen, das tun viele nicht, obwohl sie es können, einfach, weil es ihnen nicht gefällt, aber die Freude an der geistigen Welt ist die höchste. Wer ihrer fähig ist, gehört zu den Auserlesenen." Onkel Hans konnte nicht Unrecht haben. Wenn ich nur daran dachte, wie er das große Symphonieorchester dirigierte, wie alle diese ernsten, feierlichen Männer seinem leisesten Wink folgten, der Bewegung seines kleinen Fingers und seiner Lippen.

Ein ganzes Jahr blieb ich noch zu Hause. Marta Jura hatte das Doktorhaus verlassen. Ihre Nachfolgerin war eine Gouvernante, die aufgab und abfragte und meinte, Pflicht einer Lehrerin sei es, aus allen Fächern, aus jedem dargebotenen Stoff durch eine Geheimpumpe den Lebenssaft herauszusaugen. Ich lernte kaum. Nichts machte mir Freude. Ich weinte nicht. Ich biß in meinen Arm. Das schmerzte. Ich biß noch mehr. Das schmerzte noch mehr. Aber das, was ich jetzt wußte, das schmerzte wahnsinnig, das schmerzte — ja, wie schmerzte das? Das war wieder etwas, wofür es keine Worte gab. Aber kann etwas sein, wofür es keine Worte gibt? Ich versuchte, ein Gedicht aufzuschreiben, aber die Sätze klangen so schamlos, sie gingen so breitspurig einher. Ich zerriß das Blatt Papier, öffnete das Fenster und wollte meinen Schmerz dem Winde übergeben. Aber das Papier fiel zu Boden, als sei es zu schwer, um verweht zu werden.

Das Zeichen Kains brannte auf Stirn und Brust.

Daß es traurig ist, nicht gehen zu können, und daß ich mich nie daran gewöhnen werde, das wußte ich nun schon lange. Aber daß es eine Schande sei, dieses Kreuz zu tragen, daß es eine zu verhehlende Schmach sei, die mich aus der Gemeinschaft meinesgleichen ausstieß, das erfuhr ich nun zum ersten Male. Gewiß, ich kann nicht schwimmen, ich kann nicht Schlittschuhlaufen, ich kann nicht tanzen, aber Geschichte und Mathematik — diese Dinge vollziehen sich doch im Kopf, und mein Kopf ist gesund. Ja, ist er gesund? Schreckliche Kopfschmerzen suchten mich heim, gegen die Vaters Arzneien machtlos waren. Ich wurde zum zweiten Male von einer grauenhaften Krankheit geschlagen. Und die zweite Heimsuchung war noch schlimmer als die erste, weil sie die Seele befiel! Nun trug ich zwei Kreuze. Das von Gott auferlegte und das von den Menschen mir aufgebürdete. Letzteres war aus Stacheldraht gewunden und viel schwerer. Mein Herz war von Natur aus so geschaffen, daß ich lieben, bewundern, mich begeistern mußte. Nun aber nisteten sich in meinem Inneren Angst, Mißtrauen, Neid und Bitterkeit und Verachtung ein. Ein Dickicht lebenzerstörender Gefühle.

Ich wagte nicht, die Augen zum Tageslicht zu erheben. Vor Spiegeln ergriff mich eine panische Angst.

Wie hatte Oma damals zu Vater gesagt? „Es wäre besser, wenn der liebe Gott dieses Kind zu sich genommen hätte . . .“ Gewiß wäre es besser, viel, viel besser! Aber der liebe Gott ist grausam, er läßt die kranken Kinder groß werden, damit die Menschen sie verhöhnen und aus ihrer Mitte ausschließen. Nur der liebe Gott selbst lacht sie nicht aus, nein, ich hatte nie ein Bild gesehen, auf dem der liebe Gott lachte. War er traurig, weil es nicht in seiner Macht lag, Menschen ohne Fehl und Makel zu schaffen? Ich konnte nicht verstehen, daß so ungleiche Wesen mit demselben Namen Mensch bezeichnet wurden. Der liebe Gott hatte meinen Vater geschaffen und Onkel Hans, aber auch die Direktorin. Wenn Onkel Hans der Direktor der Schule wäre, er trüge mich selbst in die Klasse, wie er mich in alle Symphoniekonzerte getragen hatte.

„Alle große Musik ist traurig", hatte er auf dem Wege zu einem Konzert gesagt. „Der Gipfelpunkt der abendländischen Musik ist wohl Bachs H-Moll-Messe, die ein Jesaia-Wort zum Thema hat: ‚Ich sah den Herrn'. Auch Beethoven und sogar der ‚heitere Mozart' haben ihre letzten, geheimsten Gedanken, ihre Gottesschau, in Moll ausgedrückt. Die G-Moll-Symphonie schrieb Mozart kurz vor seinem Tode, und alle vier Sätze enthalten eine verhängnisvoll düstere Stimmung; aber Mozart war so stark, daß er den Schmerz in Spiel verwandelte, und das ist ein Kennzeichen des Genies. Das Andante ist von jener eigenartigen Heiterkeit, die Rilke kennt: ‚Vielleicht ist Traurigsein reiferes Frohsein.'"

Als Kreisarzt hatte mein Vater alljährlich die Rekrutenaushebung zu überwachen. Das waren nervöse, unruhige Tage. Die Musterung selbst fand in Libau statt, aber schon Wochen vorher kamen Mütter, Frauen und Bräute, die durch Worte und Geschenke meinen Vater zu überzeugen versuchten, daß ihr Sohn, ihr Mann, ihr Geliebter todkrank sei und für den Soldatendienst absolut nicht tauge. Pauline, die alte Köchin, pflegte zu sagen: „Unser Herr ist ein guter Mensch, aber nicht recht gescheit. Was er in diesen Tagen abweist und hinauswirft, ist mehr wert als das, was er im ganzen Jahr verdient: Diese Gänse und diese Truthähne! Das reine Marzipan, Marzipan mit Mandeln!" An diesen Tagen müßte der Herr ihr erlauben, die Patienten zu empfangen. Nur eine Woche, oh, sie würde das verstehen! Gewiß, der Zar braucht Soldaten, aber er hat ja nicht verboten, Truthähne zu essen und einer armen Magd den Lohn um einige Rubel zu erhöhen.

An einem Vormittag hielt vor dem Doktorhaus ein elegantes Zweigespann. Ein Kutscher in Livree mit blitzenden Knöpfen, zwei blankgeputzte Pferde. Die kleinen Judenkinder aus den Nachbarhäusern umkreisten die schwarzlackierte Kalesche, aus der eine üppige, in Pelz gehüllte Dame stieg — Anna Iwanowna, die Direktorin des Mädchengymnasiums in Libau. Warum kam sie zu meinem Vater? Wenn sie an seine fehlerlosen Diagnosen glaubte, hätte sie ihn doch zu sich nach Libau zitieren können ...

Vater empfing sie! Oh, wie weh das tat! Er hätte sie doch ausschelten, ihr die Wahrheit sagen und sie hinauswerfen sollen!

Als sie ihm gemeldet wurde, beendete er geruhsam die eben begonnene Untersuchung eines kranken Judenmädchens, half der Mutter, das Kind in den Wagen zu tragen, und empfing dann die üppige Dame, deren Pelz und Goldkette so auffallend waren, daß unser ganzes kleines Städtchen zu eng für diese Pracht erschien.

Die Unterhaltung währte lange, sehr lange. Den Inhalt erfuhr ich fragmentarisch, die volle Wahrheit erst einige Jahre später, als dieser Schmerz schon durch einen anderen verdrängt worden war.

Anna Iwanowna hatte zwei Söhne, der ältere war ihr Abgott, und nun mußte er sich stellen: die Möglichkeit bestand, daß er als Rekrut in den Kriegsdienst gehen mußte. Anna Iwanowna erzählte meinem Vater, wie zart er sei, eine Lungenspitze sei angegriffen und sie wisse und mein Vater müsse es wohl auch wissen, daß in der Hast der allgemeinen Musterung mitunter auch kranke Burschen angenommen würden. Sie bat meinen Vater, ihren Sohn vorher zu untersuchen, um sich von seiner Anfälligkeit zu überzeugen. Dafür zu danken würde sie verstehen. Nach dem Gesetz war es verboten, die zu rekrutierenden jungen Männer vor der allgemeinen Musterung privat zu untersuchen. Vater erinnerte Anna Iwanowna an dieses Gesetz. Oh, sie sei Russin und kenne die russischen Gesetze, und klug sei nur der Mann, der das Gesetz nach seinem Sinne biege.

Darauf antwortete mein Vater, er würde den Sohn der verehrten Dame am festgesetzten Tage in Gegenwart der Kommission wie alle anderen untersuchen, er verspreche ihr, aufmerksam zu sein. Doch das Resultat hänge nicht von ihm allein ab; in der Kommission seien außer ihm noch zwei andere Ärzte. Ja, die beiden Russen kenne sie, die hätten ihren Champagner schon erhalten. Zu meinem Vater sei sie mit leeren Händen gekommen, denn sie sei eine gute Menschenkennerin, fünfundzwanzig Jahre habe sie eines der größten Mädchengymnasien geleitet. Sie wisse, daß sie bei meinem Vater durch Geschenke alles verderben würde. Aber eines wolle sie doch sagen, es gebe eine Ehrlichkeit, die man dumm nennen könne; sie wolle meinen Vater nicht kränken, aber es gebe eine Ehrlichkeit der Ängstlichen. Zum Schluß wies sie darauf hin, daß ein Vater, der seine Tochter so über alles liebhabe, doch verstehen müsse, wie eine Mutter ihren Sohn vergöttere, und was für einen Sohn!

„Ja, aber ich verlange nicht, daß jemand um meiner Tochter willen das Gesetz übertritt."

„Wohl aber seine Prinzipien und die Grenzen des Möglichen."

Am Abend sagte meine Mutter zu meinem Vater: „Du bist ein Tropf! Was liegt dem Kaiser daran, ob er einen Soldaten mehr oder weniger hat. Und unser Kind ist in diesem Jahr ganz grau und elend geworden."

Das Schicksal ist mir meist abhold gewesen. Es hat meine Kraft zu prüfen versucht, indem es sich mir meist von der allerschlechtesten Seite gezeigt hat. Aber dieses eine Mal war es mir günstig gesinnt. Bei der Untersuchung erwies es sich, daß die linke Lunge von Anna Iwanownas Sohn tatsächlich angegriffen war, und Vater konnte ihn am Tage der öffentlichen Kommission mit bestem Gewissen für den Kriegsdienst als untauglich erklären, womit seine beiden Kollegen, vom Champagner angeheitert, ohne den Burschen selbst zu untersuchen, durchaus einverstanden waren.

Im Herbst desselben Jahres machte ich mein Eintrittsexamen in die vorletzte Klasse des Mädchengymnasiums. Ich war sehr aufgeregt, nicht durch die Fragen, sondern durch das Fremde, das Ungewohnte. Doch allmählich kehrte sich die anfängliche Bangigkeit in freudige Zuversicht. Es war wie ein unterhaltsames Rätselraten. Beim Examen in der Naturgeschichte wurde ich über die Zusammensetzung des Blutes befragt. Dieses hatte ich unter dem Mikroskop meines Vaters kennengelernt und wußte darüber viel mehr, als im Schulbuch stand. Der Oberlehrer, ein Finne aus Helsinki, lachte vergnügt und sagte: „Umnitza, wot kakaja umnitza!"* Im Geographieexamen mußte ich, ohne auf die Karte zu sehen, die Nebenflüsse der Wolga und alle Städte im Gouvernement Tver nennen. Diese hatte ich einmal, wie vieles aus der

* Welch ein kluges Kind! Ach, welch ein kluges Kind!

Geographie, in Verse gesetzt. Ich schloß die Augen und sagte mein Gedicht auf. Der Examinator lachte und meinte, es habe keinen Sinn, mich weiter zu prüfen, er würde mir das höchste Zeugnis geben und schlage seinen Kollegen vor, das gleiche zu tun.

Nun hatte ich, wie all die anderen neununddreißig Mädchen, ein braunes Kleid mit einem weißen Kragen, eine schwarze Schürze und ein kleines silbernes Abzeichen an Mütze und Kleid. War nun das Brandmal endlich fortgewischt?

Erstaunt stellte ich fest, daß es Dinge gab, die den anderen Plage und Sorge bereiteten, mir aber nur Freude. Nach dem Erfolg meines Eintrittsexamens hatte ich das Gefühl, endlich einen Ort gefunden zu haben, wo es „kein Pedal" gab, keine Hindernisse. Aufsätze schreiben? Das war doch nur ein Vergnügen. „Die Frauengestalten in den Romanen Turgenjews", „Der Geizhals in den Toten Seelen", „Rudin als Typ des unnützen Menschen", „Tolstois Gedanken über Krieg und Frieden" — was für herrliche Themen! Unbegreiflicherweise gab es Mädchen, die für ihre Arbeiten eine Zwei erhielten. Fünf bedeutete das höchste Zeugnis, soviel wie ausgezeichnet, vier - gut, drei - genügend, zwei - ungenügend. Daß man für einen Aufsatz eine Zwei erhalten konnte, war mir unfaßlich, und daß ich für meine Kameradinnen ihre Hausaufsätze schreiben durfte, war mir eine große Genugtuung. Wir einigten uns vorher: Welches Zeugnis willst du haben? Ich bot eine Fünf an. Nein, dann riecht Maria Iwanowna den Braten — Maria Iwanowna war Lehrerin der russischen Sprache. „Eine Drei genügt mir. Und nur nicht zu klug. Weißt du, so ganz bescheiden, mit einigen ungewandten Redewendungen." Eine andere Kameradin wollte unbedingt eine Fünf haben. Eine solche hatte sie noch nie in ihrem Leben erhalten, und ihr Vater, ein russischer

Offizier, hatte ihr ein Reitpferd versprochen, wenn sie eine solche bekäme. Und sie bekam sie auch, denn ich hatte an ihrem Aufsatz so lange gearbeitet, daß mir für meinen eigenen nur wenig Zeit übrigblieb, und meine Arbeit wurde mit einer Vier bewertet.

„Das ist eine Schweinerei", sagte die Beschenkte in ehrlicher Empörung, aber mich grämte das wenig; es war so herrlich, Reitpferde zu verschenken!

Oft versuchte ich, die kommenden Geschicke meiner Kameradinnen zu erraten. Das Beobachten der Menschengesichter und Gestalten wurde mir zur Leidenschaft. Wir trugen alle die gleiche Uniform und doch war jedes Mädchen unverwechselbar. War ich mit meinem Aufsatz fertig, betrachtete ich meine noch schreibenden Kameradinnen. So viel Hände bewegten sich auf dem Schreibpult. Jede hatte fünf Finger und sah doch so ganz anders aus. Manche hatten Babyhände, manche kleine weiche Seidenkissen, wieder andere fünf trockene Reisstöckchen, und dann waren da verzauberte Vögel und Blumen. Und erst die Gesichter! Jedes erzählte eine Geschichte. Jeder Mund war anders gezeichnet; mancher sah aus, als müßten noch einige Striche hinzugefügt werden, als hätte der Maler nicht Zeit gehabt, das Porträt zu beenden. Es gab Gesichtszüge, die so unklar waren, als hatte sie eine unsichtbare Hand mit einem riesigen Radiergummi ausgelöscht. Nachts, wenn ich nicht schlafen konnte, ließ ich die Gesichter meiner Schulkameradinnen an mir vorbeiziehen. Ich kannte ihre Gesichtszüge auswendig, und es war wie das Aufsagen bekannter und geliebter Gedichte. Wie ein Wunder erschien es mir, daß derselbe Typ in so unendlichen Variationen vorkam. Nie waren zwei Menschen einander restlos gleich. Das gab's nur in Komödien, wo die Menschen zu Schauspielern geschminkt wurden.

Früh lernte ich die Kunst des Zuhörenkönnens. Zuerst

kamen sie zu mir, um Aufsätze zu bestellen, später — um ihr Herz auszuschütten. Ich tat, als sei mein Herz eine leere Halle, in der jeder seinen schweren Koffer abstellen kann. Je schweigsamer, je passiver ich war, desto mehr Vertrauen hatten sie zu mir. Bisweilen fiel es mir schwer, so lange zu schweigen. Oft wußte ich im voraus, was sie mir erzählen würden. Gern hätte ich der Erzählerin ihr Geheimnis vorhergesagt, aber instinktiv fühlte ich, daß ich sie dadurch tief enttäuschen würde. Weil ich selbst nichts fühlte, das heißt, so tat, als ob ich nichts fühlte, mich in nichts mischte, besaß ich eine Autorität. Ich spielte gewissermaßen Theater, hatte aber die Rolle nicht selbst gewählt, sie war mir von einem unsichtbaren Regisseur zugeteilt, und ich spielte sie so gut ich konnte, obwohl ich lieber eine andere gehabt hätte.

Vor dem Mathematiklehrer Gadebskij hatten wir alle Angst. Ein dickes, blasses Mädchen — sie hieß Lonny Weise — fiel in Ohnmacht, wenn sie an der Tafel eine komplizierte Aufgabe rechnen mußte. Die ganze Klasse sorgte eifrig dafür, daß ihr auf unsichtbare Weise „Spicker“ zugesandt wurden — so nannte man die winzig kleinen Zettel, auf denen die Begabten den Minderbegabten schwierige Antworten in einer Hieroglyphenschrift mitteilten. Das Erklären der geometrischen und trigonometrischen Aufgaben bereitete mir fast noch mehr Freude als das Aufsatzschreiben. Diese Aufgaben waren weit unterhaltsamer als die Kreuzworträtsel von Onkel Hans.

Wenn man richtig aufpaßte und sich genau konzentrierte, ergaben sich die Antworten von selbst. Man mußte nur die Sprunghaftigkeit des Denkens überwinden, einige Augenblicke an nichts anderes denken als an die stumpfen und spitzen Winkel, an die Sinusse und Kosinusse. Unter meinen Kameradinnen gab es einige, die trotz stundenlangen Grübelns eine trigonometrische Aufgabe nicht lösen konnten, und es waren wirklich reizende Mädchen, die ich von Herzen liebte. Nachts dachte ich bisweilen darüber nach, wie ich Lonny Weise eine mathematische Aufgabe am einfachsten erklären könnte, so daß sie es gleich verstünde.

Ich war mit meinen sechzehn Jahren die Jüngste in der Klasse, hatte aber das Gefühl, all diese Mädchen seien meine Kinder, für deren Erfolge und Mißerfolge ich die Verantwortung trage.

Der größte Teil meiner Mitschülerinnen waren Töchter russischer Beamter, die damals unser Land verwalteten, Jüdinnen, deren Eltern die schönsten Häuser und größten Geschäfte in Libau gehörten. Außerdem waren in der Klasse zwei deutsch-baltische Mädchen, einige Lettinnen und eine Litauerin. Aber wir wußten kaum die Nationalität voneinander. Wir alle waren Gymnasiastinnen und sprachen untereinander nur russisch. Damals meinte ich, daß man in keiner anderen Sprache seine Gefühle, sein Innenleben, so präzis ausdrücken könne. Auch wenn ich an Sonn- und Feiertagen nach Hause kam, wollte ich nur russisch sprechen. Mein Vater hatte nichts dagegen, war aber ungehalten, wenn ich nach Schülerinnenart die Sprachen durcheinandermengte: „Du magst kein geflicktes Kleid, aber eine geflickte Sprache ist noch viel häßlicher." Er selbst beherrschte das Russische nicht so gut wie ich, hatte er doch ein deutsches Gymnasium absolviert, und Dorpat war während seiner Studienzeit eine deutschsprachige Universität. Allerdings, als er Kreisarzt wurde, mußte er sein Staatsexamen noch einmal in russischer Sprache machen. Die grammatikalischen Regeln aller drei Landessprachen, wie auch die des Französischen, kannte er haargenau und achtete darauf, daß ich mich auf diesem Gebiet nicht verging.

Ich las damals ausschließlich russische Bücher. Ich schwärmte für die Heldinnen Turgenjews, diese königlich-selbständigen und selbstsicheren Frauen, die um ihres Glückes willen nie das ethische Gesetz verletzten. Lisa im „Adelsnest" ging lieber ins Kloster, als daß sie ihr Glück auf dem Unglück einer anderen Frau aufbaute. Ich sah sie so deutlich in ihrem weißen, faltenreichen Sommerkleid auf dem schmalen Steg, der in den Teich führte. Regungslos stand sie da und angelte. Ihr Strohhut hing über dem Arm und ihr edles, strenges Profil, ihre elfenbeinerne Schönheit, zeichnete sich rein vom Sommerhimmel ab.

Kam ich mit meinen Kameradinnen zusammen, konnten wir stundenlang darüber streiten, welcher Frau Turgenjews der erste Platz gebühre.

Um die Tragik des religiösen Kampfes Tolstois zu begreifen, waren wir noch zu jung. Auch hatten wir wenig Sinn für religiöse Probleme, soziale und philosophische standen an erster Stelle. Tolstoi war damals für mich der unvergleichliche Menschenschilderer. Die Gestalten seiner Romane kannte und liebte ich wie meine Klassenkameradinnen, am meisten natürlich Natascha aus „Krieg und Frieden". Mir war, als hätte ich Nataschas ersten Hofball selbst mitgemacht. Ich erlebte in meinem eigenen Innern den ganzen Jubel, die schwebende Leichtigkeit, ich berauschte mich an ihrem Erfolg im Tanzsaal, aber noch mehr an der Kunst ihres Gesanges. Seltsam, daß man das Singen so beschreiben konnte. Ich hatte ja selbst oft und viel Musik gehört, aber die Schönheit des Singens, das Freiwerden durch das Singen, das Einswerden mit dem Kosmos offenbarte sich mir erst, als ich mit Tolstois Ohren dem Liede seiner Lieblingsheldin lauschte. Und Fürst André Bolkonskij, der, auf dem Kriegsschauplatz schwer verwundet, in den endlos tiefen, blauen Himmel schaut und zu der Erkenntnis kommt, daß er seine Feinde liebt, war natürlich mein höchstes Ideal.

Aus Tolstois Kosmos drang zu mir die Frage über die Beziehung des Menschen zu Gott, zur Welt, zur Ewigkeit und Unendlichkeit. Die höchste Genugtuung, die man im persönlichen Leben erreichen kann, ist, das Glück der Mitmenschen zu fördern, ihnen nützlich und unentbehrlich zu sein. Die höchste Wissenschaft ist diejenige, die den Menschen lehrt zu leben, ohne dem anderen Leid zuzufügen.

Aber auch die rein sinnlichen Schilderungen fesselten mich. Die milde Frühlingsnacht, der Duft des Taus in „Auferstehung" — das waren Bilder, die mich nicht minder stark als die Geschehnisse meines persönlichen Lebens beeindruckten. Der absolute Glaube an die Vernunft, die intellektualistische Einstellung zum Leben, wurde durch Tolstoi aufgehoben. Mir war, als sei ich vor Millionen Jahren ein Faulbaum gewesen, der unvernünftig früh im Frühling grünt, unvernünftig schnell seine Blüten öffnet, seinen Duft verströmt und erlischt. Aber es war unendlich schön, sich im Wasser zu spiegeln und die Blüten in die dunkle Flut zu tauchen.

Ich versuchte, mich in die Gemeinschaft der Menschen einzubeziehen, ihr Leben ebenso intensiv wie das meine zu leben, nein, noch intensiver, denn was lag schon an meinem eigenen Leben?

Ich wollte, daß mein Geist, trotz meines gebrechlichen Körpers, frei schalte. Wie der dogmatische Katholik an das heilige Sakrament, glaubte ich an die Allmacht des Geistes. Eine lange zurückgedämmte Kraft war nun in mir freigelegt, die Kraft, die am sichersten selig macht, und die sich im Austeilen äußert. Ich war meinen Kameradinnen immer sehr dankbar, wenn sie mich nötig hatten, denn dadurch war es mir, als beschenkten sie mich ununterbrochen.

Wenn ich auch einzelne spezielle Freundinnen hatte, so liebte ich sie doch alle, wie ich überhaupt in allen Phasen meines Lebens immer geliebt habe. Zu meinem Geburtstag lud meine Pensionsmutter alle neununddreißig Klassenkameradinnen ein und bewirtete sie mit Brötchen, heißen Piroggen, Kuchen, Pasteten und würzigem Rossol, die nach deutschen, polnischen, russischen und lettischen Rezepten hergestellt waren. Jedes Mädchen brachte mir eine Blüte. Sie hatten untereinander abgemacht, daß keine der Blumengaben sich wiederholen dürfe, und da mein Geburtstag in den Dezember fällt, war es gar nicht so leicht, neununddreißig verschiedene Blumenarten aufzutreiben.

Wir verbrachten den ganzen Abend, indem wir unsere Lieblingsdichter deklamierten und einander vorlasen, wobei jede Programmnummer einer der Anwesenden gewidmet war. Dies wurde aber nicht vorher verlautet, sondern auf einem Geheimzettel notiert. Wer am meisten Nummern erriet, hatte in unserem selbsterfundenen literarischen Spiel gewonnen, war Königin des Festes und erhielt zum Schluß eine weiße Rose.

Fünf Stunden war ich täglich im Gymnasium. Die sechste Stunde war entweder Gesang, Handarbeit oder Turnen, Fächer, von denen man dispensiert werden konnte. Wenn in den ersten beiden Jahrzehnten unseres Jahrhunderts auf körperliche Ertüchtigung allgemein wenig Gewicht gelegt wurde, dann ganz besonders in den russischen Gymnasien der zaristischen Zeit: Körperliche Übungen waren etwas Plebejisches. Soldaten mußten ihre Muskeln stählen, nicht Gymnasiastinnen. Wie es kam, daß ich gegen Handarbeiten eine Abneigung hatte, habe ich schon erzählt, und es bereitete mir keinen Kummer, daß ich an den Handarbeits-, wie auch an den Turnstunden nicht teilnahm. Dagegen schmerzte mich der Verzicht auf die Gesangstunden sehr. Geschah es, daß der mehrstimmige Gesang meiner Schulkameradinnen zu mir drang, während ich auf den Schuldiener wartete, schnürte mir etwas die Kehle zu: „Oh, die Glücklichen, sie dürfen singen, sie können singen, sie lernen viele schöne neue Lieder!“ Aber gleich darauf wies ich mich selbst streng zurecht: „Was liegt denn an einem Liedchen, ob man es kann oder nicht kann? Ich will ja gar nicht singen. Und wenn ich auch hinuntergehen und singen könnte, ich täte es nicht, nein, ich täte es bestimmt nicht!“ Jede Woche einmal suggerierte ich mir beharrlich diesen Gedanken ein, und mit gutem Erfolg. Bald war ich so weit, daß ich nicht einen Ton, nicht das kleinste Lied singen konnte, auch dann nicht, wenn ich allein war und äußere Umstände mich daran nicht hinderten.

Es gab einen besonderen heimlichen Grund, warum ich die sechste Stunde im Gymnasium nicht bleiben konnte. Ich verachtete meinen Körper und schämte mich meiner körperlichen Bedürfnisse so sehr, daß ich eher gestorben wäre, als daß ich je jemanden „in dieser Angelegenheit“ um Hilfe gebeten hätte.

Die Gymnasiastinnen nährten ihr Vorstellungsvermögen vorzüglich aus zwei Quellen: Aus den Büchern Dostojewskijs, Tolstois und Turgenjews, wo es immer um das Höchste ging, und aus ihrem persönlichen Leben, das klein und eng war. Sie hatten mich in spöttisch-liebevoller Art zu einem höheren Wesen erhoben, und ich hatte nicht den Mut, den mir geschenkten Nimbus zu zerstören. Sie liebten und verwöhnten mich auf ihre Weise, aber junge Menschen besitzen wenig Einfühlungsvermögen, und wer selbst vom Schicksal nicht gepreßt und gezwickt worden ist, erwirbt ein solches bis ins späte Alter nicht. Selbst wenn mich Schmerzen und Krämpfe heimsuchten, habe ich meine Kameradinnen um eine Hilfeleistung „in dieser Angelegenheit" nie gebeten. Meine Qualen suchte ich dadurch zu mildern, daß ich, ehe ich in die Schule ging, nur ganz wenig trank und in der großen Pause am allgemeinen Teetrinken nie teilnahm. Anfangs versuchten die Mädchen mich zu überreden: Sie stellten das gefüllte Glas vor mich hin und tranken ihren Tee in meiner Nähe, das heiße Getränk überschwenglich rühmend. Als ich aber nie meine Lippen auch nur befeuchtete, gaben sie sich schließlich zufrieden.

In meinem Herzen beneidete ich die Unbehinderten, die trinken konnten, wann und wieviel sie wollten. Sie wußten nicht, wie peinigend es ist, wenn der Mund so trocken und heiß wird, daß es im Kopf zu summen und zu surren beginnt. Hätte ich Rosa, Tosja oder Ilze die Wahrheit gesagt, hätten sie mich zuerst nicht verstanden, dann hätten sie mich neugierig und verloren angeschaut, kränkende Fragen gestellt und schließlich mit vielen unnützen Worten und ungeschickten Bewegungen mir geholfen.

Doch davor fürchtete ich mich. Faßt man einen Schmetterling an seinen Flügeln, raubt man ihm seine Beschwingtheit. Gewiß, ich war kein Schmetterling, ich war nur ein erdgebundenes Geschöpf, aber immer wieder dachte ich an die Schmetterlinge, die, von grobdrähtigen Menschenhänden berührt, nicht mehr fliegen können und traurig über die Erde kriechen.

Ich weiß nicht, welche Qualen in meinem Leben heftiger gewesen sind, die seelischen oder die körperlichen, aber eines weiß ich: Viele von ihnen sind unnütz und sinnlos gewesen und haben mich weder geläutert noch gestärkt, sondern nur meine körperlichen und geistigen Kräfte zerbröckelt und ein Gefühl der Minderwertigkeit genährt. In der Gymnasiastenzeit, der glücklichsten meines Lebens, war die Notdurft des Körpers und die Angst, die ewige Angst, daß ich diese Notdurft nicht mehr werde beherrschen können, eine ständige Folterqual. Ich litt unter der Häßlichkeit des Menschseins, und wie vor Nadelstichen fürchtete ich mich vor Worten, Blicken und Bewegungen, die das Animalische zum Ausdruck brachten. Ich wäre lieber gestorben, als daß ich das übelriechende Wort W.C. ausgesprochen hätte. Ich war geradezu erschüttert, als ich zufällig auch die unanständigen Wörter im Lexikon entdeckte. Über die abstoßenden Alltagsdinge sollte man nicht sprechen, genug, daß sie da waren, daß man sie nicht auslöschen konnte wie eine schiefe Linie in einer Geometrie-Zeichnung. All das Triviale, all jene Poschlost, die Tschechow so unvergleichlich beschrieb, ängstigte mich, und die rein biologischen Funktionen empfand ich als Schmach. Vielleicht liebte ich die Blumen so sehr, weil sie ihr Leben schweigend, ohne die innere Einheit zu zerstören, vollenden.

Aber der Alltag rächte sich an mir, wie sich alle Dinge am Menschen rächen, zu denen man nicht den richtigen Abstand findet. Ich besaß damals noch nicht die Weisheit der Distanz, und ganz habe ich sie mir wohl nie angeeignet. Meine Angst vor der Realität des Lebens war so stark, daß meine Mitschülerinnen mich in gutgelauntem Spott Amata Abstraktowna nannten.

Schon während meiner Gymnasiastenzeit hörte ich die in späteren Jahren als trivialste Unwahrheit empfundene, durch die Oberflächlichkeit des Denkens und die Blindheit des inneren Auges zu erklärende Behauptung, die meine geistigen Leistungen mit meinem körperlichen Behindertsein in Verbindung brachte. Ich aber erlebte täglich, wie die Notdurft des Leibes mich hinderte, an den Dingen des Geistes teilzunehmen, wie der laute Schmerz die schön geflochtenen Gedanken-Girlanden gewaltsam zerriß und der größte Teil meiner seelischen Kraft und meines schöpferischen Willens im Kampf gegen das physische Ungemach sich verbrauchte.

Der Zyklop, Duschetschka und andere Lehrer

Unsere Lehrer am Gymnasium waren klassische Figuranten der alten russischen Schule. Sie trugen schwarze Uniformen mit goldenen Knöpfen. Auch die Lehrerinnen hatten eine Uniform, dunkelblaues Kleid mit weißem Kragen. Die Lehrer sprachen mit uns „vom hohen Olymp herab". Die von ihnen gestellten Forderungen waren abstrakt und lebensfremd.

Der dunkelste Punkt in meiner Gymnasiastenzeit war der Mathematiklehrer Gadebskij; ich nenne ihn hier beim richtigen Namen, vielleicht aus Rache. Er gehörte in die Reihe meiner Peiniger. Auf allen Stufen meines Lebens sind mir böse Menschen begegnet, die mich grundlos gequält oder mit Schmutz und Lügen beworfen haben. Ich habe versucht, mich mit dem alten chinesischen Sprichwort zu trösten: „Weißer Diamant ist gegen Schmutz gefeit. Besudelt ihn, beschmiert ihn, er bleibt weiß." Aber ich war leider kein Diamant.

Gadebskij war in seiner Schlechtigkeit so mächtig, daß er bisweilen alles Licht meiner Gymnasiastenzeit verdunkelte. Er war es wohl, der mich zum ersten Male über eine Frage nachzudenken zwang, auf die ich noch heute keine Antwort gefunden habe: Gehört das Böse zum Weltplan Gottes? Alle Lehrer nannten wir mit ihrem

Vatersnamen, wie das ja im Russischen üblich ist, nur ihn nannten wir mit seinem Familiennamen und drückten dadurch unsere Verachtung aus, denn Gadebskij kommt vom Worte gadkij und das bedeutet widerwärtig, ekelhaft. Er war von mittlerem Wuchs, stämmig, schwarzhaarig. Ein schwarzer Backenbart, ein gelblich-blasses Gesicht, in dem zwei kleine schwarze, böse Augen brannten. Lonny Weise hatte solche Angst vor ihm, daß sie in Ohnmacht fiel, wenn sie an die Tafel gerufen wurde. Während sie von ihren Mitschülerinnen hinausgetragen wurde, verzog sich sein Gesicht zu einem teuflischen Grinsen: „Die Jungfrau glaubt, daß sie durch ihre Hysterie einer Zwei entgeht, aber, o weh, sie irrt sich." Wollüstig schrieb er das ungenügende Zeugnis ins Klassenjournal, indem er durch die Zähne zischte:

„Diese Zwei sitzt wieder einmal so fest wie ein Nagel am Finger."

Das erste Extemporale hatte mir das beste Zeugnis eingebracht. Es war Sitte, daß im Laufe des Semesters jede Schülerin einmal an die Tafel kommen mußte, um eine Aufgabe zu lösen. Wie würde ich das machen? Diese Frage bereitete mir manche schlaflose Nacht. Ich wagte aber nicht, darüber zu sprechen. Abends betete ich: „Lieber Gott, wenn Gadebskij mich aufruft, gib mir nur für diesen einen Tag die Zauberkraft, an die Tafel zu gehen. Ich glaube an Wunder, es geschahen doch Wunder, früher einmal, warum könnte nicht auch heute einmal ein Wunder geschehen? Nur ein einziges Mal, lieber Gott, ich will dir dafür mein ganzes Leben dankbar sein." Ich wußte, daß dieses Gebet sinnlos war, aber ich betete trotzdem. Und dann kam einer der grausigsten Tage meines Lebens.

Gadebskij ruft mich auf. Totenstille. Die ganze Klasse hält den Atem an. Niemand wagt ein Wort zu sagen. Ich werde nicht in Ohnmacht fallen wie Lonny Weise. Nein, das werde ich nicht. Das ist zu erbärmlich. Ich — o Gott — jetzt weiß ich, wie es einem Sterbenden zumute ist.

Da stand Rosa Rewid auf und hatte den Mut, das Schmerzliche auszusprechen und dadurch den Teufelsbann zu brechen. Ich hörte ihre Stimme wie aus weiter Ferne, ruhig und sachlich sagte sie: „Pjotr Iwanowitsch, Amata Egle kann nicht gehen, aber sie kann die Aufgabe auf einem Stück Papier, an ihrem Tisch sitzend, ausrechnen."

„Meinen Sie, das sie das kann?" höhnte er.

„Gewiß", erwiderte Rosa in unerschütterlicher Ruhe, und erklärend fügte sie hinzu: „Pjotr Iwanowitsch, diktieren Sie bitte die Aufgabe und Egle schreibt sie nicht an die Tafel, sondern auf ein Blatt, das ist ja doch dasselbe."

Rosa konnte sich diese unerhörte Kühnheit leisten, sie war die beste Mathematikerin der ganzen Klasse. Für uns beide waren mathematische Aufgaben ein erquicklicher Sport.

Hochrot setzte sie sich auf ihren Platz. Ihr Gesicht und ihre Augen brannten. Die ganze Klasse sah sie voll Bewunderung an. Gadebskij diktierte die Aufgabe. Ich rechnete. Im ersten Augenblick verstand ich nichts, so aufgeregt war ich. Die Gleichungen drehten sich wie Kreisel vor meinen Augen, aber die ganze Klasse atmete mit mir. Keines der Mädchen zweifelte, daß ich die ungewöhnlich schwere Aufgabe blendend lösen werde. Und dieser Glaube stärkte mich von Augenblick zu Augenblick wie eine kräftespendende Injektion. Ich konnte, ich durfte die Klasse, deren Stolz ich war, nicht enttäuschen. Nein, eine so niedrige Person war ich nicht, um ihretwillen mußte ich mich beherrschen. Wenn ich jetzt geweint hätte, hätten sich die meisten von mir abgewandt. Ach, diese lieben Mädchen! Die, die eben an der Tafel stand, antwortete einen Unsinn, weil sie zu mir herüberschielte, um festzustellen, wie ich mit meiner Aufgabe fertig würde. Und ich war auch schon fertig und hob, um dem grimmigen Zyklopen das Ergebnis kundzutun, freudig die Hand. Er sah es nicht. Er drückte seine Verachtung dadurch aus, daß er mich überhaupt nicht sah. Ich ließ die Hand sinken und hob sie nach einer Weile wieder. Er reagierte auch darauf nicht. Eine Kameradin war davon so erschüttert, daß sie, obwohl ein mathematikbegabtes Mädchen, eine falsche Antwort gab und eine Zwei erhielt.

Da tat Rosa das, was niemand vor ihr und niemand nach ihr in unserer Klasse und wohl im ganzen Gymnasium getan hatte, ohne Erlaubnis einzuholen: Sie stand auf, nahm mein Blatt mit der Rechnung, überflog es mit einem kennerischen Blick, nickte mir befriedigt zu und legte es dann auf das Katheder des Wüterichs. Wieder herrschte in der ganzen Klasse Totenstille. Gadebskij hob seine zusammengekniffenen, kurzsichtigen Augen vom Klassenjournal und sah Rosa strafend an. Sein Gesicht verzog sich zu einer Grimasse, doch ehe er den Mund öffnen konnte, sagte Rosa: „Ich habe Ihnen Egles Algebra-Aufgabe gebracht."

„Wer hat Sie dazu bevollmächtigt? Wer..." Seine Stimme zitterte vor Wut. Sekundenlange Pause. Ich spürte, wie mein Herz zu schlagen aufhörte. Ich weiß, nicht, was geschehen wäre, wenn Rosa in diesem Augenblick die Geistesgegenwart verloren hätte. Aber mit einer Ruhe, die ich früher nie bei ihr gekannt hatte, mit einem leichten Schimmer von Überlegenheit und Spott in der Stimme, sah sie dem Zyklopen ins Gesicht und antwortete: „Sie fragen, wer mir erlaubt hat, aufzustehen und Ihnen die Aufgabe zu überreichen?"

„Ja, das frage ich Sie."

„Mein Gewissen."

Die Luft war mit Elektrizität geladen, der Donnerschlag mußte jeden Augenblick niederdröhnen, aber an seiner Stelle läutete schrill die Glocke, und wie Gadebskij sich nie auch nur eine Sekunde verspätete, so pflegte er auch seine Stunden genau mit dem Glockenschlag abzubrechen. Er schlug das Klassenjournal zu und verließ den Raum, ohne auch nur eine von uns eines Blickes gewürdigt zu haben.

Ein wildes Hallo erhob sich. Beide Heldinnen der Tragödie, Rosa und ich, wurden stürmisch umarmt und geküßt. Nur Olga meinte, indem sie mit vollem Mund ihr Frühstück aß: „Er wird es durchsetzen, daß Rosa im Betragen ein schlechtes Zeugnis bekommt. Sie hat gegen die Disziplin verstoßen und in unserem Gymnasium ist Disziplin die Hauptsache. Wir sind ja in keiner Privatschule, wo jeder tun und lassen kann, was ihm einfällt. Du wirst sehen, Rosa, daß er sich schrecklich an dir rächen wird."

„Und wenn er es tut", erwiderte Rosa, „so werde ich auf dieses schlechte Zeugnis so stolz sein, wie ich noch nie auf ein gutes stolz gewesen bin."

Weder meiner Mutter, noch Onkel Hans, nur meinem Vater erzählte ich von dem Vorfall in der Mathematikstunde. Mit unserer Klassenlehrerin, deren Aufgabe es war, uns zu erziehen, für uns „wie eine Mutter" zu sorgen und mögliche Konflikte zwischen Lehrern und Schülern zu schlichten, sprach ich darüber kein Wort. Ich schämte mich. Ich schämte mich, ihr mitzuteilen, wie schlecht und ungerecht Gadebskij gewesen war. Auch wußte ich, daß ihr Amt ihr gebot, die Partei des Lehrers zu ergreifen. Als ich Vater von meinem Peiniger erzählt hatte, schwieg er. Dann seufzte er und sagte: „Der Name dieses Lehrers besagt schon, daß er ein schlechter Mensch ist. Du darfst darüber nicht weinen. Traurig darf man nur sein, wenn man selbst etwas Schlechtes getan hat, aber wenn andere schlecht sind, muß man es vergessen, denn ändern kann man nur sich selbst, nicht die andern." Ich war über Vaters Verhalten erstaunt und betrübt. Warum ging er nicht zu Gadebskij? Warum sagte er ihm nicht die Wahrheit? Warum nannte er ihn nicht einen gemeinen Kerl?

Aber als mein Vater schwieg, versuchte auch ich meine anklagenden Fragen zum Schweigen zu bringen. Dunkel ahnte ich, daß für böse Menschen Verfolgungen eine Art Genugtuung sind, wie Wohltun für gütige Menschen. Um gegen das grundlos Böse, das mir in der Gestalt des Mathematiklehrers zum ersten Male begegnete, und mit dem ich in meinem späteren Leben einen unentwegten Kampf geführt habe, besser kämpfen zu können, gab Vater mir eine Waffe in die Hand: den Willen zur Selbstvervollkommnung. Er nahm für mich einen privaten Mathematiklehrer, der meine Kenntnisse in dieser Wissenschaft noch vervollkommnen sollte, und hoffte, daß meine in Zukunft lückenlosen mathematischen Kenntnisse dem Bösen jede Möglichkeit eines Angriffs rauben würden. In beiden mathematischen Fächern, in Algebra und Trigonometrie, wurde ich in den folgenden Semestern in der gleichen Weise aufgerufen, nur fiel selbstverständlich bei der Wiederholung die übermäßige Spannung fort. Rosa behielt auch ferner die Rolle des Hermes. Gadebskij bemühte sich, besonders schwierige Aufgaben für mich zusammenzustellen, aber mein Privatlehrer schulte mich so ausgiebig in der Gehirngymnastik, daß ich auch die gefährlichsten Pirouetten vollziehen konnte und mich mit der Zeit zu einer Seiltänzerin in diesem Fach entwickelte. Am Schluß des Jahres erhielt ich in beiden mathematischen Fächern die höchste Note. Die Kameradinnen frohlockten:

„Einfach großartig! Gadebskij, diesem Schwein, ist es nicht gelungen, dich in die Grube zu stürzen. Wenn er auch ein Teufelssohn ist, so weiß er doch ganz gut, daß keine von uns diese Aufgaben je gelöst hätte."

„Doch, Rosa könnte es", sagte ich überzeugt. Rosa überlegte. „Vielleicht, vielleicht auch nicht. Übrigens, ist eine mathematische Aufgabe richtig gestellt, muß man sie lösen können. Mit den Lebensaufgaben ist es allerdings vollkommen anders, leider!" Und sie biß herzhaft in ihren Apfel.

Seit jenen Ereignissen war Rosa meine beste Freundin. Sie war klein und zierlich von Wuchs und hatte das krause Haar ihrer Rasse. Ihre roten Hände waren im Winter von Frostbeulen entstellt. In ihrem Gesicht war ein seltsamer Widerspruch. Sie hatte die rührenden runden Augen eines kleinen Mädchens, einen unentwickelten Kindermund, Grübchen in den kindlich gerundeten Wangen, aber dieses Kleinmädchengesicht war von einer ungewöhnlich hohen, mächtigen Stirn überwölbt, aus der ein männlicher Intellekt sprach.

Fast jeden Nachmittag besuchte sie mich. Von unserem persönlichen Leben sprachen wir kaum. Ich wußte nicht einmal, wie viele Geschwister sie hatte und welchen Beruf ihr Vater ausübte. Das alles erschien uns damals sehr unwichtig. Viel wichtiger war es, zu entscheiden, ob Raskolnikoff ein Recht hatte, die alte Wucherin zu erschlagen. Rosas Logik war scharf, unbarmherzig klar konnte sie alles beweisen. Als ich sie fragte: „Könntest du denn so etwas tun?", erwiderte sie: „Nein, aber nicht moralische Vorurteile würden mich daran hindern, sondern ein rein ästhetischer Widerwille. Blut und so etwas ist mir unappetitlich. Ich könnte nie Medizinerin werden. Lonny fällt vor mathematischen Formeln in Ohnmacht und ich, wenn ich ein paar Blutstropfen sehe."

Damals begann meine Liebe zu Dostojewskij. Kurz vor meiner Konfirmation — übrigens war dies für mich ein langweiliger und belangloser Tag, denn der Pastor von Grobina kannte weder Dostojewskijs noch Tolstois Weisheit, und man konnte mit ihm über kein Thema ernstlich philosophieren — ja, vor meiner Konfirmation fragten mich meine Eltern nach einem speziellen Wunsch. Ein Schmuckstück? Vielleicht einen kleinen Ring? Oder eine Uhr? Nein, das ewige Ticken in unmittelbarer Nähe würde mich beim Denken stören. Nun, dann vielleicht ein schönes Porträt meines Lieblingsdichters? Ja, ich wünschte mir ein Bild von Dostojewskij. Er hatte so unendlich viel gelitten und dennoch das Leben geliebt und gesegnet.

Der Dichter wußte, daß Träume einen Menschen nicht minder als die Wirklichkeit martern, daß man vor Träumen Angst haben und sie nicht immer von der Wirklichkeit unterscheiden kann. Selbst seine Qualjahre in Sibirien verblassen vor einzelnen Traumerlebnissen: „Träume sind, wie bekannt, eine äußerst seltsame Sache: Einiges stellt sich uns in schrecklicher Klarheit dar, in der peniblen Genauigkeit einer Juwelierarbeit, und über andere Sachen springt man hinüber, als bemerke man sie überhaupt nicht, zum Beispiel über Zeit und Raum ..." Er kannte die grausigsten Eigenschaften der Menschen und verdammte sie trotzdem nicht. Nur er konnte mein Wegweiser sein. Und so bekam ich zur Einsegnung eine wunderbare Photographie vom berühmten Perovschen Dostojewskij-Porträt.

Dieses Bild hing seit jener Zeit immer über meinem Arbeitstisch. Mußte ich mit einem schweren Gedanken fertig werden, setzte ich mich so, daß ich das Bild in der richtigen Beleuchtung sah, dann war es mir, als hörte ich seine Stimme: „Wie tief ein Mensch leidet, kann ein anderer nie erfahren."

Eines Tages fehlte Lonny Weise in der Schule. Am Nachmittag stürzte Rosa in mein Zimmer.

„Weißt du, was geschehen ist?"

„Nein."

„Hast du wirklich nichts gehört, die ganze Stadt spricht doch davon. Morgen wird's in der Zeitung stehen."

„Ja, so sag doch endlich, was ist passiert?"

Rosa schwieg noch eine Weile und sagte dann langsam und deutlich: „Lonny ist von der Mole ins Meer gesprungen."

„Rosa?"

„Ja, und Gadebskij ist schuld daran. Eine Zwei ist nicht ein Korken in einer Schnapsflasche, der, wenn man's will, herausspringt. Eine Zwei sitzt fest wie ein Nagel am Finger. Du hast es selbst gehört. Morgen ist Klassenarbeit. Lonny wußte schon, daß sie die Aufgabe nicht wird ausrechnen können. Auf unsere Hilfe konnte sie nicht rechnen, weil dieser Satanssohn die ganze Zeit während der Klassenarbeit wie angewurzelt vor ihrer Bank steht. Und sie kann nun einmal nicht mathematisch denken, das kann sie einfach nicht. Dabei ist nichts zu machen."

„Ja, dabei ist nichts zu machen, und Lonny ist eigentlich nicht dumm, sie hat mir einmal Chopin vorgespielt."

„Na, um Chopin zu spielen, braucht man wahrhaftig nicht klug zu sein. Du weißt ja, Tolstoi sagt, die musikalischen Menschen sind die dümmsten."

„Nun, seine Natascha ist doch bezaubernd."

„Das leugnet niemand, aber wer würde sie klug nennen? Sie war ein bezauberndes junges Mädchen, das in der Ehe zu einer beschränkten Frau, einer Bruthenne, wurde."

„Aber Rosa, erzähle doch endlich von Lonny! Ist sie tot?"

„Glaubst du, daß Ertrunkene lebendig sind? Dein Vater wird sie besichtigen müssen, daß aber Gadebskij an ihrem Tod schuld ist, das wird er an ihrer Leiche allerdings nicht feststellen können. Das mußt du ihm sagen."

„Du kennst meinen Vater nicht."

„Meinst du, er wird Angst haben, die Wahrheit zu bezeugen?"

„O Rosa, wie darfst du so etwas von meinem Vater denken! Er hat nie Angst."

„Vor irgend etwas hat jeder Mensch Angst", sagte Rosa mit der ihr eigenen Überlegenheit. „Ich zum Beispiel habe Angst, über einen Kirchhof zu gehen, und Lonny hatte Angst vor einer Zwei."

„Das war ja nicht nur die Zwei, sie wußte, daß sie nicht zum Abitur zugelassen würde."

„Ja, diese Schande konnte sie nicht überleben."

„Arme Lonny! — Hat sie sich ausgekleidet, ehe sie ins Meer sprang?"

„Kaum. Es ist heute maßlos kalt."

Rosas Hände waren blaurot. Und wie sahen Lonnys Hände jetzt aus? Ihre weißen, großen Hände, mit denen sie so schön Chopin spielte.

„Gadebskij ist ihr Mörder", sagte Rosa in einem Tonfall, als spreche sie über die Kathete eines Dreiecks.

„Du weißt ja, was Dostojewskij sagt: ‚Alle tragen die Schuld für alle.'"

Die Nacht war schrecklich. Im Traum sah ich, wie Gadebskij Lonny von der Mole ins Wasser stieß. Sie versank und kam wieder nach oben. Er stieß sie mit einem riesigen Zirkel in die Tiefe, und ich mußte dabeistehen und zusehen, wie der Zyklop höhnisch lachend sein Werk vollführte. Schließlich war es nicht Lonny, sondern ich, die ins eiskalte Wasser gestürzt wurde.

Am Morgen sagte Frau Dattel, meine Pensionsmutter, und ihre Stimme klang unsicher: „Heute steht eine traurige Nachricht in der Zeitung. Ich weiß nicht, ob du mit dem Mädchen besonders befreundet warst. Lonny Weise ..."

Und sie erzählte mir, was ich schon längst wußte. Lonny war tot und ich konnte weiterleben. Wie durfte ich weiterleben, wenn sie tot war? Aber noch mehr als dieser Gedanke quälte mich ein anderer. Lonny war gesund gewesen, sie konnte gehen, wohin sie wollte. Sie konnte Blumen schenken, ohne jemandem einen Auftrag zu erteilen. Sie konnte beim Klavierspiel das Pedal gebrauchen — und sie war trotzdem in den Tod gegangen. Ich war nie auf der Mole gewesen. Mit meinem Rollstuhl kam man nicht dorthin, und diesen Verzicht hatte ich immer schmerzlich empfunden. Nun sehnte ich mich noch heftiger, über die Mole zu wandern und zu wissen, welcher Weg der schwerere ist, der ins Leben oder der in den Tod.

Wir hatten abgemacht, in der Mathematikstunde zu streiken. Keine sollte auf eine Frage Gadebskijs antworten.

„Habt ihr holden Jungfrauen Bilsenkraut getrunken? Oder hat der Teufel euch heute nacht geritten?" zischte Gadebskij wutentbrannt und genießerisch malte seine Hand nun schon die dritte Zwei ins Klassenjournal. Er rief eine Schülerin nach der anderen auf und alle antworteten mit dem gleichen Schweigen. Immer dichter wurde diese Stummheit. Wie ein Stein lastete sie auf uns. Wir fürchteten zu zerbrechen. Da sprang Gadebskij auf, rannte aus dem Klassenzimmer und schlug die Tür knallend hinter sich zu. Wir waren allein und nun wurden wir wirklich stumm. Nicht aus einem Gefühl der Rache, sondern aus Angst. Sogar Rosa schwieg. Sogar sie sagte nichts, und sie konnte doch immer alles erklären und beweisen.

Die Direktorin Anna Iwanowna rauschte hoheitsvoll in die Klasse.

Wir machten uns auf einen furchtbaren Angriff bereit, aber das Gegenteil geschah, Anna Iwanowna umfing uns mit einem mitleidigen Blick. „Ihr Ärmsten“, begann sie ihre Rede und wiederholte noch einmal: „Ihr Ärmsten! Ihr habt euch ungezogen betragen, aber diesmal verstehe ich euch. Allerdings, als Zöglinge meines Gymnasiums hättet ihr einen anderen Weg der Trauerbezeigung wählen müssen, doch in einem tiefen Schmerz tut man ja manchen Fehltritt.“ Und dann sprach sie eine halbe Stunde über Lonny Weises Tod. Daß das Mädchen hysterisch, ja sogar nervenkrank gewesen sei, das wüßten ja alle. Ihre Ohnmachtsanfälle hätten das bezeugt. Übrigens sei die ganze Familie etwas degeneriert, und sie, Anna Iwanowna, hätte schon bei der Annahme gezweifelt, ob man ein so krankes Kind aufnehmen könne. Kranke gehören ins Sanatorium, aber nicht in eine öffentliche Schule; aber dann hätte ihr mitleidiges Herz sich zu Lonny Weises Gunsten entschieden. Alle Lehrer und natürlich auch Pjotr Iwanowitsch hätten mit der Ärmsten eine besondere Nachsicht gehabt, aber zu einem Abitur sei sie ja leider nicht fähig gewesen. Vorgestern hätte sie nun diesen unglückseligen Spaziergang auf die Molen gemacht. Wir wüßten ja alle, daß es eine alte Gymnasiastentradition sei, jedes Herzeleid, sei es ein Liebeskummer oder ein Weh anderer Art, auf den Molen spazierenzuführen, und wir wüßten auch, wie glitschig die Steine am Ende der großen Mole seien. Die arme Lonny nun sei ausgeglitten und hinabgestürzt. Das sei ein sehr bedauernswerter Unglücksfall. Und Anna Iwanowna wischte sich ein paar Krokodilstränen ab. Sie hätte eben einen schönen Kranz für die Beerdigung bestellt, den zwei Gymnasiasten unserer Klasse niederlegen würden, und die Klassenlehrerin würde ein paar Worte dazu sprechen. Für heute seien wir aus der Schule entlassen. Sie rate uns, in die Kathedrale zu gehen und für das Seelenheil Lonnys zu beten, im übrigen aber daran zu denken, daß wir vor dem Abitur stünden, denn es sei durchaus nicht ausgemacht, daß man alle zum Abitur zulasse. Sie rate uns, sich nicht dem Kummer, sondern unseren Schulbüchern zuzuwenden. Dann rauschte sie aus der Klasse. Daß wir ihrer langen Rede stehenden Fußes, ohne uns zu rühren, wie versteint zuhörten, war selbstverständlich.

So sehr wir Gadebskij haßten und verachteten, ebenso sehr liebten und bewunderten wir unsere Lehrerin in der russischen Literatur und Psychologie, Maria Iwanowna Travinowa. Wir liebten sie, weil sie, jung und schön, noch nicht im Bürokratismus verkalkt war, weil sie uns etwas ähnlich war und wir ihr ähnlich sein wollten: Groß, schlank, brünett, mit dunklen, langbewimperten Augen in einem bräunlichen, etwas sommersprossigen Gesicht, schien sie uns die schönste Frau der Welt. Ihr glänzend schwarzes Haar trug sie glatt gescheitelt wie eine Madonna. Sie war etwas kurzsichtig, benutzte aber nie eine Brille, und daß sie die Augen beim genaueren Hinschauen etwas zukniff, fanden wir besonders hübsch. Waren Rosa und ich allein, nannten wir sie Duschetschka — Seelchen. Wir waren glücklich, wenn wir sie auf der Straße trafen, selig, wenn sie uns zulächelte und in der Pause eine Frage an uns richtete. Wir zeichneten ihre edlen, mädchenhaften Züge, wir schnitten ihre Silhouette und klebten sie in unsere Schulbücher, wir besangen sie in Prosa und in Versen, aber sie war so weit von uns entfernt wie die Sterne am Himmel. Sie war für uns wie der Leuchtturm, den zu besteigen streng verboten war und dessen unruhiges Licht für einige flüchtige Augenblicke über das Meer und die Anlagen streifte.

Rosa tritt mit erregtem, freudestrahlendem Gesicht in mein Zimmer. Sie sieht mich an und schweigt, aber ich errate ihr Geheimnis gleich:

„Du hast Duschetschka getroffen."

Rosa nickt.

„Am Strande?"

Schweigend nickt sie wieder, zu erregt, um zu sprechen. Ich setze meine Forschung fort:

„Ging sie allein?"

Rosa nickt. Im Geiste sehe ich Maria Iwanowna, am Meer entlanggehend, weiße Möven umkreisen sie und der Schaum der Wellen spritzt in ihr Gesicht. Ich spüre den Geruch des Meeres. Nach einer geraumen Weile sagt Rosa: „Und nun werde ich dir alles erzählen, du darfst es aber niemandem weitersagen."

„Du kennst mich doch, Rosa, was wir beide miteinander sprechen, hat nie ein Mensch erfahren."

Rosa holt tief Atem und flüstert geheimnisvoll:

„Sie hat mich angesprochen . . ."

Oh, wie ich Rosa beneidete, aber nur einen Augenblick, denn ich liebte Rosa zu sehr. Ich war auf sie stolz. Maria Iwanowna hatte Rosa eine große Ehre erwiesen und Rosa war meine Freundin. Ich forschte weiter:

„Was sagte sie?"

Von Rosa ging förmlich ein Leuchten aus:

„Sie sagt, es ist heute sehr kalt."

„Und du?"

„Mir fiel nichts ein. Am liebsten hätte ich ihr Tatjanas Arie vorgesungen: ‚Ich liebe Sie, was liegt daran?'"

„Also du schwiegst, das verstehe ich sehr gut, und was tat sie?"

„Sie sagte: ‚Begleiten Sie mich ein Stückchen.'"

„Oh, Rosa!" Daß dieses Glück, dieses ungeheure Glück gerade meiner besten Freundin zuteil geworden war — ich konnte es kaum fassen.

„Und dann gingt ihr beide nebeneinander?"

Sie nickt. „Wir gingen schnell, denn es war sehr kalt."

„Begleitetest du sie bis zu ihrer Haustür?"

Rosa nickt.

Ich brauche einige Augenblicke, um mir dieses Bild vorzustellen. In der blauen Abenddämmerung tanzen die Schneeflocken, vor dem kleinen, zweistöckigen Haus in der Weidenstraße stehen beide, die ich so leidenschaftlich liebe, Rosa und Maria Iwanowna. Duschetschka in ihrem pelzverbrämten Mantel mit der weißen Pelzmütze auf dem schwarzen Haar. Beide stehen unter der Laterne. Ja, gerade vor Maria Iwanownas Haus stand eine Laterne, das wußte ich.

„Und dann?" forschte ich weiter.

„Sie zog den Handschuh aus und reichte mir zum Abschied ihre Hand."

„O Rosa, ich weiß, sie hat so schmale Hände und ganz zarte Finger." Ich sehe auf Rosas angeschwollene, von Frostbeulen entstellte Hände und streichle sie mit meinem Blick, zu berühren wage ich sie nicht. Ihre glücklichen Hände ruhen auf der schwarzen Gymnasiastenschürze. Rosa war doch ein ganz wunderbarer Mensch. Gleich nach dem großen Ereignis war sie zu mir gekommen, damit ich an ihrer Freude teilhätte. War Mitfreude nicht ebenso bereichernd wie Freude?

Am anderen Tag, an all den folgenden Tagen begrüßten wir beide einander mit einem geheimnisvollen Lächeln, wie zwei Verschwörer. Seit jenem Tage hatte ich einen geheimen Wunsch. Vielleicht war es Sünde, etwas so Unmögliches zu wünschen, aber weder damals noch heute verstehe ich, meine Wünsche zu bezähmen. Ich wünschte mir, Maria Iwanowna auf der Straße zu treffen, sie müßte mich dann ansprechen und müßte mir auch einmal ihre Hand reichen.

Der Hausmeister brachte mich in meinem Rollstuhl zum Gymnasium und vom Gymnasium wieder zurück zu meiner Pensionsmutter. Es gab also eine Möglichkeit, auf diesem Wege einmal Maria Iwanowna zu treffen. Jedesmal, wenn ich den Weg zur Schule oder von der Schule wieder zurück zur „Grünen Apotheke" machte, klopfte mein Herz vor Erregung. Ich bat den Hausmeister, mich über die Weidenstraße zu fahren, er ging aber nicht darauf ein. Das sei ein Umweg, und er sei nur verpflichtet, mich zur Schule und wieder zurückzubringen. Unnütze Spaziergänge seien nicht vorgesehen. Da schenkte ich ihm einen Silberrubel, um ihn nachgiebiger zu stimmen. Nun machten wir einige Male, wenn schönes Wetter war, den Weg zum Gymnasium über die Weidenstraße.

Unzählige Menschen kamen mir auf dem Weg entgegen und gingen an mir vorbei und einmal, ein einziges Mal war es auch Duschetschka. In Gedanken versunken, antwortete sie zerstreut auf meinen Gruß. „Maria Iwanowna, Maria Iwanowna ...", rief mein ganzes Wesen herzzerreißend und laut. Aber meine Lippen öffneten sich nicht, und so hat Maria Iwanowna nie erfahren, wer sie am inbrünstigsten geliebt hat.

Aber eine große Freude wurde mir doch zuteil. In jedem Semester schrieben wir zwei Klassenaufsätze und einen Hausaufsatz. Einmal kam Maria Iwanowna mit dem großen Heftstoß in die Klasse, kniff die Augen zu, daß nur ein schmaler schwarzer Spalt sichtbar war, lächelte so, daß man ihre perlenweißen Zähne sah, und sagte in einem gleichmütigen Ton, im allgemeinen sei es eine der langweiligsten Arbeiten, die langen Hausaufsätze zu korrigieren, aber jeder Mensch müsse nun einmal das ihm beschiedene Kreuz tragen. Bisweilen schlafe sie beim Korrigieren unserer Aufsätze ein, und dann lasse sie wohl einige Fehler durch, und so sei es wohl zu erklären, daß wir bei ihr so gute Zeugnisse hätten. Ja, aber gestern hätte sie einen Aufsatz gelesen, bei dem ihr der Schlaf vergangen sei, und den wolle sie uns nun heute vorlesen. Sie nannte nicht meinen Namen, aber Rosa erriet sofort, daß ich die Verfasserin war, strahlend sahen wir einander an. „Die Psychologie des Kindes in den Romanen Dostojewskijs“ hieß das Thema. Fünfzehn Minuten war ich restlos glücklich.

„Ob sie heiraten wird?“ fragte mich einmal Rosa.

„Wie kannst du nur so etwas denken!“ erwiderte ich empört. „Maria Iwanowna und heiraten!“

„Glaubst du denn nicht, daß es einen Mann gibt, der ihrer wert wäre? Zum Beispiel Lawretzki*?“

„Ja, Lawretzki, der würde wohl für sie passen, aber dennoch — mir ist dieser Gedanke unfaßlich.“

„Meinst du denn, sie wird eine alte Jungfer werden?“

„Wie kannst du nur so häßliche Gedanken in Verbindung mit Duschetschka bringen!“

„Ja — entweder muß sie heiraten oder eine alte Jungfer werden, eine dritte Möglichkeit gibt es nicht.“ Rosas

* Der Hauptheld in Turgenjews Roman „Adelsnest“.

Logik war unumstößlich, ich aber ersehnte für Maria Iwanowna einen dritten Weg. Was lag daran, daß er unmöglich war? War sie nicht eine Ausnahme unter den Menschen?

Die Geschichtslehrerin glich den Bildern, die ich von den russischen Zarinnen gesehen hatte. Groß und stattlich, mit einem mächtigen Busen, auf dem ein Orden wie auf einem Kissen ruhte. Ihr Gesicht hatte die Form eines Kürbisses, ihre rosige Haut bildete einen eindrucksvollen Kontrast zu ihren braunen Kuhaugen. Als ich sehr viele Jahre später Jessenins Gedichte las, habe ich bei dem Vers „Nichts Schöneres gibt's als deine Kuhaugen" immer an die Augen unserer Geschichtslehrerin Anna Alexandrowna denken müssen. Den Gruß ihrer Schülerinnen erwiderte sie mit einem kurzen, kaum merklichen Wimpernschlag. Waren wir allein untereinander, versuchten wir, diesen hoheitsvollen Gruß nachzuahmen, aber ganz gelang es keiner von uns. Sehr eindrucksvoll und feierlich, mit verhaltenem Pathos, erzählte sie die Ereignisse der Weltgeschichte und die Heldentaten der russischen Zaren schon zwanzig Jahre lang, immer genau dieselben Tatsachen in genau derselben Reihenfolge, mit genau denselben Worten und genau den gleichen Hebungen und Senkungen der Stimme. Das, was aufgegeben war, mußten wir als abgerundete Erzählung, ohne die kleinste Stockung wiedergeben. Blieb man stecken, sah sie auf ihre goldene Uhr, die wie ein Medaillon in der Mitte ihres mächtigen Busens glänzte, und wartete genau eine Minute; kam die aufgerufene Gymnasiastin nicht weiter oder versuchte sie sich durch Stottern über ihr Nichtwissen hinwegzuhelfen, kam der seelenruhige Befehl: „Setzen Sie sich." Und die Unglückliche bekam ein ungenügendes Zeugnis. Mir machte es große Freude, in der allgemeinen Stille den historischen Stoff in möglichst wohlgeformten Sätzen wiederzuerzählen, während die Augen meiner neununddreißig Kameradinnen voll Befriedigung auf mir ruhten und die Kuhaugen auf der goldenen Uhr. Nach sieben Minuten sagte Anna Alexandrowna: „Genug!" Sie bewegte dabei kaum die Lippen, aber man hörte es immer ganz deutlich. Und dann zeichnete ihre große, wie aus Marmor gemeißelte Hand eine Fünf ins Klassenjournal.

Unsere Klasse befand sich im dritten Stock des großen, schloßartig gebauten Gymnasiums. Ich wurde in einem Korbstuhl von zwei livrierten Schuldienern nach oben getragen — so hatte das Anna Iwanowna angeordnet. Einmal geschah es, daß Anna Iwanowna den Schuldienern ein stummes Zeichen gab, das diese sofort verstanden und mich in das Kabinett der Direktorin trugen. Anna Iwanowna war merklich erregt, und da alle Gymnasiastinnen mit ihr durch eine geheime unsichtbare Leitung, wie die Bienen im Bienenstock mit ihrer Königin, verbunden waren, teilte sich mir ihre Erregung sofort mit. Was war geschehen, daß sie mich zu sich rief? Nicht nur die vierhundert Gymnasiastinnen zitterten vor ihr, auch die Lehrerschaft verhielt sich ihr gegenüber immer sehr devot. Ein ungeschriebenes Gesetz befahl uns, auf ihre Fragen nur mit Ja und Nein zu antworten. Ich war zum erstenmal in meinem Leben in Anna Iwanownas Kabinett und noch dazu ganz allein! Sie sah mich freundlich an und fragte:

„Wie fühlst du dich in meinem Gymnasium?"

„Danke, Anna Iwanowna, gut."

Und so hätte ich geantwortet, wenn ich auch auf Stacheldraht gesessen hätte.

„Gott sei Dank", sagte sie, bekreuzigte sich und fuhr

dann mit jener plötzlich hervorbrechenden Aufrichtigkeit, zu der wohl nur der slawische Mensch fähig ist, fort: „Gestern in der Lehrerkonferenz stellte es sich heraus, daß du die beste Schülerin bist, du hast eine runde Fünf in allen Fächern. Umnitza nascha! Ich bin schlecht zu dir gewesen. Als du vor drei Jahren in mein Gymnasium eintreten wolltest, als dein Vater dich anmelden kam, habe ich dich abgewiesen. Eine Törin war ich und jetzt straft mich Gott dafür."

Ein heiseres Schluchzen entrang sich ihrer mächtigen Brust. Sie wischte ihr großes, rotes Gesicht mit einem schneeweißen, riesigen Taschentuch ab und sprach sichtlich erregt: „Gott liebt solche Wesen wie dich. Gott hat dir ungewöhnliche Geistesgaben verliehen, damit du uns Blinden den Weg weist." Und wieder schluchzte sie auf. Wenn doch Rosa hier wäre, Rosa würde auch in dieser Situation wissen, wie man sich zu verhalten hat. Jemand klopfte an die Tür. Im Augenblick verwandelte sich Anna Iwanownas Gesichtsausdruck. Die Herrscherin aller Reußen hob den Kopf und antwortete hoheitsvoll dem unsichtbaren Wesen: „Ich bin für niemanden zu sprechen!" Dann sank die majestätische Maske von ihrem Gesicht und eine alte, müde Frau sah mich traurig an: „Sieh, liebes Kind, mein Sohn ist krank, wir haben ihn in die Krim in ein Sanatorium geschickt. Damals, als ich dich abwies, war er eigentlich nicht krank, er war nur sehr zart, ein Zärtling war er immer, jetzt aber ... Ich habe heute ein Telegramm erhalten ... Es steht schlimm um ihn, ich muß zu ihm fahren ... Ja, und du, mein Kind, mußt für ihn beten, deine Gebete wird Gott erhören. Wirst du meine Bitte erfüllen?"

„Ja, Anna Iwanowna", hauchte ich.

„Und hast du vielleicht einen Wunsch, den ich erfüllen kann?"

Oh, einen Wunsch? Viele hatte ich! Aber einer brannte am heißesten: Gadebskij entlassen! Knall und Fall, wie man ein Dienstmädchen hinauswirft, das sich unziemlich betragen hat.

„Nun, meine Liebe", sagte Anna Iwanowna, der mein langes Schweigen, das in einem Schwelgen von Rachegedanken bestand, langweilig wurde, „wenn du deinen Wunsch nicht gleich sagen kannst, dann kannst du mich später einmal wissen lassen, was du dir wünschst." Sie klingelte und küßte mich nach russischer Art dreimal herzhaft auf die Wange. Die livrierten Diener erschienen und trugen mich hinaus.

Mein unausgesprochener Wunsch war mir im Hals steckengeblieben und würgte mich.

Am Abend betete ich zum lieben Gott, er möge Anna Iwanownas Sohn gesund machen, aber mein Gebet kam mir albern vor. Einmal wußte der liebe Gott doch selbst, wen er gesund zu machen habe, und zum andern: Wenn meine Gebete die kleinste Macht besäßen, dann — ja, dann wäre ich selbst nicht an Händen und Füßen gefesselt, und schließlich wußte ich nicht, ob der liebe Gott überhaupt die Wünsche der Menschen sammelt und wägt. In der Nacht quälten mich Alpträume. Ich erwachte von einer stechenden Frage: Was habe ich versäumt? Ach, richtig, Anna Iwanowna hatte mir aufgetragen zu beten und ich betete, mitten in der Nacht und auch am Morgen, ehe ich zur Schule fuhr, aber ich hatte ein schlechtes Gewissen, mir war, als hätte ich jemanden zu belügen versucht.

Als Anna Iwanowna von ihrer Reise in die Krim zurückkehrte, erfuhren wir — wie wir über das Privatleben unserer Lehrer alles erfuhren —, daß ihr Sohn eine schwere Operation gut überstanden habe und der Genesung entgegensehe.

Im selben Jahr zu Ostern erhielt ich per Post ein großes Paket: Gogols gesammelte Werke, eine illustrierte Prachtausgabe.

„Das ist doch sehr freundlich von Anna Iwanowna“, meinte Vater. „Freust du dich denn gar nicht?“

„Doch“, sagten meine Lippen, aber mein Herz trauerte, weil der Zyklop, mein Peiniger, der Mörder Lonnys, ungestraft geblieben war.

Die Fliederfrau

Ich lebte nun in Libau. Meine Pensionsmutter war Frau Dattel, eine wohlhabende Baltendeutsche, die, während ihr Mann im Kriege war, eine der größten Apotheken der Stadt verwaltete. Mein Vater war im Hause ihrer Eltern Hausarzt gewesen, hatte ihren Vater während einer langjährigen Krankheit behandelt und zusammen mit der Familie an seinem Sterbebett gestanden. Frau Dattel schwor auf die Diagnose meines Vaters und sagte jedesmal, wenn auf ihn die Rede kam: „Doktor Egle ist nicht nur Hausarzt, er ist auch Herzensarzt und daher sind alle seine Rezepte heilbringend.“ Gern nahm sie mich während meiner Schulzeit bei sich auf und räumte mir in ihrem komfortablen Hause ein schönes zweifenstriges Zimmer ein. „Ihrer Tochter wird bei mir nichts fehlen“, versicherte sie meinem Vater, der mich allwöchentlich besuchte und sich über meine Freude am Schulleben freute.

Frau Dattels Wohnung war so geräumig und alles war so bequem und zweckmäßig eingerichtet, daß ich kaum Hilfe brauchte; trotzdem war an meinem Bett wie auch an meinem Schreibtisch eine elektrische Glocke angebracht und auf meinen Ruf erschien sofort das Stubenmädchen oder Frau Dattel selbst. Und immer hatte ich das Gefühl, sie freue sich, mir einen Dienst zu erweisen. Es war ihr Ehrgeiz, daß ich es bei ihr noch besser als zu Hause haben sollte. Welche Speisen mir am zuträglichsten waren, hatte sie von Vater erfahren und sorgte für leichte, abwechslungsreiche und nahrhafte Kost. Zweimal in der Woche war das Bad geheizt und frische Wäsche zurechtgelegt. Sie sorgte dafür, daß meine Kleidung stets in bester Ordnung und der weiße Kragen auf dem braunen Gymnasiastenkleid blütenweiß und — um Gottes willen — nicht schief angenäht war. Ich kann mich nicht entsinnen, dieses auch nur einmal selbst getan zu haben. Sie achtete darauf, daß ich die Vorschriften Vaters erfüllte und nachmittags für eine Stunde mich hinlegte und ausruhte. Sonntags, am Morgen, während ich noch im Bett lag, kam sie zu mir in ihrem buntseidenen Schlafrock — eine blühende Wiese —, ordnete mein Haar, rieb mir Schläfen und Hände mit einer erfrischend duftenden Essenz ein und brachte mir die Schokolade ans Bett.

Frau Dattel hatte einen Sohn und einen Hausfreund. Mit Rolf, ihrem Jungen, der fünf Jahre jünger war als ich, und immer blaue oder weiße Matrosenanzüge trug, spielte ich Ritsch-Ratsch und erzählte ihm, was ich von den Ländern, die seine Briefmarken repräsentierten, wußte. Auch half ich ihm dann und wann bei den Schulaufgaben. Er war ein hübscher, lieber und aufgeweckter Junge, der meine kleinen Aufträge gern erfüllte. Die Mutter beschäftigte sich wenig mit ihm. Der Hausfreund hieß Herr David und mit ihm beschäftigte sie sich ununterbrochen. Er war Jude, Musiklehrer und Komponist, hatte in Paris studiert und fuhr öfters nach Frankreich. Eines Abends setzte sich Frau Dattel zu mir und fragte:

„Weißt du, was das Schrecklichste ist?“

Oh, vieles war das Schrecklichste. Erstens, daß der liebe Gott Menschen wie Gadebskij erschuf, zweitens, daß man trotz aller Erfolge auf geistigem Gebiet genau solche körperlichen Bedürfnisse wie ein Tier hatte. Aber das Schrecklichste, das Schmerzensreichste, war vielleicht, daß man an diesem schneeduftenden Tage nicht Ski laufen konnte. Schmerzerweckend war noch vieles andere, aber das konnte man nicht sagen; und daß es unsagbar war, war ja das Unheimliche. Das Gesagte verlor an Gespensterhaftigkeit, das Unsagbare aber war ein Vampir, ein Alptraum.

Gleich vom ersten Tage an hatte mich Frau Dattel wie ihre Freundin behandelt. Nachmittags tranken wir beide in ihrem resedafarbenen Salon vor dem brennenden Kamin Kaffee, und sie erzählte mir alles, was sie in ihrem Innern bewegte.

Sie lebte sehr zurückgezogen. In den zwei Jahren, in denen ich bei ihr in Pension war, kann ich mich nicht entsinnen, daß sie einmal Gäste gehabt hätte. Aber Herr David kam täglich. Für ihn wurden die köstlichsten Speisen zubereitet und der Tisch mit altem Silber und Kristall gedeckt. Das Stubenmädchen servierte mit weißem Häubchen und weißer Schürze. Aber ich hatte immer den Eindruck, Herrn David seien all die schönen, gepflegten Dinge ganz gleichgültig.

„Gewiß ist das sehr traurig, daß du ...“ Sie suchte nach einem schonenden Ausdruck, „daß du von manchen Freuden ausgeschlossen bist, aber das ist nicht das Traurigste, glaube mir, das ist nicht das Schrecklichste ...“

„Immer wieder sprechen Sie vom Traurigsten, Frau Dattel, aber ich weiß nicht, was Sie meinen.“ Sie wandte ihr Gesicht von mir ab, schaute ins Feuer und erst nach einer Weile wurden ihre Gedanken laut: „Siehst du, er liebt mich nicht. Er liebt mich überhaupt nicht. Ich bin für ihn Luft.“

Sie war achtunddreißig Jahre alt. Eine stattliche Blondine, die immer nur zwei Farben trug, Violett in allen Schattierungen und Schwarz. Diese beiden Farben hoben das herrliche Blond ihres künstlich gelockten Haares am besten hervor. In Gedanken nannte ich sie die Fliederfrau. Sie wechselte ihre Kleider fast täglich und duftete immer nach Wohlgepflegtheit und Flieder.

„Ich liebe ihn so. Ich könnte sogar meinen Sohn um seinetwillen verlassen, falls ihn das Kind eines fremden Mannes abstoßen sollte. Du hast meinen Mann gesehen. Fällt es dir nicht auf, welche unheimliche Ähnlichkeit Rolf mit seinem Vater hat? Er lacht genau wie der Apotheker und hat die gleiche Art beim Essen, und das ist für mich schwer zu ertragen.“

Sie hatte ihren Mann ohne Liebe geheiratet und war froh, als er in den Krieg zog. Einmal sagte sie mir, junge Menschen verstünden gar nicht zu lieben. Erst in reifen Jahren lerne man diese schwere Kunst und erst in reifen Jahren hätte man etwas zu verschenken. In der Jugend sei das Herz ein leerer Schrein, der sich erst im Laufe der Jahre allmählich mit den Diamanten der Opferfreudigkeit und den Rubinen der Dankbarkeit fülle. Ein junges Mädchen denke, es sei alles, einem Manne anzugehören, aber nur eine reife Frau verstünde der männlichen Schöpferkraft zu dienen. Sie erzählte mir von Madame Berny:

„Diese Französin war durchaus nicht schön, außerdem war sie kränklich, und, stell dir nur vor, sie war zweimal so alt wie Balzac! Er war dreiundzwanzig, sie sechsundvierzig, als er sich in sie verliebte. Seine Mutter hätte sie sein können und war seine Dilecta! Sieben Kinder hatte sie ihrem ungeliebten Manne geschenkt und für Balzac war sie trotzdem die sublimste aller Frauen, ein Engel, der seine unsterblichen Werke inspirierte."

Frau Dattel schwieg eine Weile, dann nahm sie aus ihrer Handtasche einen Briefbogen, räusperte sich etwas verlegen und las mir vor:

„Es gibt nichts, was der letzten Liebe einer Frau gleichkommt, die einem Mann die Erfüllung seiner ersten Liebe schenkt..."

„Hat Herr David Ihnen das geschrieben?" fragte ich zögernd.

Sie errötete. „Nein, liebe Amata, ach nein! Manchmal an den einsamen Abenden schreibe ich mir Balzacs Liebesbekenntnisse ab und bilde mir ein, das sei ein Brief von Herrn David. Verstehst du das? Gewiß, das ist Selbstbetrug. Ich schreibe einen Brief in seiner Handschrift auf dem billigen Postpapier, das er zu gebrauchen pflegt. Schau, hier sind beide Handschriften; kannst du sie unterscheiden? Ich adressiere den Brief an mich selbst und werfe ihn in den Briefkasten. Am anderen Tage reicht mir Rolf die Post und sagt strahlend: ‚Mutti, du wirst dich freuen, ein Brief von Herrn David.' — Ich schließe die Augen und bin glücklich — einen Augenblick lang."

Nach einer längeren Pause fuhr sie fort: „Man kann nicht sagen, daß ich häßlich bin, auch bin ich nicht älter als er, und trotzdem, trotzdem..."

Sie nehme jetzt bei Herrn David Kompositionsstunden, um seinem Schaffen besser folgen zu können. Früher hätte er gemeinsam mit ihr Konzerte besucht, aber nun wolle er sich nie mehr mit ihr zusammen sehen lassen. Er komme nur noch zu ihr ins Haus und immer nur auf kurze Zeit und stets so heimlich, als schäme er sich ihrer. Oh, sie könne diese pflichtmäßige Freundlichkeit nicht länger ertragen! Schlimmer als die schlimmste Krankheit sei unerwiderte Liebe.

Ich wollte sie fragen, warum sie Herrn David liebte, warum gerade ihn und nur ihn, aber die Frage kam mir zu dumm vor. Ich sah, wie sie sich abhärmte und verzehrte, und ich meinte, sie hätte gar keinen Grund dazu. Dieser Herr David war immer so unaufmerksam zu ihr, so egoistisch; mir schien es, sie vergäbe sich etwas in ihrer weiblichen Würde. Ich hätte es gern gesehen, daß sie ihn von sich gewiesen, wie das Tatjana mit Onegin tat, aber sie war weit davon entfernt. In ihrem Gesicht, in ihrer ganzen Haltung sah ich das wirre Leiden der Liebe.

In der frühen Winterdämmerung saßen wir beide wieder einmal vor dem Kamin. Große weiche Schneeflocken schmiegten sich an die schwarzen harten Glasscheiben, als bäten sie um Einlaß. Auf dem niedrigen runden Kaffeetisch lagen Balzacs „Liebesbriefe", in dunkelvioletten Atlas gebunden. Die großen, weißen, kühlen, duftlosen Blüten des Alpenveilchens sahen wie verzauberte Schneeflocken aus, die nichts von der Narrheit des menschlichen Herzens wissen. Für mich war Schokolade mit Schlagsahne serviert. Sie selbst trank starken Kaffee und erzählte in bekenntnishafter Offenheit von ihren Herzensirrungen:

„Selbst so etwas Vulgäres wie das Kochen muß man lange lernen, ehe man es richtig kann, und zu lieben sollte man gleich das erstemal verstehen? Ach nein. Auch in der Liebe gibt es Lehrlings- und Wanderjahre. Wer dürfte von sich sagen, er sei ein Meister? Lieben ist Leuchten, aber das Brennmaterial muß in langen Jahren gesammelt werden. Als ich Dattel heiratete", es lag so viel Verachtung darin, daß sie ihren Mann mit dem Familiennamen nannte, „besaß ich eine große Aussteuer und ein Haus im Villenviertel, aber mein Inneres war leer. Ich hatte nichts zu verschenken. Ich war als einzige Tochter meiner wohlhabenden Eltern sehr verwöhnt. Ich liebte den Duft des Wohllebens und pflegte mich gern. Es klingt lächerlich und doch war es so: Dattel hatte in seinem Hause ein luxuriöses Bad, von dem die ganze Stadt sprach, und ich verliebte mich nicht in den Mann, sondern in dieses Wunder der Zivilisation. Nie ist mir jemand so erschreckend fremd gewesen wie mein ‚Gatte' — oh, welch ein entsetzliches Wort! Sobald er ins Zimmer trat, war mir, als versenkte er mich in ein Grab. Ich habe ihm oft Unrecht getan, weil ich nur mich liebte. Jetzt bin ich verwandelt, erwacht. Wie alle Menschen, habe auch ich schlechte Eigenschaften, aber ich könnte mich ändern. Tausendfach könnte ich mich wandeln, wenn ... wenn Herr David", es war, als täte es ihr weh, diesen Namen auszusprechen, „nur sagen würde, wie er mich haben will ... Ich könnte mit ihm ins Ausland reisen. Ich habe mein eigenes Geld. Vielleicht möchte er nach Palästina ... nie spricht er mit mir darüber. Auch nach Palästina würde ich reisen ... Rolf müßte natürlich beim Vater bleiben. Weißt du, einmal war er krank." — Wer, wollte ich fragen, Rolf? Aber ich wagte nicht, sie zu unterbrechen. —

„Ich ging zu ihm hin, in seine Wohnung. Er lebte in einem kleinen trostlosen Dachstübchen, ganz allein. Ich brachte ihm eine Medizin, um die er mich gebeten hatte. Ich erschrak vor so viel Armut und ... Schmutz. Ich wusch den Fußboden in seinem Zimmer, zum erstenmal in meinem Leben tat ich das. Ich brachte alles in Ordnung. Nachdem er die Medizin eingenommen, ließen die Schmerzen nach, und er schlief ein. Ich setzte mich an sein Bett. Ich streichelte ihn leise. Er wachte nicht auf. Damals war ich unendlich glücklich. Das war eigentlich das einzige Mal, wo ich zusammen mit ihm glücklich gewesen bin."

Sie schwieg eine gute Weile. Das Feuer prasselte im Kamin und spiegelte sich in den silbernen Kannen und

Schalen. Frau Dattel fuhr fort: „Früher schmückte ich mich, um an meinem Spiegelbild Freude zu haben, jetzt tue ich es, um ihn zu erfreuen. Aber es freut ihn nicht. Frag' ihn doch einmal — ich wäre dir sehr dankbar, wenn du ihn fragen würdest, welche Farbe er an mir mag — Schwarz oder Violett." Und dann lachte sie, und ihr Lachen klang noch trauriger als ihre Worte: „Ach, es hat keinen Sinn, ihn zu fragen. Er weiß sicher nicht einmal, daß ich nur Schwarz und Violett trage! Aber ich, ich kenne jede Sommersprosse auf seinem Gesicht!"

Erstaunt lauschte ich ihren Worten. Es war mir unbegreiflich, daß sie Herrn David so liebte. Er hatte eine feuchte, graue Gesichtsfarbe, zynisch herabgezogene Mundwinkel. Mit fadenscheinigen Haarsträhnen versuchte er vergebens, seinen „Mond" zu verdecken. Er hatte kleine glitschige Augen, eine große gebogene Nase. Jeden Satz fing er mit der gleichen Redewendung an: „Wissen Sie, wissen Sie . . ." Und Frau Dattels ästhetische Nerven waren sehr empfindsam. Kam Rolf mit schmutzigen Fingernägeln oder einem Flecken auf der Bluse an den Tisch, verzog sich ärgerlich ihr Gesicht, und der Junge verschwand sofort, um sich oder sein Gewand in Ordnung zu bringen.

Hin und wieder hörte man das Läuten der elektrischen Straßenbahn, die Schlittenschellen der Fuhrleute, und dann war alles wieder still. Frau Dattel schien meine Gegenwart ganz vergessen zu haben. In ihrem weichen, veilchenfarbenen Nachmittagskleid saß sie auf dem mit grüner Seide bezogenen Sessel und träumte vor sich hin. Plötzlich füllten sich ihre Augen mit Tränen, die in großen Tropfen langsam über ihre Wangen rollten, keine Miene verzog sie dabei Ich habe nie einen Menschen so schön weinen sehen. Ohne ihre Tränen zu trocknen sagte sie: „Ich las gestern in einer Erzählung von Tschechow, wie ein Bauer seine Frau schlägt. Ach, ich glaube, das ist leichter zu ertragen, als dieses kühle Geduldetwerden. Gestern sagte er zu mir: ‚Sie haben so viel für mich getan. Ich bin Ihnen viel Dank schuldig.‘ Beinah hätte ich vor Schmerz aufgeschrien. Alles, was ich getan habe, ist nichts! Wenn er so spricht, hat er ja nichts empfangen! Nichts! Gar nichts! Die Königin von Saba, vielleicht könnte sie ihm genügen?“

Herr David hatte ein symphonisches Gedicht komponiert, in dem er alle alten Kontrapunktgesetze umstürzte, und das er für den Anfang einer neuen Ära in der Musik hielt.

Es klingelte. Herr David. Sie leuchtete auf wie eine Blume in der Sonne. Wie war es möglich, daß er sie nicht liebte, ein armseliger Musiker, der schwer um seine Existenz kämpfte und mehr verlacht als anerkannt wurde. Ich wollte mich in mein Zimmer zurückziehen, aber Herr David griff nach meiner Hand: „Bleiben Sie, Fräulein, bitte, bleiben Sie.“

„Ich muß lernen, wir haben für morgen sehr viel auf.“ Er hielt meine Hand fest und sagte, als Frau Dattel hinausgegangen war, um frischen Kaffee zu holen: „Wissen Sie, Fräulein, was das Schrecklichste ist?“ Seltsam, warum stellte auch er an mich diese Frage. „Ja, Fräulein, ich will es Ihnen sagen. Das Schrecklichste ist: Einer kommt und bittet um ein Glas Wasser. Und du hast kein Wasser. Bei Gott, du bist kein schlechter Mensch, aber du hast nicht einen Tropfen. Und der Verdurstende steht vor dir und sieht dich flehend an. Wissen Sie, Fräulein, das ist natürlich nur so ein Vergleich, aber Sie sind so ein kluges Fräulein, vielleicht verstehen Sie mich. Man kommt sich wie ein Falschmünzer vor, wie ein Verbrecher. Sagen Sie's ihr auf irgendeine Weise, ich wäre Ihnen sehr dankbar. Ich kann nichts dafür, bei Gott. Wissen Sie, zahlt man mit Kupfer und sagt: sieh, das ist echtes Gold, dann ist man ein Schuft."

Frau Dattel kam zurück und ihre Augen sagten mir, daß ich das Zimmer verlassen sollte. Aber Herr David ließ das nicht zu. Er setzte sich ans Klavier und spielte einen jener Modernisten, die Onkel Hans Musiktöter nannte. „Kennen Sie das, Fräulein? Das ist Strawinsky, das Genie unserer Zeit. Merken Sie sich diesen Namen. Ich weiß, bei Ihnen zu Hause ist man bei Onkel Beethoven stehengeblieben."

„O nein, bei uns zu Hause spielt man am meisten Richard Strauß."

„Ach, der olle Richard kann auch nicht viel! Die Jungen haben ihn längst überholt. Hören Sie bitte dieses einmal."

Ich fand es schrecklich, hart und starr, gewollt ausdruckshaft, maskenhaft.

„Das ist die Musik der Zukunft", sagte er triumphierend zu mir gewandt, als merke er gar nicht, daß Frau Dattel in den Salon zurückgekehrt war und an den Flügel gelehnt seinem Spiel lauschte. „Nur die atonale Kompositionstechnik entspricht unserem Ausdrucksbedürfnis. Alle süßlichen Liebeleien sind mir zuwider, Zuckerwasser und Sentimentalität. Der Stil dieser Musik wird das Gesicht der kommenden Tage bestimmen. Igor Strawinsky wird auf dem Rücken des Feuervogels die Welt überqueren. Petruschka wird siegen."

Frau Dattels Gesicht erblaßte, ihr romantisches hellviolettes Gewand schien im grellen elektrischen Licht, das der Musiker eingeschaltet hatte, aschgrau. Je lauter und länger er sprach, desto mehr erlosch ihre Gestalt. Indem er von Strawinsky sprach, verabschiedete er sich von ihr.

Einige Tage später fuhr Herr David nach Paris und kehrte nicht mehr in unsere Stadt zurück.

Wir saßen zu zweien auf einer Bank. Meine Nachbarin war Ilze Rits. Ich wartete immer auf den Augenblick, wenn die Sonne durch das hohe Klassenfenster hereinschien und ihr blondes, welliges Haar in schimmerndes Gold verwandelte. Sie hatte einen Teint wie Blütenblätter der Heckenrose, dunkle Wimpern und dunkle Augenbrauen, die sie noch auf seltsame Weise nachdunkelte. Zu diesem Zweck diente ihr ein abgebranntes Streichholz. Natürlich übte sie diese Schönheitspflege heimlich, aber ich hatte sie einmal dabei ertappt, und wollte sie fragen: Warum tust du das, du bist doch ohnehin die Schönste. Aber ich wagte es nicht. Von der Seite gesehen war sie Madonna, en face hatte sie etwas Sinnlich-Verführerisches.

Sie mochte das Gymnasium nicht; ein Uniformkleid zu tragen bereitete ihr Pein. „Wir sind doch keine Soldaten!" Sobald sie zu Hause war, trug sie mit Vorliebe pastellfarbene, künstlerisch geraffte Gewänder. Ihre Mutter war bei ihrer Geburt gestorben, ihr Vater im russisch-japanischen Krieg gefallen. Sie lebte bei einer alten Tante, die ein Konfektionsgeschäft besaß und sich um die Erziehung ihrer Nichte wenig kümmerte. Ilze war begabt und ihr Prinzip war es, sich möglichst wenig in der Schule anzustrengen. Ich war aufrichtig betrübt, daß sie, die so schön war, den Lehrern so einfältige Antworten geben konnte. Kurz vor Semesterschluß nahm sie sich aber immer zusammen und kam mit Ach und Krach von einer Klasse in die andere.

„Nur für das Leben unbegabte Menschen sind in der Schule fleißig. Mir liegt das Büffeln nicht, und diese idiotischen Mathematikstunden beeinträchtigen den weiblichen Charme."

Sie besaß jenes große und seltene Talent, das mir von jeher als das schönste erschien: überall erweckte sie Liebe. Ich war überzeugt, daß kein Lehrer, auch wenn sie etwas noch so Dummes sagen würde, ihr ein ungenügendes Zeugnis gegeben hätte. Selbst das Dienstmädchen bei Frau Dattel räumte ihr eine Ausnahmestellung ein. Sie meldete: „Das schöne Fräulein ist gekommen", obwohl Ilze Ritz' Name nicht schwerer als die übrigen zu behalten war. Und Frau Dattel ließ gleich Kuchen und Tee in meinem Zimmer servieren. Meine anderen Kameradinnen bekamen nur Wiener und Brötchen. Ilze stritt nicht mit mir über die Helden der russischen Literatur, lieblichlächelnd schob sie die Bücher beiseite: „Romane lesen Mädchen, die selber keine erleben", und erzählte von der Liebe eines Gymnasiasten und eines Marineoffiziers. Sie zeigte mir Geschenke von beiden, einen plumpen Ring und eine kleine reizende Uhr.

Hätte das irgendeine andere Gymnasiastin getan, so hätte sie meinen Abscheu erregt. Aber Ilze mußte mit einem anderen Maß gemessen werden. Das, was sie erzählte, lehnte ich ab, nie aber die Erzählerin selbst. „Man muß sich hüten zu lieben, denn man kann leicht unglücklich werden", philosophierte Ilze, „aber geliebt zu werden ist immer unterhaltsam."

Sie schilderte sehr anschaulich, wie der Gymnasiast im dunklen Korridor sie umfaßt und zu küssen versucht habe, wie komisch tölpelhaft er gewesen sei und wie sie ihn ausgelacht habe. Oder wie sie heimlich, durch einen dichten Schleier verhüllt, zum Offiziersball in den Kriegshafen gefahren sei, den zu besuchen den Gymnasiastinnen unter Androhung des Ausschlusses aus der Schule verboten war. Sie brachte ihr Ballkleid mit, verschloß die Tür und zog es an, damit ich mich freuen solle. „In einem Ballkleid wird man zu einem anderen, einem edleren

Wesen", sagte sie und lächelte, wie Frauen lächeln, die durch ihr bloßes Frauentum beglücken. „Dann ist man wohl ein bißchen Schmetterling und ein bißchen Vogel?" fragte ich unsicher und streichelte ganz zart ihre nackte Schulter. Obwohl ich mich an Ilze nicht sattsehen konnte, erwachte in mir die alte unüberwindliche Trauer. „Vielleicht auch Schmetterling und Vogel, aber noch mehr Elfe, Nixe, Fee." Einen Strauß-Walzer summend, tanzte sie um meinen Stuhl rundherum.

„Jetzt bist du wie Natascha", stellte ich begeistert fest.

„Was für eine Natascha?" fragte sie erstaunt.

„Natascha Rostova."

„Kenne ich nicht. Besucht sie unser Gymnasium?"

„Aber Ilze, wie kannst du so fragen! Du hast doch ‚Krieg und Frieden' gelesen!"

„Gewiß ... Ach so! Natascha aus ‚Krieg und Frieden' ... Ich erinnere mich nicht so genau. Ich weiß nicht, ob ich ihr ähnlich sehe. Ich bin ich. Und wenn ich tanze, bin ich — ich, wie sonst nie. Und das ist das Schöne." Sie setzte sich zu mir und schmiegte ihre erhitzte Wange an mein Gesicht.

„Jetzt will ich dir ein großes Geheimnis erzählen, ein schreckliches. Sonntag auf dem Ball im Kriegshafen war auch Alexej Alexejewitsch (so hieß unser Physiklehrer). Im ersten Augenblick erstarrte mein Herz, meine Finger wurden zu Eis ..."

Entgeistert sah ich sie an. Kann einer, der vom Blitze getroffen war, noch leben? Atemlos fragte ich: „Erkannte er dich?"

Sie lachte schrill. „Er ist doch nicht blind! Im ersten Augenblick wollte ich Hals über Kopf aus dem Saal fliehen. Aber dann blieb ich. Einmal mußte es ja doch geschehen, daß ich eine unserer Vogelscheuchen dort traf. Ich grüßte ehrerbietig mit einer tiefen Reverenz, wie wir nur Anna Iwanowna grüßen, und sagte in meinem Herzen: Muß man zugrunde gehen, dann mit Musik*. Aber Gott war mir armer Sünderin gnädig. Ein Damenwalzer kam und ich forderte ihn auf. Wir tanzten einen schönen Walzer."

„Und was sagte er?"

„Liebe Amata, beim Tanzen sagt man nichts; aber morgen haben wir Physik, und dann wird er allerdings etwas sagen, das heißt es ist möglich, daß er von mir verlangen wird, ich soll über die Newtonschen Axiome etwas sagen. Ach Gott, liebe goldene Amata, hilf mir, daß ich morgen nicht wie ein Stock dastehe! Erzähl mir ganz einfach, was dieser schreckliche Newton uns zur Qual entdeckt hat."

Sie gähnte herzhaft und ermahnte mich dabei: „Aber bitte mit schlichten Worten, die ich leicht behalten kann."

„Merk dir, es gibt drei Newtonsche Axiome, das Trägheitsgesetz ..", begann ich, aber sie unterbrach mich lachend: „Ach Gottchen, dieses Gesetz mußte ich in ihm gestern überwinden! Aber erzähl' weiter."

Sie brachte schöne Stoffe mit und fragte mich, welche Farbe ihr besser zu Gesicht stünde, Kornblumenblau oder Lavendelblau. Welch ein Genuß, echte Seide durch die Finger gleiten zu lassen und dem geheimnisvollen Geknister zu lauschen! War Ilze bei mir, dann hatte ich das Gefühl, als hätte jemand mitten im Winter Blumen in mein Zimmer gebracht. Aber Ilzes Liebesleben betrübte mich, weil es den Stimmungen und Geschehnissen, die Turgenjew in seinen Romanen beschrieb, so ganz unähnlich war, und wahrhaft lieben, hieß so handeln und sprechen, wie Turgenjews Frauen, Lisa, Natascha, Elen es taten.

* Russisches Sprichwort.

Ilze spürte das sehr wohl und sagte einmal zu mir: „Du begeisterst dich für Frauen, die es nicht gibt, du hast zuviel gelesen. Die Dichter beschreiben immer unwirkliche Dinge, aber erleben kann man nur das, was es wirklich gibt. Das kleinste tatsächliche Erlebnis ist tausendmal schöner als der schönste Traum." Sie sang Tschaikowskijs und Rachmaninows Romanzen und besonders gern ein schwermütig-schmachtendes Lied, in dem die Schöne dem Geliebten das Versprechen abnimmt, auf ihr Grab Chrysanthemen zu bringen. Ihr künstlerisches Können diente ihr nur zur Umrahmung ihrer eigenen Erlebnisse. In ihrem Wesen lag ein Dahinspielen über alle Dinge. Sie besaß den wissenden Körper der zur Liebe bestimmten Frau und lebte an den Oberflächenzauber gebannt. Mir erschien sie wie ein Zaubergeschöpf, bald beängstigend, bald unergründlich schön, mit geheimen Kräften ausgestattet.

Während der Okkupation hatte sie ihre Freunde unter den deutschen Offizieren. Bei ihren kleinen Abenden fühlte ich mich in dieser von Blumenduft, teurem Parfüm und Sinnlichkeit schwülen Atmosphäre, wo nicht nur Ilze, sondern auch die anderen Mädchen sich wie Damen betrugen und tief dekolletierte Kleider anhatten, sehr ungemütlich. Ilze aber tat, als sei ich die Hauptperson, als wäre der Abend ausschließlich mir zu Ehren veranstaltet.

Wie bei jeder Okkupation mußten die Einheimischen darben, damit die Eindringlinge schlemmen konnten. Aber zu Ilzes Abenden fehlte es an nichts: Wein, Südfrüchte, Schokolade, Bohnenkaffee. Ilze spielte ihre Verehrer gegeneinander aus. Sie setzte sich zu mir und tat, als seien alle Anwesenden taub und fragte laut: „Welcher gefällt dir denn am besten? Schau mal, dieser mit der langen Nase und dieser mit den zu kurzen Fingern und auch dieser, der sich aus Verlegenheit immer die Nase schnaubt, sie alle behaupten, mich bis in den Tod zu lieben, aber da sie morgen schon an die Front müssen, ist das nicht alle Welt.“

Einmal überwand ich mich und sagte ihr, obgleich es mir unendlich schwerfiel, daß sie ein ihrer unwürdiges Leben führe, daß sie selbst schön wie eine Apfelblüte sei, ihr Leben aber oberflächlich und verzerrt. Sie küßte mich in ihrer leidenschaftlich-zärtlichen Art und erwiderte: „Auch ohne daß du's sagst, weiß ich, daß du so denkst, und ich liebe dich, weil du so denkst, aber ich kann nicht anders. Und dann, siehst du, wir alle werden doch sehr bald sterben, das ist ja ganz einerlei, ob wir morgen sterben oder nach zehn, zwanzig Jahren, immer ist's sehr bald, immer ist's viel zu bald. Ich habe schreckliche Angst vor dem Tode. Das einzige, was uns vergönnt ist, ist ein bißchen zu spielen, und ich verstehe nur auf diese Weise zu spielen. Du weißt, mein Vater war Offizier. Als er auf einen ganz kurzen Urlaub aus dem Kaukasus nach Hause kam und nur eine Nacht bei meiner Mutter blieb ... ja, in dieser einen hungrigen, hastigen Nacht zeugte er mich. Und darum bin ich wohl auch so hungrig und unruhig, aber du mußt mich immer lieben. Solange du mich liebst, werde ich nie etwas Schlechtes tun. Dir kann ich alles erzählen, und schlecht ist man nur dann, wenn man auch dem lieben Menschen nicht alles erzählen kann.“ —

Ilze heiratete einen deutschen Offizier, der im Privatleben Bankdirektor war. Ich verlor sie ganz aus den Augen. Das einzige, was ich nach vielen Jahren einmal ganz zufällig erfuhr, war, daß sie ihr erstes Kind auf meinen Namen getauft haben soll.

Meine dritte Freundin hieß Tosja Donelaite. Sie war Litauerin, aber während meiner Schulzeit kam mir das kaum zum Bewußtsein, wie ich auch nie daran dachte, daß Rosa Jüdin und Ilze Lettin war; sprachen wir ja alle untereinander immer nur russisch und trugen die ganz gleichen braunen Kleider mit dem kleinen weißen Kragen und der schwarzen Schürze. Wir waren Gymnasiastinnen, die soziale Stellung unserer Eltern, wie auch unsere Nationalität waren belanglos. Intellekt und Herz entschieden den Rang, den man sich gegenseitig einräumte. Erst viel später, als wir schon längst die Schule absolviert hatten, erfuhr ich, daß Tosjas Vater, ein litauischer Freiheitskämpfer, wegen seiner antirussischen Tätigkeit von der Gendarmerie des Zaren verfolgt, nach Amerika geflohen war, als Tosja noch in der Wiege lag. Tosja war die Stillste in unserer Klasse, und daß sie meine Freundin war, auch das erfuhr ich erst viele Jahre später. Sie war begabt und hatte nie etwas von mir nötig, weder einen deutschen noch einen russischen Aufsatz, noch die Erklärung einer mathematischen Aufgabe. Sie hatte glattes, glänzend schwarzes Haar, das sie in einen festen schweren Zopf zusammenflocht, und große graue Augen; die Trauer all ihrer verfolgten Ahnen, die Trauer der der Freiheit beraubten Völker klagte in ihren Augen. Diese Augen waren es, die meine Aufmerksamkeit auf sie lenkten.

Mit den Klassenkameradinnen sprach sie kaum ein Wort, sie kam und ging immer allein.

„Du bist wie eine Nonne", sagte ich einmal zu ihr. „Ja", erwiderte sie, „ich ginge gern in ein Kloster, aber meine Mutter will es nicht." — „Und du tust wohl immer alles, was deine Mutter will?" — „Wie sollte ich anders... Wir beide sind doch ganz allein geblieben..." Nach

Litauen zurückzukehren war ihnen, den Angehörigen eines Revolutionärs, von den russischen Behörden verboten.

Wenn Tosja lächelte, so sah es aus, als lächle der Schmerz. Sie war überzeugt, daß niemand sie liebe und daß sie auch nicht würdig sei, geliebt zu werden. Immer kam sie sich überzählig vor. Sie war sehr arm, doch während wir auf dem Gymnasium waren, wußte ich nichts davon. Ihre Mutter war Fischverkäuferin auf dem Markt. Im Gymnasium hatte Tosja einen Freiplatz und verdiente sich ihr kärgliches Taschengeld durch Privatstunden. Aber die Blumen, die sie mir sandte, sahen aus, als sei sie Millionärin oder die Inhaberin sämtlicher Gärtnereien in Libau. Blumen waren für sie Boten aus der Welt der ewigen Schönheit, aus der sie sich ausgeschlossen glaubte und in der ich ihrer Vorstellung nach beheimatet war.

Einmal sagte sie zu mir: „Blumen sind Engel, die auf der Erde geblieben sind, damit die Menschen nicht ganz vergessen, was absolute Schönheit ist“, und sie errötete tief, als schäme sie sich, einen so eindrucksvollen Satz gesagt zu haben. Ihre Blumensendungen erhielt ich anonym ins Haus geschickt und ich kam nie auf den Gedanken, daß die scheue, stille Tosja die geheime Senderin war: Riesige, in allen Farben den Herbst rühmende Asternsträuße wechselten mit hauchzarten weißen Rosen und Fliederbäumen mitten im Winter, im Frühling kam rembrandt-brauner Goldlack, dessen geheimnisvolles Dunkel schwerblütige weiße und bananenfarbene Levkojen vertieften.

In späteren Jahren, als sie in Kaunas Ägyptologie studierte, habe ich sie einmal besucht und sie ist oft zu mir nach Riga gereist. Bei jeder unserer Begegnungen erzählte sie mir Kleinigkeiten aus unserem Schulleben. Alle meine

Worte, Aussprüche, Scherze hatte sie in ihrem Herzen bewahrt. Sie hatte mich in meiner Gymnasiastenzeit gespiegelt und auf eine geheimnisvolle Weise war keines dieser Spiegelbilder verschwunden.

„Warum sagtest du's mir nie?"

„Was denn?"

„Daß du meine Freundin bist."

„Ich wagte es nicht, du warst so groß und so stark ..."

Ich erschrak. Wie war es möglich, daß ich jemandem groß und stark erscheinen konnte? Mir war, als hätte mir Tosja die teuersten Edelsteine geschenkt. Ich hatte niemanden so nötig, wie dieses kleine stille Wesen, den schwesterlichen Menschen, mit dem glatten schwarzen Haar und den traurigen Augen, in denen der Schmerz lächelte. Sie erzählte Dinge von mir, die ich selbst nicht wußte, die ich nie geahnt hatte und die die Fesseln an meinen Gliedern lösten. Sie machte mich reich, so reich, daß ich mich fast schämte. Sie war so ehrlich, daß man an der Wahrheit ihrer Worte nie zweifeln konnte. Sprach sie von anderen Dingen, war ihre Ausdrucksweise grau und monoton, kam aber die Rede auf unsere gemeinsame Schulzeit oder auf irgendein Geschehnis aus meinem Leben, gewannen ihre Worte lebendige Anschaulichkeit.

„Weißt du, Tosja, du kannst einen Menschen ganz glücklich machen", sagte ich einmal zu ihr nach einem solchen Gespräch. Sie schüttelte den Kopf und antwortete ungehalten: „Nein, wie kannst du nur so etwas behaupten. Ich kann niemanden glücklich machen. Ich bin langweilig."

Und es half nichts, wenn ich ihr das Gegenteil zu beweisen versuchte.

Sie war schmächtig gebaut und immer sehr blaß, wie eine im Schatten gewachsene Blume. Ihre Selbstlosigkeit und Freude am Schenken kannte kein Maß. Bewunderte man bei ihr ein Buch oder ein seidenes Tüchlein oder eine Handtasche, gleich reichte sie das Ding ihrem Gesprächspartner, als sei es eine Zigarette. Wollte man das Geschenk nicht annehmen, sah sie so niedergedrückt aus, daß man nachgeben mußte.

Später einmal, sie war damals schon dreißig Jahre alt, und Magister in Ägyptologie, erzählte sie mir, daß noch nie ein Mann sie geküßt hätte. Niemand hätte es versucht und auch sie selbst hätte es nie getan. War ich mit ihr zusammen, beschäftigte mich immer die gleiche Frage: Woran liegt es, daß so viele Leben ungelebt sich abschließen und die vornehmsten und selbstlosesten Wesen zum Alleinbleiben verurteilt sind? Wäre ich ein Mann, würde ich nur solche Frauen wie Tosja lieben.

„Warum lebst du nicht?" fragte ich sie.

„Ich lebe ja", flüsterte sie.

„Nein, du dämmerst nur so dahin. Wie ein Spinngewebe ist dein Lebensfaden und eigentlich könntest du glücklich sein, denn du trägst in deinem Innern ein geheimnisvolles Instrument. Du bist die Resonanz aller Geschehnisse, und wenn du nur ein ganz klein wenig anders wärst, könntest du deine Mitmenschen sehr glücklich machen."

„Aber ich weiß nicht, wozu ich lebe. Ich gehöre zu den grauen Menschen, den unnützen, überzähligen, von denen Tschechow so viel geschrieben hat."

Alles in meinem Innern widersprach solch einem Bekenntnis, aber es gelang mir nicht, sie zur Wirklichkeit zu erwecken.

Im zweiten Weltkrieg beteiligte sie sich mit Hingabe an der Widerstandsbewegung in Litauen, eine ungeheure Kraft erwachte in ihr. Von ihrem Mut, ihrer Ausdauer, ihrer Opferfreudigkeit erzählte man Legenden. Von Reisenden, die aus Kaunas nach Riga kamen, erfuhr ich, daß sie sich für die gefahrvollsten Aufgaben gemeldet habe, mehrfach war sie dem Tode entgegengegangen, er aber war ihr immer wieder ausgewichen. Wir konnten nicht korrespondieren, ohne unser Leben gegenseitig zu gefährden. Und so weiß ich heute noch nicht, ob sie noch unter den Lebenden weilt.

Erotisches Intermezzo

Onkel Hans hatte mich mit vielen interessanten Menschen bekannt gemacht, aber der seltsamste unter ihnen war wohl der alte Nehring. Er war Impresario in Libau, wo er all die großen Konzerte arrangierte. Von Geburt Reichsdeutscher, war er schon in seinem zehnten Lebensjahr nach Petersburg gekommen und dort aufgewachsen. Er hatte all jene Schrullen, die sich bei einer starken Rasse entwickeln, wenn sie in ein Meer fremder Menschen hineingeworfen wird: zu eigenwillig, um sich zu assimilieren, hatte er nicht die Möglichkeit, seine Ecken und Kanten abzurunden und jenen Schliff zu vollziehen, der nur unter ethisch und intellektuell Gleichgesinnten vor sich geht. Unter Minderwertigen oder solchen, die man für minderwertig ansieht, hält man krampfhaft an seinen Eigenarten, auch den negativen, fest. Ja, Nehring war ein Unikum.

Er hatte bereits seit mehr als fünfzig Jahren in Ländern gelebt, die unter russischer Oberherrschaft standen, er war russischer Untertan geworden, sprach aber nur ganz wenige Worte russisch und zwar so, daß nur er selbst verstehen konnte, was sie bedeuteten. Er hätte eher seinen Namen vergessen, als daß er ein Deutscher war, zu einer auserwählten Nation gehöre, deren Aufgabe es sei, in den dunklen Osten das Licht der Kultur zu bringen. Er kannte die Berühmtheiten in aller Welt, er sprach von ihnen, als seien sie seine jüngeren Schulkameraden, die seines Schutzes bedurften. Er spielte kein Instrument, aber er kaufte und verkaufte seltene Instrumente. „Er verschachert die Kunst“, pflegte Onkel Hans von ihm zu sagen.

Er färbte sein Haar und seinen Schnurrbart mit einem schuhwichsartigen Farbstoff und trug immer eine schwarze Alpaka-Jacke. Er wohnte in Libau in einem uralten Haus, in einem turmartigen Aufbau, zu dem eine dunkle Wendeltreppe emporführte. Die drei kleinen Zimmer waren mit Möbeln vollgepfropft. Im Musikzimmer standen zwei Klaviere, ein Harmonium und ein Cembalo. An den Wänden hingen einige Geigen, in der Ecke lehnte ein Cello.

Er war unverheiratet und hatte eine krankhafte Vorliebe für Katzen. Alle herrenlosen Katzen, die er auf den Straßen herumstreichen sah, brachte er in seine Wohnung und erging sich in ihrem Lobe: „Sie ist das weiblichste Wesen. Sie tritt so leise auf, daß man es nicht hört; und nie und nimmer ist ein Frauenzimmer für Zärtlichkeit so dankbar.“

In seiner Junggesellenwohnung roch es immer nach Katzen. Als Onkel Hans das einmal ironisch bemerkte, erklärte Nehring, schwarze Johannisbeeren hätten denselben Geruch, und wenn er sich nicht irre, bevorzuge Onkel Hans einen Likör aus diesen Beeren. Im allgemeinen sprach Nehring wenig. Mit einem Lächeln der Überlegenheit beobachtete er alle Anwesenden. Seinen kleinen schwarzen Augen, die an die Bocksbeeren erinnerten, schien nichts zu entgehen. Wenn ich mit Onkel Hans in Libau war, machten wir bisweilen bei Nehring einen Besuch. Das einzige, was Nehring seinen Gästen vorsetzte, war schwarzer Kaffee mit Likör. Er selbst trank immer etliche Tassen und zitierte dabei gern Balzac: „Der Kaffee gleitet hinab in den Magen und dann gerät alles in Bewegung: die Ideen rücken an, wie die Bataillone der großen Armee auf dem Schlachtfeld, der Kampf beginnt.“ Darauf erwiderte Onkel Hans, soviel er wisse, sei Balzac am übermäßigen Kaffeegenuß gestorben, Nehring erwiderte schmunzelnd, Balzac sei so früh gestorben, weil er zu wenig Kaffee getrunken habe. Man müsse bei allen gefährlichen Dingen eine gewisse Grenze überschreiten, dann verwandle sich das Gift in ein Heilmittel. Nehring rauchte nicht, weil er meinte, der Tabakgeruch sei den Katzen unangenehm.

Während meiner Gymnasiastenzeit besuchte er mich hin und wieder. Seine kleinen, schwarzen Augen, die so aussahen, als seien auch sie gefärbt, beobachteten mich unentwegt. Und einmal, als wir beide in meinem Zimmer allein waren, fragte er:

„Darf ich dich küssen?“

„Nein, nein.“ Ein Widerwille erwachte in mir.

„Dein Gesicht ist so bleich und deine Lippen sind so voll und rot. Ich will dich malen lassen, ich habe schon mit einem Künstler gesprochen. Und dieses Bild wird dann in meinem Schlafzimmer stehen und eine Kerze wird immer davor brennen.“

„Aber ich bin doch noch nicht tot.“ Ich wußte nicht, ob ich weinen oder lachen sollte.

„Für das Leben der gewöhnlichen Menschen bist du tot. Darf ich dich auf deine Augen küssen?“

„Nein, nein.“ Ich bedeckte mein Gesicht mit beiden Händen und dachte dabei an Hagen. Nehring fragte — auch wenn er nicht sprach — immer das gleiche und Hagen hatte nie, nie solche Worte zu mir gesagt. Nehring beugte sich über mich, sein Gesicht war ganz nahe dem meinen. Ach, er roch so ekelerregend nach Katzen.

Vielleicht war er ein verzauberter Kater. Seine Kleider rochen nach Naphthalin, nach Alter. Er war ein böser Zauberer. Er erweckte in mir Vorstellungen und Sehnsüchte, die mich quälten und über die ich schweigen mußte. Meine Schwestern sprachen immer wieder von Hagen. Sie waren stolz, wenn er ihnen einen Blick schenkte. Aber ich konnte nicht von Nehring erzählen, nein, von ihm durfte ich keinem Menschen erzählen, und ich haßte ihn deswegen.

Sehr viele Jahre später, als ich zum erstenmal einer Parzifal-Aufführung beiwohnte, erzitterte ich beim Anblick Klingsors: „Das ist doch Nehring!"

Wieder saß er in meinem Zimmer und streichelte meine Hand:

„Ich hatte eine Geliebte, sie war so schön wie du, ein Wunder Gottes auf Erden, und sie starb durch meine Schuld . . ."

„Durch Ihre Schuld?"

„Warum redest du mich nicht mit du an?"

„Ich kann nicht."

„Aber du sagst doch zu Onkel Hans, diesem alten Schwerenöter, ‚du'."

„Das ist etwas ganz anderes. Onkel Hans liebt uns alle."

„Ich liebe nur dich, und das ist viel, viel mehr. Ich will dich heiraten. Ich will an dir gutmachen, was ich an meiner Braut gesündigt habe. Ich trat ihr zu nahe . . . ich tat ihr Gewalt an, und sie war noch ein Kind wie du, aber das kannst du noch nicht verstehen, nur eins sollst du wissen: Dich werde ich wie eine Blume anschauen, wie eine kleine Heilige anbeten. Komm, ich bringe dich zu mir auf meine Bude . . ."

Ich erschrak und mußte trotzdem lachen. Er war doch so alt und klapprig, er konnte mich ja gar nicht die

Treppe hinauf oder hinunter tragen! Einen Augenblick dachte ich, was wohl geschehen würde, wenn ich ja sagte. Das Ungewöhnliche der Situation übte auf mich trotz meines Widerwillens einen Zauber aus.

„Ich liebe dich nicht", sagte ich unnatürlich laut und erschrak vor meiner eigenen Stimme, so böse klang sie, auch hatte ich ihn ganz unbewußt mit „du" angeredet; es war, als hätte ich nicht selbst, sondern ein anderes Wesen in mir gesprochen: „Quäle mich nicht, ich liebe dich wirklich nicht", wiederholte ich noch einmal und empfand zum ersten Male in meinem Leben, wie sinnlos, wie erniedrigend ein Zusammensein sein kann, wenn einer der Partner nicht die Möglichkeit hat, einfach aufzustehen und fortzugehen, in dem Augenblick, wo Worte albern oder machtlos oder haßerfüllt sind. Er sah mich traurig an und sagte:

„Das tut nichts. Das darf ich alter Kater gar nicht beanspruchen. Aber dich anzubeten, kannst du mir nicht verwehren. Und wenn ich dich einmal geheiratet haben werde, dann weiß ich, daß du mich beerben wirst."

„Nein, bitte, ich will Sie nicht beerben." Nun war ich wieder die wohlerzogene Gymnasiastin, die älteren Menschen gegenüber, ganz gleich, was diese sagen oder tun, sich keine Ungehörigkeit erlaubt. Indem er mir von seinem Geld und seinem Vermögen erzählte, zogen Bilder wie in einem Film vorbei: Er liegt im Sarg und ich sitze an diesem Sarg und zähle seine Goldstücke. Die Goldstücke kriechen zu mir aus all den dunklen Ecken, sie quellen aus den alten Polstermöbeln hervor, und die Katzen schleichen um mich, stinkend und miauend. Noch Jahre später hat mich in Träumen dieses gräßliche Bild verfolgt.

„Ich brauche kein Geld", sagte ich leise, aber bestimmt. „Pappi hat mich für das ganze Leben versorgt."

„Wieviel hat denn dein Pappi für dich erspart?“ fragte er mit einem hämischen Lächeln. Das wußte ich nicht. Darüber hatte ich nie nachgedacht. Die Logarithmen-Rechnungen auf dem Gymnasium machten mir keine Schwierigkeiten, aber ich hatte nicht die geringste Vorstellung davon, wieviel mein Vater verdiente, oder wieviel er für mich zurückgelegt hatte. Ich wußte ja auch nicht, wieviel das Zimmer und die Pension bei Frau Dattel kosteten. Ich hatte überhaupt von Geld keine Vorstellung. Seltsamerweise bekam ich nicht einmal ein Taschengeld. Brauchte ich Geld für irgendeine Ausgabe, bat ich meinen Vater darum, und er gab mir jedesmal die gewünschte Summe.

„Komm zu mir“, flüsterte Nehring, „und ich zeige dir die Schachtel mit lauter Goldrubeln, Fünf- und Zehn-Rubelstücke, eine ganz große Schachtel, und all das soll dir einmal gehören ... Ich werde dich nur in weiße Seide kleiden, o du meine kleine Elizabeth Barrett.“

„Hieß so Ihre Braut?“

„Nein, so hieß die Braut eines anderen, dem mehr Glück beschieden war als mir. Wenn du nächstens bei mir bist, zeige ich dir ihr Bild. Du mußt dein Haar offen tragen und einen goldenen Reifen darin. Die Künstler werden auf meine Bude kommen und dir vorspielen.“

„Aber wer wird kochen und aufräumen?“

„Ach, Kind, welch eine triviale Frage! Wir beide werden immer im ‚Hotel Petersburg‘ speisen. Ich werde doch den Tempel, der dir geweiht ist, nicht durch das Getratsch einer Haushälterin entheiligen.“

Und der Geruch und der Schmutz der Katzen? Aber diese Frage wagte ich nicht zu stellen. Seine Katzen verfolgten mich bis in die Träume. Sie spazierten um mich auf den Hinterbeinen, servierten mir den Kaffee und jede hatte eine bunte Seidenschleife um den Hals. Wenn in Mondscheinnächten die Katzen auf dem Hofe des Doktorhauses ihre herzzerreißenden Heulkonzerte veranstalteten, meinte ich, sie seien von Nehrings Wohnung hierhergekommen, um mich zu holen. Sie riefen mich, sie klagten mich an, sie verhöhnten und verurteilten mich. Ich hatte Angst vor Nehrings Besuchen, aber in diese Angst mischte sich eine ungeduldige Neugierde. Die von ihm erweckten Phantasiebilder gaben mir keine Ruhe. Nicht seine Gespräche waren das Aufregende, sondern das Bewußtsein, daß ich von diesen Gesprächen niemandem etwas erzählen konnte.

Er brachte mir nie ein Kästchen Schokolade oder Blumen, wie das die anderen Gäste taten. Er sprach immer nur vom Tempel, den er mir weihen wollte. Vielleicht ist er geisteskrank? Ja, sicher ist er geisteskrank, sonst könnte er nicht so törichte Worte zu mir sprechen. Angst erwachte in mir. Ein normaler Mann würde sich doch nie in mich verlieben, und ich schrieb in mein Tagebuch: „Die Liebe eines Geisteskranken", aber weiter kam ich nicht, es blieb nur bei der Überschrift. Einmal überwand ich meine große Scheu und fragte Onkel Hans:

„Sag mir doch, lieber Onkel Hans, glaubst du, daß Herr Nehring ganz normal ist?" —

„Wie kommst du auf so eine Frage? Er ist normaler als wir beide! Wie er seine Prozente von jedem Konzert zu berechnen versteht und unerfahrene Künstler übers Ohr haut! Ach, der Nehring, von dem sollte der Pappi lernen!"

Ich wollte Onkel Hans noch mehr erzählen, ich setzte mehrere Male an, konnte aber nichts von den heimlichen Gesprächen wiedergeben. Onkel Hans sagte mir, daß er mich mit Nehring bekannt gemacht habe, weil er wie eine Gestalt aus den Büchern E. T. A. Hoffmanns sei, aber wenn es mir keine Freude bereite, seine Schrullen zu beobachten, liege keine Notwendigkeit vor, mit diesem alten Sonderling zusammenzukommen.

Dieser erste Roman aus meiner Gymnasiastenzeit hatte ein jähes Ende. Nehring wurde sein sämtliches Geld gestohlen, die ganze Schachtel mit all den Goldrubeln. Dieser Vorfall erschütterte ihn so, daß er schier den Verstand verlor. Nun färbte er weder Haar noch Schnurrbart. Auch zu mir kam er nicht mehr. Bekannte, die ihn gesehen hatten, erzählten, er sehe wie ein Häufchen Elend aus und jedem, den er treffe, erzähle er dasselbe: Mit seinen Goldrubeln hätte er einen Menschen glücklich machen können und eine alte Schuld tilgen, nun aber sei er zu nichts mehr nütze. Die Katzen fütterte er nicht mehr und die Briefe der ausländischen Künstler und Kunstagenturen blieben unbeantwortet. Weitläufige Verwandte sorgten dafür, daß er in ein Altersheim nach Danzig kam. Hin und wieder erhielt ich Briefe, und diese Briefe waren wieder so seltsam, daß ich sie niemandem zu zeigen wagte. Er schrieb immer wieder von dem großen Kummer, der ihn heimgesucht habe, aber es ging nicht klar hervor, ob er dabei an seine Braut, an mich oder an seine Goldrubel dachte.

Nur eines verstand ich genau: daß er todtraurig war, und es verlangte mich, ihn zu besuchen. Kleine hübsche Dampfer gingen von Libau nach Danzig, ich sah sie oft im Hafen. Wie gern wär ich auf eines dieser Fahrzeuge gestiegen und hätte Nehring in seinem Altersheim aufgesucht. Ich hätte ihm erzählt, daß man nun in Libau dem Dieb auf der Spur sei und daß er sein Kästchen mit den Goldrubeln bestimmt zurückerhalten werde. Das war nicht wahr, aber was lag daran? Er hatte doch nur noch wenige Jahre zu leben, und wie sollte er so ganz ohne Freude seine Tage dahinfristen? Natürlich konnte ich nicht zu ihm fahren, mein erneutes Nichtkönnen quälte mich mehr als das ungestillte Verlangen nach einem Wiedersehen.

Sein letzter Brief enthielt nur wenige Zeilen: „Stell auf den Tisch die duftenden Reseden, die letzten bunten Astern hol herbei und laß uns wieder von der Liebe reden, wie einst im Mai."

An einem regnerischen Novembertag erhielt ich diese Zeilen mit einem kleinen Begleitschreiben von der Vorsteherin der Anstalt, daß der alte Herr beim Schreiben dieses Briefes sanft entschlafen sei.

Von seinem Tode wußten alle aus der Anzeige in der Zeitung, doch keiner schenkte dieser Tatsache besondere Bedeutung. Er war ja schon ein alter Mann und lange krank, sagte man leichthin und fügte vorwurfsvoll hinzu: „Den Verlust seines Goldes hat der Geizhals nie verschmerzt."

Ich fühlte, daß ich widersprechen müßte, und ich wußte, daß man ihm mit diesem Urteil Unrecht tat. Ich wußte mehr über ihn als die anderen, aber ich konnte keine Worte finden, um das, was mein Herz so tief bewegte, den andern überzeugend mitzuteilen. Über dreißig Jahre sind seither vergangen, und oft habe ich wehmütig an den alten Narren zurückdenken müssen.

Lebendige Bücher

Noch einige Worte über die Mächte, die meine Seele formten.

Gedankliche Überfülltheit und Lebensfremdheit waren für meine Gymnasiastenzeit charakteristisch. Bücher waren für mich ebenso lebendig wie Menschen, vielleicht noch lebendiger.

Der Lehrplan der Literaturgeschichte schloß mit den russischen Klassikern ab. Tolstoi und Dostojewskij waren die letzte Etappe, aber wir lasen natürlich auch die russischen Modernisten. Ich hatte eine besondere Vorliebe für den beseelten Impressionisten, den zarten Blumenfreund und energischen Bekämpfer der Cholera — Tschechow, der in einem schlichten Satz ein ganzes Bild hervorzaubert.

Wie für das französische Geistesleben das unübersetzbare Wort „esprit" kennzeichnend ist, für das deutsche das ebenso unübersetzbare Wort „Erlebnis", so ist das russische durch zwei unübersetzbare Wörter: „Toska" (ungefähr Schwermut) und „Poschlost" (ungefähr Trivialität) skizziert, und den Gehalt dieser zwei Wörter erschöpft Tschechow in seinen traurig-melodischen Erzählungen, die, ohne sentimental zu werden, so viel vom menschlichen Leid wissen.

Ich liebte seine stille Aufmerksamkeit allen Dingen gegenüber, ich bewunderte die alle Widerstände überwindende Kraft seines Geistes. Als junger Bursche hatte er seinem Vater, einem kleinen Kaufmann, geholfen, Heringe und Seife zu verkaufen, und einige Jahre später war er nicht nur hilfreicher Arzt, sondern einer der wachsten, edelsten russischen Wort-Aristokraten. Seine „Steppe" las ich Rosa vor und mir selbst seine kleine Erzählung „Toska". Keine andere Sprache besitzt einen solchen Wortreichtum, um den Seelenschmerz, die Seeleneinsamkeit, die Traurigkeit zum Ausdruck zu bringen. „Wem vertraue ich meinen Kummer an", dieses Motto zu einer der schönsten Erzählungen schien mir auch für die Geschichte meines eigenen Lebens zu passen.

Der alte Droschkenkutscher sucht jemanden, mit dem er vom Tode seines Sohnes sprechen könnte. Ihm ist, als müsse er an diesem Schmerz ersticken, und jedem Fahrgast will er sein unüberwindliches Weh erzählen. Aber niemand hört ihm zu. Abends, nach vollendetem Tagewerk, geht er in den Stall, lehnt seinen Kopf an den Hals des Pferdes und schüttet ihm sein Herz aus.

Ich war sehr erstaunt, von Rosa zu hören, Tschechow habe gesagt, er könne nur dann schreiben, und ein wahrer Dichter schreibe auch nur dann, wenn er kalt wie Eis sei. Wie aufmerksam ich auch las, nie spürte ich etwas Kaltes in seinen Büchern, aber es gab ein Wort, das mich erschreckte: „Wir alle sind auf dieser Welt unnütz!" War dieser von einer unheilbaren Krankheit gezeichnete Arzt, der die Medizin seine Ehefrau, die Literatur seine Geliebte nannte, auch in seelischen Krankheiten ein unfehlbarer Diagnostiker? Rosa, die Rationalistin, rühmte an ihm seinen Glauben an den Fortschritt der Menschheit.

Für mich war er damals wie heute noch ein großer Dichter, vor allem Lebensschöpfer. Ich bin der klassischen russischen Auffassung treu geblieben: Einen kalten Ästheten kann ich mir als großen Dichter einfach nicht vorstellen, und wenn ich ein Werk liebe, so liebe ich auch seinen Schöpfer.

Daß Tschechow von seinen kärglichen Honoraren Volksschulen gegründet und unterstützt hatte, weckte in mir das Verlangen, eine eigene Schule zu gründen, und zwar eine solche, in der das Hauptfach die Lehre vom Leben sein sollte, die Lehre, wie man leben muß, um wahrhaft Mensch zu sein. Es konnte doch nicht etwas Unmögliches sein, die Menschen so zu erziehen, daß sie menschenwürdig denken und handeln. Auch Rosa liebte Tschechow, doch aus einem anderen Grunde: für sie war er der Schriftsteller, der die russischen Heiligenbilder ironisierte und von dem der Ausspruch stammte: „Nur ein Sklave und ein Barbar brauchen Gott, ein wahrhaft kultureller Mensch wird fromm, wenn er krank und schwach wird.“

Aber wir beide, Rosa und ich, wollten damals alles andere, nur nicht krank und schwach sein. Von der Allmacht des menschlichen Geistes überzeugt, meinten wir, eine absolute Humanität sei durch die Wissenschaft auch ohne Religion zu verwirklichen.

Die russischen Dichter kannten das Weh des Herzens, das Völker und Zeiten verbindende Band der Menschheit. Auch die Gesunden und äußerlich Bevorzugten wurden vom Schmerz in die Knie gezwungen. Ich mußte immer wieder an Lonny denken. Sie hatte allen Grund, glücklich zu sein. Sie war gesund und konnte so wunderbar Chopin spielen. Was mußte sie an jenem kalten Novembertag, als sie ihren letzten Weg über die Mole ging, gelitten haben. Nie würde man erfahren, was sie gedacht, ob sie geweint, ob sie Gadebskij verwünscht hatte, und von wem es ihr am allerschwersten gefallen war, innerlich Abschied zu nehmen. Vielleicht wollte sie nur den Tod versuchen und ging zu weit.

Auch Marta Jura war dem schwarzen Todesverhängnis anheimgefallen, weil sie die Freiheit mehr als das Leben liebte. Wo blieb all das viele Leid? Das Wasser sammelt sich an den tiefsten Stellen und strömt zum Meere hin, aber das Leid? All die unzähligen Tränen der Menschen, gibt es auch für sie einen Ozean? „Ein Engel deine Tränen zählet.“ Einmal, als ich sehr traurig war, hatte Onkel Hans mir dieses Lied vorgespielt, ich war ergriffen, aber den Engel sah ich nicht.

Als Kreisarzt mußte mein Vater alle Verunglückten, wie überhaupt alle, die eines unnatürlichen Todes gestorben waren, besichtigen, und so kam es, daß ich schon früh den Tod in vielerlei Gestalt kennenlernte.

Eine Mutter war nach der Geburt ihres ersten Kindes

schwermütig geworden. Sie hatte mit ihrem Mann, einem mehrfach preisgekrönten Schriftsteller, der ein ehrgeiziger, sehr nervöser Mensch war, Streit gehabt. Er hatte ihr scharfe Worte gesagt: er bedaure, eine einfache, ungebildete Frau aus dem Volke geheiratet zu haben, denn eine solche sei zu einer geistigen Höherentwicklung nicht fähig; er hoffe nur, das Kind würde nicht nach ihr geraten. Da hatte sie ihren Mantel genommen und war aus dem Zimmer gestürzt. Er hatte ihr, ohne sich zu rühren, nachgeschaut und gesagt: „An Hysterie ist noch niemand gestorben." Ohne Kopfbedeckung war sie durch die Straßen Libaus gerannt und von der großen Brücke in den Hafen gesprungen. Es war klar, daß er die Schuld an ihrem Tode trug, aber er stellte sich nicht dem Gericht, und das Gericht seinerseits fahndete nicht nach ihm.

Der kleine Junge, ein bildschönes Kind, war nun eine halbe Waise, und wenn es ein Leben jenseits des Grabes gibt, so mußte für die Mutter die Trennung von ihm eine unerträgliche Qual sein. Ein Fortgehen ohne Wiederkehr, wie war das überhaupt möglich? Und schaurig, daß es Worte gab, die töten konnten. Doch am schaurigsten, daß man unbedacht ausgesprochene Worte nicht wie einen in die Luft geworfenen Ball zurückholen konnte. Der Schriftsteller, dessen Werke auch weiterhin von der Presse gelobt, aber begreiflicherweise immer pessimistischer wurden, tat mir unsäglich leid. Wie von einer unheilbaren Krankheit heimgesucht, wie ein Aussätziger schien er mir, nur war sein Gebrechen den Mitmenschen nicht sichtbar, aber seinem eigenen Herzen, dem letzten und unbarmherzigsten Gerichtshof, war es bekannt.

Erregende Lesestunden verbrachte ich bei Leonid Andrejew. Diesen Schüler Nietzsches lernte ich früher kennen als Nietzsche selbst. Mich fesselte seine Alltagsferne, also genau das Gegenteil dessen, was mich bei Tschechow anzog. Wie Tschechow vor allem den grauen Alltag schildert und dieser so einmalig neu vor uns hintritt, daß wir erstaunen, so wendet sich Andrejew nur dem Außergewöhnlichen zu, im Schönen wie im Häßlichen ist das Seltene seine Dämonie: Leprakranke, zum Tode Verurteilte, in Liebe Verzückte, „Das rote Lachen". Und Tschechow, der stille und innerliche, der zarte Skeptiker, war mit diesem exzentrischen Menschen, der mehrfach Selbstmordversuche verübt hatte, mit diesem Dichter übermäßiger Spannungen, befreundet. Er bewunderte und bespöttelte seine Werke. Wenn man zwei Stunden lang Andrejew gelesen habe, müsse man zwei Stunden in frischer Luft spazierengehen.

Seine Erzählung von den sieben Erhängten, die er Tolstoi gewidmet hat, erschreckte mich zutiefst. Und der Weise von Jasnaja Poljana soll über sie gesagt haben: „Sie fragen, ob ein Grauen mich erfaßt hat? Nicht im geringsten." Daß ein Mensch das Recht hatte, Gewalt auszuüben, und dann weiterlebte, als sei nichts geschehen, aß und trank, nach Hause kam, sein Kind auf den Schoß nahm und es liebkoste. Brannte diese Liebkosung nicht wie eine Feuerschlange?

Ein Ausspruch aus Andrejews Erzählung war unter uns Gymnasiastinnen zum geflügelten Wort geworden: „Küsse und schweige." Andrejew schildert nämlich, wie die Mutter eines zum Tode Verurteilten kurz vor seiner Hinrichtung die Erlaubnis erhält, sich von ihrem Sohne zu verabschieden. Bangnis und Verzweiflung bedrängt sie. Sie weiß nicht, welche Worte sie gebrauchen darf, sie fürchtet durch ihre Tränen die dem Sohne auferlegte Qual nur noch zu steigern. Sie zweifelt, ob sie überhaupt hingehen soll, da belehrt sie ihr Mann, wie sie sich zu verhalten habe: „Küsse und schweige." Nur diese drei

Worte sagt er ihr, sonst nichts — küsse und schweige, diesen Satz wiederholten wir in allen schwierigen Lebenslagen, er wurde uns zum Ausdruck dafür, daß man über unfaßbare Dinge nicht sprechen soll. Vielleicht beeindruckte mich diese Erkenntnis besonders tief, weil kaum in einer anderen Dichtkunst die Macht des Schweigens, das Geheimnis der Stille, so lebendig ist wie in der lettischen: „Schön ist die gepflückte Lotosblume, viel schöner wiegt sie sich auf dem Wasser; schön ist das ausgesprochene Wort, viel schöner das geträumte; reich mir die Hand, laß die Sonne und das Herz sprechen."

Erst viele Jahre später, als ich Bachs Matthäus-Passion zum erstenmal hörte, erfuhr ich, daß die Weisheit und Schönheit des Schweigens so alt wie die Menschheit selbst ist und am tiefsten im Evangelium ruht. Als Jesus vom Hohenpriester verhört wurde, suchte der ganze Rat falsches Zeugnis wider ihn, „und der Hohepriester stand auf und sprach zu ihm: ‚Antwortest du nichts zu dem, was diese wider dich zeugen?' Aber Jesus schwieg stille." Um diese Stille, dieses Schweigen, diese Macht, die im Nichtantworten liegt, zu verstehen, muß man selbst einmal vor dem Hohenpriester gestanden haben.

Abitur und Kanonendonner am Horizont

Mit meinem Schulzeugnis war ich zufrieden. Ich hatte in allen Fächern die beste Note und war ungeduldig, es meinem Vater zu zeigen. Wie stolz wird er auf seine filia carissima sein! Wir beide saßen zusammen im Eßzimmer. Er war spät von einer Krankenfahrt heimgekommen und trank seinen Tee. Diesen trank er immer nur aus einem Glas, sehr süß und mit Zitrone. Er war in allen

Dingen sehr anspruchslos und bescheiden, wurde ihm aber Tee in einer Tasse serviert, trank er ihn nicht; nur Glas bewahre das zarte Aroma des chinesischen Getränks. Ich wartete, bis er seinen ersten Durst gestillt hatte, und breitete dann mein Zeugnis vor ihm aus. Er überflog es flüchtig — wie kränkte mich dieser flüchtige Blick — und schwieg. Hatte er vielleicht die Bedeutung der Noten nicht verstanden? Ich versuchte zu erklären: „Ich habe in allen Fächern eine runde Fünf, nur Rosa hat noch ein so gutes Zeugnis, das heißt, ein fast so gutes." Besorgt ruhte sein Blick auf mir. „Du bist so blaß, ich werde dir Eisen mit Arsen verschreiben."

„Aber Pappi, bist du nicht stolz auf mich?" Rosa hatte für ihr blendendes Zeugnis von ihren Eltern die gesammelten Werke Tschechows, und Olga, die Tochter des Richters, eine goldene Uhr erhalten, weil sie dieses Mal ausnahmsweise keine ungenügende Note nach Hause gebracht hatte. Nicht zu einer einzigen Fünf konnte sie sich aufschwingen, und ich hatte lauter Fünfer. Indem ich meine Betrübnis zu verbergen versuchte, fragte ich noch einmal:

„Pappi, freust du dich denn gar nicht?"

„Gewiß freue ich mich, wenn du dich darüber freust."

„Aber du sagst das so ohne Überzeugung, so gleichgültig."

Er lächelte sein mildes, gütiges Lächeln: „In der Schule bedeuten die vielen Fünfer etwas, im Leben — nichts." Und er erzählte mir, daß er auf dem Herzog-Peter-Gymnasium in Mitau auch der erste Schüler gewesen sei; seltsam, daß ich das erst jetzt erfuhr. Ein lateinisches Extemporale hatte der Oberlehrer mit der Bemerkung abgegeben: „In den vierzig Arbeiten wiederholen sich zwei Fehler. Der Vater des einen Fehlers ist Egle, der Vater des anderen Seraphim. Die anderen Jungen sind nicht einmal zu einem selbständigen Fehler fähig gewesen." Damals hätte er sich etwas darauf eingebildet, daß er und sein Kamerad Seraphim die besten Lateiner in der Klasse waren. Im späteren Leben hätte er aber einsehen müssen, daß das die allerbelanglosesten Dinge sind.

„Aber du kannst dich doch mit Dr. Straume fließend lateinisch unterhalten", sagte ich, auf meinem Standpunkt beharrend.

„Ja, das macht uns beiden Freude, so wie es Mammi Freude macht, mit Onkel Hans vierhändig zu spielen; und wenn es dir Freude macht, in allen Fächern eine Fünf zu haben, dann ist ja alles in Ordnung."

Ich versuchte, meine Enttäuschung zu verbergen, beneidete aber in meinem Herzen die mit Tschechows Werken preisgekrönte Rosa und Olga mit ihrer goldenen Uhr. Ich hatte nichts erhalten, das heißt, es schien mir, daß ich mit leeren Händen ausging; in Wirklichkeit aber erhielt ich damals die segensreiche Lehre von der Nichtigkeit der Ehrsucht und vom Eigenwert der geleisteten Arbeit.

Auf mein Abitur freute ich mich. Je mehr geistige Bewegung und Anstrengung, desto besser. Jede Möglichkeit des Sieges über die Materie verlockte mich. Der Kern eines jeden Sieges besteht aber im Vermögen, sich zu konzentrieren und im Zustand der Übermüdung nicht zusammenzubrechen. Während der Examina hatte ich nicht Zeit, an mich zu denken, ich mußte mein Selbst ausschalten und das bedeutete Befreiung und Erhebung. Der Krieg kam immer näher, aber die alte, gefestigte Ordnung bestand nach wie vor. Es wurde immer wieder davon gesprochen, daß das Mädchengymnasium nach Petersburg evakuiert werden solle, und diese Nachricht erfüllte mich mit Unruhe. Meine Eltern würden sicher dagegen sein, aber meine neununddreißig Kameradinnen würden schon dafür sorgen, daß ich mitkomme. Oh, auf sie konnte ich mich verlassen! Mein Abitur war mir übrigens viel wichtiger als der ganze Krieg. Wenn ich jetzt daran zurückdenke, ist es mir selbst kaum glaublich, daß man sich in so hohem Maße von den großen politischen Ereignissen abschließen kann und meint, es sei möglich, das persönliche Leben vom Weltbösen abzutrennen.

Das Dröhnen der Geschütze hörte man in der Ferne, und dieses Geräusch wirkte auf uns nicht anders wie ein Gewitter. Am Tage, bevor mein Abitur begann, wurde Libau von englischen Kriegsschiffen beschossen und ein Teil unserer Prüfungen fand im Keller statt. Dies schien uns allen sehr romantisch, nur waren wir enttäuscht, daß die Gefahr unsere Lehrer nicht im geringsten nachsichtiger stimmte. Gadebskij kam mir nicht einen Schritt entgegen. Er diktierte die mir zugedachte trigonometrische Aufgabe, als sei ich seine Feindin. Die assistierenden Lehrer ließen es schweigend geschehen, nur der Physiklehrer, der Finne aus Helsinki, rief ganz spontan: „Oho! Das hört sich ja an, als seien wir bereits auf der Universität!" Der Sinn der Aufgabe war mir klar, aber in der Aufregung versah ich mich bei einer einfachen Multiplikation und die Rechnung stimmte nicht. Der Physiker war an meinen Tisch getreten, sah meinem eifrigen Rechnen zu und wies mit seinem großen Daumen, der einen breiten viereckigen Nagel hatte, auf den Fehler hin. Als ich ihn in meiner Verwirrung nicht verstand, sagte er deutlich und allen hörbar, worin mein Fehler bestehe. Gadebskij berief ihn, erinnerte ihn daran, daß es streng verboten sei, den Abiturienten zu soufflieren, worauf der Finne mit unglaublicher Gelassenheit erwiderte, es sei noch nicht erwiesen, ob es erlaubt wäre, Abiturienten Universitätsaufgaben zu stellen.

Ehe ich zu meinem Examen in Physik ging, mußte ich mit Frau Dattel einen heftigen Kampf ausfechten. Sie nannte es „ein Stückchen aus dem Tollhaus", heute auf die Straße hinauszugehen. Der mich begleitende Hausmeister verlangte für diese Fahrt den doppelten Preis. Schließlich waren alle Hindernisse überwunden, und ich begab mich auf den Weg, „freudig wie ein Held zum Siegen". Damals wußte ich noch nicht, daß Krieg ein Sammelname, eine symbolhafte Bezeichnung für Elend, Verbannung und Hurerei ist. Ich wußte nicht, daß dieses Ungeheuer einen Archimed vernichtet, als sei er einer der Überzähligen.

Kennzeichnend aber ist es, daß mein Abitur, das mir den Weg zur Universität, zur selbständigen geistigen Tätigkeit öffnete, unter Kanonendonner sich vollzog, denn das Dröhnen der Kriegsgeschütze aus kleinerer oder größerer Entfernung hat in meinem Leben eigentlich nie aufgehört. In einer Welt der Sicherheit habe ich nur vorübergehend, eine ganz kurze Frist, gelebt.

Mein Leben war ewiger Aufbruch, ein Bedrohtsein von hundert Gefahren: immer, wenn ich Wurzeln fassen wollte — und wie habe ich mich danach gesehnt, wie die alte Esche vor dem Doktorhaus fest in der Erde zu wurzeln und die Äste der Sonne entgegenzustrecken —, geschah ein Erdbeben.

Der Mai 1915, der Abiturmonat, verging in gespannter Stimmung. Frühlingsrauschen umwogte Abschiedsweh und Zukunftsträume, wie auch Angst vor den gestrengen Lehrern und die freudige Hoffnung, ihren Angriffen standzuhalten. Das Nahen des uns unbekannten Kriegsungeheuers steigerte all diese Gefühle bis zu einem Fieberwahn, unser intellektuelles und emotionelles Leben erreichte eine ungewohnt hohe Intensität, die Wirklichkeit aber wurde uns noch fremder. Wir konnten mit wenig

Essen und wenig Schlaf auskommen und nahmen unglaubliche Mengen intellektuelles Wissen in uns auf, um es nach einigen Jahren oder gar Monaten vollkommen zu vergessen. Man lernte nicht nur selbst — dann hätte einen die ganze Klasse ein Schwein genannt — man ochste Nächte hindurch mit den geistig stumpferen Kameradinnen und ersann für sie die unglaublichsten Eselsbrücken. Die Begabten hatten dafür zu sorgen, daß auch die Unbegabten durchkamen, so lautete das ungeschriebene, aber unumstößliche Gesetz.

In Anbetracht des Krieges fiel das große, lang geplante Abiturfest aus. Auch dieses ist ein Zeichen meines Schicksals. Die letzte, nach vollendeter Arbeit dem Fest, der Entspannung und Anerkennung geweihte Stufe war mir auch ferner zu besteigen nicht vergönnt.

Der Feind war nun in der Nähe von Libau und der ganze Bienenstock, das Libauer Mädchengymnasium, floh mit Anna Iwanowna, seiner Königin, an der Spitze nach Petersburg. In Hast und Eile wurden die Diplome verteilt. Rosa und ich, wir beide erhielten zum Zeichen, daß wir in allen Fächern den höchsten Forderungen Genüge geleistet hatten, die goldene Medaille. Anna Iwanowna hatte Tränen in den blauen, scharfen Feldherrnaugen, als sie sich an mich wandte: „Gott hat dich auserwählt. Ich blinde Törin habe nicht gleich deine außergewöhnlichen Fähigkeiten erraten. Nun aber kenne ich dich. Fahre mit uns nach Petersburg, ich werde für dich sorgen."

Weinend, uns umarmend und küssend, nahmen wir voneinander Abschied und schworen einander ewige Treue. Fast alle meine Kameradinnen flohen nach Petersburg oder auch ins Innere Rußlands. Mich tröstete die auf Sand gebaute Überzeugung, daß nach dem baldigen Ende des Krieges das Leben im alten Geleise weiterrollen würde und wir einander wiedersehen, helfen und gemeinsam studieren würden. Wir alle meinten, nur eine kurze Trennungszeit überstehen zu müssen.

Wie ein Erdbeben eine ganze Stadt in einer Nacht zerstört, so ist das schöne Eiland, das den Namen Gymnasium trägt, auf dem ich die von Vorurteilen hart gepanzerte Festung Anna Iwanowna nach langer Belagerung, dem Verhungern nahe, eingenommen und den Kampf mit dem Wüterich, dem Zyklopen Gadebskij bestanden habe, und mich der spöttisch-zärtliche Reigen der neununddreißig Jungfrauen wie ein Wall gegen die bedrohlichen Stürme schützend einschloß, ins Nichts abgestürzt.

Dieser Abschnitt meines Lebens, der mich ebensoviel Herzensgegenwart wie geistige und besonders körperliche Kräfte gekostet hat, ist in meinem Lebensbuch wie ausgestrichen. Es ist, als hätten all die lieben Mädchen, die mich ihre Vorratskammer, das Konversationslexikon der Klasse nannten, nur in meinen Träumen gelebt.

Wenn ich im Lande der Verschonten höre und sehe, wie man Feste zum Gedächtnis eines vor zwanzig, vor dreißig Jahren stattgefundenen Abiturs feiert, und kaum eine Kameradin fehlt, ist es mir, als sei ich ein aus einer anderen Welt hierher verschneiter Gast, dem man ein kälteres oder wärmeres Geduldetwerden, nie aber ein wahres Verständnis entgegenbringen kann. Im Lande der Verschonten herrscht ununterbrochene Kontinuität, in meinem — ewiger Aufbruch. In einer hellen, schlaflosen Mainacht, in der ich an meinem Gefühl des Ausgeschlossenseins fast zu erfrieren glaubte, kam mir die phantastische Erinnerung, daß auch ich einmal Freundinnen, einen ganzen Reigen von liebenswerten Freundinnen, besessen habe.

Ich stand auf, um die lieben Mädchen zu einem Erinnerungsfest einzuladen. Es war so hell, daß man das elektrische Licht nicht einzuschalten brauchte. Aber ich wußte nicht, wohin ich die Briefe adressieren sollte. Drückt der Isolationsring allzu hart, ist man bereit, auch Entrückte zu sich zu Gast zu laden; nur muß man den Friedhof wissen, wo sie bestattet sind. Mir aber ist ihre Wohnstätte weder auf noch unter der Erde bekannt.

Diese Abstürze ins Nichts haben mein Leben geprägt. Werden aus einer Kette mehrere Glieder gewaltsam herausgerissen, so wird diese schwach und die geschweißten Stellen halten einem stärkeren Ansturm nicht mehr stand.

Leben heißt lieben, in geliebten Menschen leben. Aber können fremde Wesen, die durch keine einzige Erinnerung mit uns verbunden sind, die weder die Steine unseres Lebensweges noch die durststillenden Quellen kennen, und für die unser Name nur eine schwer auszusprechende Lautverbindung und nicht Schicksalsgemeinschaft ist, können sie uns und können wir sie lieben?

Das ist der Krieg

Als ich das Abitur gemacht hatte, war ich achtzehn Jahre alt, und der erste Weltkrieg tobte über Europa. Ich kam zurück ins Doktorhaus und war überzeugt, daß ich bald mit meinem Universitätsstudium beginnen würde.

Meine beiden älteren Schwestern arbeiteten bereits als Lehrerinnen an einer Mittelschule in Libau. Ich unterrichtete meine beiden jüngeren Schwestern zu Hause und erhielt von der deutschen Okkupationsmacht die Erlaubnis, eine kleine Privatschule zu leiten, die den stolzen Namen Pro-Gymnasium trug und die die lettischen und jüdischen Kinder Grobinas besuchten. Das war der Anfang meiner Lehrtätigkeit und meines selbständigen Geldverdienens. Das Doktorhaus war so geräumig, daß ich die Schulstunden in meinem Elternhause abhalten konnte.

Auch meine jüngste Schwester besuchte diese Schule. Sie hieß Renata und war zur Welt gekommen, als meine Mutter bereits siebenundvierzig Jahre alt war. Sie war neun Jahre jünger als ich und uns verband eine tiefe und zärtliche Liebe. Sie wurde Masi genannt, eine Abkürzung vom lettischen Wort „Masina", was Schwesterchen bedeutet. Renata hatte große, dunkle Augen mit langen schwarzen Wimpern und sehr üppiges glattes, nußbraunes Haar.

Wir hatten im geheimen miteinander beschlossen — die wichtigsten Beschlüsse faßt man ja immer geheim —, daß sie, wenn ich nach Riga zum Studium ginge, zu mir kommen sollte und daß wir gemeinsam leben und unsere Zukunft aufbauen würden. Sie war nicht besonders begabt und wunderte sich, daß ich so viele Bücher las. Sie hatte etwas pflanzenhaft Liebliches, in sich Ruhendes, wie eine Staude, die nach ihren eigenen Gesetzen wächst.

War man unpäßlich, gab es niemanden, der einen besser pflegte als Masi in ihrer demütig dienenden Art. Nie stieß sie an den Bettrand, immer trat sie so leise zum Kranken, daß man es wie eine Liebkosung empfand. Ja, es war fast eine Freude, krank zu sein. Sie verstand die Kissen so zurechtzurücken und sich so still aufs Bett zu setzen, daß man die müden Augen schließen und einschlafen mußte. Oft sagte sie: „Es ist so schön, wenn du einschläfst, dann sieht dein Gesicht nicht mehr so traurig aus. Ich sehe so gerne zu, wie du schläfst."

„Wie ich schlafe, Masi?"

„Ja."

„Ist dir denn das nicht langweilig?"

„Ach nein, Bücher sind langweilig und diese schrecklichen Rechenaufgaben."

Ja, die arithmetischen Aufgaben waren ihre Feinde. Wie sehr ich mich auch bemühte, ihr alles einfach und klar darzustellen, sie konnte es nie verstehen, vielleicht, weil sie das alles so sehr unwichtig fand. Sie hatte eine schöne, sanfte Stimme und sang die alten lettischen Dainas mit einer träumerischen Schwermut, die ihren jungen Jahren gar nicht zustand. In den Hausarbeiten war sie nicht besonders tüchtig; obwohl sie körperlich gesund und wohlgebildet war, hatte sie keinen besonderen Sinn für diese vielen, sich immer wiederholenden, monotonen Arbeiten. Sie pflegte gern Blumen, harkte die Gartenwege und schmückte die Zimmer, wenn Gäste kamen. Am liebsten aber saß sie still auf den Verandastufen und lauschte.

„Was machst du, Masi?" fragte ich.

„Ich höre zu."

„Wem?"

„Das verstehe ich nicht zu sagen, es ist so schön, still dazusitzen und zuzuhören."

Sie lebte leise am Leben hin. Ihre Sehnsucht faltete die Flügel, meine breitete sie aus.

Erzählte ich ihr etwas — und ich erzählte ihr so ziemlich alles, was mich bewegte —, so lauschte sie mit einer verklärten Aufmerksamkeit, ganz gleich, ob das eine Novelle Tschechows oder ein Märchen Skalbes war. Bei traurigen Geschichten weinte sie. Alles, was ich ihr erzählte, war für sie ebenso wahr wie die Ereignisse ihrer Umgebung, oder vielleicht umgekehrt, all die kleinen Ereignisse ihres Lebens waren für sie von einem bangen Zauberhauch umweht. Ich bereitete sie für das neugegründete lettische Gymnasium in Libau vor; es ist kennzeichnend nicht nur für den Geist unseres Hauses, sondern auch für die Zeit, in der ich aufwuchs, daß meine beiden ältesten Schwestern ein deutsches Lyzeum absolviert haben, ich ein russisches Gymnasium und Masi eine lettische Mittelschule.

Als die Frontlinie immer näher rückte, mußten wir, einem russischen Evakuierungsbefehl zufolge, in wenigen Stunden Grobina verlassen und uns ins Innere des Reiches begeben.

Als wir zurückkehrten, sah ich, wie im Hofe des Doktorhauses ein deutscher Soldat die massiven schönen Eichenstühle aus unserem Speisezimmer, die meine Mutter immer so geschont hatte, spaltete. Und ein paar Kilometer weiter lag im Wald Brennholz in großen Mengen aufgestapelt. Auch gab es im Garten manchen vertrockneten Baum. Dieses Bild taucht immer als erstes auf, wenn ich das Wort Krieg ausspreche. Im Doktorhaus war ein Kasino eingerichtet. Für Mutter war der Krieg nichts anderes als Wahn, Trunkenheit und eine Unordnung, die dadurch entstand, daß dumme, ungebildete Menschen sich an die Spitze gestellt hatten. Selbstbewußt trat sie in ihr Haus, das sie wie eine Putzschachtel zurückgelassen hatte, und sah, wie auf dem Flügel, auf dem nie eine Vase stehen durfte, in einer heißen Bratpfanne Würstchen dampften. Sie blieb mitten im Raum stehen, umfing die Offiziere mit einem vorwurfsvollen Blick und fragte: „Meine Herren, ist das deutsche Kultur?"

Ein Hauptmann stand auf, verbeugte sich ehrerbietig vor ihr und erwiderte höflich: „Das ist der Krieg, gnädige Frau."

Anfangs mußte sich die ganze Familie mit einem Zimmer begnügen, aber allmählich erkämpfte Mutter ein

Zimmer nach dem anderen zurück. Ihre beste Verbündete hierbei war Frau Musika. Der Stadtkommandant hatte bei seinen abendlichen Spaziergängen unter den Fenstern des Doktorhauses ihrem allabendlichen Musizieren gelauscht, und als sie eines Abends ein Scherzo von Chopin spielte, trat er ins Musikzimmer und fragte, ob er zuhören dürfe. Sie schüttelte den Kopf, sie könne keine Gäste empfangen in einem Hause, in dem sie nicht Hausfrau sei. Darauf hatte der Stadtkommandant sich ans Klavier gesetzt und dasselbe Scherzo gespielt. Ja, er kenne es nur in dieser Auffassung; ein so wilder Chopin, wie er ihn eben gehört, sei ihm ganz unbekannt. Darauf hatte Mutter erwidert, daß die westlichen Klavierspieler Chopin entweder zum parfümierten Salonfranzosen oder zum dekadenten Franzosen à la Baudelaire machen und ganz vergessen, daß Chopin ein revolutionärer Geist, ein schwermütiges Temperament und polnischer als Polen selbst war.

„Ja, unser Schumann hat ihn vielleicht am besten verstanden", hatte darauf der Stadtkommandant erwidert, „er nannte seine Werke die Seele der Musik, und seines polnischen Nationalismus' eingedenk, sagte er, hier sind Kanonen unter Blumen versteckt. — Als ich Sie, gnädige Frau, spielen hörte, mußte ich an diesen Satz denken."

„Da haben Sie, weiß Gott, richtig gehört", meinte Mutter, und setzte sich nun doch ans Klavier, um eine Mazurka Chopins zu spielen. Einige Tage später räumten die Offiziere und ihre Burschen das Doktorhaus und uns stand wieder das ganze Gebäude mit seinen elf Zimmern zur Verfügung. Im ersten Weltkrieg gab es nämlich noch sehr romantische Stadtkommandanten, denen Chopins Musik mehr bedeutete als die Rechte der Eroberer; der Zaubertrank der Musik konnte sie dazu zwingen, dem uralten Satze Julius Cäsars zu entsagen: „Dem Eroberer ist nichts verboten, den Besiegten gibt nichts Sicherheit."

Nun brauchten die Patienten nicht mehr im Eßzimmer zu warten, und Mutter konnte die von einer langen Fahrt über Land Ermüdeten mit einem Süppchen stärken und über Nacht behalten.

Viel Mühe und Sorge kostete es sie, bis jedes Familienmitglied wieder ein eigenes sauberes Bett mit einer reinen Matratze, einem reinen Kissen und reinen Decken hatte. Die schöngebildete Halle, die Urzelle des Heims, mußte in ihrer Makellosigkeit als erste wiederhergestellt werden, um das Gespenst des Umhergetrieben- und Unbehaustseins zu verscheuchen.

Ich war untröstlich, daß einige Brockhaus-Bände fehlten. Tolstois gesammelte Werke in russischer Sprache hatten zum Feueranmachen gedient. Reste von „Krieg und Frieden" lagen im Holzkasten. Stumm stand Mutter vor dem Bücherbrett, das nur die von Onkel Hans ihr gewidmeten Bücher beherbergt hatte. Es war ganz leer. Nicht das Fehlen der geliebten Dinge ist das Schwerste, sondern das Fehlen der Atmosphäre, die die geliebten Dinge geschaffen haben.

Möbel, Geschirr und Kleidungsstücke, die nicht von Einheimischen oder Fremden, vom Pöbel, gestohlen und vernichtet waren, glichen räudigen Katzen. Alles trug den Stempel des Elends. Die Wäsche war voller Flecken, die nicht herausgingen, Tische und Stühle waren an allen Ecken und Kanten abgeschlagen. Feuer hatte nicht nur im Kamin, sondern auch auf dem Parkettfußboden gebrannt. Auch Dinge müssen gepflegt werden, um die Harmonie des Äußeren zu bewahren. Sich selbst überlassen, wird nur ein Stein in seiner Abgetrenntheit schön. Zwei Monate hatten genügt, um das von meinen Eltern in langen Jahren sorgsam ausgebaute Heim zu zerstören.

Den Feuerschaden hatte Mutter als einen Schicksalsschlag gelassen ertragen. Aber die gewaltsamen Verwüstungen in ihrem Heim nagten an ihr wie alle lebens- und freudefeindlichen Taten der Menschen. An das Urböse, an einen angeborenen Zerstörungstrieb, konnte sie einfach nicht glauben.

Sie ahnte nicht, daß die Verheerungen dieses Krieges nur eine Vorschule zum zweiten waren, und daß, solange man noch in der Heimat haust, alle Lasten leichter sind, weil die Erde sie mitträgt.

Auch als die Okkupanten abgerückt waren, konnte der alte symphonische Lebensstil nicht wiederhergestellt werden. Nie mehr war jetzt das ganze Doktorhaus von brennenden Lampen hell. Vaters einstmals kraftvolle Gestalt war zusammengesunken, als er einsehen mußte, daß der eiserne Bestand seiner Arbeit für das Ungeheuer Krieg nur ein Kartenhäuschen gewesen war. Jedem Menschen gehört nur das, was er sich selbst erarbeitet hat — dieses war sein Grundsatz gewesen; der Krieg aber hatte seinen der Religion der Arbeit errichteten Tempel niedergebrannt. Er war ein hinfälliger, brüchiger Mann geworden und versuchte jetzt im Satze Pythagoras': „Nichts, o Mensch, gehört dir als nur deine Seele" Trost zu finden.

Die Flucht hatte ihn sehr stark mitgenommen, die Unordnung des Lebens, die Willkür der Geschehnisse vielleicht noch mehr als die Entbehrungen. Grammatikalische Fehler und einen holperigen Hexameter mochte er nie leiden, jetzt aber war die Sprache des Lebens selbst voller Fehler, ihr Rhythmus zerstört. Ein schweres Herzleiden hatte ihn heimgesucht, aber er klagte nie. Noch stiller und sanfter war er geworden. Eines Abends sagte er zu mir:

„Nun bin ich Napoleon ähnlich."

„Napoleon?"

Das klang aus seinem Munde ganz unglaublich. Mein milder, immer selbstloser Vater sollte dem tyrannischen Eroberer ähnlich sein? Lächelnd erklärte er mir seinen Vergleich: Nun hätte er, genau wie Napoleon, nie mehr als dreißig bis vierzig Pulsschläge. Eigentlich könne man mit einem solchen Puls nicht leben. Aber Napoleon hätte in diesem Zustand noch manchen Sieg errungen, und auch er hoffe, noch einige Jahre zu leben. Siege würden ihm allerdings wohl nicht mehr beschieden sein. Zwanzig Jahre hatte er gearbeitet und gespart, sich persönlich nie etwas gegönnt, um die Zukunft seiner filia carissima sicherzustellen. Das für mich in einer russischen und einer französischen Bank angelegte Geld war vom Ungeheuer Krieg restlos verschlungen. Über diesen Verlust konnte er nicht hinwegkommen.

„Das war eigentlich nicht Geld“, sagte er oft, „das war auskristallisierte Arbeit, Hirn- und Herzensextrakt, Tropfen um Tropfen hatte ich gesammelt.“ Und zu seinem gewöhnlichen Abendgebet fügte er noch eine Bitte hinzu:

„Lieber Gott, prüfe mich, soviel du es für richtig hältst, nur schütze mein Kind vor allzu großer Not!“

Die Privatpraxis mußte er seiner Krankheit wegen aufgeben. Die Stelle als Kreis- und Stadtarzt behielt er, um die volle Pension nicht zu verlieren. Nach den neuen Bestimmungen mußte der Kreisarzt in Libau wohnen, und so wurde das geräumige Doktorhaus aufgelöst.

1918 ging die Sonne über der Ostsee auf. Mit dem Zusammenbruch beider Großmächte, der deutschen und der russischen, kamen Freiheit und Frieden für alle Bewohner an den Gestaden des Baltischen Meeres.

Wir saßen auf der Veranda und schauten zu, wie die ersten lettischen Soldaten singend vorbeizogen.

Vater sagte: „Ich glaube, es gibt kein anderes Volk,

das so wehmütige Kriegslieder hat, denn nichts ist dem Ackersmann so fremd wie berufsmäßiges Blutvergießen. Nicht der Ritter oder Krieger, dessen Füße in Blut gewatet haben, sondern der Sämann, der Pflüger, dessen Füße mit Blütenstaub bedeckt sind, ist in der altlettischen Vorstellung der Edelmann, im ursprünglichen Sinne dieses Wortes. Nichts wirkt auf uns so niederdrückend wie ein zerstampftes Saatfeld." Und nach einer Weile fügte er hinzu:

„Wäre ich noch jünger, nein, ich müßte nicht einmal jünger sein, wenn nur mein Herz gesund wäre, meldete ich mich als Freiwilliger, um . . ."

Er war so bewegt, daß er nicht weitersprechen konnte. Mutter, die wußte, daß jede Erregung für ihn schädlich war, versuchte, das Ganze in einen Scherz zu verwandeln. „Du und der Krieg! Das ist, als setzte man eine Taube auf eine Kanone. Ich hatte immer gedacht, du seiest ein Pazifist!".

„Ich weiß nicht, ob ich ein Pazifist bin. Als neulich ein Habicht unsere Kücken überfiel, griff ich ganz instinktiv nach meiner Monte-Christo-Flinte und erschoß den Räuber. Selbstverteidigung ist wohl etwas anderes als Krieg. Man ist betrübt, wenn der Pflug zum Schwert umgeschmiedet werden muß, und atmet erleichtert auf, wenn man die Schwerter zu Pflügen verwandeln kann."

Lohengrin und die schwarze Schlange

Schon Homer wußte, daß die Heimkehr nach vielen Jahren des Fernseins mitunter schmerzlicher sein kann als das Leben in der Fremde.

Im Gouvernement Vjatka hatte Onkel Hans, wie die meisten Zivilgefangenen, privat leben und Klavierstunden erteilen dürfen. Die von Mutter regelmäßig gesandten Päckchen hatten dafür gesorgt, daß das Gespenst des Darbens sich in seiner Nähe nicht häuslich niederließ. Mehr war damals nicht möglich. Die primitiven Lebensumstände, das geistlose, ihm wesensfremde Milieu, die Trennung von allem, woran sein Herz hing, von den Freunden, dem Orchester, den geliebten Büchern, hatte ihn innerlich zerschunden.

„Ganz klapprig bin ich geworden", pflegte er zu sagen, „wie ein Instrument, das selbst der beste Stimmer nicht mehr in Ordnung zu bringen vermag. Reißt man ein Lebewesen aus der ihm gemäßen Atmosphäre, verkümmert es. Nur leblose Dinge kann man nach Belieben von einem Ort an den anderen transportieren." Er war nervös und gereizt, der Quell seiner Scherzfragen und Anekdoten war verschüttet. Als ich das ihm gegenüber einmal bemerkte, erwiderte er: Zum Wortspiel, zur Wortfreude brauche man Gesellschaft, der französische Esprit habe sich dank der französischen Geselligkeit entwickelt, nie habe er gehört, daß Diogenes in seiner Tonne geistreich gewesen sei, sich selbst Witze erzählt und dazu gelacht habe. In Vjatka hätte er in einer Tonne gelebt. Leider aber seien alle Alexander dort sehr klein und der Himmel immer verhangen gewesen.

Während der vier Jahre seiner Abwesenheit hatten ihn seine Anhänger und Schüler, auch die, die für ihn geschwärmt hatten, vergessen. Voll Erschütterung stellte er fest, daß er überall ganz leicht zu ersetzen gewesen war. Nach der Gründung des lettischen Freistaates bestimmten nationale Elemente und Instinkte das Kulturleben. Man fragte zuallererst: „Bist du Lette?" und dann erst: „Was kannst du?" Wie sehr sich Onkel Hans auch bemühte, es gelang ihm nicht, seine Existenz in Libau neu zu begründen. Nach einem längeren Hin und Her hatte er mit einer Musikschule in Kassel einen Vertrag geschlossen.

In der Freundschaft mit meiner Mutter war ein Riß entstanden. Onkel Hans wollte an dem Punkt fortsetzen, an dem die Freundschaft abgebrochen war, als er von meiner Mutter Abschied nahm. Dies war nach dem Erdbeben des Krieges nicht möglich. Sind zwei Freunde voneinander getrennt, so können sie während ihres Fernseins entweder einander entgegen- oder auch auseinanderwachsen.

Es war in den letzten Wochen, die wir im Doktorhaus zu Grobina verbrachten. Mutter saß auf der Veranda, stopfte Strümpfe und rauchte ihre Abendzigarette. Ich lag auf dem Diwan und schaute in den sinkenden Tag. Wir beide dachten an den Abschied vom alten Heim, sprachen aber nicht darüber, daß man beim Verlassen eines Hauses viel mehr als ein Gebäude zurückläßt. Die Dinge saugen einen Teil vom Wesen ihrer Bewohner in sich ein und bei jedem Umzug tut man der Seele Gewalt an.

„Alles ist nur Stückwerk", seufzte Mutter. Ich glaubte, ihre Gedanken zu erraten und fragte: „Beziehst du das auf Onkel Hans?"

„Ja, auch auf ihn."

„Wer oder was ist schuld, daß ihr einander fremd geworden seid?"

„Geht eine Freundschaft auseinander, so ist nie nur der eine Teil schuld, aber von Schuld kann wohl hier überhaupt nicht die Rede sein. Es ist nur so unsäglich traurig, daß alles vergeht. Erinnerst du dich an das Wolffsche Lied: ‚Alles endet, was entsteht, alles, alles rings vergeht'. Frau Steins Freundschaft mit Goethe hat zehn Jahre gedauert, mir war eine längere Frist vergönnt. Vielleicht ist eine lebenslängliche Freundschaft hier auf Erden überhaupt nicht möglich. Wir sind zu unvollkommen. Wir sind nur Stückwerk, wie sollte uns Vollkommenes zuteil werden?“

„Ich will weder Freundschaft noch Liebe, wenn man schon im voraus weiß, daß alles zerbricht“, sagte ich, denn in jenem Zeitabschnitt war Ibsens „Brand“ mein Wegweiser.

„So denkt man, wenn man jung ist, Kindchen, später ist man für jeden Sonnenstrahl dankbar, weil man nicht weiß, ob man seiner würdig ist.“

Mutter hatte an diesem Tage alle Briefe von Onkel Hans verbrannt, die sie während der Flucht wie die größte Kostbarkeit immer bei sich getragen hatte.

„Onkel Hans schrieb wunderbare Briefe“, sagte sie, „man hätte sie als Vorbild vollendeter Briefkunst drucken können. Aber es gibt Dinge, die unwahr wirken, sobald mehr als zwei Menschen etwas davon wissen.“

Mutter stand auf, ging ans offene Fenster und schaute in die warme Sommernacht hinaus. Weit breitete sie ihre Arme aus, als wolle sie jemanden, der unsichtbar war, umarmen.

„Ach, diese weißen Nächte! Eine Sünde, jetzt schon zu schlafen.“

Wir schwiegen eine Weile. Zum Strümpfestopfen war es nun zu dunkel. Mutter zündete sich eine neue Zigarette an, setzte sich zu mir und sagte leise: „Ganz gleich, wie Onkel Hans jetzt zu mir steht, sein Verhältnis zu dir darf nicht getrübt werden. Durch seine legendäre Freundschaft zu dir hat er sich in meinem Herzen ein unvergängliches Denkmal errichtet. Pappi und ich, wir müssen ihm sehr, sehr dankbar sein. Nicht einmal in Büchern, in denen die gegenseitigen menschlichen Beziehungen idealisiert werden, habe ich Ähnliches gelesen. So viel Edelsinn ... es ist rein unfaßlich ... und trotzdem ...“

Saß ich in unserem langgestreckten Garten, so hörte ich das Kommen und Gehen zweier Eisenbahnzüge. Im Norden ging die kleine Schmalspurbahn, die Teemaschine, die so wichtig paffte und pustete und lustig pfiff, ehe sie abfuhr, und — kaum abgefahren — anhielt, um Mammi, die sich nie nach einer Uhr richtete, noch mitzunehmen. Und im Süden des Gartens, auf der anderen Seite des Flusses, hinter dem Wald, ging die große Bahn von Libau durch Litauen und Lettland nach Riga und auch nach Berlin. Wenn ich an stillen Abenden ihr Dröhnen hörte, ergriff mich eine heimliche Sehnsucht, die von Tag zu Tag stärker wurde. Zu Hause fand ich ein Ungenügen an allem. Ich fühlte deutlich, daß ich mich aus dem mir vertrauten Kreis lösen mußte, und daß eine weite Fahrt vor mir lag. Mein Hunger nach dem Leben war unbezwingbar.

Das Leben? Ja, was war denn das Leben? Es war alles das, was ich durch Onkel Hans kennengelernt hatte, ein Nichtkleben an den Dingen, ein freies Über-den-Dingen-Schweben, ein immer höheres Emporklimmen, ein Steilweg zu immer weiteren Horizonten.

Onkel Hans hatte einen Vorschlag, der unser ganzes Haus in Aufregung versetzte.

Eines Morgens, bald nach seiner Rückkehr aus Vjatka, war er nach Grobina herausgekommen, hatte sich ans Klavier gesetzt und das Straußsche Lied gespielt: „Wenn du es wüßtest, du gingst mit mir.“ Er wollte mich mit nach Deutschland nehmen. „Dann wird mein Leben endlich einen Sinn haben, eine Aufgabe. Fünfzehn Jahre habe ich hier geschuftet. Ich habe den Leuten beigebracht, was wahre Musik ist, und wie ein Bettler verlasse ich dieses Land. Amata muß mit mir reisen, sonst ist es zu trostlos für mich.“

Er hoffte, so viel zu verdienen, daß es für uns beide reichen würde. Gewiß wäre es gut, wenn anfangs auch Pappi etwas beisteuern könnte, aber er verstehe, daß dies nicht möglich sei, und er und ich — oh, wir beide würden schon nicht untergehen.

„Meine Anstellung in Kassel sehe ich nur als etwas Vorübergehendes an. Kassel ist natürlich nichts für dich. Du mußt in einer Großstadt studieren, mit Menschen zusammenkommen, die mehr können als du. Später einmal wirst du verstehen, was ich gemeint habe. Ihr habt euren eigenen Staat gegründet und seid stolz darauf und wie sollte das auch anders sein? Aber du gehörst in eine andere Welt."

„In welche?"

Er zögerte einen Augenblick. Dann sagte er schonend: „In eine Welt, in der es gleichgültig ist, ob du im Rollstuhl fährst oder zu Fuß läufst. In eine Welt, in der das Gold des Geistes am höchsten gewertet wird. Dort wirst du immer deinen Platz finden. Sollte aus dir das werden, was ich voraussehe, wirst du hier weder Stütze noch Halt noch Verständnis finden. Sicher, man kann auch nur auf der G-Saite spielen, warum solltest du aber nicht auf allen vier Saiten spielen? Hier, wo jetzt alles so sehr nach frischer Tünche riecht, wird man dich immer daran erinnern, daß du körperlich behindert bist, und du wirst immer eine andere sein, als man meint. Vielleicht, daß die Klügsten unter ihnen dich heimlich beneiden werden, doch öfter wird man dich ausschließen, und für dein Andersgeartetsein kein Verständnis haben. Sag, Liebling, willst du mit mir fahren?"

„Das kann ich so schnell nicht sagen", erwiderte ich zögernd, obwohl alles in mir seinem Vorschlag zujubelte.

„Rede mit deinem Herzen, eh du mir eine entscheidende Antwort gibst."

Vater sagte zu Onkel Hansens Plan das, was er in allen ähnlichen Fällen zu sagen pflegte: „Des Menschen Wille ist sein Himmelreich. Amata muß selbst wählen." Mutter war entrüstet: „Selbst wählen! Wo hat man das gehört, daß Kinder über ihr Schicksal selbst entscheiden? Amata ist keine Waise, sie hat gottlob Eltern. Wenn wir auch bettelarm geworden sind, so werden wir unser Kind doch selbst versorgen können. Onkel Hans ist wirklichkeitsfremd, er ist ein Phantast, ein Don Quichotte! Immer spricht er von Amatas Talent; wo hat sich ein solches geäußert? Sie hat eine schnelle Auffassungsgabe und ist frühreif, das ist alles. Ich weiß, wie es in der großen Welt zugeht. Hat man nicht ein hervorragendes Talent, ein wirklich großes Talent, ist es besser, man wagt sich gar nicht an die Öffentlichkeit. Ich weiß, wie das in Petersburg war. Mein Gott, in Aahof, Lindheim und Riga galt ich als Genie, und als ich nach Petersburg kam? Die Sache hing an einem Haar. Fast wäre ich bei der Prüfung am Konservatorium durchgefallen. Amata so allein in einer Großstadt! Onkel Hans, dieser Schwärmer! Ausgeschlossen! Amata bleibt zu Hause. Vorläufig können wir noch für sie sorgen und später . . . ach, später kann sie bei einer der verheirateten Schwestern leben. Jetzt wird sie ein paar Tage weinen, fährt sie aber mit Onkel Hans nach Deutschland, wird das Tränenvergießen kein Ende haben. Wer wird sie pflegen, wenn sie krank ist?"

„Glauben Sie wirklich, Mammi, daß nur eine Mutter, nur eine Frau das versteht?" Unsagbare Zärtlichkeit lag in seiner Stimme.

„Reißen Sie mein Kind nicht ins Ungewisse", sagte Mutter sehr erregt.

„Stempeln Sie Ihr Kind nicht zu einer Märtyrerin! Es gibt keinen größeren Schmerz für einen schaffenden Menschen, als auf halbem Weg stehenzubleiben."

„Schaffender Mensch, Künstler! Ach, Onkel Hans, was sind das für große Worte!“

Aber Onkel Hans ließ sich nicht beirren: „Unter Durchschnittsmenschen, unter biederen Bürgern, unter dreidimensionalen Menschen wird sie immer unglücklich sein.“ Er erwähnte die Marquise du Deffand und sagte: „Wäre sie mit den gleichen Geistesgaben nicht in Paris, sondern in Grobina aufgewachsen, mit diesen Geistesgaben, die sie in Paris zu einer Königin machten, hätte sie in Grobina keinen anderen Platz gehabt als im Armenhaus.“ Dieser Satz erfüllte mich mit Grauen. Onkel Hans sprach weiter. Ich aber sah mich in dem langen, grauen, verfallenen Armenhaus, das zwischen Wald und Kirchhof lag und wie ein Vorhof zu diesem wirkte. Ich sah die fahlen, wie aus Staub, Asche und Spinnweben gemachten Gestalten, für die es ein Festtag war, wenn sie sonnabends bei uns in der Küche eine Schnitte Weißbrot mit Marmelade und eine Tasse süßen Zichorienkaffee bekamen, und ich mitten unter ihnen.

Onkel Hans hatte aus der Rocktasche sein Lieblingsbuch hervorgeholt, das ihn überallhin, auch in die Gefangenschaft nach Vjatka, begleitet hatte und seine Bibel war. Ohne zu suchen, fand er sofort die gewollte Stelle und las. „Also, mein Guter, ich wiederhole: Es kommt darauf an, daß in einer Nation viel Geist und tüchtige Bildung in Kurs sei, wenn ein Talent sich freudig und schnell entwickeln soll. Wir Deutschen sind von gestern. Wir haben zwar seit einem Jahrhundert ganz tüchtig kultiviert, allein es können noch ein paar Jahrhunderte hingehen, ehe bei unseren Landsleuten so viel Geist und höhere Kultur eindränge und allgemein werde, daß sie gleich den Griechen der Schönheit huldigen, daß sie sich für ein hübsches Lied begeistern ...“

Er klappte „Goethes Gespräche mit Eckermann“ zu

und sagte: „Nun, wenn die Deutschen zu Goethes Zeiten von gestern waren, dann sind die Letten heute — von vorgestern. Der Pappi darf mir diese Äußerung nicht übelnehmen. Die Letten sind ein prächtiges Volk und musikalisch! Meine begabtesten Schüler waren Letten. Das aber, was Amata braucht, ist ein hohes Kulturniveau. Sie muß in eine Welt kommen, wo Geistigkeit selbstverständlich ist. Zuerst wird sie in Berlin, später in Heidelberg und München studieren. Ein Kreis von Gleichgesinnten wird sich um sie scharen. Eines müssen Sie, Mammi, doch zugeben: je kultureller die Sphäre, desto leichter wird es Amata haben. Wird ihr Leben mit gewöhnlichen Maßstäben gemessen, kann sie an der Stumpfheit der Umwelt zugrunde gehen. Man kann nämlich an einem Nichterkanntwerden verhungern. Vielleicht bin ich aus der russischen Gefangenschaft nur darum zurückgekehrt, um Amata den Weg zu weisen."

Mutter wischte sich ein paar Tränen ab und seufzte: „Onkel Hans, Sie sind ein unverbesserlicher Phantast, Sie müßten reich sein, sehr reich, dann wäre alles anders. Von einem edlen Herzen kann man nicht leben. Im Kampf ums Dasein entscheiden die Alltäglichkeiten und nicht die hohen Ideen ..."

Darauf Onkel Hans: „Bleibt Amata hier, wird ihre beste Kraft, der größte Teil ihrer Kraft, im sinnlosen Kampf mit der Umwelt aufgebraucht werden."

Mutter wandte sich von Onkel Hans ab, damit er ihre Tränen nicht sähe, und sagte leise: „Sie haben Amata unendlich viel Gutes getan, aber wenn ich aufrichtig sein darf, muß ich's Ihnen sagen, daß Amata durch Ihre Freundschaft unzufrieden geworden ist. Diese Unzufriedenheit ist für ihre Eltern schwer zu ertragen, aber am schwersten wird sie selbst darunter leiden."

„Es gibt eine göttliche Unzufriedenheit", erwiderte

Onkel Hans. Und als Mutter abgewandten Gesichts schwieg, fuhr er ruhig fort: „Vielleicht wird sich Amata bisweilen mit einem kärglichen Mittagessen begnügen müssen, aber an geistiger Nahrung wird es ihr nie mangeln. Und weiß Gott, der Mensch lebt nicht vom Brot allein. Es gibt Menschen, für die geistige Nahrung mindestens ebenso notwendig ist wie für einen Holzarbeiter ein tüchtiges Stück Speck, sonst kann er seine Arbeit nicht verrichten. Entsprechende Nahrung ist Vorbedingung. Der geistige Arbeiter nährt sich vom Geiste anderer, und das geistige Hungern ist schlimmer als das physische. Ich habe beides in Vjatka kennengelernt, und was ich hier sage, sage ich aus eigener Erfahrung. Für Weißbrot, Butter und Bohnenkaffee habe ich meine goldene Uhr hingegeben, aber ein Zwiegespräch mit einem Gleichgesinnten ließ sich für diesen Preis nicht erkaufen. Hätte ich ein Instrument oder wenigstens die Möglichkeit gehabt, hin und wieder ein richtiges Symphoniekonzert zu dirigieren, dann wären heute meine Nerven und mein ganzer Organismus nicht in einem solchen Zustand der Schlaffheit und Erschöpfung. Ja, ein Orchester ... oh Gott, alles hätte ich dafür hingegeben! Um mich zu trösten, schenkte mir der wachhabende Gendarm — ein gutmütiger Kerl — eine Harmonika. Und er konnte nicht verstehen, warum ich darauf nicht spielte. Das war vielleicht das Grausigste, was ich in meiner Gefangenschaft erlebte. Auch Amata braucht ein Orchester, hier aber, in Grobina oder Libau und schließlich auch in Riga, wird man ihr ebenfalls nur eine Mundharmonika zur Verfügung stellen. Die Freiheit der körperlichen Bewegung ist ihr vom Schicksal genommen. Es wäre zu grausam und ungerecht, wenn wir ihr auch noch die Freiheit der geistigen Bewegung nehmen würden."

Mutter schwieg verkniffen. Onkel Hans fügte dann abschließend hinzu: „Heimweh ist verzehrend, noch schlimmer ist nur das Phantasieweh. Wird in einem zum Schaffen bestimmten Menschen der schöpferische Keim getötet, ist er ein lebendiger Leichnam."

Als ich mit Mutter allein geblieben war, sagte sie streng: „Übermorgen kommt Onkel Hans wieder, und wenn er dich fragen wird, ob du mit ihm nach Deutschland reisen willst, dann mußt du auf jeden Fall nein sagen, hörst du?"

Ich sagte „ja", aber nur meine Lippen preßten diese Antwort hervor, mein Herz wußte, daß es seinen eigenen Weg gehen müsse, und sei es auch gegen den Willen der Mutter. Hart sahen wir einander an. Bitter schweigend zog ich mich in mein Zimmer zurück.

Nachts fand ich keinen Schlaf. Ruhelos wälzte ich mich auf meinem Lager. Das Fenster zum Garten stand offen. In der schwarzen Spätsommernacht rauschten die Bäume, als sei unter den Fenstern das Meer. Ich hörte den großen Zug, wie er hinter dem Walde dahinsauste, er lockte und höhnte: „Wirst du den Mut haben? Ich bringe dich in die große Welt, spring herein! Aber geschickt mußt du sein, sonst kommst du unter die Räder und dann ist es aus mit dir. Ich sause immer weiter . . ." Sein durchdringender Pfiff zerschnitt die Stille der Nacht.

„Denn das Wagnis ist schön und man muß sich solcherlei gleichsam zusingen können." Diese Worte, von denen ich nicht wußte, wo ich sie gelesen hatte, wurden meine Devise.

Onkel Hans saß allein mit mir vor dem brennenden Kamin. Er sagte, er wolle mich nicht mit falschen Versprechungen locken und eines müsse ich wissen, wenn ich mich dazu entschließen könne, in Deutschland mein Aktionsfeld zu suchen, dann müsse ich alle meine lettischen Sentimentalitäten vergessen. Ja, mein Tagebuch, das könne ich selbstverständlich lettisch führen, und Pappi könne ich lettische Briefe schreiben, aber sonst müßte ich deutsch schreiben und mich bewußt in deutsche Kultur einfügen. Dieser Hypernationalismus, dieser Selbständigkeitswahn der kleinen Völker, der Letten, Esten, Litauer, Finnen und Tschechen sei eine törichte Kinderei, die bald ein Ende haben werde, darauf könne ich mich verlassen, und teuer würde uns dieser Wahn zu stehen kommen. Die kleinen Staaten könnten nur als Provinzen der Großmächte existieren und ihre Sprache hätte nicht mehr Bedeutung als der sächsische oder schlesische Dialekt.

Dieses Gespräch war entscheidend. Bisher hatte ich Onkel Hans ohne Vorbehalt geglaubt, als er aber die Unmöglichkeit eines selbständigen lettischen Staates zu beweisen versuchte, rückte er immer ferner und wurde immer kleiner. Schließlich sah ich ihn als ein ganz kleines Männlein, wie durch ein umgekehrtes Opernglas. In mir klang die uralte Daina, die während der Okkupation streng verboten war, das Lied von der schwarzen Schlange, die mitten im Meer Mehl für alle Verräter und Bedrücker freier Menschen mahlt. Vor mir stand Marta Jura mit funkelnden Augen im kalkweißen Gesicht und ich sah, wie unter dem Gefängniskittel ihr leidgehämmertes Herz zuckte. Sie beugte sich zu mir und erzählte mir flüsternd von unseren Vorvätern, die den Weg nach Rom wagten und in kleinen unsicheren Booten über das Meer zum schwedischen König fuhren, nicht um in Rom und Schweden sich anzusiedeln und wohlhabende, unbedrohte Römer und Schweden zu werden, sondern um Menschenrechte für ihr Volk zu erkämpfen. Besser der Tod als ein Leben ohne die Sonne der Freiheit. Marta Jura, die edle, trotzige Frau, ihr genialisch begabter Bruder und ihr Vater, der langmütige alte Kutscher, sie alle, die ganze Familie und viele andere Märtyrer, waren in den Tod gegangen, um Unterdrückung und Erniedrigung auszumerzen. Und nun war die Freiheit erkämpft. Die Soldaten trugen an ihren Mützen ein kleines Abbild der Sonne, der Beschützerin aller Waisen und Verfolgten. Und aus der Schweiz, wo Rainis fünfzehn Jahre in der Verbannung ausgeharrt hatte, drang das Licht der von ihm entzündeten Fackel.

Wer seine Lieder kannte, war für immer dieser leiddurchtränkten Erde verhaftet:

„Das Meer des Schmerzes kannst du überkreuzen,
wenn Sehnsucht deine Segel,
Kampf dein Boot."

Alles wandelt sich, nichts geht verloren. Unser Geist bewahrt die Spuren vergangener psychischer Ereignisse. Nur ein Homunkulus lebt ausschließlich sein Ich, ein lebendiger Mensch trägt das Leben aller seiner Ahnen in sich.

Ich sagte zu Onkel Hans: „Ich will nach Riga gehen. Ich will an einer lettischen Universität studieren."

Als ich sah, wie sich sein Gesicht bei diesen Worten vor Trauer und Enttäuschung verdunkelte, erwachte in mir all meine Liebe und Dankbarkeit für ihn. Ich fühlte, daß ich untrennbar mit ihm verbunden war. Ich wollte ihm um den Hals fallen, wollte ihm sagen, daß es mein Wunsch sei, mit ihm in jene Welt zu fahren, deren Widerschein auf den Flügeln der Möven und in der Lohengrin-Musik leuchtet. Ich wollte ihm sagen, daß er mich zu neuem Leben erweckt habe, daß nur noch Pappi so gut zu mir gewesen sei, aber er, Onkel Hans, wisse, kenne und verstehe Dinge, die nicht einmal Pappi wisse, kenne und verstehe. Nach seiner Abreise würde ich hier wie in einem Sarg bleiben, aber ich dürfe nicht mit ihm fahren. „Ich kann dir das nicht erklären, aber wenn ich mit dir fahre, dann verrate ich mein Volk", so wollte ich, durchstürmt von wirren Gefühlen sagen, aber die Worte schienen zu hochtrabend, zu gespreizt und falsch, sie deckten sich nicht mit dem, was in meinem Innern vorging. Ich schwieg und erst nach einer geraumen Weile konnte ich einige armselige Sätze hervorwürgen:

„Ich kann nicht mit dir fahren. Ich weiß, du verstehst das nicht, aber ich kann nicht."

Er strich mir übers Haar und sagte bekümmert: „Du wirst es bereuen. Oh, wie du es bereuen wirst." Onkel Hans hatte in meinem Innern alle Fenster zur Welt geöffnet. Seitdem hat mein Herz zwei Kammern, die eine heißt Latvia, die andere — Welt. Ich habe zwei Arme, mit dem einen umschließe ich meine kleine lettische Heimat, mit dem andern die ganze bekannte und unbekannte Welt.

Daß dieses Doppelgeschenk, dieses in mir damals erst keimende Weltgefühl höchste Seligkeit, aber auch die Tragik des Unbehaustseins in sich birgt, ahnte ich natürlich nicht.

Da ich mit Onkel Hans nicht nach Deutschland fahren konnte, gab es für mich nur einen Weg: nach Riga an die lettische Universität.

Mutter war meinen Bitten nicht zugänglich, Vater sagte: „Warten wir noch etwas ab." Schließlich veranlaßte er meine Mutter, ihrem reichen Verwandten in Riga zu schreiben, der durch den Krieg kaum gelitten hatte, Häuser besaß und in der Landesverwaltung einen hohen Posten einnahm. Die Antwort ließ lange auf sich warten und Vater tröstete mich: „Er zieht wohl Erkundigungen ein, wie man dein Leben in Riga am besten ordnen könnte. Hoffentlich fordert er dich auf, in seinem Haus zu wohnen, denn du mußt unbedingt jemand haben, der für dich sorgt."

Und dann kam der Antwortbrief des reichen Verwandten. Der Onkel schrieb, mein Wunsch zu studieren sei eine Don-Quichotterie; dieser wäre auch dann kaum zu erfüllen, wenn meine Eltern selbst in Riga lebten, doch wie sollte ich, körperlich behindert, allein in der Fremde zurechtkommen? Auch verstehe er nicht, welchen Zweck mein Studium hätte, ich würde doch nie eine öffentliche Stellung einnehmen. Der Besuch der Vorlesungen sei für mich — dies müßten meine Eltern doch einsehen — ein Ding der Unmöglichkeit. In unserem kleinen, gottverlassenen Provinznest hätten wir wohl keine Vorstellung, wie es in der großen Welt zuginge, und Riga entwickelte sich jetzt schnell zu einer Großstadt. Das sei ja schön und gut, daß ich das Gymnasium mit der goldenen Medaille absolviert hätte, aber in der großen Welt bedeute das wenig. Im übrigen hätten nicht einmal seine Töchter studiert und ihnen hätten weder Mittel noch Gesundheit gefehlt. Sei ich aber von einem nicht zu sättigenden Wissensdrang besessen, könnte ich mich ja privat weiter ausbilden, vorausgesetzt natürlich, daß Vater das Geld für meine „Steckenpferde" hätte. Er seinerseits müsse darauf hinweisen, daß das Abitur eine abgeschlossene Bildung vermittle und für ein Mädchen genüge.

Das Schaurigste an diesem Brief war für mich nicht die Tatsache, daß der Onkel mir nicht helfen wollte, sondern ich erschrak vor seiner inneren Kälte. Ich war ihm gram, weil er mein Studium für ein Ding der Unmöglichkeit erklärte.

Dabei war er ein hochgebildeter Mann, der an ausländischen Universitäten studiert hatte und in unserem jungen Staat einen hohen Verwaltungsposten einnahm.

War er in früheren Jahren bei uns zu Besuch gewesen, hatte er sich immer sehr freundlich mit mir unterhalten und mich durch wertvolle Buch- und andere Geschenke erfreut. Warum war er der Ansicht, daß ich nicht studieren könne? Hatte ich nicht das Gymnasium mit der höchsten Auszeichnung absolviert? Und war die Universität nicht eine Fortsetzung der Mittelschule? Hatte ich nicht bewiesen, daß ich im geistigen Wettstreit, obwohl ich, wie sie alle immer sagten, krank war, siegen konnte? Spannung, Wagnis und Bewegung war das Gesetz meines Lebens, und immer wollte man mich in eine enge Kammer sperren. Gewiß, während meiner Gymnasiastenzeit waren meine Eltern wohlhabend, jetzt waren sie arm, aber in meinem Kopf war dadurch doch nichts zerstört. Und man studiert doch mit dem Kopf. Ach, ich würde keinen neuen Wintermantel und keine neue Wintermütze bekommen, ich müßte in diesem entsetzlichen Sack, den ich von meinen älteren Schwestern geerbt hatte, und der aus gefärbten Soldatendecken von einer Hausschneiderin genäht war, überwintern. Aber was lag daran? Man studierte ja nicht mit dem Mantel. Lonny Weise, die ins Meer gesprungen war, aus Angst vor unlösbaren mathematischen Aufgaben, und Olga, die Tochter des reichen russischen Untersuchungsrichters, waren die einzigen Mädchen in unserer Klasse, die an kalten Wintertagen in einem langen weißen Pelz zur Schule kamen. Aber was hatte ihnen dieser wunderschöne, weiche weiße Pelz geholfen? Olga konnte ihr Abitur nur machen, weil unser Spickersystem so vorzüglich funktionierte.

Lettland war von Petersburg abgeschnitten, von meinen Kameradinnen erhielt ich keine Nachricht mehr; aber es war anzunehmen, daß Olga studierte, und daß Rosa und die anderen Mädchen, den Sinn des Lebens suchend, immer neue Weisheiten in sich aufnahmen und durch

Selbstbestimmung ihr eigenes Wirkungsfeld fanden. Daran war nicht zu zweifeln. Und ich sollte wieder in einen Käfig gesperrt werden und still und zufrieden mein Liedchen zwitschern? Nein, wer die Freiheit einmal gekostet, geht früher oder später im Käfig zugrunde. Und ich wollte nicht zugrunde gehen.

Mein reicher, hochgebildeter Onkel irrte sich. Mein Plan, zu studieren, war keine Don-Quichotterie. Ich wollte an ihm festhalten und ihn, trotz der Verarmung meiner Eltern, auch ohne Hilfe des hochgeschätzten Rigaer Onkels durchführen. Mutter sagte, er sei unser nächster Verwandter, aber mir war er ein wildfremder Mensch. Onkel Hans, ja, das war etwas ganz anderes. Er hatte mir Mut zu einem selbstgestalteten Leben eingeflößt, er hatte die Kräfte meiner Seele genährt, wie kein anderer hatte er zur Entschwerung des Irdischen beigetragen und den Glauben an das Unzerstörbare im eigenen Innern geweckt. Er hatte mich zu sich gerufen, ich aber war ihm nicht gefolgt. Ein Gefühl schrecklicher Reue überkam mich. Dieser reiche Herr in Riga, der liebste Verwandte und Jugendgespiele meiner Mutter, existierte für mich nicht mehr. In meinem inneren Inventar strich ich ihn aus, und nicht nur ihm, seiner ganzen Familie kehrte ich für alle Zeit den Rücken. Voll Verachtung warf ich einen Blick auf die Bilder der Verwandten im Album und an der Wand und verabschiedete mich von ihnen mit einem Achselzucken. Lebt nur ruhig weiter in euren unversehrten Häusern und eurer strotzenden Selbstzufriedenheit! Mutter sagte, dieser Onkel sei derselben Landschaft wie wir entsprossen. Mochte das so sein, doch der Himmel, der sich über meinem Haupte wölbte, war ein anderer. Sternenkunde hatte mich Onkel Hans gelehrt: „Wer den Willen meines Vaters im Himmel tut, der ist mir Bruder, Schwester und Mutter."

Für meine Mutter war das Urteil des Rigaer Onkels entscheidend. Für sie war durch seinen Brief die Frage meines Studiums endgültig erledigt. Sie ermahnte mich zu einem Sich-Bescheiden. Meine beiden älteren, gesunden Schwestern hätten ohne Widerrede dem Studium entsagt. Aber ich sei schon als kleines Kind sehr eigensinnig gewesen. Ob ich mich daran erinnere, wie die alte Kinderfrau immer gesagt hätte, mir würden vor lauter Trotz zwei Hörner aus dem Kopfe wachsen?

Vater sah, wie ich litt. Die Depression löste Appetit- und Schlaflosigkeit aus und Krankheiten aller Art suchten mich heim. Frau Melancholia war meine ständige Genossin. Das Ruderboot wurde verkauft. Man sah es als gefährlich an, mich in dieser düsteren Stimmung allein auf dem Fluß zu lassen. Ich bekam Arsen-Einspritzungen, aber sie halfen wenig. Mutter sagte, und ihre Stimme klang ungehalten, zu Vater: „Ein kränkliches Kind willst du in eine fremde Stadt schicken! Sie ist viel zu schwach, um zu studieren, ganz abgesehen davon, daß wir kein Geld haben. Sage es ihr doch einmal klipp und klar."

Aber er sagte mir etwas ganz anderes: „Wenn du dich zusammennehmen und gesund werden willst, werden sich schon Mittel und Wege finden, damit du in Riga studieren kannst." Ich hatte damals so heftige Schmerzen im Rücken, daß ich nur wenige Stunden aufrecht sitzen konnte. Trotz seines kranken Herzens trug Vater, zusammen mit dem Feldscher, mein Liegesofa hinaus unter einen blühenden Apfelbaum. Er hoffte, der Frühling würde den Krampf in meinem Innern lösen. Da lag ich nun und schaute in die zarte, weiß-rosa Blütenpracht, in den blauen Himmel, der durch die Äste flimmerte. Masi saß an meinem Bett. „Ist es nicht schön?" sagte sie. „Es ist so schön, daß man weinen könnte." Nach den langen Tagen, die ich im Zimmer eingeschlossen verbracht hatte, wirkte das sanfte Frühlingsbild erlösend und heilend, aber der Wille in meinem Herzen war härter denn je.

Vater hatte, ohne sich mit Mutter zu beraten, an einen seiner alten Bekannten, den berühmten Bibliophilen Zeltins nach Riga geschrieben. Früher einmal, als Vater als junger Arzt in Livland praktizierte, war Zeltins ein armer Bursche gewesen, der sich bei reichen Bauern der Umgegend als Tagelöhner verdingte. Vorübergehend diente er auch bei meinem Großvater mütterlicherseits als Kutscher. Vater hatte an seinem Knie eine schwere Operation vollzogen und der junge Bursche hatte dem Arzt geschworen: „Wenn ich erst wieder einmal ganz gesund bin, Herr Doktor, dann werde ich so arbeiten, daß ich reich werde. Hier auf meinem Krankenlager habe ich mir das ausgedacht, wie man reich werden kann, dann will ich Ihnen all Ihre Mühe lohnen. Oh, alles, was mir gehören wird, soll auch Ihnen gehören. Sie haben mich nicht nur vor dem Tode, Sie haben mich vor dem, was schrecklicher ist als der Tod, vor einem langen Siechtum gerettet."

In der Tat war Zeltins mit der Zeit nicht nur gesund, sondern auch sehr reich geworden und zwar auf eine originelle Weise. Er hatte Bücher gesammelt mit dem Prinzip, nie eines zu kaufen. Er verstand es, Bücher zu erwerben, ohne für sie zu bezahlen. Er betrieb einen wahrhaft genialen Tauschhandel. Mit Zeitungen und alten Kalendern fing er an. Er hatte einen Spürsinn für das Buch. Hielt er sich in einem Haus auch nur kurze Zeit auf, wußte er sofort, was für Bücher hier waren und ob auf dem Boden oder im Keller etwa alte Exemplare, die „niemand nötig hatte", moderten. Er hatte es erreicht, daß er alle in Lettland gedruckten Bücher besaß, alle Zeitschriften, Zeitungen und Bekanntmachungen in lettischer, deutscher und russischer Sprache. Er war ein wohhabender und berühmter Mann geworden, aber sein Geiz war noch größer als seine Wohlhabenheit und seine Berühmtheit. Nach wie vor hielt er starr an dem Standpunkt fest, daß jedes Buch, ohne einen Centime dafür auszugeben, zu erwerben sei. Im Kriege hatte er nichts verloren, im Gegenteil, der Wert seiner Bibliothek, für die ihm die Stadt wie auch der junge lettische Staat eine halbe Million bot, war nur gestiegen. Er war ein international bekannter Bibliophile geworden, der mit Büchersammlern in verschiedenen Ländern Europas korrespondierte und durch Tausch manch seltenes Exemplar erwarb.

An diesen früheren Patienten, der nun bereits sechzig Jahre alt war, hatte mein Vater geschrieben und ihn gebeten, ob er sich meiner, wenn ich nach Riga käme, annehmen würde. Zeltins antwortete darauf, daß er selbst nie einen Tag zur Schule gegangen und trotzdem ein reicher Mann geworden sei. Er zweifle, ob ein Studium für mich empfehlenswert sei. Trotzdem wolle er, wenn ich nach Riga käme, eine Verdienstmöglichkeit für mich ersinnen, denn nur selbstverdientes Geld verstünde man zu schätzen. Er hoffe, es würde ihm gelingen, für mich irgendwo ein möbliertes Zimmer zu mieten. Er danke für das Vertrauen meines Vaters, auch habe er nicht vergessen, was dieser für ihn in seiner Jugend getan.

Vater zeigte mir den Brief und lächelte wehmütig. Wenn auch nur ein Zehntel seiner Patienten die Versprechungen erfüllt hätten, die sie in entscheidenden Stunden gemacht hatten, dann hätte er trotz Krieg und Entwertung des Geldes nicht nur mein Studium bezahlen, sondern mir noch eine Villa an der Riviera schenken können.

Es sei seltsam, wie leicht die Menschen etwas versprächen, aber wie selten ihre Worte Geltung behielten. Das was Zeltins für mich tun wolle, sei zwar recht wenig, aber für den Anfang vielleicht genug. Er seufzte schwer und sagte weiter nichts, aber ich spürte deutlich, wie maßlos enttäuscht er war, und vor allem wie er darunter litt, daß alles Geld, das er für mich gespart hatte, ohne sich je eine richtige Erholung zu gönnen, zu einem Nichts zusammengeschmolzen war. Ich wollte ihm sagen, daß seine Liebe mich schütze, aber ich vermochte nicht die Worte zu finden, die meine Gefühle hätten ausdrücken können.

Ich lag im Eßzimmer auf dem Diwan und schaute in die verglimmende Glut der Kohlen. Die elektrischen Leitungen waren seit den Kriegsverwüstungen noch nicht hergestellt und Brennstoff für die Lampen zu beschaffen war recht schwierig. In der Dämmerstunde heizte man den Ofen und saß plaudernd im Feuerschein. Vater hatte Kartoffeln in der heißen Asche gebacken wie in alten guten Zeiten Kastanien, die seit meiner Berliner Zeit meine Lieblingsspeise waren. Vater meinte, gebackene Kartoffeln, wenn sie etwas Frost bekommen haben und süß seien, schmeckten eigentlich ebenso wie Kastanien. Ich war anderer Meinung, aber um ihn nicht zu betrüben, stimmte ich ihm zu, als er mir eine heiße Kartoffel und frische Butter reichte. An diesem Abend versprach er mir, daß ich, bis sich meine Fahrt nach Riga regeln würde, in Libau leben und mich in einigen Fächern, für die ich mich besonders interessierte, spezialisieren dürfe, das wäre eine gute Vorbereitung zum Studium an der Universität.

Mutter wiederholte täglich denselben Satz: „Dein Wille zu studieren ist ein Nagel zu meinem Sarge. Wenn ich nur daran denke, daß du ohne unseren Schutz allein in einer fremden Stadt leben willst, kann ich nachts kein Auge zutun."

„Aber willst du denn nicht, daß auch ich einmal glücklich sein werde?"

„Ach, Kind, das sind Phantastereien. In einem Konservatorium oder in einer Universität ist die erste Zeit immer sehr schwierig, aber ohne Geld ist man in einer fremden Stadt verloren, und du, mein liebes, törichtes Kind, willst ohne Geld und ohne Gesundheit — sie schluchzte auf — Dinge durchsetzen, die selbst die Gesunden nicht vermögen."

„Amata kann ja jederzeit das Studium unterbrechen und zu uns zurückkehren", versuchte Vater zu trösten.

„Wie schlecht du dein Kind kennst", erwiderte Mutter heftig, „Amata wird nie auf halbem Wege umkehren."

Rätselwelt des Herzens

Um meinen Eltern zu beweisen, daß ich selbst mein Brot verdienen und ohne verwöhnt zu werden existieren könne, hatte ich einen vorübergehenden Aufenthalt in Libau durchgesetzt. Ich gab zurückgebliebenen Schülern Privatstunden, paukte ihnen ihre Lektionen ein, und die freie Zeit benutzte ich, um mich in meinen Lieblingsfächern, in Lettisch, Russisch und Mathematik zu vervollkommnen.

Lettisch hatte nicht zum Programm des Gymnasiums gehört. Wollte ich aber in Riga in die 1919 gegründete lettische Unversität eintreten, mußte ich in dieser Sprache ein Examen bestehen. Mein lettischer Lehrer wußte nichts von den geheimen, unumstößlichen Gesetzen der Sprache, er wußte nur einige grammatikalische Regeln mehr als ich, und als er mir diese mitgeteilt hatte, trennten wir uns. Mein lettisches Sprachstudium setzte ich fort, indem ich alle unsere Dichter der Reihe nach las.

Ich wohnte in Libau in einem armseligen Giebelstübchen, bei einer kleinen, grauen deutschen Bürgersfrau.

Meine großzügige Frau Dattel hatte die Apotheke ihrem aus dem Kriege heimgekehrten Mann überlassen und war mit ihrem Sohn nach Deutschland übergesiedelt.

Nach dem Kriege hatte sich das ganze Leben umgeschichtet. Bei meiner neuen Pensionsmutter, Frau Meier, gab es weder ein Bad noch eine elektrische Glocke in meinem Zimmer, und eine solche hätte auch wenig Sinn gehabt, denn ich war fast den ganzen Tag allein. Frau Meier arbeitete in einer Schneiderwerkstatt, sie ging morgens fort, kam um 12 Uhr für zwei Stunden zurück, um für uns beide das Mittagsmahl zu bereiten, und war dann erst wieder am Abend zu Hause. Die Haustür stand offen, um mir die Mühe des Hereinlassens aller zu mir Kommenden zu ersparen. Jeden Nachmittag um drei Uhr kam der Hausmeister, um eine Stunde mit mir spazierenzufahren. In strenger Regelmäßigkeit vergingen meine eintönigen Tage, aber die Armseligkeit meines Lebens drückte mich nieder. Ich sah diese Zeit als eine Feuerprobe an und war überzeugt, daß ich mir eine eigene, sinnreiche Welt aufbauen würde. Alles schien mir erreichbar. Ich mußte nur dieser Niederung entsteigen, geistigen Reichtum sammeln, reif werden. Jeden Sonnabend fuhr ich nach Hause, ins Doktorhaus. Die Eisenbahnfahrt dauerte ja nur eine halbe Stunde.

Wir waren durch den Krieg arm geworden, aber das Leben riß nicht ab. Immer noch trug mich die gleiche Flut, obwohl das Flußbett steinig und gefahrvoll geworden war. Der weitausgeschwungene Regenbogen über dem Doktorhaus war erloschen und ein grauer Sorgenhimmel wölbte sich über unseren Häuptern, aber es war immer noch der gleiche Himmel, an dem in klaren Herbst- und Winternächten der Große und der Kleine Bär, Gottes Antlitz, sichtbar über unseren Wegen leuchtete. Und wenn auch in unserem Garten nicht mehr die Rosen, Levkojen und Dahlien an erster Stelle standen, sondern Kartoffeln, Kohl und Rüben, so war es doch immer noch die gleiche Erde, die uns trug. Nach wie vor war Vaters Religion die sittliche Aktivität. Und Mutter, lebensvoll in der strahlenden Wärme ihres Herzens, ging unverbraucht durchs Leben. Sie hielt an der alten Ordnung soweit als möglich fest und weigerte sich, über die Schwelle der verfallenen Welt zu treten.

Zum Geburtstag eines jeden Familienmitgliedes backte sie einen Kuchen. Rosinen wurden durch getrocknete, fein zerschnittene Äpfel, Safran durch Eigelb, Mandeln durch zerhackte Haselnüsse ersetzt, aber immer waren Stuhl und Tisch bekränzt und immer brannten um den Geburtstagskringel Lichter und immer spielte sie „Jesu geh voran auf der Lebensbahn". Jedesmal, wenn ich nach Hause kam, hatte sie ihre weiße Bluse an und setzte sich gleich nach der Begrüßung ans Klavier, und das ganze Haus durchbrauste der Choral „Nun danket alle Gott". Ich habe nie jemanden getroffen, der Gott so zu danken verstand, wie Mutter in diesem Choral.

Vater lag auf dem Diwan und zitierte Homer, als sei der Weltkrieg, Staatszusammenbruch und Aufbau gar nicht gewesen und als gäbe es weder unsere bedrängten Verhältnisse noch sein Herzleiden:

> „Denn nichts ist doch süßer als unsere Heimat und Eltern; wenn man auch in der Fern' ein Haus voll köstlicher Güter unter fremden Leuten, getrennt von den Seinen, bewohnt."

In jedem Pulsschlag hörte er deutlich das Anklopfen des Todes, ohne Angst und Beklemmung, nur war er leicht zu Tränen gerührt.

„Pappi, warum weinst du?" fragte ich erschreckt.

„Ach, Kind, deiner harren so viele Drangsale und ich kann dir nicht helfen, ich kann nur beten."

Er faltete seine Hände. Wir schwiegen eine Weile. Mutter, die zu spielen aufgehört hatte, brachte ihm ein Glas Tee mit Zitrone und mir eine gebratene Hühnerleber. Es gab immer noch einige treue Patienten, die dem Doktor, wenn sein „Zuckerstückchen“ nach Hause kam, einen Leckerbissen schickten, ein Hühnchen oder einen Hecht, Erdbeeren oder einige Lehmäpfel, je nach der Jahreszeit. Weder die russischen noch die deutschen Soldaten hatten das Land geschont, und in blutdurchtränkter Erde, die nicht der Pflug des Bauern, sondern feindliche Schwerter umgegraben haben, keimt das tägliche Brot nur kümmerlich.

Mutter rückte meinen Stuhl näher an den Tisch, schob ein Kissen hinter meinen Rücken, legte ein warmes Tuch um meine Schultern, noch ehe ich selbst es gemerkt hatte, daß ich fror.

„Hast du es gut, Kindchen? So gut wie nirgends in der Welt? Du darfst nicht nach Riga fahren. Nach den neuen Bestimmungen muß Pappi in Libau leben und dann sind wir alle zusammen. Du hast dein Nestchen bei uns. Ich werde dich so verwöhnen, daß du die ganze Universität vergessen wirst. Wir gehen ab und zu in ein Konzert, du kannst Privatstunden geben und nehmen ... Wenn du in Riga bist, wer sagt mir dann, ob deine Äuglein traurig oder froh sind? So weit fort. Ohne Geld. Unter fremden Menschen ...“

Sie schluchzte auf und umarmte mich. „Frau Meier hat dich ja nur in Pension genommen, weil Pappi ihren schwindsüchtigen Bruder, der hier Schneider ist, gratis behandelt. Und ich schicke ihr ja immer Eier und Speck, sobald ein Patient nur etwas bringt. Sieh, Kindchen, der Krieg hat alle arm gemacht und da sind die Menschen vor allem darauf bedacht, sich wieder zu bereichern, den alten Lebensstandard zurückzuerkämpfen. Später wird's vielleicht anders sein, aber heute fragt jeder, wieviel kannst du bezahlen?"

„Vielleicht wäre es doch das Richtige gewesen, Amata wäre mit Onkel Hans nach Deutschland gefahren", warf Vater ein.

„Gott bewahre!" rief Mutter empört. „Ich kenne Onkel Hans. Er ist ein idealer Hausfreund, aber ihm mein Kind anvertrauen? Diesem armen Schlucker! Nie und nimmer! Man kann nicht von den Leitmotiven Wagners leben."

Sie brachte mir einen gebackenen Apfel, setzte sich für einen Augenblick zu uns und erzählte: „Im Herbst, als die Stare fortzogen, blieb einer, der einen kranken Flügel hatte, zurück. Und du, mein kleiner Vogel, willst so unvernünftig sein und fortfliegen. Dieser Star überwintert bei uns auf dem Boden, fängt dort Fliegen und winterschlafende Schmetterlinge und ist ganz zufrieden und vergnügt."

„Wie weißt du, daß er vergnügt ist?"

„Er zwitschert sein Lied, allerdings nicht so klangvoll wie die gesunden Vögel, aber immerhin. Ich bring ihn dir später herunter, er ist ganz zahm geworden."

„Bitte, bringe ihn mir nicht. Ich will ihn auf keinen Fall sehen."

Sie war so unsäglich lieb, aber sie verstand mich nicht. Sie ging in die Küche, um das Mittagsmahl zu bereiten. Die Köchin und das Stubenmädchen waren entlassen. Wir hatten nur noch eine Aufwartefrau, die für kulinarische Kunst weniger Sinn hatte. Ganz wie in meiner Kindheit stand auf dem Eßtisch eine von Vater selbst gezogene Amaryllis und vor dem mit phantastischen Eisblumen verzierten Fenster hing ein Stückchen ungesalzenen Specks für meine gefiederten Freunde. Ich beobachtete den Rivalenkampf zweier Kohlmeisen. Sie hackten nicht aufeinander ein, sondern wetteiferten im Gesang. Das Weibchen saß auf der Speckstange und hörte gelassen zu. Dann flog das eine Männchen fort und die zwei feierten Verlobung. Ob auch die Vögel eine Seele haben, fragte ich Vater. Das wisse man nicht, wohl aber, daß jede Vogelart sich an uralte Traditionen halte.

Dann kam er wieder darauf zurück, wie sehr ihn meine Ungeborgenheit gräme. Was würde aus mir werden, wenn er eines Tages stürbe? Bisher hätte er noch gehofft, daß wenigstens ein Teil der für mich zurückgelegten Ersparnisse gerettet sein würde, nun aber hätte er erfahren, daß auch die Bank in Paris, die er für die sicherste gehalten hatte, nicht einen Heller auszahle. Wer hätte sich früher das vorstellen können, daß der Krieg so tief in das Schicksal des einzelnen eingreife. Er habe immer geglaubt, daß der Teppich seiner Arbeit, den er unter meine Füße breitete, damit ich unangefochten über den steinigen und steilen Pfad schmerzlos hinwegschreite, unverwüstlich, feuerfest und wasserdicht sei. Wieder füllten sich seine Augen mit Tränen.

Ganz leise sprach er weiter: „Eine gute Bildung habe ich allen meinen Töchtern gegeben. Die beste Kornkammer ist im Kopfe eines klugen Mannes, heißt es in einem unserer alten Lieder. Daß dies tatsächlich so ist, haben wir mehr als einmal während des Krieges erlebt. Und nicht nur der Kopf eines klugen Mannes, auch der Kopf einer klugen Frau ist die zuverlässigste Vorratskammer. Gott weiß, an Reichtum war mir nie gelegen. Ein reicher Mann ist wie ein Aschenbecher, je mehr er ansammelt, desto schmutziger wird er. Wenn ich gespart habe, so nur, um dich, wenn ich einmal nicht mehr da bin, geborgen zu wissen. Ich wollte dir jene Sicherheit und Unabhängigkeit schaffen, die den anderen Schwestern ihre Gesundheit bietet.“

Er schloß die Augen, aber man sah seinem Gesicht an, daß er grübelnd irgendwo Trost suchte, und er fand ihn auch bei seinem besten Freunde. Kaum hörbar flüsterten seine Lippen:

„Aber versagt war mir solches Glück von den Göttern. Nun gilt's nichts weiter als dulden."

Die Gespanntheit seiner Züge löste sich, er hatte in seinem Innern Frieden gefunden.

Damals weilten in Libau einige Koryphäen der Geisteswelt, die vor den Bolschewiken aus Petersburg geflohen waren, unter anderem der alte Professor Nahting, der Verfasser mehrerer mathematischer Lehrbücher, wie auch ein Lektor für russische Sprache und Literatur, Masewskij, Mitarbeiter führender Zeitschriften im zaristischen Rußland. So teuflisch böse Gadebskij gewesen war, so gütig und edel war der greise Professor Nahting. Jede seiner gezeichneten trigonometrischen Figuren war in ihrer Klarheit und Präzision vollendet schön; auch sein Gesicht war wie eine trigonometrische Zeichnung, nicht eine unnütze, nicht eine zufällige Linie. Daß ich bei ihm Trigonometrie studierte, war wohl ein Widerhall meiner Freundschaft mit Onkel Westermann. Auf allen anderen Gebieten gibt es viele Ansichten und Meinungen, in der Mathematik aber nur eine Wahrheit, und das ist das Erlösende in diesem Fach.

Vielleicht sollte ich doch lieber Mathematik und nicht Philosophie und Literatur studieren. Mathematik, das war wie ein Kloster. Archimed hatte, in mathematische Berechnungen vertieft, weder das Nahen des Feindes noch die ihm persönlich drohende Gefahr verspürt. Das persönliche Leben, die Fragen nach dem Sinn des Lebens fielen fort, für Sinnlichkeit und Leidenschaft gab es hier keinen Raum. Hier herrschte die absolute Wahrheit und ihr mußte man dienen, man mußte sie finden; das konnte man aber nur, wenn man ausschließlich an sie und an nichts anderes dachte. Ja, vielleicht hatte Onkel Westermann recht gehabt, daß Mathematik für mich das geeignete Fach wäre; dann würde nicht das Leben mit hundert Fragen, Sehnsüchten und Begierden auf mich einstürmen. Dann wäre ich gezwungen, stillzuhalten und mich zu bescheiden. Ich versuchte, in den Grundformeln für das rechtwinklige sphärische Dreieck, in Sinus und Kosinus und in den Kotangenten jene Ruhe zu finden, die ich bisher vergebens gesucht hatte.

Eine geradezu asketische Reinheit und Bescheidenheit des Geistes zeichnete Professor Nahting aus. Er gehörte zu jenen Wissenschaftlern, die die nationalen Grenzen überschritten und sich dem Orden der Wahrheit verschrieben haben. Als ich in der Zeitung sein Bild gesehen hatte, schrieb ich ihm und bat ihn, zu mir zu kommen. Seine blendende Stellung in Petersburg hatte er freiwillig verlassen und war Hals über Kopf nach Libau geflohen, weil er — wie er mir selbst erzählte — den Narrentanz der Wahnsinnigen, die die Wahrheit auf ein Prokrustesbett strecken und wie die Papageien alles wiederholen, was Lenin gutheiße, nicht habe mitmachen können. Er lebte in großer Armut in einem winzigen, halbdunklen Zimmer und ernährte sich kümmerlich durch Privatstunden. Seine Hosen flickte er selbst, aber nie habe ich auf seinem einzigen Anzug einen Flecken gesehen.

Seine Stunden waren für mich ein Fest. So gut ich konnte, brachte ich meinen Tisch und mich selbst in Ordnung. Ich bürstete mein Haar glatt, zog eine reine Bluse an und öffnete das Fenster, damit es nicht nach kleinbürgerlicher Enge und freudloser, mehliger Hausmannskost rieche. Auch aus meinem Innern verscheuchte ich Staub,

Kleinkram und alles Mehlige. Professor Nahtings Gegenwart hatte etwas zu stoischer Redlichkeit, unpersönlicher Demut und straffer Geistigkeit Verpflichtendes. Ein halbes Jahr lang kam er zweimal in der Woche zu mir, ohne sich auch nur je um eine Minute zu verspäten. Vernahm ich seinen gleichmäßigen, etwas schlurfenden Schritt auf dem Bürgersteig und auf der Treppe, füllte sich mein Herz mit Freude. Ganz unerwartet blieb einmal sein Kommen aus. An seinem kleinen Arbeitstisch sitzend, war er bei einer astronomischen Berechnung in die Sphäre der ewigen Wahrheit entrückt. Erst einige Tage später erfuhr ich von seinem Tode. Trotz seiner Armut hatte er genau so viel erspart, daß man seine Beerdigung aus seinen eigenen Mitteln begleichen konnte.

Der aus Petersburg geflohene Lektor der russischen Literatur, Maselewskij, war klein, untersetzt, an den Händen hatte er stumpfe Nägel, seine Wangenknochen waren breit. Wie aus Versehen hatte er einen zu groß geschnittenen, grausamen Mund, blitzend weiße Zähne, eine stumpfe Nase, kleine, dunkle, brennende Augen. Ein mächtiger, ungepflegter, schwarzer Haarschopf, Wasserstiefel, ein alter Mantel, aus dem der nackte Hals ohne Kragen und Hemd hervorlugte. Ich hatte einige Aufsätze geschrieben und ihn gebeten, sie stilistisch und inhaltlich zu korrigieren. Auch er war Hals über Kopf aus Petersburg geflohen; die Bolschewiken seien hinter ihm her gewesen. Unterwegs hätte man ihm einmal all seine Kleider geraubt und ihn splitternackt laufen lassen. Das sei in einer Winternacht gewesen. „Und Sie sind nicht erfroren?“ fragte ich ziemlich sinnlos.

„Doch, ich bin erfroren, und das, was Sie hier vor sich sehen, ist nicht ein Mensch, sondern ein lebender Leichnam. Aber auch für einen Leichnam ist es nicht leicht, unter die Erde zu kriechen. Immer braucht der Mensch den Menschen. Auch dann noch, wenn er gestorben ist. Heute aber gibt es keine Menschen mehr, nur Tiere."

Es war ein heißer Frühlingstag und ich fragte ihn, ob er nicht seinen Mantel ausziehen wolle. Er lachte, und seine weißen Zähne blitzten so lustig dabei: „Was würde wohl ein so wohlerzogenes Fräulein dazu sagen, wenn hier in diesem spießbürgerlichen Zimmer ein nackter Mann vor ihm stünde? Übrigens, meine Liebe, sehen Sie so aus, als hätten Sie noch nie einen nackten Mann gesehen!" Ich spürte an seinem Atem, daß er getrunken hatte. Aber ich spürte auch, daß diese zynischen Worte nur eine Maske waren, hinter der sich eine leidenschaftlich zärtliche Seele verbarg.

Einige Tage später brachte er mir meine Aufsätze zurück, das heißt, er warf sie auf den Tisch und sagte, ich hätte bei ihm nichts zu lernen. Diese meine Stunden seien wohl nur die Kaprice eines sich langweilenden Bürgerfräuleins. Ich schwieg. Ob er sich setzen dürfe? Ja, gewiß, bitte. Er trug immer noch seinen zerschundenen Soldatenmantel, war aber diesmal ganz nüchtern. Aus einem alten Lederbeutel nahm er Tabak und drehte sich eine Zigarette, und das Papier war mein kleiner Brief, mit dem ich ihn gebeten hatte, zu mir zu kommen und mir Stunden zu erteilen. Damals herrschte in unserem Lande ein großer Papiermangel. Das aus dem Auslande, zum Teil aus Schweden, eingeschmuggelte Briefpapier war hauchdünn. Auf solch einem dünnen Papier hatte ich ihm geschrieben, weil es das feinste war, was ich hatte, und ich meinte, es war ein schöner Brief. Und nun drehte er sich daraus in meiner Gegenwart eine Zigarette!

Er fing meinen Blick auf, verstand mein Gekränktsein und sagte, ich könne diese Situation nur retten und meinen vorwurfsvollen Blick gutmachen, indem auch ich mir eine Zigarette drehe. Darauf erwiderte ich, daß ich nichts gutzumachen hätte, und fragte ihn, warum er immer zwei Gesichter habe, ein grobes, das er zur Schau trage, und ein zartes, das er krampfhaft verberge. Er antwortete nichts. Ich wollte mit ihm über literarische und stilistische Fragen sprechen, aber immer wieder konzentrierte sich unser Gespräch auf psychologische und weltanschauliche Dinge. Er hatte im zaristischen Rußland in der literarischen Welt seinen Platz gehabt. Nicht, daß er diesen Platz verloren, sondern daß das ganze kulturhistorische Gebäude, für das er gekämpft und gelebt hatte, plötzlich zu Nichts geworden war, hatte ihn mit einem Gefühl des Untergangs erfüllt. Es befremdete mich, daß er so viel vom Untergang sprach. Hatten wir doch eben unseren jungen Staat gegründet und nicht nur das allgemeine kulturelle Bewußtsein, das Bewußtsein eines jeden einzelnen war dadurch gesteigert. Die Oktober-Revolution schien mir nur der Untergang eines Systems und nicht einer ganzen Kultur zu sein.

Als ich von ihm erfuhr, daß er Kleinrusse sei, deklamierte ich das rhapsodische Gedicht Alexej Tolstois: „Kennst du das Land, wo Überfluß in allem atmet?"

„Schau, welch eine Stimme! Schauspielerin!" Spott und Bewunderung lagen in seinem Urteil.

Er kam ein paarmal in der Woche zu mir, immer unangemeldet. Aber ich fühlte sein Kommen, eine Stunde, eine halbe Stunde, oder auch nur einige Augenblicke vorher. Ehe er herrschsüchtig und gewaltsam an die Tür klopfte, sah ich sein Gesicht vor mir und war ich auch noch so sehr in eine Arbeit versunken. Wie gern hätte ich ihm Abendbrot oder wenigstens Tee und Butterbrot vorgesetzt, aber meine Wirtin war eine sehr sparsame Frau, außerdem war sie ja meist nicht zu Hause. Da alle Lebensmittel rationiert waren, lag nicht einmal die Möglichkeit vor, irgend etwas für meinen Gast zu bestellen.

Trotzdem saß er stundenlang bei mir und mir war, als bereise ich einen ganz fremden Kontinent, Landschaften, die ich bisher nur aus Romanen und dem Konversationslexikon gekannt hatte.

Mein Zimmer war sehr dürftig eingerichtet. Ein einfacher schmaler Tisch, der in seiner Vergangenheit Küchendienste geleistet hatte, war mein Schreibtisch. Auf der einen Seite dieses Tisches saß ich auf einem unbequemen schmalen Holzstuhl, und auf einem ebensolchen Stuhl saß er mir gegenüber. An den gekalkten Wänden waren Flecken von Feuchtigkeit. Auf der einen Seite der längeren Wand stand mein kleines eisernes Bett und ein sehr primitiver Waschtisch, auf der anderen ein Bücherregal und über ihm hing Dostojewskijs Bild.

In diesem Jahr empfand ich den Frühling als ganz besonders grausam. Er rief und lockte mich. Gewiß, ich fuhr in meinem Wagen durch die Straßen Libaus eine Stunde lang spazieren, an das Meer, „das dunkelwogende", kam ich aber nur selten. In jenen Jahren gab es noch keinen Brettersteg über die sandigen Dünen. Die Räder meines Rollstuhls versanken im weichen Sand, man kam nicht vorwärts. Das Meer kannte ich mehr aus der Odyssee, aus meinen Phantasiebildern und den Erzählungen meiner Mitmenschen als aus eigener Erfahrung. Der Wald war gastfreundlicher, auch über die kleineren Wege konnte man mit meinem Wagen fahren. Die weiße Birke rief: „Komm allein zu mir, nur wenn du ganz allein bist, will ich dir ein Geheimnis zuraunen."

Wie herrlich muß das sein, wenn man allein zu Dingen und Menschen hingehen kann, zu all den Dingen und Menschen, die man liebt. Ohne Mittler ... ohne diese „helfenden Hände", die immer alles verdarben. Allein mit Blumen und Bäumen, die Wange an den weißen, seidigweichen Birkenstamm schmiegen und sein Geheimnis erlauschen. Bei Sonnenaufgang barfuß über das taufrische Gras laufen. Ja, wie das war, dessen erinnerte ich mich noch: Ich lief barfuß über die Rasenflächen im Garten, der Kopf brannte und die Hände glühten, der Tau kühlte die Fußsohlen. Es war, als ob ich fliege, losgelöst von der Erde...

Einmal sagte Maselewskij: „Das ist schlimm, daß Sie Lutheranerin sind, ein Mensch ohne Religion."

„Wie können Sie so etwas sagen, eine Konfession entscheidet doch nicht das religiöse Gefühl."

„Darin mögen Sie recht haben, aber der Protestantismus ist keine Konfession, das ist nur ein Ordnungsgesetz. Der kategorische Imperativ und der Lutheranismus passen gut zusammen. Pflicht!" Mit welcher Verachtung er dieses Wort aussprach!

„Das, was ihr Kirche nennt, das ist ja nur ein Büro. Weder die Mutter Gottes kennt ihr noch die sühnende Kraft des Gebetes. Ein Himmel, in dem es keine Mutter Gottes gibt, unterscheidet sich wenig von der Erde, die heute zur Hölle geworden ist. Wenn ihr Lutheraner das Böse erkannt habt, könnt ihr vom Bösen nicht fortgehen, nein, das könnt ihr nicht, ihr müßt Kompromisse schließen, wie eure ganze Religion aus Kompromissen besteht."

„Warum?"

„Ihr habt kein Kloster."

„Ach, das ist nicht so wichtig."

„Doch", beharrte er. „Zum Beispiel Sie, Sie müßten in ein Kloster gehen."

Ich dachte an das Kloster des mathematischen Studiums, vertraute ihm aber meinen Plan nicht an. Er drehte sich eine neue Zigarette und fuhr fort: „Sie als Nonne, wunderbar! Sie im Lebenskampf? Ausgeschlossen! Das Leben wird Sie zertreten, zerquetschen."

„Ich bin viel stärker, als Sie denken", verteidigte ich mich.

„Kindlicher Hochmut! Ich kenne das Leben, durch Feuer und Eis bin ich hindurchgegangen. Die Frauen haben heute ihr Frauentum verloren. Und die Männer sind wie das liebe Vieh. Man wird in Ihnen Gelüste wecken, ohne sie zu befriedigen. Ich weiß, wie die Männer sind. Ich bin selbst ein Mann und wahrlich nicht der schlechteste ... Wie an einer Sache, die nicht besonders nützlich ist, wird man an Ihnen vorbeigehen."

„Ich werde mich nützlich machen." Je mehr Boden er gewann, desto rigoroser verteidigte ich mich: „Ich werde Lehrerin werden und sehr zufrieden in diesem Beruf sein."

„O Gott, welch eine Einfalt! Als ob eine Frau mit solchen Augen eine Erfüllung im Lehrerinnenberuf finden könnte. Nie und nimmer!"

Dann stand er plötzlich auf. All seine Bewegungen waren jäh, sturzartig. Er wandte sich von mir ab, ohne mir die Hand zu reichen. An der Tür, die in den Flur führte, hing mein Mantel. Er blieb einen Augenblick stehen, küßte den Saum des Mantels und stürzte aus dem Zimmer, ohne sich umgesehen zu haben.

Als wir eines Abends sehr lange miteinander darüber gesprochen hatten, ob Weltgeschichte ohne Krieg möglich, ob Krieg durch die Unvernunft der Menschen erzeugt und also abwendbar sei, oder ob er ein kosmisches Ereignis und folglich unabwendbar sei, änderte er plötzlich das Gesprächsthema und sagte:

„Eigentlich handle ich gemein an Ihnen. Ich will Sie küssen, aber wenn ich sehe, wie ein Zittern durch Ihren ganzen Körper geht, noch ehe ich Sie berührt habe, dann wage ich es nicht, dann stehe ich auf und renne aus dem Zimmer. Es fehlt ja nicht an Frauen, auch nicht in dieser nach Fischen stinkenden Hafenstadt. Auch ohne Geld kann man heute überall seine Begierde befriedigen. Darin ist der Mensch wie das Tier. Ach Gott, ich gehe und Sie bleiben allein. Wenn ich dann auf der Straße bin, sehe ich Sie an diesem dummen Tisch, auf diesem komisch-jämmerlichen Stühlchen ganz allein sitzen und dann frage ich mich, wie lange verharren Sie da so auf Ihrer Marterbank und was denken Sie? Ich bin dutzendemal bei Ihnen gewesen. Und immer, ganz gleich, ob draußen Regen oder Sonnenschein ist, ob Abend oder Morgen, sitzen Sie in dieser Bodenkammer auf dem gleichen Platz, in der gleichen Stellung. Wie angenagelt. Ein junger, lebendiger Mensch, und dazu einer, der beflügelt geboren ist ... Dieser Gedanke macht mich ganz verrückt. Manchmal will ich mitten in der Nacht zu Ihnen kommen, aber was wäre dadurch geändert? Alles wäre noch viel schlimmer. Neulich nachts sah ich im Traum, wie Sie das Fenster öffneten, und ich erschrak zu Tode. Aber nun muß ich über meinen Traum lachen. Das Fenster ist niedrig, Gott sei Dank, es ist viel zu niedrig. In einem anderen Traum sah ich, wie Sie ein Messer in der Hand hielten, aber gottlob, in dieser stupiden, spießbürgerlichen Umgebung gibt es nur Obst- und Buttermesser."

Ich konnte seine Worte nicht länger ertragen, ich wollte ihn von mir stoßen, aber der kleine Holztisch stand so nüchtern und unverrückbar zwischen uns. Ich wollte aufstehen und fortlaufen, aber die mich fesselnden Ketten schnitten immer tiefer in mein Fleisch: Je mehr ich an ihnen zerrte, desto heftiger schmerzte es. Tränen erstickten meine Stimme, als ich sagte:

„Ich hasse Sie."

„Das ist nicht wahr. Sie wollen mich hassen, aber Sie rufen mich zu sich, so laut, daß ich Ihre Stimme bisweilen ganz deutlich höre. Dann stehe ich auf und komme zu

Ihnen. Sie sprechen fehlerlos russisch, aber nie und nimmer wie eine Russin, kein Mensch spricht unsere Sprache so, wie wir sie sprechen. Wie auch keiner von den Ausländern je etwas von unserer Literatur verstanden hat. In durchschnittlichen Leistungen überragen uns die Westeuropäer, in jeder Epoche bringen sie eine Reihe von Talenten hervor, wir Slawen aber sind das Volk der Analphabeten und Genies. Wer russische Literatur nur aus Übersetzungen kennt, kennt sie überhaupt nicht. Wie würden Sie zum Beispiel das Wort grustj ins Deutsche übersetzen? Schwermut? Ach nein, das ist ein schweres Wort. Grustj hat eine dunkel-violette Farbe... und wenn grustj Schwermut sein soll, wie heißt dann toska auf Deutsch — diese alle Eingeweide verbrennende Trauer? Und die Herren Literaten im Westen, die unsere Werke nur in Übersetzungen kennen — und in welch jämmerlichen Übersetzungen! — maßen sich sogar über Gogol, den unübersetzbaren Dichter, ein Urteil an. Die Worte der Westeuropäer sind gepflegt, sie wachsen in Blumentöpfen, aber in der russischen Sprache atmet die grenzenlose Steppe, Sümpfe drohen, die Tundra klagt..."

„Ja, ich weiß, Turgenjew hat gesagt", unterbrach ich ihn, glücklich, daß das Thema eine minder schmerzhafte Richtung genommen hatte, „in seinen Gedichten in Prosa sagt Turgenjew von der russischen Sprache..."

„Um Gottes willen, zitieren Sie mir nicht diesen internationalen Popanz." Aber gleich darauf versuchte er einzulenken: „Nun, meinethalben, zitieren Sie seine wohlduftenden melodramatischen Worte. Ich werde Sie ruhig anhören, aber nicht aus Verehrung für Turgenjew, sondern weil ich Ihrer Stimme gern lausche; ja selbst in den Himmel möchte ich nur kommen, um Ihre Stimme zu hören, so schrecklich rührend ist Ihre Stimme. Eine Glocke, die anklagt und ruft. Eine große Glocke, aber so empfindsam, daß der leiseste Wind sie zum Klingen bringt. Nun schmollen Sie nicht und sagen Sie, was dieser germanisierte, parfümierte alte Herr über die russische Sprache sagt." Und um mich zu ermuntern, zitierte er selbst die ersten Zeilen und ich setzte sie fort.

„Schauspielerin könnten Sie auch sein, ja, das heißt, Sie hätten eine werden können. O Gott, wie ungerecht sind deine Gesetze!" Und dann fügte er stiller hinzu und seine Stimme klang fast zärtlich: „Einige Rollen könnten Sie wunderbar spielen, zum Beispiel Nastasia Filippowna."

„Nein", sagte ich entrüstet, „von den Heldinnen Dostojewskij am liebsten ..."

„Ich weiß, Sie meinen Sonja Marmiladowa, aber Sie sind nicht Sonja. Nein, ich glaube nicht, daß Sie diese Demut in Ihrem Herzen tragen, diese russische, in ihrer Maßlosigkeit sinnlose Demut."

So sprachen wir stundenlang. Ich war berauscht. Ich war krank, kannte aber noch nicht den Namen *dieser* Krankheit.

An einem Herbsttage, als die schiefen und krummen Dächer der Hafenstadt leuchtendrot ins tiefe Himmelsblau schnitten, und die großorchestrierte Musik des Meeres bis in meine armselige Stube drang, in der ich durch das Rechnen schwieriger trigonometrischer Aufgaben Archimeds Gleichmut zu finden versuchte, kam er wieder zu mir, obwohl wir das letzte Mal abgemacht hatten, uns nicht wiederzusehen. Es hätte ja keinen Sinn, hatte er gemeint, und ich hatte ihm nicht widersprochen. Doch nun saß er wieder auf dem schmalen unbequemen Holzstuhl, und der nackte, dürrbeinige Holztisch stand zwischen uns. Er sagte:

„Sie denken viel zu gut von mir. Ihre Gedanken schmeicheln mir, aber eines müssen Sie wissen: ich bin feige. Männer sind überhaupt in moralischer Hinsicht viel öfter und viel intensiver feige als Frauen. Frauen setzen in der Liebe alles aufs Spiel: ihre Ehre, ihren guten Ruf, ihre Gesundheit. Man weiß ja gar nicht, wie groß die Zahl der Frauen ist, die durch die Männer krank, hauptsächlich seelisch krank werden und zugrunde gehen. Der Mann zerbricht die Frau und weiß es nicht einmal, nachher macht er ihr ein Geschenk und nennt das Liebe. Ach Gott, wer zählt die seelischen Verstümmelungen! Wer tiefer in die Gesichter der Frauen schaut, erschrickt vor all der Seelennot. Sehr richtig schrieben Sie in einem Ihrer Aufsätze, die ich korrigieren sollte, — er lachte heiser —: ‚Nur das, was die Seele gibt und die Seele empfängt, wiegt in den gegenseitigen menschlichen Beziehungen.' Ich verachte die Männer, ergo auch mich selbst. Ich komme hierher zu Ihnen, gehe geläutert fort, und befriedige meine Begierde bei irgendeiner Frau, die nicht nach der Seele fragt. Und hinterher betrinke ich mich, um zu vergessen, was für ein Schwein ich bin. Und Sie? Oh, welche Folter! Treten Sie zum russischen Glauben über und gehen Sie in ein Kloster, damit Ihr Bild der Menschheit erhalten bleibt", kehrte er zu seinem Lieblingsgedanken zurück. „Im Kloster könnten Sie dann für mich und die Schlechtigkeit der Menschen beten."

„Ich will nicht beten, ich will leben."

„Niemand fragt danach, was Sie wollen. Gott ist grausam. In der Nacht, als mich die Bolschewiken gefangennahmen, kam mir der Gedanke, daß Gott sich vom Leid der Menschen nährt. Das ist ein ketzerischer Gedanke, für den ich wohl in die Hölle kommen werde. Aber wie grausam Gott auch ist, die Menschen sind noch viel grausamer. Sie haben Gott vergessen. Und damit fing die

Hölle an. Nun fegt der Teufel mit einem brennenden Besen über Himmel und Erde."

„Wie kann Gott das zulassen?"

„Gott ist nur lebendig, wenn die Menschen an ihn glauben. Erst, wenn wir an ihn glauben, ist er mitten unter uns, aber heute glaubt niemand mehr. Sie glauben an ihn, ohne es zu wissen, und darum müßten Sie in ein Kloster gehen."

„Nein, das will ich nicht. Aus Angst vor dem Leben sich in ein Kloster einschließen, das wäre feige. Die Arbeit wird mein Kloster sein."

„Und Ihr Gott?"

„Mein Gewissen."

„Das schmeckt wieder nach Kant. Merken Sie sich eines: Multipliziert man: ich, mich, mir, kann man den Weg zu Gott nie finden, man muß aus dem eigenen Ich heraustreten. Aber solange Sie nur auf diese niedrige getünchte Decke schauen, wird Ihnen das kaum gelingen." Und nach einer Weile: „Von der Intensität des religiösen Bewußtseins hängt die Vervollkommnung der Menschen ab und auch ihre Verbundenheit untereinander."

„Auch die Wissenschaft ...", versuchte ich zu widersprechen.

„Nein. Ein Wissenschaftler kann die Wege der Sterne berechnen und das ist edel und göttlich. Besitzt er aber kein religiöses Bewußtsein, kann er mit der gleichen Sorgfalt irgendein Gas zur Hinmordung der Menschen erfinden, und das ist gemein und teuflisch."

Damals konnte ich mir nicht vorstellen, daß ein Gelehrter seine Kenntnisse zur Vernichtung seiner Mitmenschen gebrauchen könne.

Gewitterschwüle lastete über der Stadt. Er war zu mir gekommen, um Abschied zu nehmen. Jeder Nerv in mir war wie elektrisiert. Er schenkte mir sein Bild und sagte, er müsse fort, er könne es hier nicht länger ertragen, auf irgendeine Weise würde er schon über die Grenze kommen.

„Nach dem Westen?"

Nein, nach dem Osten, denn dahin gehöre er. Hier in dieser nach Fisch stinkenden Hafenstadt hätte er gespürt, daß es gar nichts bedeute, das nackte Leben gerettet zu haben. Jedes Volk, wie alles Lebendige, verbreite um sich eine Atmosphäre; von dieser Atmosphäre abgetrennt, müsse das Individuum zugrunde gehen. Man könne ein Regime hassen, die führenden Persönlichkeiten mißachten, und dennoch einen unwiderstehlichen Drang zurück zu diesem Volke in sich spüren. Hat man buchstäblich nichts anderes als nur das nackte Leben in eine Fremde hinübergerettet, weiß man, sobald man der Todesgefahr entronnen ist, daß man nichts gerettet hat. Ich warnte ihn vor seiner geplanten Flucht, ich zählte die ihm drohenden Gefahren auf. Man würde ihn als Spion verhaften. Er zuckte die Achseln:

„In der Bewegung dem Tode begegnen ist leichter, als in einer Lethargie ihm langsam und machtlos anheimzufallen." Ich bat ihn, eine Widmung auf seine Photographie zu schreiben.

„Was denn?" fragte er. „Meiner Schülerin? Meiner Lehrerin? Der schönäugigen Nonne im Fischerdorf? Welch erbärmliche Banalität!"

Er reichte mir das Bild, ohne seinen Namen daraufgeschrieben zu haben. Ich trug eine kleine Bernsteinkette und hatte in meiner Nervosität solange an ihr gezerrt, bis sie zerriß und die Perlen nach allen Seiten hin sich zerstreuten. Er suchte die Perlen zusammen, hielt sie in der hohlen Hand und küßte sie, dann reichte er sie mir, aber ich fürchtete mich, sie entgegenzunehmen. Es war mir, als könnte mich ein elektrischer Schlag treffen.

„Legen Sie die Perlen auf den Tisch“, sagte ich mit erzwungener Nüchternheit und zitterte am ganzen Körper.

„Nein, dann tue ich sie lieber in meine Tasche.“

Er stand dicht neben mir und ließ langsam Perle um Perle in seine Tasche gleiten. Als er damit fertig war und den Blick wieder hob, war meine Selbstbeherrschung zu Ende.

Wie stark seine Arme waren! Fremd und besitzergreifend sein Atem. Wie süß, nicht mehr Ich zu sein! Warum aber diese Angst, so groß wie das Meer? Eine Glaswand zersplitterte. Oh, man brauchte nie mehr die Augen zu öffnen, nie mehr zu Archimed zurückzukehren!

Allein geblieben, riß ich das Fenster auf. Es war viel zu niedrig. Ein Obstmesser lag auf dem armseligen Tisch, der nüchtern und hölzern monatelang zwischen uns gestanden hatte. Auf dem Stuhl, auf dem er gesessen hatte, hockte jetzt niemand. Zwei schwarze Augenlöcher im Gesicht, ein verzerrter Strich als Mund. Und dieser Strich zuckte krampfhaft.

„Es hilft nichts, daß du weinst und schreist. Dem Scheiterhaufen kannst du nicht entfliehen. Niemand ist in erreichbarer Nähe, den du durch deinen Jammer beeindrucken könntest. Der liebe Gott? Du glaubst ja nicht an ihn. Wahrheiten werden erst wahr, wenn unser Glaube sie dazu macht. Glaube ist Bewahrheitung, Glaube ist Wagnis, du aber glaubst nur an deine eigenen Kräfte. Du solltest nie mit Feuer spielen. Der Schöpfer — er wußte wohl, was er tat — hat dich aus einem leicht entzündbaren Stoff hergestellt. Du solltest dir einen feuerfesten Mantel beschaffen, und sollte er dir zu schwer werden, kann ich dir nur dieses hier anbieten.“ Knochenhände hielten mir einen Strick entgegen, nein, es war der Gürtel meines Mantels, ebenso dünn, wie das Fenster niedrig und das Messer stumpf war ...

Als ich das letztemal zu Hause gewesen war, erzählte mein Vater einen tragischen Fall aus seiner Praxis:

Zwei Burschen, Ansis und Peteris, unterhalten sich in einer Kneipe. Ansis versucht seinen Kummer zu ertränken: Seine Braut habe sich nämlich gestern auf eine seltsame Weise das Leben genommen. Sie war lange Zeit krank gewesen und hatte während ihrer Krankheit von den Liebesabenteuern ihres Bräutigams erfahren. Da war sie von ihrem Bett aufgestanden und hatte sich mit dem Gürtel ihres Morgenrocks an der Türklinke erhängt. „Unsinn!" ruft Peteris aus. „Du hältst mich zum Narren. Sie hat sich vielleicht vergiftet. An der Türklinke kann man sich nicht erhängen! Das sind Ammenmärchen!" „Das ist pure Wahrheit", beharrt Ansis. „Der Kreisarzt hat gestern ihre Leiche seziert. Du kannst dich bei ihm erkundigen."

Sie trinken ihre Flasche leer und gehen ihres Weges. Peteris kann sich über die Erzählung Ansis' nicht beruhigen. So ein Quatsch! Dieser Ansis prahlt immer mit unglaubwürdigen Dingen. Nach Hause gekommen, will Peteris die Erzählung seines Trinkkumpanen erfahrungsmäßig überprüfen ... und einige Stunden später wird der Kreisarzt geholt, um die Leiche des an der Türklinke erhängten Peteris zu besichtigen.

Vater nannte das die unerklärliche Duplizität der Fälle. Er konnte eine ganze Reihe solcher Beispiele erzählen.

Die weite Fahrt

Innere und äußere Reisen haben mein Leben bestimmt, und stets habe ich mich gegen eng abschließende Grenzen gewehrt. Der Kampf um meine Fahrt nach Riga ging immer weiter. Mutter hatte gemeint, daß ich von meinen Lehrjahren in Libau genug haben, klein beigeben und zu meinen Eltern zurückkehren würde — ein lahmgeschossener Vogel. Aber ich wußte, daß ich einen anderen Weg gehen müsse und gehen würde.

So leer war der Raum um mich. Hermann von Westermann, der immer so viele weise Ratschläge für mein Leben gehabt hatte, war tot. Onkel Hans war in Deutschland, und ich hatte nie geglaubt, daß es so schwer sein würde, ohne ihn zu leben, die kleinen Dinge von den großen zu unterscheiden, für diese zu kämpfen und an jenen vorüberzugehen. Marta Jura war tot.

Meine Schulkameradinnen waren in alle Winde zerstreut. Das Doktorhaus, das mir wie die alte Esche vor der Tür in der Erde zu wurzeln schien, existierte nicht mehr. Meine Eltern waren in eine kleine Stadtwohnung nach Libau gezogen und hatten sich in die Enge des neuen Lebensstils noch nicht eingefühlt. An allen Ecken und Kanten stießen sie sich wund. Sie lebten in materieller Bedrängtheit und meinten, das sei Armut. Zum erstenmal erfuhr ich, daß man, um ein geistiges Leben zu verwirklichen, Geld braucht. Nur die Schale dieser Giftfrucht berührte meine Lippen, den Giftkern selbst sollte ich erst in späteren Jahren kosten. Man fürchtet ein Gift nicht, solange man nicht unter seiner zersetzenden Kraft im eigenen Organismus gelitten hat. Auch ist man in der Jugend gegen die meisten Gifte immun.

Vaters Liebe war mir geblieben und schützte mich, wie ein Mantel in kalter Winternacht. Aber früher war dieser

Mantel wärmer und dichter gewesen. Armut und Krankheit, die Kinder des Krieges, hatten ihn durchlöchert. Eine kalte Hand griff nach meinem Herzen, aber noch jung und stark, erstarrte es nicht, es zuckte nur erschreckt zusammen.

Ich hatte gebeten und gebetet, und Gott hatte keines meiner Gebete erhört. Immer wieder hatte ich gefleht: Mein Wille geschehe, lieber Gott, mein Wille geschehe, nur ein einziges Mal. Ich wollte meinen Willen durchsetzen, und ich wiederholte immer wieder: Hart sein, ganz hart ist allein das Edelste, und meinte, dieses sei ein inbrünstiges Gebet. Sooft ich meinen Willen nicht durchsetzen konnte, hatte ich das Gefühl, von Gott verlassen zu sein. Ich empörte mich innerlich, wenn jemand sagte, nur Gott allein könne helfen. Wo war er? In den Herzen der Mitmenschen? Ich dachte an Gadebskij und der Teufel grinste mir entgegen.

Die vielen tragischen Fälle aus Vaters Praxis, auch mein eigenes Schicksal, erweckten in mir die Vorstellung von Gottes Grausamkeit. Gab es ein Wesen, das menschliche Schicksale lenkte, so mußte das ein unbarmherziges sein.

Von der Kirche wandte ich mich ab, jeder Dogmatismus flößte mir Schrecken ein.

Seit die lettische Universität in Riga gegründet war, hatte ich mit meiner Mutter gekämpft, Tag für Tag, Stunde für Stunde, nun schon drei Jahre. Vater war mein Verbündeter, aber nie wagte er, gewaltsam etwas durchzusetzen, auch nicht aus Liebe zu seinem liebsten Kinde. Immer tröstete er mich mit dem alten lettischen Sprichwort: „Wärme durch Erwärmen, Gutes durch geduldiges Warten."

„Aber wie lange soll ich warten? Meine Gedanken verstumpfen hier."

„Das weiß ich nicht, Kind, aber wenn es dir vom Schicksal bestimmt ist, zu fahren und in Riga zu studieren, dann wird das auch so geschehen."

„Vom Schicksal? Ich bin selbst mein Schicksal."

„Man darf nicht gegen das Schicksal anrennen. Dann wird man frühzeitig müde und krank und hat keine Kraft, die gewünschte Erfüllung, wenn sie einmal eintritt, zu nützen. Auch ins Gymnasium konntest du nicht gleich eintreten und dann kamst du schließlich doch hinein, und du und deine Eltern und Lehrer und Kameradinnen, alle waren sehr zufrieden. Alles ist gut, so wie es kommt. Ich glaube, du hast zuviel Nietzsche gelesen. Dieser Philosoph sagt irgendwo, der Mensch müsse besser und böser werden, das ist doch ein Unsinn, eine contradictio in adjecto! Wer besser wird, wird milder, toleranter. Gewiß, du mußt auch die Bücher dieses unglücklichen Menschen kennenlernen, aber vergiß nie, daß die Urquelle unserer ganzen Kultur die Griechen und die Römer sind. Von den antiken Autoren geht eine befreiende Wirkung aus."

Und nach einer Weile des Nachsinnens fügte er hinzu: „Du solltest eifriger Plinius' Briefe oder die Dialoge Platons studieren."

Er habe, soweit es in seinen Kräften stehe, meine Reise nach Riga vorbereitet. Zeltins habe ein möbliertes Zimmer für mich gemietet, aber ich müsse ihm versprechen, nach Hause zurückzukehren, sobald ich merke, daß meine Gesundheit schlechter werde. Gesundheit und heiteres Herz seien das höchste Gut. Er erzählte, daß er in der Prima einen Aufsatz über ein sehr lehrreiches Thema geschrieben habe: „Helden ziemt es, Leid zu meiden." An dieses Wort bitte er mich zu denken. Es tue ihm sehr weh, daß er mich seines kranken Herzens wegen nicht selbst begleiten könne und das Geld, das ich mitbekäme, genüge nur für den Anfang ... Er seufzte so schwer, daß ich ihm alles versprach. Ich mußte an ein Zitat aus unserem geliebten Homer denken, das aber zu traurig war, um es laut zu sagen: „Im Innersten bellte sein Herz ihm."

Das erste Buch, das ich für mein selbstverdientes Geld gekauft hatte, war der Zarathustra. Bei der Lektüre erschrak ich. Mir war, als hätte ein Zauberer das, was ich sagen wollte und nicht zu sagen verstand, in erlösend vollendete Form gefaßt. Wollen befreit, Befreier und Freudebringer ist nur der Wille.

„Nun wütet mein Hammer grausam gegen sein Gefängnis. Vom Steine stäuben Stücke; was schiert mich das ..."

„Verbrennen mußt du dich wollen in deiner eigenen Flamme, wie wolltest du neu werden, wenn du nicht erst Asche geworden bist."

Das Kapitel „Vom Wege des Schaffenden" lernte ich auswendig. Ich reihte Nietzsches Zitate aneinander und sagte sie mir am Abend, wenn ich nicht einschlafen konnte, immer wieder auf. Ich schöpfte aus diesem Buch wie aus keinem anderen den Glauben an den Sieg des Willens, der Freude und des Wagnisses, wie auch die Überzeugung, daß weder Gott noch Menschen mir helfen wollten oder konnten. Alles hing davon ab, ob ich durchhalten würde. Nur die Müden und Schwachen suchen bei Gott und ihren Mitmenschen Hilfe und Verständnis. Der Starke geht allein seinen Weg, und reich geworden, beschenkt er alle, die ihm ihre Hände entgegenstrecken. In Nietzsche sah ich den sublimen Einsiedler, den Kämpfer gegen Mittelmäßigkeit und Trägheit: „Aber ein Grauen ist mir der entartete Sinn, welcher spricht: ‚Alles für mich'." Nietzsches gefährlichen Nihilismus entdeckte ich erst zehn Jahre später.

Nicht minder als der Gehalt seiner Worte berauschte mich ihr Klang. Die Reden Zarathustras glichen Liszts

Rhapsodien. Das kleine graue Grobina verschwand, ich sah eine herrliche Berglandschaft in kristallklarer Luft, oder es breitete sich vor meinen Augen das unendliche Meer aus.

Wohl durch Nietzsche angeregt, wählte ich Heraklit zu meinem Wegweiser. Aus eigener Erfahrung wußte ich bereits, daß das Leben Krieg war, und ich wollte nicht Nachhutdienste leisten. Ich meldete mich als Freiwilliger an die Front des Lebens, die viel unerbittlicher ist als die des Krieges, schon allein darum, weil sie keinen Waffenstillstand kennt.

Das Leben in Riga, das Studium an der Universität, stellte ich mir wie ein Steigen auf einer unendlichen Stufenleiter vor, und ich freute mich auf die Ansprüche, die an mich herantreten würden. Am liebsten wäre ich Ärztin geworden; daß Schriftstellerei ein Beruf sein könne, war mir unvorstellbar. Dichtkunst war Herzwerk, etwas Heiliges, wer darüber wie über einen Beruf sprach, erschien mir als Kirchenschänder. Da ich nicht Ärztin werden konnte, wollte ich Lehrerin, Lebensweckerin werden und zu diesem Zweck Philosophie und Literaturgeschichte studieren, das Gold aus der tiefsten Erdenschicht zur Freude aller hervorheben.

Damals begann ich auch Hölderlin zu lesen. „Denn ich geselle das Fremde, das Unbekannte nennt mein Wort." Onkel Hans hatte mir aus Deutschland die gesammelten Werke des Dichters gesandt, der mich zur gefahrvollen Wanderung hart am Rande des mondbeschienenen Abgrunds lockte.

Seit meiner Schulzeit machte es mir ungeheure Freude, die Artung der Menschen zu erfühlen, und es drängte mich, ihnen ihre Bestimmung zum Bewußtsein zu bringen, auf irgendeine Weise ihnen zu dienen. Die Urheimat war das Leid und die höchste Aufgabe — dieses zu überwinden. Nichts wünschte ich mir so sehr wie aufzustehen und durch die ganze Welt zu wandern, um die Trauer in den Augen der Menschen fortzuzaubern. Nur wer das vermochte, lebte wahrhaft.

Lehrer und Gärtner schienen mir zwei verwandte Berufe, und hätte ich ganz frei wählen können, wäre vielleicht die Liebe zu den Pflanzen, den vollendetsten Wesen dieser Welt, entscheidend gewesen. Da dieses aber nicht möglich war, wollte ich Menschen-Gärtnerin werden, jungen Gemütern den Sonnenweg freilegen. Ich stellte es mir herrlich vor, jeder Knospe zu ihrer vollen Entfaltung zu helfen, das geistig Lebendige im Menschen zu erschließen. „Ihr habt den Weg vom Wurme zum Menschen gemacht, und vieles in euch ist noch Wurm."

Ich suchte und liebte die steigenden Seelen und glaubte, die Menschen seien ihrer Blindheit wegen so unglücklich; sie sahen nicht die Schönheit des Lebens und verstanden nicht, die ihnen offenen Möglichkeiten zu nützen. Leben war für mich ein vielgestaltiger Ausdruck von Wachstumsformen. Wenn jeder Mensch den Mut hätte, er selbst zu sein, dann gäbe es keine Melancholiker und Mörder, und nie würde eine Mutter ihr Kindchen, das sie unter dem Herzen trägt, töten. Diese Fälle aus Vaters Praxis schienen mir die grausigsten.

Ich glaube an die Allmacht des menschlichen Geistes, der, wenn er nur stark genug ist, aus sich heraus eine Welt aufbauen kann. Onkel Hans hatte mir die köstlichste Freude, die Ahnung des Schöpferischen geschenkt. Und das, was ich schaffen wollte, war vor allem mein eigenes Leben. Das mir von Gott oder dem Schicksal gegebene lastete auf mir wie ein Steinblock. Diesen Block, der mich zu erdrücken drohte, wollte ich hämmern und meißeln, ihn zu einem Kunstwerk gestalten. Ich wollte mein Leben nach meiner eigenen, erträumten Idee darstellen. Nie werde ich Mitleid heischen, denn „Mitleiden ist zudringlich. Mitleiden geht gegen die Scham." Die Menschlein haben kein Gehör und keine Ehrfurcht für tragische Geschicke. Mir war ihr Schweigen und Sichabwenden lieber als ihre tölpelhafte Barmherzigkeit.

Wenn ich an mein Behindertsein nie denke, dann werden auch meine Mitmenschen nicht daran denken, und Dinge, an die man nicht denkt, existieren nicht. Obwohl in meinem Innern ein unverlöschbares Feuer schwelt, werde ich mich verhalten, als könnten die Flammen mich nicht verzehren. Ich werde strahlen, als sei ich glücklich. Und wenn niemand vor mir das gekonnt hat, warum sollte ich es nicht können? Man muß nur stark sein und hart. Ich werde hart gegen mich selbst sein, dann werden die Pfeile der Grausamen am Panzer meiner Selbstzucht abprallen.

Ich ahnte nicht, daß ich in dem neuen Leben, nach dem ich mich so sehr sehnte und das ich mir als einen ununterbrochenen Wettstreit um rein geistige Werte vorstellte, vor allem auf die Phantasielosigkeit und die Denkfaulheit der Menschen stoßen würde. Aber ich ahnte auch nicht, daß immer, wenn der schwarze Abgrund der Verzweiflung und des Todes mich zu verschlingen drohte, daß immer, wenn mich Furcht und Zittern ankamen und alle meine Gebeine erschraken, sich mir eine schützende, stille, hilfreiche Hand entgegenstrecken würde, um mich über den schmalen Steg hinüberzugeleiten, daß ich's der Welt ansage, wie ich dem Schrecken entronnen.

Endlich sitze ich im Zuge, der mich von Grobina und Libau, der meerumrauschten Welt, den Stätten meiner Kindheit, meinem Elternhause, in dem ich trotz Krankheit und Krieg vierundzwanzig Jahre wohlbehütet gelebt hatte, nach Riga bringt, einer ungewissen Zukunft entgegen, einem Kettengebirge von Hindernissen, einem stumpfen Menschensumpf, an die Feuerfront des Lebens, unsäglich hilfsbedürftig, schlecht ausgerüstet, ohne Kenntnis der Wirklichkeit, ohne den jeden Angriff abwehrenden Schild des Geldes, ohne Verbündete, mit den kleinen Paketen bürgerlicher Vorurteile und den niederdrückenden Lasten körperlicher Leiden beschwert, nach Riga, wo Ungewißheit und Ungeborgenheit meiner harren. Drei Jahre hatte das liebende Herz der Mutter, das ihrem Kinde alle Schmerzen und Prüfungen ersparen wollte, mich von der Front zurückgehalten. Nun hatte ich endlich meinen Willen durchgesetzt.

Und Onkel Hans, der Unvergleichliche, hatte mir zu meinem Start ganz unerwarteterweise etwas Geld gesandt. Die Summe erschien mir zauberhaft, unerschöpflich, weil sein Herz ebenso geartet war. Verlockende Zukunftsbilder umgaukelten mich, denn das Kriegsfeuer des Lebens hatte noch nicht das Illusionen schaffende Organ in meinem Innern leergebrannt; trotzdem wußte ich, daß diese weite Fahrt in eine weglose Welt ein Wagnis sein würde. Aber mir war nicht bange zumute.

„Denn das Wagnis ist schön, und man muß sich solcherlei gleichsam zusingen können."